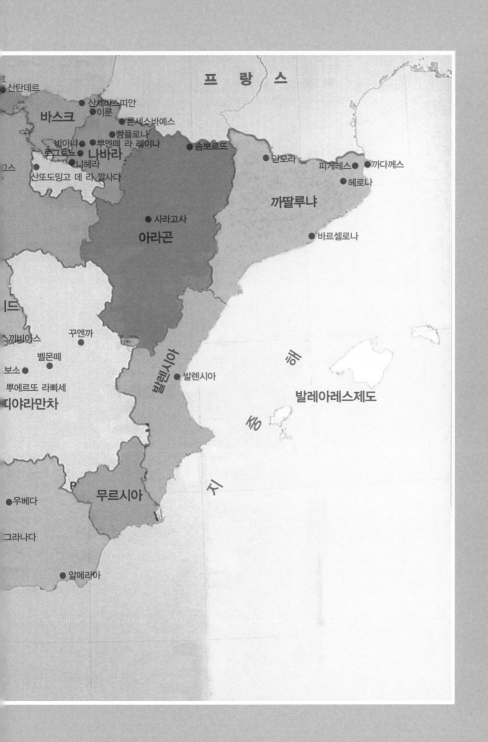

왜 스페인은 끌리는가?

왜 스페인은 끌리는가?

안영옥 지음

자유로운 영혼, 스페인의 정체성을 만나다

리수

서문

스페인은 참 묘한 나라다. 갈 때마다 새로이 볼 게 생기고 한국으로 돌아오면 놓친 게 많은 나라라는 의미에서다. 스페인은 단 몇 차례의 두드림으로는 자신의 모습을 모두 드러내지 않는 나라인 것 같다. 물론 여행이란 같은 데를 또 가도 그 자체로 의미가 있지만, 스페인으로의 여행은 정말 별날 정도로 매번 놀라움과 새로움을 던져준다. 그래서 올해도 스페인에서 필요한 짐을 챙기기 위해 입을 벌리고 기다리고 있는 트렁크에 이것 저것 넣다보니 열정 하나로 알라딘 요술 램프 같은 이민 보따리를 꾸려 처음 스페인 땅을 밟았던 유학 시절이 떠올랐다.

36년 동안의 프랑코 독재를 마감하고 민주주의로 들어선 지 만 4년을 넘긴 1980년대, 그 당시 나는 제도권이라면 모든 것을 부정하는 스물네 살의 대학생이었다. 민주화를 위한 데모와 최류탄 냄새 속에서 대학 시절을 보내다 만나게 된 스페인은 가슴 아픈 과거를 지녔음에도 도무지 이해가 되지 않을 정도로 평화와 여유를 누리고 있었다. 질곡 많은 먼 과거의 역사는 무시하더라도 '해가 지는 일은 없다'고 할 만큼 영광을 누렸던 나라가 역사의 주변부로 물러난 후 20세기에는 3년 동안 형제간에 총부리를 겨누었다. 그 결과 지구상의 유일한 파시스트 국가라는 낙인과 함께 유엔에서 쫓겨나, 국경마저 봉쇄당하는 등 국제적으로 고립되기도 했다. 그리고 36년간이나 극우파 프랑코 장군이 독재를 했는데 단 몇 년 만에 민주주의로 완벽하게 전환한 것이 신기했다. 내가 스페인에 발을 들여놓았던 바로 그해, 스페인 국민은 극우파 프랑코 체제와의 완전한 단절을 보여주려는 듯 노동사회당에게 정권까지 넘겨주었다. '노동사회당'이라니?

나 역시 시대의 산물인지라 우리나라에서 배운 사회주의는 공산주의라는 등식이 머릿속에 들어 있었다. 정치 논리 속에서 빨갱이라는 용어로 우리 국민의 편을 가를 때 학창 시절을 보냈으니 노동사회당이 나에게 두려움의 대상이 되었던 것은 당연한 일이다. 우물 안 개구리로 자란 탓에 세상에 대한 무지에서 왔던 이 같은 어처구니없는 일은 스페인에 살면서 더 많이 일어났다. 다시 말해 우리나라에서 쌓은 나의 지식 세계와 스페인 현실 사이의 괴리감은 이후에도 계속되었다.

스페인에 도착한 지 일주일쯤 되었던 것 같다. 나는 스페인 외무부에 장학생 신고를 하고 은행 계좌를 열고 학교에 서류를 제출한다는, 유학생들이 유학지에서 우선 해야 할 업무를 보기 위해 일정을 단단히 챙기고 집을 나섰다. 이 세 가지 일이면 우리나라에서는 오전 중에 다 끝내고 돌아오는 길에 장을 봐도 될 정도로 여유가 있다.

외무부 창구에 도착하니 사람들이 뒤얽혀 각자 자기 몫의 하늘이나 주변을 살피며 서 있었다. 창을 통해 보이는 직원은 무슨 전화를 받는지 입을 바쁘게 움직이고 있었는데, 멀리서 봐도 공적 통화는 아닌 듯싶었다. 그런데 그곳에 있는 사람 어느 누구도 항의하거나 재촉하는 사람이 없다는 게 그저 신기했다. 줄을 서서 순서를 기다리는 모양새가 아니니 이들이 왜 여기에 있는지 궁금했고, 어디에 서서 내 순서를 기다려야 하는지도 몰라서 누군가에게 물어봐야겠다고 생각하던 차였다. 그때 마침 한 사람이 들어오더니 '누가 마지막'이냐고 큰 소리로 외쳤다. 무슨 의미로 한 말인지 몰라 머뭇거리고 있는데 내 옆에 있던 사람이 나를 가리키며 '이

아가씨'란다.

스페인에서는 시장이나 은행 등 순서를 기다리는 자리에서는 바로 내 앞 사람만 알고 있으면 된다. 그 사람의 일이 끝나면 자연적으로 내 차례. 그런데 그 차례가 될 때까지 어느 누구 항의 한 번, 독촉 한 번 없이 처음 본 옆 사람을 친구로 만들거나 다른 직원과 담소를 나누거나 그저 멍하게 기다리기만 한다. 결국 그날 난 외무부 일 하나를 끝낸 것만으로 만족해야 했다.

일을 끝내고 돌아오는 길에 집 근처에 있는 시장에 들렀는데 2시부터 점심시간이라 문을 닫아서 저녁때까지 쫄쫄 굶어야 했다. 스페인 가게나 시장은 상인들이 점심을 먹고 시에스타(낮잠)를 자야 하기 때문에 오후 2시부터 4시 30분까지 문을 닫는다. 다시 가게 문을 여는 게 5시이기 때문에 길거리로 나가 구경할 것도 없다. 그때는 유학 초기 시절이라서 스페인에는 언제든 들러 먹을 수 있는 바가 부지기수라는 사실을 몰랐기 때문에 겪어야 했던 어처구니없는, 내게는 대사건이었다. 스페인은 고분지 지형이라서 활동하는 데 우리나라에서보다 더 많은 에너지가 필요하다. 아침 8시에 식사를 했는데도 11시가 되면 배가 고파온다. 이 시간대쯤 스페인의 바를 한번 들여다보라. 어린이날 놀이공원처럼 북적댄다.

유학 생활을 마치고도 기회가 닿을 때마다 스페인을 방문했다. 그리고 유럽을 여행하면서도 스페인에 대해서 많은 것을 알 수 있었다. 그런데 알면 알수록 스페인은 유럽이면서도 유럽이 아니고, 알아갈수록 더 많은 수수께끼를 감추고 있는 나라라는 생각이 강하게 밀려온다.

스페인에 대해 더 근원적으로 파고들어 제대로 알고자 하는 학자들은 스페인과 모든 면에서 정반대인 독일과 많이 비교하곤 한다. 독일 마르부르크 대학에서 신칸트주의의 대가인 코헨의 제자로 철학을 공부한, 스페인 20세기의 지성 오르테가 이 가세트(Ortega y Gasset)도 그중 한 사람이다. 그는 물질주의의 파토스, 즉 남쪽의 파토스와 현실을 초월하는 북쪽의 파토스로 스페인과 독일을 구분했다. 정의라는 게 원래 개념적인 것이라서 이러한 차이가 처음에는 피부에 와닿지 않았다. 그런데 독일로의 세 차례 여행 이외에 한 달 동안 개가식 도서관이 잘 운영되는 보쿰 대학 도서관에서 프로젝트 자료를 수집한 적이 있다. 그 생활 덕분에 나는 오르테가가 스페인 사람들 영혼의 맨 밑바닥을 '지중해주의'라고 명명하며 문화 유형 진열장에 한 자리를 요구한 이유를 알게 되었다.

오르테가가 말하는 '지중해주의'는 극단적 물질주의를 의미한다. 스페인 사람들은 추상적이고 개념적인 종교에서조차 구체적으로 보아야 하고 느껴야 하며 자신의 삶의 이웃으로 들어앉혀야 직성이 풀린다는 것이다. 스페인 사람들은 거의 모두가 가톨릭 신자라 해도 과언이 아닐 만큼 스페인을 형성한 요소가 종교인데, 나조차도 스페인 사람들에게는 종교란 무엇인가, 하는 의문이 들 만큼 이들은 성서나 교리를 통해 믿음을 신장시키지 않는 듯하다. 막연한 구상이나 추상적인 의식 같은 고요함은 그들에게 어울리지 않는 위선 같아 보이기까지 한다. 이들은 몸 전체로 종교를 느껴야 종교를 제대로 믿는다고 단언하는데, 성주간 행사 때 마을마다 도시마다에서 벌어지는 행사가 이를 증명한다. 자신의 몸에 채찍을 휘두르는 사람들과 가시관을 쓰고 십자가를 메고 걸으면서 예수 수난을 몸소 체험하는 사람들을 보면 신중함이라든가 이성, 조화라는 단어는 저 멀리 사라지고 만다. 스페인 사람들은 직접 피부와 마음으로 느끼고 그 느낌을 극적으로 표현하면서 사는 것처럼 보인다.

오르테가만이 아니다. 스페인의 사상가 꼬시오와 알깐따라는 같은 맥락에서 스페인 예술을 사실주의라고 불렀고, 스페인 역사가이자 문화 비평가인 메넨데스 뺄라요와 작가 우나무노도 스페인 사상이 사실주의적이라고 했다. 문학자이자 비평가인 메넨데스 삐달은 스페인의 시는 어떤 다른 것들보다 역사적인 사실에 근거하고 있다고 했다. 또 다른 스페인 사상가이자 개혁자인 꼬스따는 스페인 정치 사상가들은 사실주의자들이었다고 했다. 이들은 모두 스페인 사람들은 사물의 있는 그대로의 모습을 좋아하고 사물을 직접 보고 만지는 것을 좋아하는, 다시 말해 상상력이 없는 사람들이라고 했다. 그러니 나도 이 훌륭한 스페인 지성인들의 말을 따라 스페인 사람들은 사실주의자들이고 그들의 문화는 물질주의라고 말해야 할 것 같은데, 이러한 정의에 어느 정도 수긍은 하면서도 전적으로 동의하지 못하는 이유는 무엇일까.

스페인에 가면 스페인 사람은 없고 바스크 사람, 까딸루냐 사람, 까스띠야 사람, 갈리시아 사람, 엑스뜨라마두라 사람, 안달루시아 사람들만 있다는 말이 있다. 이런 사람들이 17 종에 이른다. 이들은 자기들만의 문화와 역사는 물론이고 서로 다른 종족의 선조와 언어까지 갖고 있기도 하다. 역사적으로 스페인 땅을 밟은 민족도 많다. 켈트 이베로 족을 원주민으로 해서 페니키아 인, 그리스 인, 카르타고 인, 로마 인, 게르만 인의 전통 위에 800년간은 아랍 인이 스페인을 만들었다. 여기에 유대인과 집시들도 스페인 형성을 거들었다. 그래서 이들이 머물렀던 지역에 따라 지역민들의 성격에서부터 관습, 예술, 문학, 언어, 음악, 음식 등이 다양하고 독특해 단지 단 하나의 용어로 단정 짓기가 오히려 조심스러워질 정도이다.

스페인에 대한 외국인들의 평가도 제각각이다. 스페인에는 시간이 정지된 것 같은 느낌이 드는 곳이 많다. 가톨릭을 스페인의 종교로 지키기 위해 수천 년을 피로 싸워온 나라에서 집시가 길거리에서 손금을 보고 별자리로 운수를 점치는 데다 마을마다 토속 치료사들도 있다. 이를 보고 현대 문명 속에 아직도 신화와 신비가 존재하는 나라라고 부러워하는 사람이 있는가 하면 미문명화된, 미진보된, 원시적인 나라라고 비아냥대는 사람도 있다. 투우를 보면서 스페인 사람들의 용맹성과 도전 정신을 느끼는 사람이 있는가 하면 폭력적이고 잔인하며 호전적이라고 비판

하는 사람도 있다. 플라멩코에서 스페인 사람들의 격정적인 관능미와 정열을 보는 사람이 있는가 하면, 스페인의 한스럽고 소외된 역사로 인한 고독의 절규와 몸부림으로 해석하는 사람도 있다. 지형적으로 유럽의 끝에 있고 피레네 산맥으로 갈려 유럽과는 고립되어 있으며 아프리카 대륙과 가까이 있기 때문에 스페인을 아프리카라고 일갈하는 사람도 있지만 그렇기 때문에 스페인만의 차별성, 스페인만의 미학을 가질 수 있었다고 말하는 사람도 있다. 스페인의 역사를 독재와 종교재판과 절대군주제와 종교로 인한 슬픔과 폭력의 역사로 폄하하는 사람이 있는가 하면 태양과 기쁨과 축제와 정열의 삶으로 평가하는 사람도 있다.

이러한 평가는 관점의 차이지만 이보다 더한 것은 스페인 자체가 안고 있는 너무나 상반된 모습들이다. 새로운 세계인 신대륙을 지구상에 기록하면서 인식의 지평과 인간 존재의 의미를 확대했던 스페인이 가톨릭 피의 순수성을 위한다는 명목 아래 이단 심문소를 만들어 계몽의 시대에서까지 중세적 피의 숙청을 감행했다. 독일이나 영국보다 앞서 인민의 권리와 자유를 인정하는 민주적 전통과 대의 정치를 실천한 스페인이 현대사에서조차 유럽에서 유일하게 일당 독재의 오명을 쓴 나라가 되기도 했다. 신세계로부터 들여온 막대한 양의 금은보화와 거대한 식민지를 갖고도 자국민들은 구걸을 해야 할 정도로 굶주림에 시달려야 했다. 이뿐인가. '망치가 있어도 못을 주면 이마로 박는다' 고 할 정도로 옹고집에 지독한 개인주의자인 이들이 남을 배려하고 정을 나누는 것을 보면, 이렇게 극과 극을 달리는 모순으로 점철된 나라는 다시없다는 생각이 든다.

이런 팔색조보다 더한 모습이 있기에 스페인은 수많은 관광객이 다녀갔음에도 불구하고 여전히 사람들의 호기심을 부추기며 상상력을 자극하고 있는 것 같다. 이상주의자 돈키호테의 열정 속에 감춰진 것들을 그저 사실주의 나라라거나 태양의 나라, 정열의 나라로만 이야기한다면 스페인 사람들이 무척 억울해할 것 같다.

그 속을 자세히 들여다보면 우리를 당혹하게 만드는, 결코 몇 마디로 정의될 수 없는 또 다른 스페인이 사실주의라는 외피 속에 팥소처럼 들어앉아 있기 때문이다.

이런 스페인의 모습이 내 손끝에서 얼마나 제대로 살아날지 의문이다. 다만 오랜 세월 내가 발로 뛰고 몸으로 부딪치며 얻어낸 결과물이니 어떤 목적을 갖고 이 책을 대하든 기대했던 것 이상을 줄 수 있는 책이 되기를 소망해본다.

스페인어 한글 표기에서 보편화된 용어는 우리나라 외래어 표기법에 따랐지만 그 밖의 용어는 스페인의 경음 발음에 충실했음을 알려둔다.

차례

2부 신 다음으로 위대하다고 생각하는 사람들이 사는 곳

3부 100명의 우등생은 낳지 못하지만 1명의 천재를 낳는 나라

4부 여유와 배려 속에 누리는 삶

5부 스페인의 그림자

제1부

과거를 품은 채 현재를 살아가는 풍광

오른쪽에는 온화한 코발트색 지중해를, 왼쪽에는 격랑하는 파도의 대서양을, 남쪽으로는 지브롤터 해협을 사이에 두고 아프리카를 건너다볼 수 있고, 북쪽으로는 피레네 산맥을 둔 스페인을 "유럽의 엉덩이쯤에 압정으로 대강 덧붙여놓은 땅"이라고 표현한다. 유럽 대륙의 끝자락에 있어 신체의 엉덩이 부위로 본 건 그럴싸한데 대강 덧붙여놓은 땅은 아닌 것 같다. 지구상에 있는 모든 기후와 지형, 인종과 문화를 축약해서 신은 이 대지에 확실하게 놓아두었기 때문이다. 온갖 민족이 거쳐 가면서 자신들의 흔적들을 요 모양 조 모양으로 남겨놓았고 거창한 것만이 아름다움이 아님을 이 대지는 알려주고 있다. 대도시이건 자그마한 마을이건 온갖 민족이 거쳐 간 크고 작은 흔적들은 지금도 우리에게 직접 말을 걸어오는 듯 정겹다. 찬란하고 번쩍이는 건물이나 상점이 부럽지 않은, 세월의 풍파 속에서도 꿈쩍않고 견뎌낸 중세의 풍채가 자랑스럽다. 옛것의 품위를 손상시키지 않으면서 현대화하여 사용하는 도심의 건물들이나 인간과 세월에 유린당하지 않은 자연을 보면 스페인이 관광대국이라는 게 실감이 난다.

순례자의 길, 성자들의 고향과 무덤을 찾아서

먼지와 진흙과 태양과 폭우가
까미노 데 산티아고, 야고보의 길이다.
수백 만 명의 순례자들이
천년을 넘는 세월 동안 다니고 있다.

순례자여, 누가 그대를 순례로 부르는가?
어떤 알지 못할 힘이 그대를 끌어당기는가?

별들의 들판도 아니고
거대한 성당들도 아니다.
나바라의 용맹성도 아니고
리오하의 와인도
까스띠야의 들판이나
갈리시아의 해산물들도 아니다.

역사나 문화도 아니고
라 깔사다 지역의 기적을 증명한 닭도 아니며
가우디의 궁이며
뽄페라다의 성도 아니다.

난 순례 길을 걷다 이 모든 것을 본다.
그 모든 것을 보는 게 즐겁다.
하지만 나를 부르는 소리는
훨씬 더 깊은 곳에서 나오는 것임을 느낀다.

순례자여, 누가 그대를 순례로 부르는가?
어떤 알지 못할 힘이 그대를 끌어당기는가?

나를 밀어주는 힘,
나를 끌어당기는 힘을
어떻게 설명해야 할지 나 자신도 모르겠다.
단지 저 높은 곳에 계시는 자, 그 분만이 아실 것이다!

'까미노 데 산티아고' 여정 중 나헤라 마을 어귀 담벼락에 이름 모를 순례자가
써 좋은 시 귀절이다. 12세기 스페인 사제이자 순례자들의 음유시인인 곤살로 데
베르세오는 성 베드로의 말을 빌려 발과 다리를 움직일 수 있는 사람이라면 감옥
에 갇혀 있든, 침대에 누워 있든 모두 길 위에 놓인 순례자라고 했다. 그러니 인간
은 모두 순례의 길을 걸어야 한다. 로마보다 앞서 기독교 세계가 스페인에서 가장
왕성한 빛을 발했던 12세기 스페인에 갈리시아에 있는 야고보 무덤을 찾아가는 순
례 길이 생겨났다.

스페인은 가톨릭으로 유럽을 하나로 묶으려 했던 나라답게 자그마한 시골에서
조차 교회와 성당과 수도원이 발견되는 나라이다. 현대에 이르기까지 정치, 경제
에서뿐만 아니라 예술과 사회, 축제, 삶과 사고방식 등에서 종교가 주인 행세를 했
던 나라는 유럽에서 오직 스페인뿐이다. 로마가 세계사에서 한때 수장 역할을 할
수 있었던 것이 종교와 교황 덕분이었다고는 하지만 스페인만큼 가톨릭교와의 인
연 때문에 국제적 명성을 획득한 나라도 없다.

그래서 스페인에는 가톨릭 수호자가 많다. 기독교가 스페인의 공식 종교(380
년)가 되기 전에 스페인 땅에 있던 온갖 유형의 미신을 몰아내느라 고군분투한 가
톨릭 수호자들과, 8세기 동안 이슬람교도들을 스페인 땅에서 몰아내기(1492년) 위
한 전쟁에서 정신적 지주가 된 가톨릭 수호자가 어느 나라보다 많다. 스페인 왕들
과 로마의 교황들은 이들을 성자로 승격시켜 1년 365일 날마다 성자가 있어 스페

인 국민들은 태어난 날과 함께 '디아 데 산또(성자의 날)' 라는 또 다른 기념일을 부여받는다.

그리고 지역마다 그 지역을 수호하는 성자가 있고 직업마다 그 직업을 돌봐주는 수호 성자가 있다. 지금은 이 성자들이 태어난 곳이나, 살게 된 곳, 이런저런 일로 연관을 맺게 되어 믿기지 않는 전설 같은 이야기를 품고 있는 장소들이 성지가 되어 세계의 수많은 순례자를 불러모으고 있다. 그중 으뜸이 바로 피레네 산맥에서부터 산티아고 데 콤포스텔라까지 약 745킬로에서 775킬로에 이르는 길을 걷는 '까미노 데 산티아고' 즉, 야고보의 무덤을 찾아 떠나는 순례 길이다.

야고보는 성경에서 말하는 갈릴리의 어부 제베대오의 아들 야고보로, 전설에 의하면 그는 스페인 사람들에게 복음을 전하려 갈리시아에 왔으며, 테오도로와 아타나시오, 토르쿠아토, 세실리오, 에우프라시오 등의 제자를 두었다. 이후 사라고사로 가 천사와 함께 현시한 성모의 부탁으로 삘라르 대성당을 지었다. 그는 다시 예루살렘으로 돌아갔으나 그곳에서 헤롯에게 목이 잘리는 순교를 당했다. 제자들이 그의 시체를 배에 실었고 풍랑과 바람과 천사의 도움으로 스페인 갈리시아의 빠드론 해안에 닿았다. 그리고 한참 세월이 지난 뒤 빠드론에서 얼마 떨어지지 않은 이리아 플라비아라는 마을의 떼오도미로 주교가 야고보의 무덤을 발견했다. 같은 마을 암자에서 은자의 삶을 살고 있던

영광의 문에 새겨진 야고보 좌상

삘라히오가 천상의 노래 소리와 함께 별 빛 하나가 동산 위에 머무는 것을 보고 주교에게 알린 것이다. 그때가 813년이다. 이후 이 소식이 기독교 세계에 알려진 후 12세기 말, '별의 들판의 성스러운 야고보' 라는 뜻인 산티아고 데 콤포스텔라는 순례자들의 성스러운 종착지가 되었고 그곳까지 가는 길은 '야고보의 길' 이란 이름으로 불리기 시작했다. 이후 야고보의 유해가 그곳에 묻혀 있다는 믿음에서 시작된 전통이 지역마다 수많은 전설들을 낳았고, 예술가와 화가와 조각가와 문인들

산티아고 콤포스텔라 성당 대제단

에게는 영감이 되어 세상의 모든 사람들을 불러들이고 있다.

　중세부터 지금까지 믿음을 찾아, 용서를 찾아, 구원을 찾아 또는 자기 자신을 찾아 수많은 사람이 걸었던 이 길의 종착지에는 세 개의 코를 하늘로 우뚝 세우고 가톨릭 세계의 최고의 성지임을 자랑하는 산티아고 데 콤포스텔라 대성당이 있다.

　1078년 알폰소 6세의 명령에 의해 로마 양식으로 시작된 이 성당은 원래 9세기 로마 교회가 있던 자리에 알폰소 2세가 야고보 무덤을 지키기 위해 벽돌로 된 성당을 올리면서 시작됐다. 1750년에는 페르난도 까사스 이 노보아가 정면만 바로크 양식으로 웅장하면서도 화려하게 바꾸었는데, 이를 '오브라이도' 라고 한다. 세 개의 코 중에서 양 옆으로 선 두 개는 높이가 74m인 쌍둥이 탑이고 중간에 있는 세

산티아고 콤포스텔라 성당 영광의 문과 성당 대제단

번째 탑 아래에 야고보 상이 있다. 사도들과 예언자들의 입상이 있는 영광의 정문
으로 들어가면 엘 산또 도스 끄로께스가 12세기부터 순례자들을 맞이하고 있다.
이 성상에 머리를 대면 행운과 지혜를 얻는다는 이야기가 전
해오고 있다. 성당 안으로 직진하면 9세기 교회가 있던 바로
그곳에 대제단이 있고, 그 대제단 아래에 있는 납골함에 야고
보의 유해가 보관되어 있다. 대제단을 주관하면서 화려하게
서 있는 야고보 입상은 13세기에 세운 것으로 순례자들이 직
접 만지고 입도 맞출 수 있다.

　신화와 전설로 점철된 이 순례의 길을 걷고 나면 인생관
이 바뀐다고 한다. 신앙인에게는 일상과 다른 길을 통해 절
대적인 존재와 자신의 영혼이 만나게 되는 과정에서 영적인
변화가 일어나기 때문일 것이고, 세속인에게는 속세의 욕망   엘 산또 도스 끄로께스(위) 대제단 아래
을 잊게 하는 고독과 자연 속에서 진정한 삶의 의미와 자아   있는 납골함(아래)

를 찾을 수 있기 때문일 것이다. 그래서 이탈리아 《신곡》의 저자 단테는 산티아고
데 콤포스텔라를 오가는 자만이 진정한 순례자라고 했다.

　순례의 길을 걷다보면 순례 중 사망한 자들의 무덤이 있고 이들을 기리는 돌무

가톨릭 왕들의 병원

덤이나 병원시설들이 곳곳에 있다. 특히 콤포스텔라 대성당 정면 앞쪽 '오브라도이로' 광장을 중심으로 중세 도시 어디서든 볼 수 있는 사방팔방으로 난 좁은 길과 광장, 수도원들이 이 도시의 중세적 멋을 더해주는 데, 무엇보다 눈에 띄는 것은 대성당 왼쪽에 있는, 지은이들의 이름을 딴 '가톨릭 왕들'의 병원이다. 15세기 순례하다 병이 든 사람들을 위한 숙소이자 병원이 왕령으로 만들어진 것이다. 지금은 정면을 르네상스 양식으로 바꾸어 국가가 운영하는 호텔인 빠라도르(옛 수도원이나 귀족의 궁정을 현대식으로 개조하여 꾸민 고급 호텔)로 사용하고 있다.

중세를 만나러 이곳으로 가는 길은 두 갈래이다. 하나는 '유럽 문화의 여정' 또는 '프랑스의 길'로 부르는 여정이다. '유럽 문화의 여정'은 세계의 모든 사람이 모여 문화 교류의 장이 되었다고 붙여진 이름이고, '프랑스의 길'은 야고보에 대한 경배가 프랑스에서 더 강력했으며 그곳에서부터 들어오는 루트이기 때문에 붙여졌다. 피레네 산맥에 있는 아라곤 자치지역의 솜뽀르뜨나 나바라 자치지역의 론세스바예스에서 시작하여 왼쪽으로 뿌엔떼 라 레이나로 들어오면 와인 재배로 유명한 라 리오하 자치지역이 나온다. 이곳의 산또 도밍고 데 라 깔사다를 거쳐서 까스띠야 이 레온 자치지역에 있는 부르고스로 들어간다. 이곳을 나와 사아군을 거

산티아고 가는 길 여정

치면 고딕 양식 최고의 성당이 있는 레온으로 들어가게 된다. 다시 길을 떠나 '로마 길'의 한 자락이자 로마인들의 주요 전략지였던, 가우디의 주교 궁정과 산타 마리아 대성당이 멋들어진 담으로 둘러싸인 아스또르가로 들어간다. 이어 갈리시아 자치지역에 있는 오 세브레이로를 지나면 종착지인 산티아고 데 콤포스텔라이다.

다른 한 길은 역시 론세스바예스에서 시작하거나 바스크 자치지역의 이룬에서 시작하여 왼쪽으로 가는 직선로인 '북쪽 길'로, 오른쪽으로 바다를 둔 산길이다. 보통 산티아고 데 콤포스텔라로 갈 때는 '유럽 문화의 여정' 루트를 따라가고 돌아갈 때는 '북쪽 길'을 많이 이용한다. 물론 이 길은 유럽에서 스페인으로 들어올 때의 루트이다. 마드리드나 바르셀로나 그라나다 등 스페인 어디에서든 산티아고 데 콤포스텔라로 가는 길은 열려 있고 순례 방법도 거리만큼이나 다양하다.

순례의 길은 앞서 시에서 보았듯이 스페인 역사의 장이자 푸짐한 볼거리를 제공하는 문화의 장이기도 하다. 나바라 자치지역에 있는 론세스바예스는 프랑스 최초의 서사시 '롤랑의 노래'의 무대이기도 한데, 이 작품은 778년 샤를마뉴 대제의 부대가 나바라의 바스크 인들에게 대패한 역사적 사건에 근거하지만 내용은 바스크 인들 대신 아랍 인들로 되어 있다.

피레네 산속에 있는 이 마을에는 성지순례의 출발지답게 아우구스트 수도원과 왕실 부속 교회 건물이 있다. 13세기 고딕 양식의 교회는 순례자들에게 숙소를 제공했고, 교회 안에는 순례자들이 경배를 하도록 아기예수를 안은 성모마리아 상이

론세스바예스 왕실 부속 교회의 화려한 빛깔의 천장 채색창

걸려 있다. 왕실 부속 예배당이라서 그러한지 산초 7세(1154~1234)의 석고로 된 무덤과 관련 유물들이 보관되어 있다. 무덤 위 화려한 빛깔의 천장 채색 창에는 야고보의 도움으로 스페인이 국토회복 전쟁에서 이슬람교도를 물리치고 기독교의 스페인으로 통일하는 데 기초를 닦은 나바스 데 톨로사 전투(1212년) 장면이 묘사되어 있다.

©Antonio Arenal

뿌엔떼 라 레이나 마을의 여왕 다리

다음 코스인 '뿌엔떼 라 레이나' 마을은 '여왕 다리' 라는 뜻으로 그곳 아르가 강줄기 위로 난 인도교 이름이기도 하다. 11세기에 순례자를 위해 왕령으로 지어진 일곱 개의 아치가 있는 다리로 유명한 이 곳 좁은 길에는, 야고보 황금 상으로 유명한 야고보 교회가 그 마을을 대표하고 있다.

뿌엔떼 라 레이나에서 산티아고로 가는 서쪽 길에서 잠깐 빠져 나와 남동쪽으로 5km 정도 내려오면 잡풀만이 무성한 허허벌판에 산따 마리아 데 에우나떼 로마식 교회가 왼쪽 옆으로 열다섯 그루의 나무만을 동무 삼아 홀로 서 있다. 흙색 벽돌로 된 아치형 담을 허리로 두르고 회색 기와를 머리에 얹고 있는 두 개의 지붕은 여름이면 순례자들을 들판의 열기로부터, 또는 갑작스레 쏟아지는 폭우로부터 피신시켜주던 곳으로 순례 중에 사망한 자들의 묘지로 이용되었다.

산따 마리아 데 에우나떼 로마식 교회

이곳에서 같은 방향으로 약 15km 내려가면 하비에르 마을이 나온다. 현대 성자의 성지를 방문할 수 있는 곳이다. 1506년 이곳에서 태어나 36세 때부터 7년 동안 인도 남부에서, 그 이후 2년 동안 일본에서 선교활동을 했다는 프란시스코 하비에르 성자의 고향이다. 교황 그레고리오 15세는 1552년 중국 해안을 눈앞에 둔 산촌 섬에서 세상을 떠날 때까지 선교활동을 멈추지 않은 그를 1622년 스페인의 이그나시오 로욜라, 성녀 테레사, 성 이시드로 라브라도라, 그리고 성 펠리뻬 네리와 함께 성인의 반열에 올랐다. 1904년 교황 피오 10세는 그를 선교단의 수호신으로 명했다. 그는 또한 수려한 자연과 고혹적인 역사물, 기가 막힌 맛으로 미식가들을 매혹하는 음식의 고향 나바라 자치지역의 수호신이기도 하다. 짙은 코발트색 하늘을 배경으로 갈색 흙 위에 홀로 서 있는 하비에르 성채의 모습은 말 그대로 웅장하다.

하비에르 마을의 성채(위) 산살바도르 수도원(아래)

이 하비에르 마을 바로 오른쪽에는 레이레 마을이 있다. 녹음 안에 자리 잡고 있는 산살바도르 수도원은 나바라 왕들의 보호하에 수도사들이 금욕적인 삶과 노동을 행하면서 오랜 세월 신앙의 중심지로서의 임무를 수행했다. 수도원 외형은 수도사들의 삶만큼 완고하고 무거워 보이지만 주위의 강과 전원 풍경이 어울려 한 폭의 그림을 만들어내고 있다.

이곳에서 다시 왔던 길을 되돌아 까미노 데 산티아고의 길에 서서, 약 20km 왼쪽으로 가면 순례자들이 묵는 누에스트라 세뇨라 데 이라체 수도원이 나온다. 숙소로 사용되었던 만큼 앞서 본 수도원들만큼 장엄하지는 않지만 산을 배경 삼아 앞뜰에서 노니는 하얀 양떼들을 보면 종교에서 얻는 위안만큼이나 평화로움이 느껴진다.

순례의 길에 있는 또 다른 역사적인 도시 부르고스는 884년에 세워진 이후 스페인 역사에서 정치적 · 군사적으로 중요한 역할을 담당했던 곳이다. 부르고스는 1472년까지 스페인의 수도였다. 이후 수도를 바야돌리드로 옮기기 전까지 이 도시는 순례자들과 상인, 특히 유대인 상인들로 활기가 넘쳐나는 상업 지역이기도 했다. 15~16세기에는 양모 산업의 중심지가 되면서, 그 수입의 상당 부분이 귀족들의 대저택 건립에 사용되었고, 이 건축물들이 도시를 한층 더 품위 있게 만들고 있다. 이 도시의 구시가지로 들어가려면 산따 마리아 다리를 건너고 이어 나오는 산따 마리아 아치문을 통과해야 한다. 아치문은 작은 탑들과 이 지역 역사의 주인공들의 조각상들로 장식되어 있다. 유명한 산 빠블로 다리에는 스페인 국토회복전쟁의 영웅인 엘시드(1043~1099) 상이 서 있다. 산따 마리아 다리를 지나 조금만 내려가면 지금은 은행 건물이 된 까사 델 꼬르돈이라는 15세기에 지어진 궁정이 나온다. 이곳에서 '가톨릭 왕들'은 두 번째 신대륙 여행에서 돌아온 콜럼버스를 맞이했다.

부르고스 대성당

이 도시 어느 지점에서나 볼 수 있는, 끝이 레이스처럼 장식된 수많은 뾰족한 회색탑 건물이 바로 순례 여정 중에 빠져서는 안 될 부르고스 대성당이다. 대주교 마우리시오가 성자 페르난도 3세를 위해 1221년에 지은 것으로 스페인에서 세 번째로 큰 성당이다. 가로 59m, 세로 84m의 십자형 평면 위에 양 팔을 벌리고 엎드려 있자니 거인 발등에 붙은 껌 딱지 같다는 생각을 떨쳐버릴 수 없게 했던 이 건물은 3세기에 걸쳐 지어졌지만 고딕 양식을 기본으로 하고 있다. 대성당 안팎으로 계단을 만들어 건물을 경사지게 했고, 내부에 있는 '황금 계단'은 이름 그대로 황금빛이 나는 르네상

부르고스 성당에 있는 황금 계단

스식 계단으로, 1519년에서 1522년에 걸쳐 디에
고 데 실로에가 만들었다. 성당 제단 위 십자가
를 지고 골고다 언덕으로 가는 예수 수난 장면은
펠리뻬 비가르니가 1498년에 부조로 형상화한
것이다. 성당을 마주하고 오른쪽으로 돌면 1230
년에 세운 뿌에르따 델 사르멘딸 문이 나온다.
이 문 윗부분에는 예수와 그의 네 명의 복음서
작가들이, 그 아래에는 열두 명의 사도들의 정면
좌상이 부조되어 있다. 엘시드의 무덤을 덮고 있
는 천장은 8각형으로 된 채색창으로 1539년에서
1568년에 걸쳐 완성되었다. 성당 중앙 홀에 있는
'빠빠모스까스'는 시각을 알릴 때 딱새처럼 딱

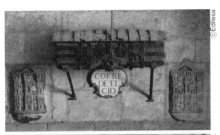

부르고스 성당 내 엘시드의 유해가 담긴 상재(위) 부르고스
성당 내 딱새와 해머(아래)

딱거리며 운다. 성당 내 산따 아나 예배당의 제단은 힐 데 실로에의 작품으로, 벽
의 중앙 경판에는 성모마리아와 성자 호아낀의 전신상이 화려하게 새겨져 있다.

　다음 여정인 아스토르가는 스페인 내 로마 인인 아스투리가 아우구스타가 세운
도시로, 이후 메리다를 잇는 '로마 길'의 요지였다가 순례 길의 한 자락을 형성하
게 되었다. 15세기에서 18세기까지 건축된 이곳 대성당은 고딕
양식과 르네상스 양식, 바로크 양식 모두를 보여주고 있다. 특
히 스페인 르네상스 건축의 대표작으로 꼽히는 가스파르 베세
라의 황금빛 대제단이 유명하다. 이 성당 정면에는 가우디가
신고딕 양식으로 지은 주교궁이 모자이크와 채색창으로 장식
되어 있다.

스또르가 성당 대제단

　'북쪽 길'중의 한 코스인 '바다의 산띠야나'라는 뜻의 산띠
야나 델 마르는 깐따브리아 자치지역에 있는, 이름과 달리 스
페인에서 가장 아름다운 내륙 마을들 중의 하나이다. 15~18세
기에 지어진 돌집들이 포석 위로 무리지어 있는 게 장관이다. 연갈색 벽돌과 주황

산띠야나 델 마르

빛 기와가 고풍스러운 자태를 뽐내고 있는 수도원이 마을의 중심을 이루고, 수도
원에는 중세 초 이 지역 순교자였던 훌리아나 성녀의 무덤이 보관되어 있다. 웅장
한 회랑의 각 기둥머리에는 성경에 나오는 장면들이 생생하게 묘사되어 있어 돌에
새긴 성경 같다. 이러한 종교적 열의를 증명이나 하려는 듯 이 아름다운 마을에 고
문 박물관이 있는 게 아닌가. 이단임을 자백시키기 위한 고문 도구와 방법들을 한
자리에 모아 둔 곳으로, 인간이 어느 정도까지 잔인할 수 있는 지를 증언하는 장소
같았다. 앉는 것은 물론 몸을 전혀 움직일 수 없는 쇠로 된 울 속에 사람을 넣어 백
골이 될 때까지 노천에다 매달아 놓는 도구는 마을 어디에서나 보였다. 청동으로
만든 소의 뱃속에 사람을 넣고 그 밑에 불을 피워 소의 콧구멍과 입으로 새나가는

32

도구를 전시하고 있는 종교재판 박물관

비명으로 공포를 조장하는 고문 방법에 할 말을 잊었다. 멀미가 나서 밖으로 나오니 들어갈 때 보지 못했던 박물관 입구 왼쪽 벽에 자비를 상징하는 올리브나무와 용서를 상징하는 칼집에서 나온 칼을 부조해놓고 있었다. 어느 쪽에서 누구를 위한 자비와 용서인지 묻고 싶은 마음 간절했다.

마을 동쪽, 복원된 레히나 꼬엘리 수도원에 있는 주교 박물관에 가시관을 쓰고 어깨까지 흘러내리는 피로 범벅이 된 예수의 상이 있다. 형언할 수 없는 고뇌로 가득 찬 얼굴로 하늘을 향해 힘없이 들어올린 시선은 우리에게 그 고통의 의미를 잊지 말 것을 당부하고 있는 듯했다.

이베리아 반도의 형성 역사가 워낙 오래되기도 하고, 특히 깐따브리아 자치지역은 같은 이름의 산맥이 가로놓인 산악 지대라서 그런지 동굴이 많다. 그중 1만 6000년 전 선사 예술의 보고로 온갖 종류의 짐승을 암벽의 요철을 이용하여 실물같이 그려놓은 알타미라 동굴이 유명하다. 1879년에 발견된 이 동굴은 현재 일반 공개를 하고 있지 않지만 이곳 박물관에 그 동굴을 완벽하게 재현해 놓고 있어 안내를 받으며 탐험할 수가 있다.

오비에도는 아스뚜리아스 지치지역의 상업 문화 중심지이자 대학 도시로, 경제적으로는 석탄 광산산업 덕분에 19세기부터 부상되기 시

알타미라 동굴 천정 벽화

작했다. 이 당시 도시의 분위기는 스페인의 대표적인 자연주의 소설가인 레오뽈도 알라스, 일명 끌라린의 소설 『집정관의 아내(라 레헨따)』에서 회색빛의 정적만이 감도는 잠에 빠진 도시로 만날 수 있다. 하지만 이 도시와 주변에서 볼 수 있는

알폰소 2세 광장과 오비에도 대성당

8~10세기에 지어진 전 로마 시대 건축물들은 그 지역만의 보물이다. 이슬람교도들에게 점령되지 않은 스페인의 몇 안 되는 지역 중의 하나인 이곳의 심장부는 옛 궁정들로 둘러싸인 알폰소 2세 광장이다. 불꽃이 넘실대는 것 같은 이곳의 고딕식 대성당 안에는 아스뚜리아스 왕국의 왕들의 무덤과 16세기에 만든 환상적인 황금제단이 있다. 성당 최고의 보물이라고 일컬어지는, 9세기에 복원된 예배당인 '까마라 산타'에는 예수와 사도들의 상이 있고, 9세기 그 지역 예술품들이 보관되어 있다. 이들 중 특히 금은보화로 만들어진 두 개의 십자가와 납골함이 우리의 관심을 끈다.

오이비도 대성당 내 황금제단

리에바나 마을에 있는 산또 또리비오 수도원은 로마, 예루살렘 그리고 산티아고 데 콤포스텔라 성지와 함께 세계 4대 순례지이다. 이곳에는 예수가 못 박힌 십자가 조각 중 가장 큰 부분이 보관되어 있다. 이슬람교도들이 8세기에 스페인을 침략했을 때 그들의 약탈을 피하기 위해 이 수도원으로 옮겨졌다. 수도원은 스페인의 대표적인 국립공원인 '피꼬 데 에우로빠(유럽의 봉우리)'를 이루는 평균 2600m 높이의 산들로 둘러싸여 있어서 산속에 다소곳이 자리 잡은 고즈넉한 묘지 같다. 이곳은 중세 문화의 보고이자 역사의 산증인으로도 알려져 있다. 특히 세계적으로 유명한 '묵시록 주해서'를 쓴 베아토 데 리에바나 수도사가 머물렀던 곳이기도 하다. 이탈리아, 프랑스, 스

산또 또리비오 수도원

페인 수도사들은 이 주해서를 '신앙심이 돈독한 고문서'라고 하며, 30편이 이곳에 보존되어 있다. 이 수도원에 있는 용서의 문은 전통적으로 성 토리비오 축일이 일요일과 겹치는 해에만 열린다. 물론 순례자들은 이곳에 닿기 전에 모사라베 인들이 10~11세기에 걸쳐 벽돌로 지은 교회와 석회암과 떡갈나무로 장식된 시골 마을의 전통적인 건축물들로 눈이 호사를 누릴 것이다.

사실 이 성지 순례의 길은 직접 보거나 걸어보지 않으면 그 참 맛을 알 수가 없다. 유네스코 기본 헌장에 의하면 학문과 교육과 문화가 평화를 지키는 보루라고 하는데, 순례의 길에 이 모든 것이 다 있다. 그런데 이보다 더 나를 감동시켰던 것은 다른 데 있었다. 길에서 만난 사람들과 순례자들을 위한 소박한 안내표식과 퍼내고 퍼내어도 하느님의 사랑처럼 마르지 않는 샘과 그들의 안위를 빌어주는 성모상과 십자가, 이 인간적이며 사소한 것들이 나를 감동시켰고 나의 마음을 앗아갔다. 지역민들의 인심은 또 어떠한가. 생면부지의 사람들에게, 언제 다시 볼지 모르는, 아니면 이번이 마지막 만남이 될 수도 있는 사람들에게 아무런 조건이나 가식 없이 베푸는 사랑의 모습에 늘 가슴이 뭉클했다. 그래서 이 길을 걷는 사람들은 일상에 변화를 주기 위해 걷든, 지친 삶에서 다시 일어서기 위해 걷든, 얼마나 적은 것으로 살 수 있는지 알기 위해 걷든, 믿음의 세계로 더 가까이 나아가기 위해 걷든 모두가 차고 넘쳐 보인다.

스페인은 물론이고 우리나라 서점에 가도 스페인 성지 순례와 관련한 책이 많아서 무척 놀랐다. 순례를 위한 안내서에서부터 순례를 하면서 받았던 느낌을 기록한 여행기 등 종류가 다양한데, 책으로 읽었을 때의 감흥과 실제로 그 자리에 있었을 때의 감흥이 너무나 달랐음을 고백한다.

나는 나바라 자치지역에 있는, 순례 여정 중의 한 도시인 로그로뇨 호텔에 짐을 풀고 다음 날 비아나 마을로 돌아가 그곳에서부터 순례자가 되어보자는, 총 775km의 여정 중 단 100km만이라도 걸어보자는 야무진 생각을 했다. 안내 책자에 보면 순례의 길은 일주일에 하루 쉬면서 30~34일을 걸으면 완주할 수 있는 거리라고 한다. 경험이 많거나 신체 조건이 좋은 사람은 22~26일 만에 걷기도 한단다. 하지만 날짜와는 상관없이 자신만의 리듬으로, 주어진 것들에 순응하고 어쩔수 없는 상황을 받아들이며 자유롭게 걷는 사람이 더 많다. 뿌엔떼 라 레이나(678km)에서 시작하든, 에스떼야(656km)나 로그로뇨(607km), 산또 도밍고 데 라깔사다(556km)나 부르고스(483km), 쁘로미스따(418km), 뽀페라다(198km), 세브레이로(147km)에서 시작하든지 간에 목적지인 산티아고 데 콤포스텔라까지 걸으면 된다. 마지막 100km를 걸어서 가거나, 자전거나 말로 마지막 200km를 가면 교회에서 순례자임을 보이는 증서에 사인을 해준다. 그런데 단거리를 경험한 사람은 다음에 반드시 전 구간을 걷는다고 한다. 전 구간을 걷고 난 뒤, 다시는 걷지 않을거라고 단언한 사람도 다음 해 또 다시 그 자리에 서 있게 된다고 한다. 그래서 난 단거리로 시작해보고 싶었다. 우리나라에서부터 순례자들이 갖추어야 할 장비들을 준비했다. 신발과 배낭, 양말, 모자, 등산복, 접이식 스틱과 물집 대비 비상약을 스페인 여행 짐 보따리에 함께 꾸렸다. 순례자의 상징인 가리비 껍데기는 스페인

순례자의 길 안내표식 가리비 껍데기

에서 구입하기로 했다. 이 가리비 껍데기가 순례자의 상징이 되고, 노란 가리비 껍데기 모양의 화살표가 순례 길 표식이 된 이유는 전설이 말해주고 있다. 전설에 의하면 야고보의 시신과 그의 제자들을 실은 배가 갈리시아 해안에 도착한 날 그곳한 사원에서 결혼식이 거행될 예정이었다. 사원으로 가고 있던 신랑이 알 수 없는 배 한 척이 격류에 표류하고 있는 것을 보고 말을 탄 채 바다로 들어가다 큰 파도에 휩쓸렸다. 죽음의 공포를 느꼈던 그는 하늘에게 목숨을 빌었고, 그 순간 바다는 잠잠해지며 알 수 없는 힘이 배와 함께 자기를 물 밖으로 끌어

내는 것을 느꼈다. 바다에서 나온 신랑과 말의 몸에는 온통 가리비 껍데기가 붙어 있었다. 사람들은 그 알 수 없는 힘을 그 배에 실린 야고보의 시신이 행한 기적으로 돌렸고, 그 기적의 증거로 가리비 껍데기가 된 것이다. 그래서 순례자들은 자신들

순례자의 길 안내표식

의 목표를 이루었다는 상징으로 모자나 옷에 그것을 매달고 다니기 시작했다. 갈리시아 해안에 숱하게 깔려 있는 게 이 조개지만 순례자들이 거쳐 가는 마을 마다 이 모양을 만들어 파는 장사치들이 생겨나면서 돈으로 사는 물건이 되어버렸다.

다시 내 순례의 이야기로 돌아가자. 리오하 자치지역의 주도이자 순례길의 한 구간인 로그로뇨로 가는 길 내내 비가 내렸다. 눈이 시릴 만큼 맑은 햇살에 싱싱한 자태를 자랑하던 옥수수들이 엄청나게 굵은 빗방울에 온몸을 축축 늘어뜨리고 있었다. 왕복 2차선의 국도 저 멀리 언덕에서는 풍력 터빈이 세찬 바람에 휘둘렸고 번갯불이 연신 하늘을 가르고 있었다. 마른번개이기를, 곧 비가 그치기만을 내심 바랐지만 내 마음을 읽지 못하는 빗방울은 앞을 구분하기도 어려울 정도로 차창을 때렸다. 지구온난화로 인해 기상이변이 잦다더니 스페인에서 그런 비는 처음이었다. 시속 100km가 제한 속도인 차도에서 100km로 달리는 내 차를 앞서겠노라고 연신 추월을 해대며 스페인인들의 열정을 과시하던 그 지역 사람들조차 이제는 전조등을 켜고 내 차 꽁무니를 졸졸 따라오고 있었다. 내일은 이 비가 그치겠지, 아니 그쳐야 한다, 그쳐야 하느니라, 이렇게 주문을 외면서 나는 갔다.

비 때문인지 로그로뇨에서 묵을 예정이었던 호텔을 놓쳐버린 내 차는 다음 날 순례 출발 예정지인 비아나로 들어서고 있었다. 지도를 보려고 잠깐 길 가에 차를 세우고 있는데, 시커먼 형상의 커다란 물체가 내 쪽으로 다가오는 게 보였다. 차창에 코를 박고 자세히 바라보니 두 명의 순례자가 거대한 배낭을 메고 무릎까지 덮은 검은 비옷을 입고 걸어오고 있었다. 길 위에서 순례자를 만난 것이 처음이라서 너무나 반가운 마음에 사진기부터 냅다 집어 들었다. 그런데 그들에게 초점을 맞추는 순간 셔터를 누를 수가 없었다. 폭우 속에 갇힌 그 두 이방인의 얼굴에 흐르는 온화함과 평화로움에 비해 나의 세속적인 행동이 참으로 부끄러웠기 때문이다. 물에 푹푹 빠지는 신발과 바람이 헤집어놓은 옷에는 빗물이 사정없이 들이치는데도 어쩜 저토록 행복한 얼굴로 그 어두운 공간을 걸을 수 있을까. 오후 3시면 지칠

알베르게 입구에서 기다리는 순례자들

대로 지쳤을 게 틀림없는데 어찌 저리도 편안해 보일까. 차에 앉아서 사진기나 들이미는 나의 오만함이 부끄러워 귀 뒤쪽부터 얼굴로 뜨거운 열기가 번졌다. 난 그냥 걸을 수 있는 데까지 걸어보자고 했다. 순례자 복장만 갖추면 된다고 생각했다. 언제든 돌아갈 수 있는 도피처를 마련해놓고 걷겠다고 했다. 순례의 정신은 없고 형식으로만 채웠던 나의 계획이 수치스러움으로 봉인되는 순간이었다.

그 다음 날은 빗줄기가 더 굵어졌다. 비아나로 다시 차를 몰았다. 이미 그전 마을에서 출발한 순례자들이 퍼붓는 비에 아랑곳없이 마을을 통과하고 있었다. 관광안내소 처마 밑에서 내 학생 또래의 여자아이가 바닥에 종이를 깔고 앉아 늦은 아침으로 빵을 먹고 있었다. 앞선 숙소, 알베르게에서 해가 뜨기 전에 출발했으니 그때쯤 아침을 먹어야 했다. 그 아이 옆에는 부피가 자기보다 큰 배낭이 벽에 기대어 있었다. 동네 바에서는 그 마을 사람들과 함께 몇 명의 순례자들이 아침을 먹고 있었다. 12세기 대성당 옆 순례자 피신처의 문은 닫혀 있었고, 11세기 성당으로 가는 입구에 있는 알베르게는 12시에 문을 연다고 적혀 있었다.

순례자들을 지켜주려는 듯 마을 건물마다 걸어놓은 성모상과 십자가, 그리고 길을 안내하는 표식들을 돌아보고 내려오니 순례자로 보이는 10대 후반의 여자아이 둘이 버스 정류장에 앉아 있었다. 차에서 내려 그들에게로 걸어가서 내 사정을

말하고 그네들 사정을 들으니 프랑스에서 성지 순례 하러 온 자매였다. 그런데 왜 버스 정류장에 있는지 물었더니 햇빛에 발갛게 된 볼이 더 발개지더니 발가락 고무 슬리퍼를 벗은 발을 조심스레 내 앞으로 내밀었다. 많이 걸으면 생기는, 반갑지 않은 단골손님인 물집이 터져 발이 엉망이었다. 물집은 소독한 바늘을 실에 꿰어 물을 뺀 뒤 소독약을 바르고 일회용 반창고를 붙여놓으면 빨리 회복되는데, 물집이 걷는 도중에 터져버렸고 계속된 마찰로 완전히 살이 떨어져나가 무척 아파 보이는 상처가 발 아래위로 꽃을 피우고 있었다. 론세스바예스에서 출발한 지 5일 만에 그렇게 되었으니 어찌하랴. 비도 오니 버스를 타고 다음 목적지 나바레테까지 가려고 한다 했다. 순례를 할 때는 동반자와 함께하는 게 좋다고 안내 책에 쓰여 있다. 예기치 못한 일이 생기면 서로 돕고 보살필 수 있기 때문인데, 그래서인지 순례자들끼리는 서로 식구 같아 보인다. 난 내게 있던 바셀린과 상처를 빨리 낫게 해줄 연고와 빨간 약을 꺼내줬다. 바셀린은 걷기 전에 발에 발라 두면 좋다. 그리고 나바레테까지 내 차로 데려다주고 싶은 마음 굴뚝같았지만 일정 때문에 함께하지 못했다. 내 마음을 읽기나 한 듯 마을 모퉁이를 돌아 나올 때까지 빗속에 서서 손을 흔들던 그 아이들의 모습이 아직도 마음에 걸린다. 순례를 무사히 마치고 자기네 나라로 돌아갔을 거야.

리오하 지역은 와인으로 유명하여 눈에 보이는 이상한 건물들은 모두 와이너리라고 해도 무방할 정도이다. 이곳 방문을 마치고 순례 길의 중간쯤에 위치한 레온으로 들어갔다. 중세 오르도뇨 2세의 왕국의 수도였던 이곳으로 오는 내내 나는 눈으로 순례자들을 찾았고, 이따금 이들을 만났을 때는 왜 그리 반가웠는지 모른다. 레온에서는 순례 중이던 우리나라 신부님을 만났다.

순례 길에서 만나는 모든 마을들이 그러하지만, 특히 레온처럼 중요한 도시에는 스페인의 정치, 역사뿐만 아니라 순례의 역사가 살아 있어 건물에서도 볼거리가 푸짐하다. 교회나 대성당은 순례자들에겐 놓치면 안 될 성전으로, 잠시 흐트러질 수 있는 마음을 다잡을 수 있는 곳이 되기도 한다. 나는 호텔에 짐을 풀고 레온 성당이 있는 곳으로 갔다.

몇 번이나 갔던 곳이지만 주변이 많이 정리되어 어디로 해서 가야 할지 두리번거리고 있는데, 포석에 가리비 껍데기 문양으로 길을 안내해놓은 게 보였다. 그 표시를 보물찾기하듯이 따라 걷다보니 레온 시의 자랑거리들이 하나둘 나타나기 시작했다. 17세기에 건설된 마요르 광장 주위로 난 그림 같은 구시가지의 좁은 길에는 바와 카페와 교회와 고택들이 늘어서 있다. 산 마르면 광장은 즐기고 먹는 사람들로 넘쳐난다. 산또 도밍고 광장 주위로 두 개의 궁정이 있는데 하나는 르네상스 양식의 뜰이 있는 구스만 가의 궁정이고, 다른 하나는 가우디의 까사 데 보띠네스이다. 강가에 있는 산 마르꼬스 숙소는 스페인 최초의 르네상스 건축물로 12세기 산티아고로 가는 순례자들을 위한 병원이 있었던 곳이다. 1533년에 산티아고 기사단을 위한 본부로 지금의 건물이 세워지기 시작하여 18세기에 완성되었다. 조개로 장식한 쁠라떼레스크 양식의 정면은 이후 바로크 양식의 장식과 합쳐지면서 지금의 화려한 모습을 갖게 되었다. 건물 중심부는 지금 빠라도르로 사용되고 있다.

레온 시는 이슬람교도들과의 전쟁 초기 단계에서 정치적으로 막강한 힘을 발휘했던 곳이다. 그래서인지 기원전 219~411년에 스페인에 머물렀던 로마 인들이 세운 담의 한 구획을 이용하여 지은 산 이시드로 왕실 부속 교회에는 로마 양식으로 지어진 왕실 종묘가 있다. 이곳에는 20명 이상 되는 레온 왕국의 왕들의 유해가 보존되어 있으며, 12세기에 조각되고 그려진 기둥머리 장식에는 성경이나 신화에 나오는 일화들과 중세 일상 삶의 모습이 담겨 있다.

무엇보다 레온의 자랑거리는 프랑스식 고딕 양식의 부벽과 아치형 천장에서 영감을 얻어 지어진 스페인 고딕 양식 건축의 표본인 레온 성당이라 할 수 있을 것이다. 13~14세기에 로마 공중목욕탕과 궁정과 회당이 있던 자리에 세워진 이 성당의 보물은 채색창이

레온 성당

레온 성당의 채색창

다. 1800㎡를 덮는 125개의 큰 창문과 57개의 작은 창문에는 신화에 등장하는 동식물과 성자와 성서에 나오는 인물 및 수렵과 같은 일상 모습들이 13세기부터 20세기에 걸쳐 새겨졌다. 건물 중앙 원형 채색 창에는 12명의 천사에 둘러싸인 성모와 아기 예수의 모습이 형상화되어 있고, 예수 탄생 예배당에 있는 원형 채색 창에는 성지 순례 모습이 새겨져있어서 보는 것만으로도 영혼이 풍요로워짐을 느낀다. 이 채색 창들은 밖에서 들어오는 빛과 안에서 비추는 조명이 어우러져 아름다움의 극치를 이루는데, 환상적이다.

　　성당 밖으로 나오면 포석이 깔린 드넓은 광장에 순례자임을 한눈에 알아볼 수 있는 사람들이 늘 있다. 나는 이들과 같은 공간에 있다는 것만으로도 가슴이 벅차오른다. 이들을 보면 내 눈은 늘 존경의 눈빛으로 바뀐다. 한번은 "한국분이세요?" 하는 우리말이 들렸다. 고개를 돌리니 온몸이 발갛게 익은 깨끗한 인상의 젊은이가 웃고 있었다. 7월 25일 그리스도 성체 일에 맞춰 산티아고 데 콤포스텔라에 도착하려고 순례의 길을 걷는다는 신부님이었다. 신체가 건장한 사람들이 이 야고보의 길을 걸을 경우 보통 26단계로 여정을 나눈다. 레온은 16번째 단계이니까 앞으로 10단계는 더 가야 하는데, 2~3일 늦게 목적지에 도착할 거 같다면서, 좀 더 부지

런을 떨어야 되겠다는 말씀 속에서 은근한 열정이 느껴졌다. 나는 신부님이 묵는 다는 알베르게를 찾아가겠노라는 말을 남기고 짧은 안녕을 고했다. 다른 한국 분 들이 세 명이나 더 있다고 했다. 저녁 5시 30분쯤, 난 스페인어를 모른다는 한국 분 들과 저녁을 함께하기 위해 신부님이 묵는다는 숙소로 갔다.

10~60대의 사람들이, 발갛게 익은 피부에 모두 고무로 된 발가락 슬리퍼를 신고 만국의 언어로 이야기를 나누고 있었다. 뜰에는 순례자들의 옷이 햇빛 아래 몸을 말리고 있었고, 어떤 이들은 그날 저녁 거리와 다음 날 길에서 먹을 아침과 점심 식 사를 위한 장을 보고 들어서고 있었다. 다들 참 힘들 텐데, 어찌 저렇게도 얼굴이 밝고 즐거울까. 하루하루의 목표 달성이, 자기와의 고독한 싸움에서 거둬가는 작은 승리 하나하나가 사람을 저렇게 만드는 것일까. 아니면 단지 같은 목표를 가진 사 람들이 같은 고생을 하다가 같은 공간에 있게 된 것이 좋아서일까. 꼭 종교적인 목 적으로만 순례의 길을 걷는 것이 아님을 알베르게는 내게 확인시켜주고 있었다.

레온을 떠나 '로마의 길'로 접어드니 지금껏 봐오던 녹지와 영 딴판인 허허벌 판 위로 그늘조차 만들지 못하는 키 작은 나무들이 길가에 도열해 있었다. 강한 햇 살 아래 묵묵히 한 걸음 한 걸음 옮기는 순례자들의 뒷모습을 보니 "그래, 용감하 게 떠나라. 그리고 걷기만 하여도 하느님의 축복이 그대에게 임하리니"라는 외침 이 나도 몰래 터져나왔다. 간간히 나타나는 수확이 끝난 황금 밀밭이 그들의 등 뒤 에서 오로라처럼 환하게 빛나고 있었다.

은의 길, 고대 로마와 중세 태고의 아름다움을 만나러 가는 길

'은의 길' 이라고 번역되는 '까미노 데 쁠라따' 는 로마가 스페인에 머무는 동안 (B.C.219~A.D.411년) 유럽 전역에 로마가 건설했던 고색창연한 '로마의 길' 의 한 자락이다. 앞서 본 순례 길이 스페인을 동서로 잇는다면, 이 길은 스페인의 남북을 관통하는 상업도로로 역시 유럽과 스페인을 연결해주는, 역사가 만들어낸 산물이다.

로마 인들은 철, 주석, 구리 등의 광물과 질 좋은 채소와 과일 및 축산물을 스페인에서 가져가 자기네 민족을 먹여 살렸다. 로마 군대를 이룰 군인들을 스페인 사람들 중에서 선발하여 이 길을 이용하여 로마로 데려갔다. 로마 인이 411년 게르만 족들에게 밀려나기 전까지 스페인은 로마에 아주 호의적이었고, 스페인에서 태어난 사람이 로마에서 대접을 받는 분위기였다. 금욕주의 사상을 일궈낸 세네카와 시인 루카노와 마르시알 그리고 로마 황제가 된 마르코 울피오 트라하노, 푸블리오 아엘리오 아드리아노, 플라비우스 테오도시스가 모두 스페인 출신이다. 그래서 로마는 스페인에 상징적인 군대만 주둔시켰으며 그것도 대부분 게르만 용병으로 채웠다. 이후 로마가 망하고 게르만 족의 한 갈래인 서고트 족이 스페인을 정복했는데 그때 별 어려움이 없었던 이유가 그 때문이다.

이 '로마의 길' 은 스페인 북쪽 깐따브리아 바다로 나가는 히혼 항구도시에서부터 스페인 남부 안달루시아 자치지역의 세비야까지 뻗어, 반도 내 스페인의 15개 자치지역들 중 서쪽 4개의 자치지역을 남북으로 관통하고 있다. 스페인 역사의 한 페이지를 장식하는 이 길의 이름은 원래

은의 길

43

라틴어로 '넓은 길'이었으나 사람들이 자기들의 용도에 따라 이름을 바꾸었다. 로마가 스페인에서 물러간 후 스페인 목장조합이 목초를 찾아 여름과 겨울 목축을 이동시키는 도로로 이용하면서 그 중요성이 높아져 '은의 길'이 되었다. 지금은 630번 국도로 여전히 그때와 같은 도시와 마을들을 사이에 두고 그때와 같은 고개를 넘고, 들판을 달리며 산에서 캐낸 광물과 밭에서 경작한 농산물을 굽이굽이 실어 나르고 있다. 달라진 게 있다면 이 길이 지나는 마을과 도시들이 역사의 장엄함을 품고 스페인의 유명 관광지가 되었다는 것이다. 가끔 운 좋게도 콘크리트로 덮이지 않은, 닳고 닳은 포석이 깔린 길로 접어들면 역사의 산증인보다 훌륭한 관광자원은 없다는 감흥에 젖기도 한다.

도로와 평행하여 달리는 철로는 19세기에 놓인 것으로, 지금은 잡초만 무성하게 자란 녹슨 철로로 버려져 그 기능을 상실했다. 이 철로 위를 기적 소리를 울리며 신나게 달리는 기차의 모습이 환영처럼 나타났다가 사라지기를 몇 번. 화려했던 젊음도 무심한 세월 앞에 사라져간다는 해결할 길 없는 인생의 화두가 내 가슴에 슬그머니 내려앉았다. 지금은 철로 대신, 그리고 국도로도 모자라 옆으로 넓디넓은 고속도로가 열리고 있다. 로마 인들이 남긴 중세 로마 유적과 풍광, 자연 공원이 즐비한 스페인의 주요 관광 길이라서 민간 자본으로 열심히 닦고 있다. 광활한 대지에 시원하게 뚫린 고속도로 위를 달리는 화물차들이 예전의 마차와 겹쳐지면서 잠시나마 영화 속 로마 시대에 있는 듯한 착각이 들었다.

이 길이 시작되는 지점은 세비야이다. 16세기 아메리카로 웅비하는 스페인의 심장으로서, 해양제국의 수도였던 영광의 세기가 아직도 그 면모를 자랑하고 있는 곳

황금의 탑

이다. 지금 이 지역은 크게 세 부분으로 나뉘어 있는데, 하얗게 빛나는 마에스뜨란 사 투우장과 조선소와 화약고가 있는 엘 아레날 지역은 구아달끼비르 강을 끼고 벽돌로 만든 '황금의 탑'의 보호를 받고 있다. 강가 조용한 수면에 그림자를 드리 우고 서 있는 '황금의 탑'은 13세기에 알모아데 건축 양식으로 지어진 것으로 지 금은 해양 박물관으로 사용되고 있다. 투우장 주변의 수많은 바와 술집을 돌아보 면 이 지역이 기울기 시작한 후 소외자들의 도피처이자 서민들의 삶의 중심이었다 는 말을 실감할 수 있을 것이다. 20세기 초, 강으로 다시 항해가 시작되어 운하가 만들어지고 나무가 심어진 산책로가 생기면서 라 까리닷 병원과 미학 박물관이 이 곳에 세워졌다.

세비야의 또 다른 지역인 산따 끄루스는 옛날에는 유대인 지역이었으나 지금은 세비야의 가장 순수한 모습을 담고 있는 낭만적인 곳이다. 성당과 성채, 미로 같은 길들과 바와 광장이 밀집해 있고, 건물 사이사이 꽃이 만발한 정원과 오렌지나무와 야자나무가 가로수를 이루고 있다. 복구된 옛 유대인 지역의 집들에는 발코니의 철창 사이사이에 제라늄 화 분과 이름 모를 식물이 걸려 거리에 화사함을 더 해준다.

북쪽에 있는 라 마가레나 지역은 바로크와 무 데하르 건축 양식의 교회와 옛날식 바가 볼거리 를 제공한다. 산따 빠울라 수도원이나 마리아 루

산따 끄루스

이사 공원, 특히 뜨리아나 지역은 집시와 도자기 마을로 유명하다. 메리메가 창조 한 『까르멘』의 무대인 담배 공장도 이곳에 있는데, 지금은 세비야 대학의 일부가 되었지만 19세기에는 유럽에서 소비하는 담배의 4분의 3을 이곳에서 생산했다.

수많은 역사적 유물을 자랑하는 세비야의 경이는 유럽에서 세 번째로 큰 세비 야 성당이다. 12세기 말 알모아데 인들의 회교사원 자리에 세워진 것으로, 1402년 에 건축이 시작되어 100년이 걸려 완성되었다. 성당의 종탑인 히랄다는 1198년에

세비야 성당

세워진 아랍 탑에서 세 번의 개조를 거쳐 1568년 풍향계로 완성되었다.

아직 이른 시간인데도 이 성당을 찾은 이들이 꽤 많았다. 어떤 이는 입구에 서서 급하게 성호를 긋고 옷깃을 여미더니 들어왔던 곳으로 다시 나갔다. 단지 성당을 본 것만으로, 입구에서 성호를 긋는 것만으로도 하느님의 은혜를 충만하게 느끼는 것 같았다. 스페인 사람들은 워낙 고집이 세서 싸움이 붙으면 누군가 죽어 나가야만 끝을 볼 만큼 포악한 면이 있다는데, 그 싸움 와중에도 주교가 성체를 들고 나타나면 그 어질러진 폐허와 피 바닥에 무릎을 꿇고 축복을 받는단다. 하지만 주교가 떠나면 곧바로 다시 폭력이 시작된다고 한다.

성당 안에서 움직이는 내 발걸음은 무척 조심스럽다. 성당 내 대예배당에는 아

46

성당의 종탑 히랄다(왼쪽) 성당 내 대예배당(가운데) 성당 대제단(오른쪽)

기 예수를 무릎에 앉힌 성모 상을 중심으로 44개의 황금색 경판의 형상들이 대제단을 이루고 있고, 이 예배당을 둘러싼 철창의 웅장함이 왠지 주눅 들게 만든다. 혹시나 발걸음 소리가 경망하게 울려 방해가 되지 않을까 하는 조바심을 내고 걷자니 숨이 턱에 찬다. 순간 엄청난 내부 장식과 규모에 나도 모르게 함성이 터져 나온다. 세비야의 성주간(세마나 산따) 행사 때는 이 모든 거창함이 성당 밖으로 옮겨져 가톨릭의 진정한 위용이 햇빛 아래 찬란하게 과시된다. 화려하게 치장한 성모마리아 상이 건장한 장정들의 어깨에 실려 거리 행진을 선도한다. 그 뒤로는 눈이 있는 부분만 반짝이는 무시무시한 검은 고깔모자를 쓴 고해자들이 죄를 회개하며 줄을 잇고, 또 그 뒤로는 두건 달린 긴 옷을 걸친 수도사 복장의 무리들이 채찍으로 자신의 몸에 매를 가하며 따른다. 중세의 암흑시대 교회 의식을 보는 듯 섬뜩한 기분이 드는 영화의 한 장면 같다. 그런데 믿기지 않겠지만 이 행렬 곁을 따라 뛰던 어린아이들이 사탕을 달라고 이들에게 손을 내밀며 떼를 쓴다. 이들의 긴 옷자락 속에 그 많은 사탕과 초콜릿을 담고 있을 줄 어찌 알았으랴. 길 양편으로는 빵이며 음료수 등이 진열되어 있어 성모마리아 상이나 성자 상을 들고 가던 이들이 잠시 쉬며 땀을 닦으며 요기를 한다. 이들을 아는 누군가 저 옆에서 영웅을 부르듯 이름을 불러대면 이들은 올림픽에서 금메달을 딴 선수처럼 환하게 웃으며 손을 들어 답한다. 서로 어깨를 치고 인사하고 웃는 모습에서 피눈물을 흘리는 성모 마리아와 온갖 고뇌를 끌어안은 성자들과 죄인들의 속죄와 회개의 모습은 어디에 서도 찾아볼 수 없다. 아니, 아예 축제 판이 벌어지고 있는 형세이니 이 무슨 경우 인가. 스페인에서 종교는 이미 엄숙주의를 떠난 지 오래된 것 같다. 어디를 가든 종교 행사가 축제나 흥겨운 구경거리가 된 광경을 자주 만날 수 있다.

성당에서 나와 스페인 광장으로 가는 차 안에서 스페인 종교의 현주소를 보며 인간의 모순과 역사의 아이러니를 새삼 느낀다. 스페인은 가톨릭 국가가 되기 위 해 종교재판소를 만들어 수많은 유대인과 아랍 인을 이단자라는 명목으로 박해했 다. 개종하지 않으면 화형에 처하거나 수천 년 살아온 삶의 터전을 빼앗은 후 외국 으로 쫓아냈다. 그 결과 스페인은 제국이라는 이름하에 외형은 영웅이었으나 내용 은 초라한 환멸의 역사를 걸어야 했고, 승리라고는 하지만 더 비참한 패배를 견뎌 내야만 했다. 그런데 이제 종교가 한낱 축제 거리라니.

태양이 내뿜는 햇살에 정신을 차리고 보니 스페인 광장이었다. 스페인 17개 자 치주의 모습을 타일에 그려놓은 반원형 건물 앞에는 사람들 발길 사이를 요리조리 피해 다니는 하얀 비둘기 떼들이 광장의 분위기를 살리고 있었다. 하지만 무엇이 되었든 간에 너무 많으면 무서운지, 알프레드 히치콕 감독의 영화 '새' 가 떠올라 섬뜩했다.

안달루시아 자치지역 내륙에 자리 잡은 세비야가 이슬람교도들이 지배하던 기 간뿐만 아니라 이후 콜럼버스의 신대륙 발견과 스페인이 해양대국으로 부상하는 데 중추적인 역할을 했던 곳이라면 믿기지 않는 사람이 있을 것이다. 그런데 막상 그 도시에 가보면 생각이 달라진다. 도시를 관통하고 흐르는 구아달끼비르 강을 따라 바다로부터 배가 들어오기 때문에 항구도시 격이다.

안달루시아의 세비야를 떠나 북쪽으로 올라가면 로즈메리와 백리향 냄새가 나 는 엑스뜨라마두라 자치지역에 있는, 작은 세비야라고 불리는 사프라가 나온다. 이곳을 지나 계속 위로 올라가면 메리다가 있다. 구아디아나 강변에 세워진 이 도 시는 지하에 묻혀 있는 고대 로마 유물들은 예외로 하더라도 주변에 흩어져 있는

스페인 광장

고대 로마 원형 극장, 835년에 만든 아랍 성채 그리고 고대 로마 예술 박물관이 과거 속으로의 여행을 가능하게 해준다. 기원전 1세기경에 세운 디아나 사원의 유적들과 뜨라하노 아치가 남아 있고, 스페인 광장 근처 산따 끌라라 수도원에는 서고트 족 예술 박물관이 있다. 산따 에우랄리라 교회는 4세기 건축물인데, 로마시대 때 순교당한 처자를 성녀로 승격시킨 뒤 이 성녀에게 봉헌한 건물이다.

스페인을 여행하다보면 참 정감이 가는 장면이 많다. 담이 없는 건물들은 그냥 그대로 일반 서민들의 삶과 함께하고 있다. 메리다의 고대 로마 유적지도 어떤 것들은 사람들이 오가는 길바닥에 널브러져 있다. 이 모습을 처음으로 목격했을 때 나는 정말 놀랐다. 세상에 하나밖에 없는 중요한 유적물을 그렇게 방치하다니 이해할 수 없다고 도리질을 쳤다. 풍파에 씻기고 사람들의 발길에 차이다보면 그나마 남은 것들마저 훼손되어버리겠다며 혀를 차기도 했다. 울타리라도 쳐서 접근

49

샤프라 지역 풍경(위왼쪽) 샤프라 지역의 가게들(위오른쪽) 메리다의 고대 로마 유적지(아래 왼쪽 오른쪽)

금지라고 써놓든지, 아니면 지킴이라도 둬서 만지지 못하게 해야 되지 않겠느냐고 중얼거리면서 스페인 정부나 지자체의 문화재에 대한 무관심과 관리의 허술함을 성토했다. 북쪽으로 올라가니 까세레스가 나왔는데 그곳에서 나의 생각은 무지로 인한 오해였음이 판명 났다.

까세레스는 마을 전체가 성벽으로 둘러싸인 유적지로, 1949년 인류 역사 문화 유산으로 지정된 곳이다. 레온의 왕 알폰소 9세가 이슬람교도들로부터 이곳을 1229년에 되찾은 후 상업적으로 부흥하자 귀족들이 몰려들어 이곳에 자신들의 궁과 거주지를 짓기 시작했다. 기존의 아랍 건축물들을 일부 이용하여 짓다보니 15세기와 16세기 말의 르네상스 양식과 17세기의 추리게라 양식의 건물들이 아랍식 담이나 탑과 함께하고 있고, 유대인 지역도 예전 그대로 보존되어 있었다. 포석들역시 15~17세기에 놓인 것들이라서 중세극의 무대로 사용되고 있었고, 이런 건물 안에서 사람들이 살고 있었고, 거리에는 관광객들의 발길이 끊이지 않고 있었다.

까세레스

　광장 노천카페에 앉아 콜라를 홀짝이며 내 눈앞에 펼쳐지는 역사의 흔적을 보니 메리다의 유적물이 떠올랐다. 그러면서 수백 년이 넘는 유적지들이 예전의 모습 그대로 우리를 편하게 반기고 있다는 게 이상했다. 그 의문에 대한 답은 그곳 유적지를 방문하면서 풀렸다.

　스페인 사람들은 현재를 과거와 함께 살고 있다. 1세기에 지어진 로마 수도교로 산에서 물을 끌어다 쓰고, 13세기에 지어진 중세 성채 안에 집을 짓고, 16세기에 지어진 집에서 살고, 18세기에 만들어진 광장에서 차를 마신다. 모든 게 역사물이니 보호한답시고 경계선을 칠 수가 없다. 그렇다고 편리한 현대 삶에 맞추기 위해 이들이 품고 있는 역사를 유린할 수도 없다. 해결책은 함께 살아가는 것이다. 공존의 법칙은 묘

로마 수도교

한 듯 싱겁다. 상대의 몫만큼 내가 양보하고 내 삶만큼 상대가 양보하는 미덕을 실행하면 된다. 그래서 스페인 사람들은 유적물을 문화재라고 따로 떨어뜨려 생각하지 않고 내 삶의 일부라고 여긴다. 그것이 망가지면 나 또한 망가진다는 사실을 염두에 두고 생활하기 때문에 유적물의 품위를 손상시킬 수 없다. 스페인을 관광하다보면 공사 중이라서 구경하지 못하는 곳이 많다. 대학에 문화재 복원 및 관리학과와 그 방면 전문가들을 양성하는 기관이 많은 이유도 그런 현장들을 보면 이해가 간다. 자유롭게 즐기되 계속 즐길 수 있게 공들여 가꾼다는 생각은 이들의 친환경 프로젝트로도 확인된다.

까세레스 이야기를 마무리하자. 이곳 구시가지에는 포석이 깔린 드넓은 광장 왼쪽으로 바와 식당들이 줄지어 있고, 그 맞은편에는 스페인 어디에나 있는 'i', 즉 관광정보 사무소가 있었다. 고색창연한 석조건물들 사이에 숨어 있는 안내소 건물 옆과 뒤쪽에는 여행 가이드가 관광객들이 모이기를 기다리고 있었다. 모두

중세의 한 마을이 고스란히 보존되어 있는 까세레스 광장

돌아보는 데 두 시간 걸린다고 한다. 나는 안내책자를 읽으며 혼자 자유롭게 걷다, 서다를 반복하면서 과거의 세계로 빠져들었다. 길이 온통 포석이니 구두를 신고 걸을 생각은 아예 하지 말아야 할 것 같다. 어떻게 중세의 한 마을이 고스란히 보존되어 있는지, 그리고 그 안에 사람들이 살고 있는 것이 신기하고 놀라울 따름이었다. 한 가지 아쉬운 점은 사람들이 기거하다보니 안테나가 건물 밖으로 걸려 있고, 주차금지와 일방통행 표시판처럼 현대의 문명을 느끼게 하는 시설들이 혐오스러워 보인다는 것이다. 관리 사무실 건물 돌담에 기대어 앉아 이런 곳이 우리나라에 한 군데라도 있다면 얼마나 멋있을까, 라는 생각에 잠겨 있다보니 오후 햇살에 달콤한 잠이 밀려왔다. 순간 뭔가 바람에 일렁거려 눈을 뜨니 퇴색한 돌담 위에 무성하게 걸터앉은 빨간 꽃들이 진한 초록 잎사귀 사이에서 나를 보고 환하게 웃고 있었다.

페루 정복자 피사로의 도시 뜨루히요는 까세레스보다 더 고풍스러웠고, 그곳을 빠져 나와도 한참 동안 뇌리에 생생하게 남아 있었다. 과거의 매력에 취해 헤매다 깰 때쯤 뻘라센시아로 들어섰다. 이곳역시 아름다운 성당과 중세 마을로 유명하다. 이곳에서 옆길로 빠져 나와 산길로 오르면 하얀 집들로 들어 찬 에르바스 마을이 나온다. 과거 유대인들이

뜨루히요

스페인에서 추방당하기 전까지 살았던 곳인데 이후 지금은 기독교인들이 들어와

센시아

살고 있으나 그 시대의 모습이 그대로 남아 있다. 이 마을을 방문할 때면 나는 늘 가슴이 아프다. 인간이 인간에게 해서는 안 될 일이 많지만, 그중에서도 사랑을 외치는 종교가 종교란 이름으로 인간을 증오하고 박해해서는 안 된다고 일러주고 있었기 때문이다.

이 마을은 베하르 쪽으로 올라가는 산길이 끝나는 지점에 있다. 널찍한 암브로

스 계곡과 똑같은 이름의 강을 두고, 굽이굽이 산길을 올라가면 가장 높은 꼭대기에 자리하고 있다. 이곳에 닿기 전에 로마시대의 목욕탕이 있는 유황 온천휴양지가 있다. 로마시대 시설물을 1900년에 개보수하여 여름에만 일반인들에게 개방하는데, 매우 조용한 데다 사방이 숲으로 둘러싸인 모습이 이 귀한 장소가 세상에 알려질까 두려워 들키지 않으려고 숨어 있는 듯했다.

내가 처음으로 스페인 전역을 여행했을 때가 1980년대이고, 그때는 자세하게 쓴 스페인 관광 안내 책자가 없었다. 그래서 새로운 여행지를 개척하자는 생각으로 국도와 시골길을 달리면서 스페인 보물찾기를 했다. 그러다보니 예기치 않은 곳에서 놀라운 것을 보는 경우가 많았는데, 이 장소들이 이후 여행 안내 책자에 소개되는 것을 보면서 당시 나의 무모함과 발견의 희열이 다시 느껴지곤 했다. 그런데 아무것도 모르고 장소를 발견했을 때와 그곳이 품고 있는 이야기를 알고 난 뒤 다시 찾았을 때의 감흥은 삶을 그저 주어진 것으로 생각하며 사는 것과 삶의 가치와 의미를 자각하며 사는 것과의 차이만큼이나 컸다.

내가 스페인에서의 유대인들의 운명을 알고 난 뒤 에르바스 마을을 방문했을 때는 마을 벽에 그려진 유대인들의 표식과 거리 이름, 그리고 유대인들이 쫓겨나기 전에 살았던 집들이 그저 구경거리로만 보이지는 않았다. 가톨릭교도들의 핍박이 얼마나 심했으면 여기까지 꼭꼭 숨어들어왔을까 하고 유대인들의 절박한 심정이 읽혀졌다. 이 은신처가 가톨릭교도들에게 발각되어 천여 년을 살아온 삶의 터전을 버리고 맨몸으로 외국으로 추방될 때의 그들의 절망감이 절절히 다가왔다. 그들이 남긴 재산은 이곳 윗마을 베하르의 베하르 공작이 차지했다. 지금 그들이 살던 집에는 다른 사람들이 들어와 살고 있지만, 바람은 인간이 종교란 이름으로 저지른 만행을 다 알고 있다고 내게 알리려는 듯 홀연히 나타나 한동안 머물다 갔다.

스페인 사람들만큼 다른 민족의 덕으로 먹고산 사람도 없을 것 같다. 특히 하드리아누스 황제가 집정하던 117~138년에 스페인으로 들어와 1492년까지 살았던 유대인들은 스페인 왕실의 행정으로 일하거나 왕실 금고를 맡아 관리했다. 또 궁

에르바스 유대인 마을 풍경

전의 의사로 일했고 동방의 주요한 저서들을 번역하여 스페인이 유럽에서 지식의 보고가 되는 데 중요한 몫을 담당했다. 상업과 금융업에 뛰어난 유대인들은 가톨릭 교리에만 묶여 살던 스페인 사람들과 비교가 되지 않을 정도로 스페인 경제를 이루는 브레인이었다. 도시 인구의 삼분의 일을 점하는 유대인들을 스페인에서 내쫓았을 때 세비야의 집세는 반값으로 떨어졌고 바르셀로나 시영은행들은 파산했다. 돈과 관련한 일은 모두 그때부터 정지되어버렸다. 네덜란드의 사상가 스피노자는 상업과 양심의 자유를 찾아 스페인의 광적인 종교재판에서 도망간 스페인에 살던 유대인의 후예이다.

베하르 공작은 유대인들의 재산으로 자신의 궁과 친척들의 저택을 지어주면서 마음이 편했을까. 나는 베하르 공작이 드나들었을 베하르 마을의 중세 교회에 앉아서 나 역시 의도치 않게 남에게 해코지한 적은 없는지, 있다면 앞으로는 그런 일이 없기를 기도했다.

스페인 시골 길을 달리다보면 지도에 나와 있지도 않은 곳에서, 예기치 않은 선물을 받듯 흙냄새 나는 교회와 신비를 머금은 암자들을 만나는 경우가 많다. 모든 것이 오랜 역사와 함께한 것들이라 고색창연하고, 이끼가 낀 돌과 일부분 무너져 내린 벽돌담들이 주는 느낌이 아주 따뜻하다. 이들 앞에 서면 긴 세월 동안 해와 바람에 씻기며 아무도 알아주거나 찾아주지 않아도 언젠가 올 누군가를 의연하게 기다리고 있다는 생각에 소슬바람에도 변덕스러운 나 자신이 부끄러워진다. 나 자신을 돌아볼 수 있게 하는, 인간 본연의 모습을 되찾게 하는 역사의 훈시 같다는 생각을 늘 하게 된다.

기도원 내부로 들어가면 스테인드글라스를 통해 안으로 들어온 광선에 나무 의자들이 은은한 빛을 발하고 있다. 나도 모르게 두 손을 모으고 지금까지 지켜주심에 감사하고 남은 여정 잘 마무리하게 해주십사 기도한다. 눈을 뜨니 석조 기둥과 제단을 장식하는 돌이 눈에 들어오면서 나무 냄새가 홀연 콧등을 스친다. 밖으로 나오니 이 암자를 거쳐 갈 이름 모를 순례자들을 위해 그리스도의 이름으로 써놓은 안식의 글이 눈에 들어온다.

다음 여정은 문화의 도시인 까스띠야 이 레온 자치지역의 살라망까이다. 기원전 217년 이베로 인이 이곳을 세운 후 카르타고의 한니발 수중에 들어간 역사적 도시이자, 스페인 바로크 양식을 탄생시킨 추리게라 형제의 예술의 도시이면서 문예

살라망까 마요르 광장

부흥기의 싹을 틔운 대학 도시이기도 하다. 이곳에 있는 마요르 광장은 스페인의 도시나 마을마다 있는 광장 중에서 가장 우아하기로 정평이 나 있다. 추리게라의 설계로 1729년에서 1755년에 걸쳐 지어졌다. 스페인의 왕이 되기 위해 온 부르봉 왕가의 첫 번째 왕 펠리뻬 5세가 스페인 왕위를 놓고 유럽의 강대국들과 격돌했던 스페인 계승전쟁 (1702~1714) 때 살라망까 지역민들이 자신을 도와준 것에 대한 보답으로 건축한 것이다. 그 당시에는 투우장으로도 사용되었지만 지금은 가게와 카페가 가득 들어차 있고, 바로크식 시청 건물이 있다. 이 건물 맞은편에는 왕가의 거처가 있는, 해가 질 때면 황금색 돌들이 더 아름답게 빛나는 시민들의 휴식 공간이 자리 잡고 있다.

레온의 왕 알폰소 9세가 1218년에 이곳에 세운 대학 정문은 정제된 16세기 쁠라떼레스크 양식으로 되어 있다. 광장 중앙에는 16세기 스페인 신비주의자이자 시인인 프라이 루이스 데 레온의 동상이 서 있는데, 이 신부가 이 대학에서 신학을 가르쳤다. 그가 강의했던 강의실이 아직도 그대로 보존되어 있고, 학교 복도나 강의실이나 학교 정원

프라이 루이스 데 레온의 동상

역시 중세 시대 모습 그대로이다. 현대화만을 외치는 우리네 정서로는 감당하기 어려운 큰 구경거리이다.

살라망까를 가로지르는 또르메스 강물에 비치는 두 개의 성당은 구성당과 신성당이라고 부르는데, 신성당을 통해서 구성당으로 들어갈 수

살라망까 대학 풍경

신성당

있다. 구성당 안에는 니꼴라스 플로렌띠노가 12~13세기 로마 양식으로 만든 대제

단이 있고, 그 중앙에는 비잔틴 영향을 받은 로마 양식

의 라베가 성모 상이 청동에 새겨 있다. 12세기 작품이

다. 제단 위에는 역시 니꼴라스 플로렌띠노가 그린 '최

후의 심판' 프레스코화가 있다.

구성당

살라망까에서 나와 계속

북쪽으로 올라오면 사모라가

나온다. 로마의 길과 국토회복전쟁의 중심지였던 곳답

게 893년에 세운 성벽이 있고, 12세기 로마 비잔틴 양식

최후의 심판

의 성당이 있다. 중세 궁정들이 바람을 맞고 있는 이곳

의 논과 호수를 지나면 베나벤떼가 나온다. 거기서 다시

올라가면 흙과 돌로 쌓은 성당 사이로 잡풀이 고개를 내

밀고 방문객을 맞이하는 고색창연한 성당이 있는 아스

높은 곳에서 내려다본 사모라(왼쪽) 아스또르가 성당(오른쪽)

또르가가 나온다. 그 위로는 성지 순례 여정과 교차하는 도시인 레온이 다시 등장한다.

레온을 떠나 아스뚜리아스 자치지역으로 들어가면 뽈라 데 레나가 있고, 이어 그 지역 주도이자 성당으로 유명한 오비에도가 나온다. 이어 바다에 면하고 있는 히혼은 '은의 길' 의 마지막 종착지로 항구도시 특유의 색깔을 갖고 있으며, 박물관이 볼만하다.

약 800km에 달하는 이 여정은 국도 630번, 고속도로 66번, 유럽도로 803번으로 이어져 있다. 이 길을 달리다가 쉬고, 쉬다가 또 달리다보면 정감 어린 로마시대와 중세의 스페인이 때론 장엄하게, 때론 소박하게 그 모습 그대로 걸어 나와 우리를 반기곤 한다.

라만차의 풍경

돈키호테의 여정, 정의와 자유를 찾아 떠나는 길

돈키호테는 스페인 대문호 미겔 데 세르반테스의 작품 『기발한 이달고 돈키호테 데 라만차』의 주인공이다. 스페인 문학은 사실성이 강해서 작품 속에서 창조된 인물이 편력기사가 되어 모험의 길을 달렸던 장소들이 실제로 존재하기도 한다. 책에서 만났던 장소들을 직접 몸으로 만날 때 그 감흥이야 경험하지 않고서 어찌 알랴. 작품의 내용을 알고 장소들을 하나하나 찾아보면 더 실감 나는 이 여로를 나 역시 돈키호테가 되어 헤집고 다녔다.

라만차는 까스띠야 라만차 자치지역의 5개 주 중 알바세떼, 시우닷 레알, 꾸엔까, 똘레도 주로 이루어진 곳으로, 황토색 벌판 위, 푸르디푸른 하늘 아래 서 있는 하얀 풍차와 나지막하게 무리지어 있는 황토색 집들과 중세 성들이 그림처럼 들어앉아 있는 곳이다. 태양 빛 아래 광활한 대지를, 그늘 하나 없는 헐벗은 이 평야를 돈키호테는 산초와 함께 세상에 정의를 내리고 부녀자와 약자를 보호한다는 신념 하나로 기사의 모험을 수행하려고 돌아다녔다. 내가 1980년대에 처음으로 이 지역을 찾았을 때는 도대체 어디로 가야 돈키호테의 집을 구경하고 그가 머문 주막에서 다리라도 쉴 수 있을지 도통 알 수가 없었다. 바람만이 떠다니는 휑한 시골길을 걷다 만난 사람에게 '돈키호테'의 생가를 물으니 스페인의 명물인 그를 알고 있다는 데 상당한 긍지를 느끼는 듯 "아! 돈키호테 데 라만차요?" 하며 내게 되물었다. 그러고는 고개를 한껏 빼고 손가락으로 열심히 가르쳐주었다. 이렇게 물어물어 갔던

돈키호테의 길

곳이 지금은 돈키호테 박물관까지 갖춘 관광 명소가 되어 손님들을 맞이하고 있었다.

소설 『돈키호테』가 '라만차 지역의 어느 곳' 으로 시작하는 것으로도 알 수 있 겠지만, 돈키호테와 산초가 편력기사의 모험을 했던 여정에서 구체적인 지명을 밝히지 않은 곳도 있다. 그래서 스페인 관광청이 작품 내용을 추측하여 장소를 표기 해놓은 곳도 있어, 도로 옆에 덩그러니 항아리만 하나 놓여 있는 이상한 곳도 있

돈키호테의 여정 표식

다. 그래서 그가 지나갔으리라고 추측되는 지역들은 모두 '돈키호테 의 여정' 이라는 표식을 달고 있는데, 라 만차 지역 모두가 포함되는 듯 하다. 확실한 지명이 밝혀져 있거나 확실시되어 우리의 호기심을 자극 하는 곳은 돈키호테가 기사 서임식을 받은, 지금은 식당으로 변한 뿌 에르또 라뻬세의 객줏집과 여인 둘시네아 공주의 집이 있는 엘 또보 소, 그리고 풍차 마을 끄립따나, 속편 『기발한 기사 돈키호테 데 라만 차』에 등장하는 공작의 성이 있는 뻬드롤라와 산초가 다스린 바라따리 아 섬 그리고 돈키호테가 환상의 모험을 한 몬떼시노 동굴과 일곱 개 의 루이데라 늪이 대표적이다.

보통 이 여정은 스페인의 수도 마드리드에서 출발할 경우, 똘레도 방향으로 401 번 도로로 오게 되는데 35km 지점에 '에스끼비아스' 가 있다. 세르반테스 박물관 과 세르반테스의 집이 있는 곳이다. 세르반테스는 세금 징수원으로 일하느라 스페 인 여러 곳을 옮겨 다녔다. 그러다보니 세르반테스의 집이라고 우기는 곳이 많이 생겼다. 게다가 감옥 생활까지 하다보니 세르반테스가 머물렀던 곳이 여러 군데가 되는데, 이 집에서 세르반테스는 결혼식을 올렸다.

오래전 오스트리아 찰즈부르크를 방문했을 때 속된 말로 나는 정말 모차르트에 치여 죽는 줄 알았다. 모차르트와 결부되지 않는 곳이 없었다. 모차르트 생가와 그 가 살았던 집, 모차르트가 걸었던 거리, 모차르트가 공연했던 극장, 모차르트와 관 련한 300여 가지의 행사는 넘치다 못해 지나치다는 느낌이 들 정도였다. 이와 비 교해보면 스페인이 돈키호테를 관광 상품으로 연계시킨 역사는 매우 짧을 뿐만 아

뿌에르또 라삐세의 객줏집(위 오른쪽 왼쪽) 둘시네아 상(왼쪽 아래) 세르반테스의 집(오른쪽 아래)

니라 상술에서는 비엔나의 발치에도 못 미칠 것 같다. 스페인 국민들의 금력에 대한 무관심과 경제적인 문제, 동떨어진 역사 속에 깊이 뿌리 박고 있는 그들의 명예관이 그 이유인 듯싶다. 가톨릭 국가이다보니 돈보다는 구원의 문제를 먼저 생각했던 까닭에 중남미에서 들여온 수많은 황금보화를 돌로 바꾸었던 민족이 아니던가. 그런데 특히 이달고는 일을 해서는 안 되는 신분이어서 그저 명예 하나로 버텼는데, 이 지역이 바로 그런 사고의 진원지가 아니던가. 그런데 스페인이 유럽공동체의 일원이 되다보니 물가가 오르고 생활수준도 예전의 것만으로는 만족할 수 없게 되어 유럽의 다른 나라들처럼 문화를 관광 상품화하여 장사를 하는 데 눈을 뜨게 된 것 같다. 하지만 소설 『돈키호테』가 엄청난 인기를 누리고 경이적인 판매 부수를 기록했지만, 판권을 출판사에 넘겨준 세르반테스는 늘 생활고에 쪼들려야 했던 것처럼 이 지역 역시 세르반테스의 경제관에서 못 벗어난 듯 보인다. 이것이 이

방인들에게는 오히려 매력적으로 느껴진다. 유럽을 돌다보면 관광지마다 돈을 벌기 위한 인공의 냄새가 강하다. 요것조것 만들어서 갖다 붙여놓았거나 다듬어놓았다. 하지만 스페인은 자연 그대로다. 건물도 풀도 나무도 꽃도 야생의 것인데 '여기는 박물관', '여기는 집'이라고 표시만 해놓은 것 같다.

'에스끼비아스'에서 왔던 길을 다시 돌아가면 똘레도이다. 마드리드에서 기차나 버스, 자동차로 쉽게 갈 수 있는 이곳은 12~13세기에 걸쳐 유대인, 아랍인, 기독교인들이 모여 아랍, 페르시아, 인도, 그리스 등의 서적을 라틴어로 번역했던 문화의 중심지이다. 이곳의 공존과 화합의 역사를 말해주듯 똘레도에는 귀족들의 궁정과 성당, 유대인 예배 장소와 거주지, 회교사원이 어우러져 도시 전체가 예술과 건축 박물관을 이루고 있어 마치 문화 유적지 같다. 이곳은 서고트 족이 살 때(411~711년)는 스페인의 수도였고, 16세기 까를로스 5세(스페인에서는 까를로스 1

따호 강이 흐르는 똘레도 전경(위) 포석이 깔려 있는 똘레도의 길(아래왼쪽) 똘레도 건물 장식(아래오른쪽)

도 구시가지 입구

세) 제국의 중심이었다. 똘레도 구시가지로 들어가는 성문부터 모든 길이 포석으로 깔려 있고, 시내에는 관광객들을 위한 바나 요기를 할 수 있는 식당을 제외하고는 고색창연한 중세와 르네상스 시대 건물들로 가득하다. 중세 마차나 다닐 수 있었을 것 같은 포석이 깔린 좁은 길을 빠져 나오면 그나마 공간을 확보한 똘레도 성당이 광장을 앞에 안고 웅장하게 등장한다.

똘레도 성당

이 성당은 7세기에 교회 건물이 있던 것을 허물고 회교사원을 세웠던 자리에 다시 세워진 것으로 1226년에서 1493년에 걸쳐 건축되었다. 외형은 순수 프랑스 고딕 양식이지만 내부는 기독교 지배하에 살았던 아랍 인 건축사들의 건축술인 무데하르와 쁠라떼레스끄 등의 스페인 고유 양식들로 장식되어 있다. 대제단은 예수의 생애를 다채로운 색으로 장면화해놓아 웅장하면서도 화려하다. 성가대석의 아래 좌석에는 그라나다 정복 그림이 새겨 있고, 위 좌석에는 구약과 신약에 나오는 내용이 형상화되어 있다. 성당 회의실에는 후안 데 보르고냐의 16세기 프레스코화가 있고, 그 위로 무데하르 공예품인 격천장이 눈부시다. 성당 내 산 일데폰소 예배당에는 쁠라떼레스끄 양식으로 된 알론소 까리요 데 알보르노스 주교의 무덤이 있

똘레도 성당 성가대석(왼쪽) 채광창(오른쪽)

다. 이 성당에 있는 보물 중에 16세기에 은으로 만든 높이 3m의 성궤는 그리스도 성체절 종교 행렬 때가 되면 똘레도 시가지로 옮겨져서 시민들의 호기심을 충족해 준다. 이층으로 되어 있는 성당 내 회랑은 원래 유대인 시장이었는데 14세기에 회랑으로 만든 것이다. 성물실에는 엘 그레꼬가 이 성당을 위해 그린 그림인 '약탈'이 제단 위에 걸려 있고 티치아노나 반 다크, 라파엘, 루벤스 및 고야 그림들이 소장되어 있다.

똘레도의 역사 지역은 언덕 가장 높은 곳에 자리 잡고 있으며, 따호 강이 그곳을 휘감아 흐르고 있다. 이곳 거리나 담과 건물들이 화려했던 과거 역사를 증거하고 있다. 로마 인이 세웠던 요새 자리에 지금은 까를로스 1세가 세운 성채가 있는데, 1936년 스페인 내전 때 공화파 사람들의 폭격 사건과 70일간 포위되었을 때 일어났던 사건이 현장 기록물로 남아 있다. 그래서 이곳은 프랑코 독재 시절 군사 영웅주의의 상징물로 격상되기까지 했다. 지금은 군사 박물관으로 사용되어 군복의 역사와 무기의 변천사를 보여주고 있다. 이 지역의 예술적·문화적 역사는 그곳에 있는 건물들이 증언하고 있다. 대표적으로 끄리스또 데 라 루스 교회는 원래 회교 사원으로, 1000년경에 세워진 똘

끄리스또 데 라 루스 교회

레도에서 가장 아름다운 아랍 건축물 중의 하나이다. 라 뿌에르따 델 솔은 아랍식 이중 아치로 되어 있고, 산 로만 교회에는 서고트 족 박물관이 있다. 소꼬도베르 광장은 이슬람교도들이 스페인을 지배할 때 시장이 열렸던 곳이다. 산따 마리아 라 블랑까는 12세기 지어진 유대 교회로 이 도시에 있는 8개 중 가장 크고 오래된 것인데, 1405년 깔라뜨라바 기사단의 교회로 봉헌된 이후 이전의 아름다움을 보전하기 위해 재건되었다. 무데하르 건축 양식으로 섬세하게 올려진 기둥들이 특이하다. 산따 끄루스 박물관은 원

라 뿌에르따 델 솔

그레꼬 박물관(왼쪽) 산또 또메 성당(오른쪽)

래 16세기 멘도사 추기경이 지은 르네상스 양식의 건물이다. 이곳에는 엘 그레꼬의
마지막 그림인 '성모승천' (1613)과 벽포, 중세 미술과 조각품들이 소장되어 있다.

똘레도는 엘 그레꼬의 도시이기도 하다. 그가 살았던 집이자 동시에 박물관이
이곳에 있다. 서너 번 방문한 곳이라 그 입구를 확실히 알고 있었는데 들어갈 문이
보이지 않았다. '어, 분명 여기가 엘 그레꼬 집으로 들어가는 입구인데.' 두리번거
리다 길 건너 노천카페 주인에게 물어보았다. "지금 내부 공사 중이에요." "얼마나
걸리나요?" "한 2년 걸릴걸요. 더 걸릴지도 모르죠." 성당도 아니고 교회도 아니고
귀족이 살았던 성도 아닌, 집 한 채 보수하는 데 2년 이상이 걸린단다. 예전의 그
모습 그대로, 스페인 삶의 방식대로 복원하려면 당연히 그렇게 걸리겠지 하면서
그의 '오르가스 백작의 매장' 원화가 소장되어 있는 옆 산또 또메 성당으로 발길
을 돌렸다.

똘레도에서 같은 도로를 이용해 남쪽으로 내려오면 구아디아나 강줄기를 따라
피어난 수초가 아름다운 자연 국립공원이 있는 '시우닷 레알' 이 나온다. 그곳에서
415번 도로로 갈아타면 아름다운 마요르 광장과 교회 그리고 수도원 건물이 있는
알마그로가 눈에 들어온다. 이곳은 스페인 극이 유럽을 휩쓸던 16~17세기의 '노천
극' 의 무대가 되었던 노천극장이 예전의 모습 그대로 보전되어 있고, 지금도 마을

알마그로 마요르 광장

축제 때마다 이곳에서 극을 상연한다. 그런데 무대 사용법이 특이하다. 한 무대에서 하나의 작품을 마치는 게 아니라 무대를 옮겨가며 공연을 하고 관객들 역시 장소를 이동하면서 관람한다.

이곳에서 나와 417번 도로를 따라가면 뿌에르또 라뻬세가 나온다. 돈키호테가 기사 서임식을 받았다던 식당을 떠나, 그가 묵었을 또 다른 객주집을 보려고 차에서 내려 문에 다다르니 굳게 닫혀 있었다. 대문 오른쪽에 큰 글씨로 "이 건물을 사고 싶은 자는 다음 번호로 연락하세요"라는 안내문이 붙어 있었다. 여유롭게 보자니 등 뒤로 차들이 무섭게 달리고 있었다. 좌우를 살피고 도로 위로 냅다 달려가 전체를 조망하고 언제 다시 달려올지 모르는 차를 피해 후다닥 돌아왔다. 이곳에서 나와 국도 420번으로 올라가면 마을 초입에서부터 거대한 풍차가 보이는 꼰수에그라 마을이 등장한다. 라만차의 평야 위에 13세기 산후안 교단의 고풍스러운 성과 함께 줄줄이 서 있는 풍차

꼰수에그라 마을

가 장관을 이루는 이곳은 가을이면 알바세떼 마을과 함께 들판이
붉고 보랏빛 사프란 꽃들로 장관을 이룬다. 돈키호테가 거인으로
알고 덤볐던 풍차들이 하얀 회칠을 하고 검은 날개를 바람에 돌리
고 있었다. 이 마을을 빠져 나오는 사이사이 이곳저곳에 산재한 풍
차들을 보면서 소설에 풍차 이야기가 빠지면 '라 만차'의 기사가
될 수 없었을 거라는 확신이 강하게 들었다.

둘시네아 공주의 마을 엘 또보소로 가는 길가에서 라만차의 모
습을 닮은 할머니 한 분을 만났다. 마을의 집과 거리와 연륜을 고스
란히 담고 있는 할머니의 모습이 너무나 정겨워 사진 한 장 찍어도

라 만차의 할머니

되겠느냐고 묻자 "이 모습을?" 하며 허락하셨다. '고맙다'고 인사를 드리려니 잠
깐 기다리라며 얼음을 동동 띄운 레모네이드를 커다란 사발에 담아 내오셨다. 사
진 보내드릴 방법을 여쭈니 다 늙은이 사진 어디 쓸 게 있겠느냐고 그만두라셨다.
건조해 갈라진 그곳 대지를 닮은 손으로 내 손을 잡으시면서 무사히 여행하라 하
셨다. 늘 손자들에게 애틋하셨던 우리 할머니 생각에 코끝이 시려왔다.

키 작은 나무 몇 그루와 가슴을 확 트이게 하는 허허벌판 위로 이따금 보이는 올
리브밭과 포도밭이 태양 볕 아래 낮잠을 자고 있는 라만차의 한나절이다. 참새 떼

라만차의 한낮 풍경

가 차가 달리는 도로 위로 내려앉았다 차가 다가가면 푸드덕 날아오른다. 그러기를 수차례. 앉아 있을 나무나 구경할 사람조차 없다보니 차도가 새들의 스릴 만점 놀이터가 된 모양이다. 이런 곳을 돈키호테는 말을 달리지도 못했다. 당나귀를 타고 쫓아오는 산초 때문에 터덜터덜 하염없이 걸어야만 했을 것이다. 그러다 가뭄에 콩 나듯 길에서 만나는 사람들이 얼마나 반가웠을까. 왜 그들이 이 시간에 이 길을 가는지 얼마나 궁금했을까. 자기야 편력기사의 위대한 모험을 하느라 그 길 위에 서 있지만 이들은 무슨 일로 이 볼 것 없고 할 일 없는 길에 있는 것일까. 그러니 만나는 사람마다 돈키호테에게는 호기심의 대상이었고, 그 호기심이 자신의 기사 세계 코드로 들어오면 모두가 모험의 대상이 될 수밖에 없었으리라.

다리를 건너려는 똘레도 상인들을 막고 서서 세상에서 가장 아름다운 여인이 둘시네아 공주라고 고백하지 않으면 길을 비켜주지 않겠노라고 버텼다. 이 말에 상인들은 둘시네아의 초상화를 요구했다. 하지만 돈키호테는 초상화를 내보이기는커녕 오히려 분노하며 호통을 쳤다. "보지 않고 믿는 것이 진정한 믿음이다"라고 창을 들고 냅다 그들에게 달려들었다. 하지만 애마 로시난테가 발을 접지르는 바람에 땅바닥에 꼬꾸라지고 말았다. 그 당시 최고형인 갤리형에 처해진 죄수들을 길에서 만난 것도 자신의 꿈을 수행할 절호의 기회라 여겼다. 그래서 "하느님이 자유롭게 한 인간을 인간이 구속할 수 없다"고 모두 풀어주었다. 하지만 이들로부터 감사는커녕 뭇매질을 당하고 갖고 있는 노자까지 몽당 빼앗겼다. 이러한 해프닝의 결과, 돈키호테는 입에 성한 이빨이 몇 개나 남았는지 알려고 손가락으로 더듬어야 했고, 갈비뼈가 제대로 붙어 있는지를 헤아려야 했다. 종자 산초의 부축으로 간신히 몸을 일으키면서도 산초의 질책에 돈키호테는 나무란다. "자고로 대인은 일의 결과에 연연하지 않고 선을 행할 뿐"이라는 고매한 논리로 말이다. 그러면서 또다시 모험을 찾아나가겠다고 설쳐대는 정말 못 말리는 사나이 돈키호테를 닮은 사람들이 이 마을에는 아직도 많아 보인다. 사실 서로 자기가 돈키호테라고 우기기도 한다.

돈키호테가 풍차와 양떼들에게 모험을 걸었던 끄립따나 풍차 마을로 들어섰다. 산꼭대기 바람 많은 곳에 우뚝 서 있는 풍차들 사이로 라스 무사스 현대식 건물 식

ㅏ 내부

당에서는 현대 음악이 경쾌하게 흘러나왔다. 풍차 안이 어떻게 생겼을까 궁금하여 1유로 못 되는 돈을 내고 올라가니 청소하는 아주머니들과 세제 냄새로 꽉 차 있고, 바람의 힘으로 곡물을 빻았던 구조물이 중앙에 육중하게 하나 걸려 있었다.

돈키호테가 거쳐 갔을 것만 같은 그 지역 명물인 벨몬떼 성을 보기 위해 길을 재촉했다. 420번 국도 끝에 자리 잡고 있는 이 마을로 가는 길 양편으로는 갓 심은 듯한 20cm 높이의 해바라기가 하늘로 오르려고 기를 쓰고 있었다. 지금은 관개 시설이 잘되어 황무지에서도 초록의 띠들이 행진을 하고 있지만 벌판은 벌판이다. 이 벌판의 막다른 곳에 비에나의 후작인 후안 빠체고

벨몬떼 성

가 엔리께 4세 왕으로부터 1456년 하사받은 땅에 15세기에 세운 성이 웅장하게 등장한다. 외부의 장엄함에 비해 내부는 무데하르 양식의 격천장과 석고 장식, 그리고 꾸엔까의 대성당에서 옮겨온 성가대석으로 화려하게 꾸며져 있다.

벨몬떼에서 가까운 꾸엔까는 자연이 만든 계곡 위에 놓인 14세기의 마법의 집과

12세기에 건축이 시작되어 18세기에 끝난 대성당으로 대표적인 관광지 중의 하나이다. 돈키호테의 여정은 라만차에서 끝나지 않고 속편으로 이어지는데, 그 무대

까 대성당

는 아라곤 자치지역의 사라고사와 근교인 뻬드롤라와 까딸루냐의 바르셀로나이다.

사람들은 묻는다. 그토록 엉뚱한 모험을 벌인 사나이가 어떻게 해서 스페인에서, 그것도 라만차에서 탄생했는지를 말이다. 그리고 이 사람이 왜 스페인의 상징인지를 말이다. 이 돈키호테의 여정

꾸엔까 근교 마법의 도시의 한 풍경

을 따라가다보면 그 질문에 대한 답을 어느 정도 찾을 것 같다. 막막하다 싶을 정도로 드넓게 펼쳐진 평야는 바람만이 손님을 맞이한다고 느낄 만큼 원대하고 고적하다. 여름이면 작열하는 태양과 비가 없어 건조하고, 겨울이면 살을 에는 추위 탓에 나무가 귀하여 모든 그림이 흙색인 이곳 주민들은 원대한 꿈을 꾸며 살았다. 집 밖을 나가면 흙바람만이 이는 이곳의 거친 삶을 살면서 이들은 누구보다도 담대한 모험심을 키웠다. 그래서인지 까스띠야 지역은 중세 시대 소왕국으로 나뉘어 있던 스페인을 현재처럼 하나의 스페인으로 통합하는 데 중심에 서 있었다. 그리고 신대륙 개척의 모험을 감행했다. 1492년 신대륙을 발견한 사람들과 뒤이은 신대륙 정복과 개척의 주역은 까스띠야 출신들이었다.

대지가 인간의 영혼을 지배한다는 사실은 이곳을 찾으면 이해할 수 있을 것이다. 자연과 객주집과 고성들이 그러한 사실을 바람에 실어 우리에게 말해주고 있다.

"우리는 왜 잠을 자지 않고서는 살 수 없는데 꿈을 꾸지 않고서는 살 수 있단 말인가." 돈키호테가 오늘날까지 우리의 마음을 사로잡는 이유는 노년의 나이에도 불구하고 자신의 꿈을 이루기 위해 세상의 멸시와 조롱과 장애에 연연하지 않고 죽음으로도 불사할 휴머니즘을 향한 열정을 태웠다는 데 있을 것이다. 이런 돈키호테가 스페인의 수도 마드리드의 중심부 스페인 광장에 산초와 함께 동상으로 세워져 있다. 나는 이 두 개의 동상 각각에서 16세기 말까지 스페인이 대제국으로서 존재할 수 있게 했던 이상주의와 그 이후 스페인이 유럽의 주변국으로 떨어지면서 견뎌내야 했던 현실의 모습을 읽어내곤 한다.

유럽에서 동양의 신비를 만나다

스페인을 스페인답게 하면서 세계인들에게 지상에서 천국을 품을 수 있게 해준 것은 스페인에 살았던 아랍 인들의 공이라 해도 과언은 아닐 듯싶다. 스페인이 로마로부터 기독교와 법, 언어와 건축물을 받았다면 8세기 초에 스페인에 들어온 아랍 인들은 자신들의 천문학과 수학, 논리학, 의학, 음악, 문학, 정치, 사상 등을 이베리아 땅에 가져와 스페인을 살찌웠고, 이들이 들여온 학문은 스페인을 통해 유럽으로 흘러가 유럽의 문예 부흥기를 태동시켰다. 스페인 내 아랍 철학자들 덕분에 아리스토텔레스와 플라톤이 유럽에 알려졌고 훗날 토마스 아퀴나스의 『신학대전』은 이븐 루슈드 덕분에 전파되었다. 이븐 하즘은 비교종교학에 관한 최초의 책인 『종교와 철학 학파의 서』를 냈고 『비둘기의 목걸이』는 스탕달보다 800년이나 앞선 연애론이다. 이븐 자이둔은 궁정연애시의 정점을 이룬 카시다를 개발했다. 이것을 시작으로 아랍 시가 발전하면서 나중에 프랑스 대시인 프랑수아 비용이 애용한 발라드의 원형인 '잘'이라는 시형이 탄생되었다. 의학과 천문학 역시 현대 지식에도 밀리지 않을 정도였고, 수학에서는 마이너스 개념과 삼각도형 등의 지식을 스페인에 들여왔다.

스페인 언어에서 열 단어 중에 한 단어는 아랍어원을 갖고 있다. 특히 1년에 3000시간의 햇빛과 단지 30㎝의 강수량을 기록하는 안달루시아의 척박한 땅을 일구어 설탕과 가지, 수박, 쌀과 면화 농사를 지었고 발렌시아 오렌지 과수원과 엘체의 야자 숲을 조성하여 스페인을 농업 강국으로 만들어주었다. 비단과 종이, 유리, 가죽 제조 기술 역시 아랍 인들의 유산이다.

이런 아랍 인들의 영향은 스페인 안달루시아에만 머문 건 아니다. 다양한 모양의 은색과 검은색 쇠판에 24K 실금으로 문양을 박아넣은 금속공예 '다마스끼나도'는 다마스커스에서 유래된 금속세공 기술로, 아랍의 기하학적 무늬와 함께 스페인 똘레도 지방의 대표적인 예술로 전수되고 있다. 흙으로 빚는 아랍 인들의 타일·기와·도

다마스끼나도

자기 기술은 스페인 전역을 장식하면서 스페인을 동서양 문명의 교차점임을 재확인시켜주고 있다. 무엇보다 아랍 인들은 스페인을 물과 빛과 정원으로 꾸민 아랍 건축물의 천국으로 만들어 인류 전체의 유산을 지구상에 남겨놓았다. 이렇게 유럽까지 풍요롭게 한 스페인 땅에서의 아랍 역사는 다음과 같이 시작된다.

스페인 내 서고트 족의 위티사 왕이 710년에 죽자 그의 아들 아킬라를 왕으로 추대하고자 했던 북쪽 서고트 족 세력이 있었다. 한편 남쪽 서고트 족은 로드리고 공작을 왕으로 추대했다. 그러자 아킬라는 로드리고가 왕위를 찬탈했다고 여겨 모로코의 정복자 무사에게 용병을 요청했다. 이에 무사는 자신의 부관인 타릭을 스페인에 보냈는데, 타릭은 아프리카 북부 지역의 이슬람교도들인 베르베르 족을 이끌고 스페인 땅으로 들어왔다. 로드리고 왕의 군대는 구아달레테 전투에서 패하고 왕은 익사했다. 이로써 왕은 사라졌고 도와주러 온 타릭은 서고트 족들이 분열되었음을 간파하고 손쉽게 스페인을 정복했다. 이렇게 해서 스페인 내 무어 인들의 역사는 711년부터 기록되었다.

무어 인들이 스페인 반도를 정복하고 있을 때 아랍 본토에서는 다마스커스를 거점으로 지배하던 옴메야 군주 사람들과 압바스 족 사람들 간의 분쟁이 일어났다. 결국 압바스 족이 승리하여 압바스 왕조가 바그다드를 중심으로 일어서게 되었다. 이때 옴메야 왕조의 마지막 군주의 손자인 압데라만은 압바스 왕조가 자행한 대량 학살을 피해 750년에 도망 나왔고, 스페인에 정착하여 압데라만 1세 (756~788)라는 이름으로 아랍과 독립된 군주로서 스페인을 지배하게 된다. 압데라만 1세의 초석과 압데라만 2세의 치세를 이어 압데라만 3세가 스페인에 꼬르도바를 중심으로 초기 아랍과의 정치적 종속 관계를 깨고 새로운 왕국을 건설했는데, 이것이 '알 안달루스' 왕국으로 수도가 꼬르도바였다. 이 왕국은 929년에서 1031년까지 지속되었고 이 시대를 710년에서 929년까지의 전 칼리프 시대에 이어 '칼리프 시대'라고 한다.

이들보다 먼저 스페인 땅을 밟았던 베르베르 족은 아랍 귀족들로부터 제2 시민으로 취급당하며 한 세대를 살았지만, 이후 아랍 귀족들에게 대항하여 반란을 일

사라고사에 세워진 화려한 알하페리아 궁전(위) 그라나다의 알함브라 궁전(아래 왼쪽) 무데하르 양식(아래 오른쪽)

으켜 스페인 내 이슬람 제국이 23개의 소왕국들로 난립하게 되었다. 이들 중 북쪽
의 사라고사, 남쪽의 말라가 · 세비야 · 그라나다, 동쪽의 발렌시아 등이 비중 있는
소왕국들이다. 이때를 '타이파스 시대' 라 하며 1031년부터 1091년까지 지속되었
다. 이후 스페인 내 기독교도들에 맞선 타이파스 왕국들을 도와주기 위해 아프리
카의 이슬람교도들인 알모라비데스 족이 들어와 1147년까지 살았고, 뒤이어 마호
메트에 의해 특별히 보내졌다는 종교 개혁자 모하메드 벤 투마르트를 믿는 광신

아프리카 족 알모아데스가 1091년에서 1248년까지 스페인에 머물렀다. 이런 정치적·군사적 혼란 상황에서 아랍 인 모하메드 1세, 즉 보압딜 왕은 살아남아 하엔과 말라가를 합쳐 그라나다를 중심으로 나사르 왕국을 세워 1231년에 독립 왕국임을 선포했고, '가톨릭 왕들'에 의해 1492년 1월 2일 정복당할 때까지 부와 권력을 누렸다. 이렇게 스페인 내 무어 인들의 역사를 추적하는 이유는 이 왕국들이 스페인에 남긴 자취가 각각 다르기 때문이다.

785년에 짓기 시작한 안달루시아 자치지역의 꼬르도바에 있는 회교 사원과 936년에 꼬르도바 근처에 짓기 시작한 메디나 아사아라 궁은 칼리프 양식 건축물이고, 11세기에 아라곤 자치지역의 사라고사에 세워진 화려한 알하페리아 궁전은 타이파스 시대의 것인데, 1184년에 건축이 시작된 같은 타이파스 시대 건물인 세비야의 히랄다 탑과 황금의 탑은 알모아데스 예술로 화려하지가 않다. 1350년에 짓기 시작한 역시 안달루시아 자치지역의 그라나다의 알함브라 궁전은 나사르 양식 건축물이다.

아랍 인들과 연관된 스페인 내 건축물은 이것만이 아니다. 아랍 인들이 있었던 땅이 기독교 수중으로 넘어가면서 아랍 건축술에 로마네스크와 고딕 양식을 결합한 '무데하르' 양식이 1215년부터 나타나기 시작했다. 이 양식으로 지어진 건물은 스페인 전역에 산재하고 있어서 유럽과 다른 스페인만의 모습을 만드는 데 큰 역할을 하고 있다.

대사들의 방(위) 몬드라곤 궁(아래)

세비야의 오렌지 뜰과 히랄다 탑은 아랍의 흔적을 고스란히 갖고 있다. 탑은 회교 사원의 종탑이었는데 16세기에 기독교인들이 예전의 모습은 그대로 두고 마지막 끝부분에 동으로 된 조각물과 풍향계를 얹었다.

'잔인한 왕'이라는 별칭이 붙은 스페인의 뻬드로 1세 엘 끄루엘은 1363년에 세비야의 알모아데스 인들이 지은 성채 자리에 자신의 성을 건설하도록 했다. 2년여에 걸쳐 아랍 인들과 똘레도 기술자들이 무데하르 양식으로 뜰과

무어 왕의 집

여러 개의 방이 있는 성을 세웠다. 타일과 석고를 풀 문양으로 새기고 빚어 장식한 '대사들의 방'이 무척 인상적이다.

어마어마한 석회석 바위 위의 벼랑 끝에 앉아 있는 안달루시아 자치지역의 도시 론다는 1485년 기독교도들의 수중에 떨어질 때까지 아랍 최후의 거점이었다. 함락된 후 기독교 양식의 건물들이 세워졌지만 '무어 왕의 집'은 아랍 성이 있던 자리에 들어선 것이고 '몬드라곤 궁'의 뜰에는 아직도 아랍 아치와 아치 위 흰 벽에 새겨진 모자이크가 옛 아랍의 정취를 내뿜고 있다. 이 도시에는 14세기 회교 사원의 일부로 남아 있는 산 세바스띠안 탑과 아랍식 목욕탕도 있다. 20세기에 재건된 시청 건물 역시 건물 아치와 격천장이 무데하르 양식으로 되어 있다.

꼬르도바 근처에 있는 메디나 아사아라 궁은 10세기 압데라만 3세가 자신의 애첩을 위해 지은 것으로, 성의 이름 역시 그녀의 이름 '아사아라'에서 가져왔다. 이 성을 지을 자재를 아프리카 북쪽과 안달루시아의 다른 지역으로부터 가져오기 위해 1만5000마리의 노새와 4000마리의 낙타와 1만 명의 사람을 부렸다고 한다. 회교 사원과 왕의 처소와 정원, 이렇게 세 부분으로 구성되어 있는데 대리석과 흑단, 벽옥과 석고로 장식되어 있다. 1010년 베르베르 족들이 이곳을 약탈하고, 세월 역시 건물을 훼손했지만 대리석 조각물로 남은 홀은 아직도 빛이 나고 나무에 새겨진 아랍 문양은 이 궁전의 아름다웠던 과거를 말해주고 있다.

꼬르도바에 있는 회교 사원은 785년에 로마와 서고트 족이 세웠던 교회를 반석으로 해서 동서양의 예술을 탄생시킨 곳이다. 건축 양식에는 동서양이 혼합되어 있지만 기본 구조는 전형적인 회교 사원의 모습이다. 이 회교 사원은 크게 기도소와 예배 전 신자들이 세정식을 했던 오렌지 정원과 종탑으로 구성되어 있다. 10세기 알핵켐 2세가 아주 화려한 부속물을 사원 안에 첨부했는데, 예언자 모하메드와 그를 보낸 알라신이 현존하는 기도홀인 미흐랍과 칼리파의 기도소인 막수라이다. 기도소 내부 천장을 받치고 서 있는 850개의 기둥들은 로마와 서고트 족 건물에서

꼬르도바 회교사원의 미흐랍

갖고 온 화강암과 대리석, 벽옥으로 되어 있다. 모두가 이중 아치로 되어 있어서 천장이 낮아 답답해 보일 수 있는 기도소 내부가 높아 보이는 묘한 시각적 효과를 주고 있다. 이중 아치 건축술은 전형적인 로마식이다. 기둥들과 장식이 거의 없는 벽과 달리 신도들에게 알라가 있는 방향을 알려주는 기도소의 핵심인 키블라와 그 안쪽으로 움푹 들어

미흐랍의 천장

간 곳에 자리한 미흐랍은 자주색, 노란색, 연두색, 흰색 그리고 검은색 타일들을 잘게 조각 내 벽을 빽빽이 장식하고 있다. 키블라 벽의 한가운데 있는 작은 아치문

기도소 내부 천장을 받치고 서 있는 기둥들

위는 잎 무늬와 코란의 경전 구절을 적은 아랍 서예체 문자들로 장식되어 있어 무척 화려하다. 미흐랍의 천장은 사각형의 나무받침대에 팔각형의 장식을 달아 천구를 연상시킨다. 꼭대기 바로 밑 여덟 개의 작은 창을 통해 스며든 햇살이 벽면 타일 장식을 기묘한 색으로 연출한다.

같은 아랍 건축물이라 하더라도 아치 장식에서 차이가 두드러진다. 대표적으로 칼리프 아치 장식은 메디나 아사아라 궁전과 꼬르도바 회교 사원이 대표하는데, 흰색과 빨간색을 교대로 배열하고 표면도 장식이 있는 부분과 없는 부분이 번갈아 있는 도밸라스 양식으로 되어 있다.

나사르의 마지막 왕 보압닐은 전국의 모습이 궁금하면 그라나다의 알암브라 궁전을 보라고 했다. 빛과 물과 장식이 만들어낸 감각의 세계인 이곳은 검소하고 소박해 보이는 외형과 달리 내부에 숨겨진 것들은 지상에 있는 천국이라는 말이 어

메디나 아사아라 궁

알암브라 궁전

울릴 정도로 화려함과 세련미가 극치를 이룬다. 건물에 사용된 주 재료가 아주 검소한 석고와 나무, 타일인데도 인간의 손으로 했다고는 믿기지 않을 만큼 정교하고 아름다움의 진수를 빚어놓았다.

알암브라는 아랍어로 '붉은 성채'라는 뜻인데 저녁노을이나 횃불에 붉게 물드는 성벽에서 유래했다. 이름이 말하듯이 이곳은 성채였는데, 이후 궁전과 정원이 지어져 알암브라는 성벽과 궁전 그리고 헤네랄리페 정원, 이렇게 세 부분으로 나뉘어 있다.

이곳으로 들어가는 '정의의 문' 아치 위에 코란의 다섯 가지 교리를 상징하는 손바닥이 그려져 있고, 그 안쪽에는 이들로부터 이 성을 빼앗은 가톨릭교도들의 상징인 성모상이 조각되어 있다.

정의의 문

해외 사절을 맞이했던 '대사의 방' 천장은 이슬람의 우주론인 7개의 하늘을 상징하고 있다. 보압딜 왕의 라이벌 귀족 가문의 이름을 딴 '아벤세라헤스의 홀'은 천장의 모습이 가히 놀랍다. 피타고라스 이론에서 영감을 얻어 벌집 모양을 한 석고 조각이 천장을 뒤덮고 있다. 이 벌집 속에 들어찬 방의 수가 4400개이다. '두 자매의 방'은 왕이 가장 사랑했다는 두 여인에게 바친 스페인의 마지막 아랍 건축 작품으로 나선형 조각이 천장을 장식하고 있다. 벽에는 아랍 서예체와 문양으로 사랑의 시를 적어놓았다.

궁의 중심부에 있는 방까지 '정의의 방'이라고 이름 붙인 까닭은 그 당시 행정은 곧 정의를 세우는 일이었고, 정의를 주관하는 자는 바로 알라신이라고 믿었기 때문이다. 천장은 스테인드글라스로 만들어 알라의 지혜가 곧바로 통하도록 했다. 벽면은 적·청·황금색의 타일을 손마디 크기로 잘라 기하학적인 도안과 나무, 화초를 추상화한 도안과 '알라만이 승리한다' 등 알라의 위대함을 기리는 내

대사의 방 천장(왼쪽) 두 자매의 방(오른쪽)

용을 아랍어로 꼼꼼하게 조각해놓았다. 정의의 방을 나와 옆으로 들어가면 길이 50m의 장방형 인공 연못이 있는 정원이 나온다. 시에라네바다 산맥에서 자연적인 수압을 이용해 물을 끌어와 만든 연못 주위로는 허리까지 오는 도금양 나무들이 정갈하게 다듬어져 있고, 연못의 물은 뒤쪽에 있는 섬세한 아케이드들을 반사하고 있다. 이슬람 사람들은 물을 다스리는 것이 곧 부의 상징으로 알았기 때문에 아랍식 정원은 어떤 곳은 분수로, 어떤 곳은 연못으로, 아니면 이 두 가지 모두 함께 갖고 있다.

아랍 분수의 매력을 제대로 느낄 수 있는 곳이 바로 알암브라 궁전 내 '사자들의 뜰'이다. 벽면이 황금빛 아랍어로 눈부시게 장식된 124개의 가는 기둥으로 둘러싸인 이곳 중앙에는 12마리의 사자가 등에 분수를 업고 사방을 돌아가며 서 있다. 이곳은 왕과 처첩들만이 출입했던 궁의 가장 내밀한 곳인데 32명의 처첩이 살았다고 한다. 방 한가운데는 작은 분수대가 방마다 하나씩 있어 사자 분수대에서 뿜어져 나온 물이 사방으로 난 작은 수로를 따라 방 안의 분수대를 돌아 나가도록 설계되어 있다. 겨울에는 이동식 난로로 방을 데울 때 가습기 역할을 했다고 한다.

이 궁 북쪽 밖으로 나오면 좁은 길이 있는데 그 길로 내려오면 '천국의 정원'이란 뜻의 헤네랄리페 정원이 나온다. 왕들의 여름 거주지였던 이곳에 서면 하늘이 바로 올려다보이고 아래로는 도시 전체가 발아래 펼쳐 있다. 관광책자에 가장 많이 소개되는 이곳 '도랑의 정원'에 있는 도랑 양 옆에는 긴 아치를 이루며 물을 뿜

헤네랄리페 정원

어내는 분수들이 즐비하다. 이 물 사이사이로는 갖가지 꽃과 나무가 가득하다.

이곳에는 나사르 인들이 이곳을 너무 천국에 가깝게 만들었다 하여 알라가 그들을 쫓아내려 했다는 전설이 담겨 있다. 1492년 스페인의 '가톨릭 왕들'이 알암브라를 공격하겠다는 뜻을 전하자 나사르 왕조의 마지막 왕인 보압딜은 맞서 싸우기를 포기하고 눈물을 뿌리며 궁을 떠났다고 한다. 이 아름다운 곳을 두고 떠나는 왕의 마음이 어떠했을까 생각하니 이곳을 포탄으로 날려버리려고 했던 나폴레옹의 심보가 더 고약하게 느껴진다.

알암브라와 마주하고 있는 언덕 마을 알바이신에 서면 나무들로 둘러싸인 알암브라 성채가 한눈에 들어온다. 이 언덕에는 알암브라의 전경을 화폭에 담는 사람도 있고, 무너져 내린 흙 담에 걸터앉아 기타나 바이올린으로 '알암브라 궁전의 추억'을 연주하는 사람도 있다. 끊어질 듯 이어지며 흘러나오는 현의 가락이 애잔하게 가슴을 파고들면 따스한 사람의 정이 그리워진다.

알바이신에는 13세기에 지어진 성채가 있고 지금은 교회로 바뀌었지만 예전에는 30개가 넘는 회교 사원이 있었다. 포석이 깔린 굽이진 좁은 골목길을 따라가다

알바이신

보면 높다랗게 올라선 하얀 집들이 나온다. 무어인들의 장식과 그들의 정원이 아름답고도 정겹다. 재스민 향이 마을을 감싸는 저녁, 산 니꼴라스 전망대에 오르면 저녁노을에 물든 알암브라 성이 서글플 정도로 아름다워 흐르던 구름도 갈 길을 잊은 듯 멈춰 서 바라보고 있는 것 같다.

이 밖에도 안달루시아와 까스띠야를 잇는 주요 전략지였던 안달루시아 자치지역의 도시 하엔에는 11세기에 지어진 아랍식 목욕탕이 있다. 말발굽 아치와 별 모양의 작은 창문과 아랍 문양의 천장 장식이 독특하다. 올리브밭과 밀밭이 융단처럼 깔려 있는 바에사는 한때 아랍 왕국의 주도였다. 1000년 전에 세운 알리아따레스의 탑이 이 옛 역사를 증언하고

있다. 멀리서 봐도 눈에 띄는 아랍 성벽이 신기루처럼 서 있는 모하까르는 바위 위 하얀 집들로 눈이 부시다. 따베르나스는 유럽 대륙에서 보기 어려운 사막 같은 마을인데, 아랍 성벽이 선인장과 헐벗은 구릉지와 말라붙은 저수지를 내려다보며 서 있다. 이곳은 유럽에서 유일하게 유럽 서부극인 '스파게티 웨스턴'을 촬영한 곳이다. 알메리아에 995년에 건설된 성채는 아랍 인들이 스페인 땅에 세운 가장 큰 건물이다. 칼리파 시대 항구로서 왕성했던 과거의 모습을 대변해주는 축성물이다.

이러한 동양의 보물이 가득한 안달루시아를 한 바퀴 돌려면 물론 여행사에서 운영하는 버스를 이용할 수도 있고 자동차를 렌털해서 다닐 수도 있지만 '알 안달루스 엑스프레스' 기차를 이용하면 매우 편리하다. 4월부터 10월까지 운행되는 이 열차는 아쉽게도 7~8월은 쉰다. 고전적인 분위기로 화려하게 장식된 실내와 식사까지 제공되는 이 열차 여행은 5일 동안 안달루시아의 매혹적인 여정을 선사한다. 외국인 여행자들을 위한 티켓이 별도로 준비되어 있어서 좌석만 예약하면 어디든 기차로 여행할 수 있다. 기차표 예약이나 그 밖에 열차 여행과 관련한 정보를 얻고 싶다면 '렌페(RENFE)'로 연락하면 된다.

스페인의 수도이자 문화 도시, 마드리드

마드리드는 17세기까지의 합스부르크 왕가의 생활 모습을 보존하고 있는 지역과, 18세기 이후 부르봉 왕가의 생활 모습을 간직하고 있는 지역, 그리고 이 두 구시가지를 둘러싸고 외곽으로 현대에 들어 건설된 지역, 이렇게 세 부분으로 나뉘어 있다.

마드리드가 스페인의 수도가 된 것은 1561년 펠리뻬 2세(1556~1598) 때다. 왕궁을 이곳으로 옮겼을 때는 단지 자그마한 마을에 지나지 않았다. 무어 인 모하메드 벤 아브드 알 라흐만이 만사나레스 강가에 최초로 성채를 짓고 아랍어로 '마을'이란 뜻의 '마게리트'라고 불렀다. 그러다 1083년부터 3년에 걸쳐 까스띠야의 알폰소 6세가 기독교인들의 땅으로 이곳을 되찾아 '큰 다리' 또는 마드리드를 관통하고 흐르는 강인 '만사나레스 강가'라는 뜻으로 불렀다.

15세기에는 아랍 성채가 고딕 양식의 요새로 바뀌고 집과 골목, 그리고 작은 교회들이 들어서면서 마을이 형성되었다. 마드리드는 스페인의 중심부, 해발 600m 높이에 자리 잡고 있어서 겨울에는 춥고 여름에는 덥다. 하지만 늘 청명한 하늘과 건조하고 상큼한 바람이 사시사철 관광객들을 유혹하고 있다. 기후만이 아니다. 합스부르크 왕가와 부르봉 왕가가 행정의 중심부로 살면서 왕가의 색깔만큼이나 서로 다른 궁정과 광장과 성당들을 이곳저곳에 건설해놓았기 때문에 볼거리가 푸짐하고, 현대에 들어 설치한 가로등이나 맨홀 뚜껑까지 자연과 어울려 도시의 전체 미관을 멋지게 디자인하고 있다.

구시가지 동쪽으로 18세기 이후의 부르봉 왕가가 확장한 지역에는 그 당시 건축물들과 함께 유럽 건축상에 빛나는 현대식 건물들이 그란 비아, 까예 알깔라, 빠세오 데 라 까스떼야나 거리를 중앙에 두고 양편으로 즐비하다.

합스부르크가의 구시가지는 '뿌에르따 델 솔(태양의 문)' 광장을 시작으로 마요르 광장을 중심에 두고 펴져 있다. '태양의 문'은 마드리드의 중심부로 스페인의 모든 거리가 여기서부터 측정되는 지적 측량 제로 지점이다. 마드리드 시민이

뿌에르따 델 솔(태양의 문)' 광장

나 관광객들이 가장 많이 찾는 곳인
지라 늘 활기가 넘친다. 마요르 광장
에서는 모든 종류의 축제와 종교재
판, 심지어 투우까지 벌어졌다.

마요르 광장 중앙에는 펠리뻬 3세
의 기마 상이 서 있다. 이곳은 원래
아라발 장터였는데 엘 에스꼬리알 수
도원을 지은 후안 데 에레라의 제자
고메스 데 라 모라가 1617년에 2년에
걸쳐 광장을 건설했다. 고풍스러운
발코니로 장식된 미색의 4층 높이 집들이 사각으로 이 광장을 둘러싸고 있다. 1층
에는 식당이나 바가 있고 광장 입구 가게들에는 은 장식품이나 우표 등을 팔고 있
다. 광장에서 나가는 문에 따라 각각 다른 볼거리가 관광객들을 반기는데, 남쪽 출
구 까예 데 똘레도 거리로 나가면 일요일마다 서는 벼룩시장 '라스트로'로 갈 수
있다. 또 다른 출구인, 몇 개의 계단을 내려가면 '아르꼬 데 꾸치에로스' 거리인데,

벼룩시장 '라스트로' (위) 전통 술집 '메손' (아래)

이곳에는 이름도 드높은 전통 술집 메손들과 헤밍웨
이로 유명해진 까사 보띤 식당이 있다. 이 광장 주위로
은으로 세공한 장식품과 스페인 전통수가 놓인 숄과
부채, 전통 머리핀 등을 파는 가게들이 즐비하다.

이 밖에 구시가지에는 마드리드 수호성자인 산 이
시드로의 이름을 딴, 1626년에 세운 교회도 있고, 역사
를 잉태한 건물들이 모여 있는 '라 비야' 광장도 있다.
바로크 양식의 산 이시드로 교회는 예수교단의 것으
로 마드리드의 알무데나 성당이 1993년에 완성되기
이전 마드리드의 성당이었다. 까를로스 3세(1759~
1788)의 명령으로 예수교단이 스페인에서 1767년에

마요르 광장 풍경(위, 가운데) 펠리뻬 3세의 기마상 (아래오른쪽) 엘 에스꼬리알 수도원(아래왼쪽)

마드리드 구시가지 성당(위왼쪽) 알무데나 성당(위오른쪽) 마드리드 그란비아 입구(아래왼쪽) 스페인한림원(아래오른쪽)

쫓겨난 후 벤뚜라 로드리게스가 교회 내부를 재정비하여 마드리드의 수호성자인 산 이시드로에게 봉헌했다. 19세기에 페르난도 왕이 이 교회를 예수교단에 다시 돌려주었다.

'라 비야' 광장에는 15세기 초에 세워진 루하네스 탑과 1537년에 건축된, 알깔라 데 에나레르 대학의 설립자인 시스네로스 추기경의 조카를 위한 집이 있다. 이집 현관은 은을 세공하듯 건물을 장식하는 스페인 고유 건축술인 쁠라떼레스끄 양식으로 꾸며졌다. 이 집을 오른쪽으로 두고 왼쪽으로 돌면 1640년대에 벽돌과 돌로 지은 구 시청 건물이 나온다. 마요르 광장을 지은 후안 고메스 데 모라의 작품인데, 1670년에 현관을 바로크 양식으로 바꾸고 문장들로 벽을 장식했다. 훗날 프라도 미술관을 지은 후안 데 비야누에바가 신고전주의 양식으로 열주를 세웠다. 시청 발코니에서는 왕실 가족이 그리스도 성체절 행사를 주관했다.

'라 비야' 광장 위쪽으로는 1202년에 지어진 마드리드에서 가장 오래된 종교 건축물인 '산 니꼴라스 데 바리 교회'가 있다. 세 개로 갈라진 말발굽 모양의 아치와 세 단계로 올라선 벽돌 탑은 무데하르 양식으로 12세기 회교 사원의 탑이었다.

이 구시가지 위쪽으로 마드리드의 중심인 왕궁이 있는 오리엔떼 광장이 있고, 걸어서 30분 거리에 알무데나 성당, 모로 정원, 엔까르나시온 수도원, 스페인 광장, 그란 비아, 데스 깔사스 레알레스 수도원, 미학 한림원이 있다.

18세기 이후 부르봉 왕가는 마드리드를 이 구시가지 오른쪽까지 확장했는데, 분수와 널찍한 광장과 드넓은 산책로로 아름답게 꾸몄다. 특히 빠세오 데 프라도 거리와 레꼴레또 거리는 주변의 자연환경과 왕실 정원, 프라도 미술관과 국립도서관 및 분수들이 있어 걷기만 해도 영혼이 살찌는 느낌이 드는 곳이다. 이 길 차도에는 포석이 깔려 있고 양 옆으로 대로를 거느린 노천 카페에서는 가로수와 사람들의 여유가 음악과 어우러진다.

마드리드는 관광 도시이고 스페인 여행지의 출발점이다보니 호텔도 많다. 그중 프라도 미술관에서 5분 거리에 있는 리츠 호텔은 밖에서 보면 호텔 같지가 않다. 숙박료가 내 경제 수준을 훨씬 능가해서 감히 그곳에서 묵은 적은 없지만 밖에서 보면 동화 속에 나오는 눈 덮인 하얀 성 같다. 알폰소 13세 왕이 자신의 결혼식에 참석한 사람들을 위해 1906년에 지은 것이라는데, 158개의 방이 모두 다르게 장식되어 있고 왕실 벽포 공장에서 만든 카펫이 바닥에 깔려 있다고 한다. 스페인 내전 동안은 병원으로 사용되었다.

국립도서관과 산책길

빠세오 데 프라도 거리 중앙에 있는 까노바스 델 까스띠요 광장에는 바다의 신인 포세이돈이 해마가 끄는 마차 위에 서 있는 분수가 있다. 까를로스 3세의 마드리드 도시화의 일환으로 1780년 벤뚜라 로드리게스가 계획하고 후안 빠스꾸알 데 메나가 설치한 것이다. 빠세오 델 프라도와 알깔라 거리가 만나는 시벨레스 광장

시벨레스 광장 분수

에도 까를로스 3세 왕의 명령에 따라 그리스로마 신화에 나오는 자연의 신인 시벨레스 여신이 두 마리의 사자가 끄는 마차 위에 앉아 있는 분수가 있는데, 마드리드의 상징이다. 이 광장에는 리츠 호텔만큼 멋진 중앙우체국 건물이 있는데 이곳에

마드리드 시청

시청이 들어서 있다. 이 건물 건너편에는 스페인 은행 건물이 있다. 1884년에서 1891년에 걸쳐 베네치아 르네상스 양식으로 지어진 이 건물은 창밖을 장식한 발코니 쇠장식이 멋지고 안으로 들어가면 대리석이 연출하는 웅장미가 압권이다.

프라도 미술관에서 멀지 않은 곳에 티센 박물관이 있다. 남작 하인리히 티센과 그의 아들이 갖고 있던 소장품을 전시하는 곳으로, 세계에서 가장 대표적인 개인소장 예술품 전시장이다. 전시관은 1992년에 지어진 비야에르모사 궁으로 스페인 정부가 1993년에 사들였다. 초기 이탈리아와 플랑드르 그림부터 표현주의 미술품과 팝아트까지 전시하고 있어서 서양 예술의 흐름을 한눈에 살펴볼 수 있다. 800여 점의 그림 중에는 티치아노와 고야, 반 고흐의 그림과 피카소의 '거울을 든 어릿광대'도 있다.

티센 박물관

마드리드의 남부 역인 아또차 역에서 가까운 알깔라 문은 마드리드 동쪽 지역 도시화의 일환으로 까를로스 3세가 이전 펠리뻬 3세가 지은 바로크 양식의 문을 허물고 지은 것이다. 1769년에 공사가 시작되어 9년이나 걸린 이 문은 신고전주의 양식으로 19세기까지 마드리드 동쪽 경계선 역할을 했다.

의사당

라스 꼬르떼스 광장에 있는 국회의사당은 옛 수도원 자리에 19세기 중순에 세운 것으로 묵직한 열주가 특징이다. 아프리카 전쟁에서 획득한 대포를 녹인 청동 사자 상이 입구를 지키고 있다. 1981년, 숨 가쁘게 진행되던 스페인 민주화 바람에 찬물을 끼얹을 뻔했던 떼헤로 소령의 쿠데타 현장이기도 하다.

프라도 미술관은 최근에 증축되어 상설 전시관으로서뿐만 아니라 현대 예술 전시장으로서도 유럽 회화 예술의 보고가 되고자 노력하고 있다. 벨라스케스와 고야의 작품을 시작으로 12세기부터 19세기까지의 플랑드르, 이탈리아, 프랑스, 독일의 회화 작품들을 소장하고 있다. 신고전주의 양식의 이 건물은 후안 데 비야누에바가 1785년에 설계했다. 당시는 자연과학 박물관이었는데 1819년에 미술관으로 문을 열었다.

프라도 미술관의 고야 문

마드리드가 문화의 도시가 된 데는 이외에도 장식 예술 박물관, 의상 박물관, 고고학 박물관, 시립 박물관과 전시장 및 극장이 많고 쉬지 않고 다양한 전시회와 공연을 열기 때문일 것이다. 마드리드의 극장은 우리나라의 영화관 개념이 아니라 연극이나 뮤지컬 또는 사르수엘라를 상연하는 곳으로, 스페인 극장, 왕실 극장, 사르수엘라 극장, 기념비적 극장, 깔데론 극장 등 아주 다양하다. 이러한 문화 공간 중에서 현 스페인 여왕의 이름을 딴 레이나 소피아 미술관을 빠뜨리면 여왕이 무척 섭섭해할 것 같다.

18세기 말 마드리드의 옛 종합 병원 건물을 미술관으로 바꾼 것으로 전시실은 물론이고 도서관과 서점, 문화 행사를 위한 강단과 까페가 있다. 피카소의 '게르니카'와 '푸른 옷을 입은 여인'과 달리의 '카다케스' 및 초현실주의자 미로의 그림뿐 아니라 스페인과 유럽의 현대 화가들의 작품이 전시되어 있다. 알폰소 폰세가 1936년에 '사고'라는 제목의 그림을 그린 후 자동차 사고로 죽어서 그 그림 앞에 관람객이 특히 많이 몰린다.

시벨레스 분수 뒤로 넓게 펼쳐 있는 것이 '꼴론 광장'이다. '꼴론'은 콜럼버스를 뜻하며 이름 그대로 신대륙을 발견한 콜럼버스에게 바친 공간이다. 이곳 뒤편으로는 19세기 귀족들의 성이 있었는데 낡고 무너져 내려 1970년부터 새로운 건물

꼴론 광장

콜럼버스 탑

로 교체되고 있다. 광장을 상징하는 콜럼버스 탑은 신고딕 양식으로 1885년에 세운 것으로, 탑 끝부분에 콜럼버스의 입상이 서쪽을 보며 서 있다. 원래 이 탑은 수십 년 동안 마드리드와 관련한 전시회와 사르수엘라 등의 공연이 이루어지고 까페떼리아도 있는 마드리드 문화센터 위에 있었는데 스페인 경제위기 때 바로 앞 대로 중앙으로 옮겼다. 마드리드 문화센터로 들어가는 입구 왼쪽에는 긴 폭의 폭포수 같은 분수가 내뿜는 물이 건물 담을 이루고 있어서 더운 여름 이곳을 보는 것만으로도 스페인 태양의 열기를 잊을 만하다.

마드리드에서 가장 우아한 거리라면 19세기의 정치가였던 세라노의 이름을 딴 세라노 거리이다. 독립광장에서 시작하여 살라망까 지역을 관통한 후 에꾸아도르 광장에서 끝나는 이 거리에는 스페인을 대표하는 유명 상점들이 도열해 있다. 스페인의 아돌포 도밍게스와 로베르또 베리노가 디자인한 상품부터 요즘 유럽에서 부상하고 있는 아마야 아르수아가와 안또니오 미로 등의 물건들을 구경할 수 있다. 이웃한 호세 오르테가 이 가세트 거리에는 아르마니, 베르사체, 에르메스, 샤넬 같은 이탈리아와 프랑스 디자이너들의 매장이 거리를 화려하게 꾸미고 있다. 비싼 가격이기는 하지만 세계의 최신 유행 상품을 구입하기 최적의 장소이다. 로에베, 살바도르 바치예르, 로스 게리예로스, 엘 까바요, 파루츠, 엑스그루풀루스 네트 등은 신발이나 가방 등의 가죽 제품으로 유명한 스페인 상표들이다.

그란비아에 가면 스페인 마요르카의 진주 제품을 구경할 수 있다. 토우스는 곰 모양 로고를 갖고 있는 까딸루냐 회사의 상표이다. 음악과 영화 관련 자료는 프낙에 가면 쉽게 구하고 예술서적은 가우디, 플라멩코 음악을 좋아하는 사람은 엘 플

그란비아 입구

라멩코 비베에서 그와 관련한 모든 것을 구경할 수 있다. 물론 스페인 어느 곳에서나 쉽게 만나는 '꼬르떼 잉글레스'는 스페인 최대 백화점이고, 거리마다 보이는 망고나 자라 이름이 붙은 매장은 물류비와 광고비를 줄인 중저가의 옷이나 신발 등을 파는 곳이다.

마드리드 서민들의 순수 그대로의 모습을 보고 싶다면 '라 라띠나' 지역으로 가면 된다. 이곳에는 그들 고유의 전통 문화가 녹아 있다. 마드리드의 남쪽 뿌에르따 데 모로스 광장에서부터 마드리드의 순수 전통 양식의 집과 메손과 바가 눈에 들어온다. 세고비아 거리로 올라가서 쁘린시뻬 데 앙글로나를 거쳐 라 빠하 광장으로 가면 14세기 무데하르 양식의 탑이 있는 산 뻬드로 교회가 나온다. 이 교회와 16세기 초 주교 전속 성당의 담으로 둘러싸인 라 빠하 광장에서는 마드리드의 중세 분위기를 느낄 수 있다. 붉은 지붕과 흰 벽의 집들로 가득한 '말라사냐' 지역은 마드리드의 옛 정취를 고스란히 담고 있다.

이러한 공간들이 큼직한 세 개의 공원을 품고 있어 여유로움을 더해주는데 그중 으뜸이 레띠로 공원이다. 1632년 왕가 전용이었던 이 공원이 18세기에 일부 일반인들에게 공개되었다가 1869년에 완전 개방되었다. 옛 왕가 사람들이 어떻게 살았는지 알 수 있는, 뱃놀이를 할 수 있는 연못과 투우와 연극, 음악 공연이 열렸던 궁정 정원들이 볼거리를 제공한다. 타일로 덮인 붉은 벽돌의 벨라스케스 궁도 있고 유리궁도 있다. 현재는 음악가들과 곡예사들이 그곳을 찾는 방문객들을 즐겁게 해주는 공연도 하고 책 전시회도 연다.

내가 스페인 초창기 시절 가장 골탕을 먹었던 것은 국가 차원의 공휴일 이외에 마드리드만의 축제일을 알지 못해 쉬는 날인데도 학교에 갔던 일이다. 학교 친구들은 그런 일은 상식이라는 듯 알려주지도 않았다. 학교 안으로 들어가는 버스가 텅텅 비어 있어서 그저 좋아만 했을 뿐, 금요일이 노는 날이면 목요일부터 그 다음 주 월요일까지 '뿌엔떼(다리)'여서 노는 줄은 상상도 못했다. 달력에 적혀 있지도 않고 축제일 전후로 노는 나라가 어디 있어 하면서 혼자 투덜거리며 집으로 돌아오곤 했다.

스페인은 축제가 무척 많은 나라이다. 과거 기독교인들과 이슬람교도들 간의 싸움이 지금은 축제가 되어 관광 상품화되어 있고, 시민들이 시의회 의원들이 미워 그들에게 토마토를 던진 것이 토마토 축제가 되어 스페인을 대표하는 놀이가 되었다. 그러니 국경일은 물론이

태양의 문 광장에 있는 마드리드의 상징인 곰과 나무

요, 자치지역 축제일과 수호 성자들의 날, 종교 축제 및 시마다 마을마다 있는 카니발을 합치면 365일 내내 축제이다. 마드리드에서 가장 중요한 기념일은 5월 15일로, 마드리드 수호 성자인 산 이시드로의 날이다. 천사들이 내려와 밭일을 도와줬다던 12세기 농부를 기리는 축제인데, 이날을 전후해 스페인에서 가장 중요한 투우 시합이 날마다 열리고 야외 음악회와 불꽃놀이가 쉬지 않고 벌어진다. 2월 5일은 마드리드 자치지역 공휴일이다. 1808년 마드리드 시민들이 프랑스 군인들에 항거한 날을 기리는 행사가 이날을 앞뒤로 해서 열린다. 8월 15일은 라 빨로마 축제일로 마드리드에서 전통적으로 기리는 날이다. 12월 31일, 새해의 끝을 알리는 연말에는 모든 마드리드 시민이 '태양의 문' 광장으로 나간다. 열두 번 울리는 종소리에 맞춰 포도 알을 먹으면서 복된 새해를 기원하기 위해서이다.

스페인 자연공원

스페인에서 보는 자연은 말 그대로 자연이다. 사람의 손길을 일부러 주지 않아서 생겨난 그 모양 그대로 살아간다. 산까지 면도한 듯 다듬어놓은 스위스나 앞마

당에 자연을 가두어놓은 유럽의 정원을 보다가 스페인의 자연 풍광을 보면 스페인 사람들의 꾸미지 않은 모습만큼이나 자연스럽고 투박한 게, 거칠면 거친 대로 황량하면 황량한 대로 그 모양이 순리에 거슬리는 게 없다.

차를 타고 달리면 가도 가도 끝이 없어 보이는 광활한 대지에서 풀을 뜯는 소 떼와 밀밭과 보리밭, 포도밭과 올리브나무들이 저절로 자라온 것처럼 잡초 사이에 이리저리 흩어져 있다. 내버려둔 것 같은 자연국립공원들의 모습은 하나같이 특이하고 자생하는 동식물들의 모습 역시 독특하다.

스페인을 대표하는 12개의 자연공원에는 8000종의 식물과 6만 종의 동물이 있다는데, 이름도 알 수 없는 이런 동식물을 구경하려면 생태계 보호 때문에 예약이 필수인 곳도 있지만, 시골 생태계 관광 프로그램이라는 이름하에 걸어서 구경할 수 있는 코스 역시 마련되어 있어서 예약 없이 캠핑하면서 자연을 즐길 수 있다.

우선 평균 2000m 높이의 피레네 산맥 줄기를 따라가면 크고 작은 공원이 많다. 산줄기를 따라 등산 코스로 제격인데, 차로 달리는 것만으로도 멋진 여행이 될 수 있다. 피레네 산맥에서의 스키 코스는 수준별로 세분화되어 있고 스키장 발치에 있는 여러 식당에서는 그 지역에서 사냥하고 채취한 것으로 요리한 토속 음식을 맛볼 수 있다.

까딸루냐 쪽으로 뻗어 있는 피레네 산맥 줄기에는 '아이구에스 또르떼스' 국립공원이 있다. 왜전나무가 군락을 이루고 있고 호수가 아름다운 곳이다. 피레네 산맥이 끝나는 왼쪽 옆 깐따브리아 산맥에는 '삐꼬 데 에우로빠(유럽의 산봉우리)'라는 국립공원이 있다. 6만4000헥타르 면적의 이 공원은 스페인의 아스뚜리아스 자치지역과 깐따브리아 자치지역 그리고 까스띠야 이 레온 자치지역에 걸쳐 있다. 승용차로도 방문할 수 있으며 너도밤나무와 떡갈나무 그리고 자작나무가 많다. 가끔 영양이 노는 모습도 볼 수 있다. 봉우리가 유럽의 다른 산들보다 높지 않은데도 '유럽의 봉우리'라고 부르는 이유는 외지에 나갔던 이들이 배로 스페인으로 들어올 때 가장 먼저 눈에 띄기 때문이라고 한다.

전체 풍경이 황량해서 지역민 성향까지 극단적이고 과격하게 만들어놓아 아무

삐꼬 데 에우로빠(유럽의 산봉우리) 국립공원

것도 없을 것 같은 아라곤 자치지역에는 '오르데사' 국립공원이 있다. 1만5000헥
타르의 면적이 피레네 산맥 줄기에 앉아 있는데, 황토색 흙산은 저녁노을이 지면
더 별스럽고, 떨어지는 폭포수 아래 계곡 물에 발을 담그고 물소리에 취하다보면

까바녜로스 국립공원

자연의 일부가 된 듯하다.

검은 황새가 있고 물새의 서식지이자 철새의 정거장으로, 새들의 낙원이라는 '라스따블라스 데 다이미엘' 국립공원은 까스띠야 라만차 자치지역에 있다. 이 지역에는 고생대 산과 드넓은 구릉지가 매력인 4만 헥타르 면적의 '까바녜로스' 국립공원도 있는데, 이베리아 반도에서 가장 훌륭하면서도 넓은 식물 서식지로 알려져 있다.

까스띠야 라만차는 다섯 개의 주로 나뉘어 있는데, 이 공원은 시우닷 레알 주의 북서쪽에 있는 몬떼스 데 똘레도 마을과 똘레도 주의 남서쪽 지역에 걸쳐 있다. 동쪽으로는 부야께 강이 흐르고 서쪽으로는 에스떼나 강이 공원의 경계를 이루고 있다. 키 작은 봉우리들이 우뚝우뚝 솟아 있는 산맥과 관목들이 띄엄띄엄 수놓인, 300만 년 전에 만들어진 드넓은 구릉지(8000헥타르)가 있고, 이 구릉지를 덮고 있던 숲과 관목을 일부 제거한 뒤 지중해성 식물을 심은 초지가 있다. 공원의 북쪽과 중앙 그리고 서쪽에는 650m에서 1448m 높이로 솟은, 자갈밭으로 이루어진 산들이 볼거리를 제공한다.

이 지역은 1246년부터 1835년까지 똘레도 시의 소유였으나, 시 상속 물권이 해제되면서 일부가 개인 영지로 팔렸다. 이 지역이 공원으로 된 것은 어떠한 계획에 의한 것이 아니라 우연이었다. 스페인 국방부가 1988년에 이곳을 공군 사격장으로 만들려고 했는데, 까스띠야 라만차 자치지역이 갑자기 자연공원으로 선포하는 바람에 국방부의 일은 없던 것으로 되어버렸고, 이후 1995년 이 자치지역의 청원으로 국립공원으로 지정되었다. 이 공원은 53%가 자치지역 소유이고 나머지는 개인 영지이다.

아침 8시에 이 공원 방문객들을 싣고 공원 내부로 3시간 동안 여행을 한다는 버스를 타기 위해 나는 아침 6시에 똘레도를 출발했다. 여행사 직원은 공원과 아주 가까운, 공원 남쪽에 있는 오르가호 데 로스 몬떼스나 알꼬바 데 로스 몬떼스에 있는 호텔에 묵는 것이 공원 방문에 수월하다고 일러줬다. 하지만 그럴 경우 안달루시아 접경 지역까지 내려가야 하는 긴 여정이기 때문에 마드리드에서 출발하여 똘레도에서 하룻밤을 자고 그 다음 날 공원을 보려고 했던 것이다. 돌아오는 길에 보니 꼭 그곳이 아니더라도 똘레도에서 멀지 않으면서 공원과 아주 가까운, 국도 4017번을 따라 오른쪽으로 가면 나오는 레뚜에르따 델 부야께에도 호텔이 있었다.

똘레도에서 출발하여 가는 길에 무슨 갈래길이 그리도 많은지. 한순간 실수하면 완전히 딴 길로 들어서는 게 시골길이라는 것을 모르거나 할까봐 헷갈릴 정도로 많은 도로 번호를 보여주는 화살표가 이리저리 붙어 있었다. 분명히 국도 403번을 타고 왔고 오는 도중 부야께라는 마을 이름과 부야께 강도 봤고 그 옆에 있던 아브라함 탑 저수지도 봤는데, 나타나야 할 알꼬바 데 로스 몬떼스는 나타나지를 않았다.

403번을 타고 가다 국도 4017번으로 빠지든지, 뿌에블로 누에보 델 부야께에서 오른쪽 샛길로 빠져 4106번 도로로 진입하면 바로 오른쪽에 목적지가 있었는데, 그 샛길들을 놓치고 주변의 구릉지 경관에 넋이 빠져 마냥 가다보니 이미 시간은 8

시를 넘어서고 있었다.

전에 내비게이션이 장착된 차를 렌털했을 때 내비게이션의 지시대로 따라 갔더니 간 길을 또 가게 하면서 뱅글뱅글 돌게 만들었기에 길도 익힐 겸 내비게이션이 없는 차를 렌털했건만… 열에 아홉은 무사히 잘 찾아 다녔기 때문에 마음을 놓았던 것이 불찰이었나 보다. 그래서 여행사가 숙소를 그런 곳에다 소개해줬구나 하고 때늦은 후회를 했지만 무슨 소용이 있으리오. 목적지에 도착하니 시간은 10시를 향해가고 있었다.

이 공원에는 안내소가 다섯 군데 있고 시골 생태계 관광을 위한 장소가 여섯 군데 있다. 그리고 가르간띠야 구역과 캠핑까지 가능한 나바스 데 에스떼나 구역은 안내자의 도움 없이도 걸어서 공원을 구경할 수 있도록 허가된 지역이다.

사무실로 들어가 나의 어리바리한 행각을 담당자에게 서둘러 이야기하니 아주 태평하게 걱정하지 말라고 했다. 밤 7시에 야생 동물을 보기 위해 차가 다시 출발하니 방문객들을 위해 준비해둔 전시장을 돌아보고 근처에 있는 호텔에서 점심 먹고 차를 마신 뒤 공원 외곽을 거닐다보면 시간이 후딱 지나간단다. 이 여유, 참 스페인답다 생각하며 일단 모형으로 공원을 전시해놓은 곳으로 들어가니 공원 사진과 그곳 동식물에 대한 설명이 사방 벽과 바닥에서 조명 아래 빛나고 있었다.

밤이면 어두워 자연 생태계는 볼 수 없지 않느냐고 공원 관리인에게 물었더니 전시실 앞뜰에 그 공원에서 자라는 식물들을 가꾸어놓았으니 돌아보라고 했다. 깊은 산 계곡 사이로 떨어지는 폭포는 보지 못하겠지만 이끼 긴 바위산과 구릉지와 초지들은 이곳 관측소에서도 볼 수 있다면서 나를 전망대로 데리고 갔다. 망원경으로 한참을 구경하고 내려오니 CCTV로 실시간 방영되는 TV 앞으로 나를 안내했다. 막 사냥을 마친 독수리가 둥지에서 새끼들과 함께 먹이를 나눠 먹고 있는 모습이 방영되고 있었다. 그것으로는 성이 차지 않아 엽서와 브로마이드를 구입하는 나를 가만히 지켜보던 직원이 전시실 옆에 있는 널찍한 홀로 나를 데려갔다.

어두컴컴하여 잘 보이지는 않았지만 벽 양 옆으로 갈대와 이름 모를 나무와 잡초가 무성하게 나 있는 듯했다. 어둠에 눈이 익자 그곳은 내부를 공원 분위기로 꾸며놓은 극장임을 알 수 있었다. 공원의 모습을 배경음악과 설명에 실어 단체 방문객에게 영화로 보여주는 공간이었다. 사시사철 모양을 달리하는 공원의 요모조모를 20분 동안, 그것도 70명은 넉넉하게 들어갈 수 있는 공간에서 나 혼자 구경하는 일은 내 인생에 두 번 다시 없을 일이다. 내가 제 시간에 도착하여 버스를 탔다면 이런 호사를 누렸을까 생각하니 그 직원의 여유가 이해됐다. 아무리 절박해도 "걱정 말아요. 아무 일도 일어나지 않아요"라는 그 직원의 말과 미소가 의미하는 바를 그제야 깨달았다.

내 눈앞 커다란 스크린에는 광활한 구릉지와 초지, 꽃이 만발한 수련밭과 봄의 소식을 알리는 작약 그리고 요상하게 쌓인 나지막한 흙탑들과 도금양, 야생 감람나무, 호랑가시나무, 로베리아나무, 수랍목과 파리풀, 물푸레나무 숲과 오리나무 숲 그리고 식충류 식물들이 가득했다. 이런 식물들 사이로 비집고 다니는 벌잡이새와 동면 쥐와 들기러기, 물까치, 사슴, 노루, 이베리아의 제왕 독수리 등, 식물학자와 동물학자 및 환경운동가들이 오면 열심히 적으면서 입을 다물지 못할 영상들이 감미로운 음악과 함께 펼쳐졌다. 다양한 동식물뿐만 아니라 자연이 내린 선경을 계절에 따라 구경하다보니 20분이 무척 짧다는 것을 처음으로 경험했다. 아쉬워 자리를 뜨지 못하는 내게 재상영을 원하는지를 묻는 안내 직원의 말에 하마터면 '네'라고 대답할 뻔했다.

이 공원 왼쪽 아래에 있는 안달루시아 자치지역에는 유네스코가 자연유산으로 지정한 도냐나 국립공원이 있는데, 면적만 7만5000헥타르이다. 구아달끼비르 강과 해안을 각각 30km씩 접하고 있는 강의 하구로, 늪지와 수많은 시내가 있어서 건조한 안달루시아 지역에서 가장 많은 물을 구경할 수 있는 공원이다. 특히 멸종 위기에 있는 이베리아 삵이나 쇠물 닭, 검둥오리, 제왕독수리, 검은 황새, 매 등의 마지막 은신처라고 한다. 하지만 이러한 정보만으로는 공원이 눈에 그려지지를 않아 안달루시아로 내려가지 않으면 안 될 것 같았다. 그런데 난 이미 안달루시아를 세 번이나 휘저으며 다녔고 이 공원에서 가까운 말라가에서 두 달을 지낸 적도 있는데, 그때는 왜 이 공원을 몰랐을까. 아마도 이 자연 공원이 일반인들에게 공개된 역사가 오래되지 않았기 때문인 것 같다.

안달루시아가 태양의 대지인데 이곳에 유럽 최대 습지 중의 하나가 있다니 보지 않고서는 믿기 어려웠다. 그리고 대서양에서 불어오는 바람으로 오늘과 내일이 다르게 모양과 자리가 변하는 모래 둔덕과 맹금류가 거처하는 숲도 있다고 했다. 그래서 가 보았더니 구아달끼비르 강으로 흘러들어온 소금기 있는 바닷물과 합쳐지는 연못에서 물고기가 펄떡펄떡 뛰놀고 있었다. 가문 여름을 지나 겨울이 되면 늪지가 범람해서 또 다른 생태계를 만드는 요상한 현장도 있었다. 이러한 곳을 돌아보면서 자연의 힘이 얼마나 대단하고 막강한지 새삼 느꼈다. 폐광에서 흘러내린 독극물로 하천이 누런 죽음의 물줄기로 변했었는데, 세월이 흐른 뒤 그곳에 식물이 자라나고 생명체가 노니는 모습을 보니 자연보다 강한 생명력은 이 세상에 존재하지 않을 것 같았다.

이 공원의 내부를 돌아보려면 예약은 필수이다. 자연 생태계 보호를 위해 바둑

도나나 국립공원

이 모양의 친환경 자동차로 방문객을 안내하는데, 엘 아세부체에서 오전 8시 30분과 오후 3시에 출발한다. 물론 안내자 없이 자연을 만끽하며 도보로 구경하는 구간도 있다. 라 로시나와 차르꼬 데 라 보까 구역과 아세브론 궁에서 아세브론 지역까지는 90분이 소요되고, 엘 아세부체에서 아세부체 늪까지는 45분이 소요되는 도보 관광 구간이다.

공원으로 지정되기 전 이곳은 메디나 시도니아 공작의 사냥터였다. 개인 소유지라서 사람들의 발길이 뜸했던 덕분에 공원의 보존 상태가 양호한 것인데, 부동산 집중 현상이 이렇게 현대에 들어 긍정적인 면이 있다니, 세상일은 모를 일이다. 물론 이후 개발이라는 이름하에 도로가 뚫리면서 철새와 토종 식물, 짐승의 수가 격감하자 스페인 정부가 1969년에 이 지역을 보호령으로 공표한 후 수천 종의 철새와 수백 가지의 토종이 다시 나타나기 시작했다고 한다.

이 지역에서 볼 수 있는 희귀종은 유럽에서 보기 힘든 삵이다. 이베리아 삵 약 30종이 사는데, 갈색과 노란색 털에 검은 반점이 있다. 끝이 뾰족한 귀 위로 검은 털이 솟구쳐 있고 크기와 생김새가 고양이와 호랑이 중간쯤 된다. 성격은 고양이를 닮았는지 낮에 보려면 엄청난 인내가 필요하다. 아주 소심해서 주로 밤에 다니면서 토끼를 잡아먹는다는데 관목 사이에서 숨어 지낸다. 그리고 우리가 홍학으로 알고 있는 플라멩코가 이 지역에 군락을 이루며 살고 있다. 겨울에 소금기 머금은 연못과 늪지가 그들의 먹이인 갑각류를 풍부하게 제공하기 때문이라고 한다.

이베리아 삵(위) 플라멩코(아래)

이렇게 유럽 최대의 습지가 있는 안달루시아의 오른쪽 끝에는 알메리아가 있다. 유럽에서 유일한 사막 공원이 있고 근처의 엘체에는 유럽에서 유일한 야자수 밭이 있다. 과거 아랍 인들이 심은 것으로 유네스코 지정 자연 유산물로 등록되어 있다. 안달루시아의 또 다른 주인 그라나다 주와 알메리아 주에 걸쳐 있는 '시에라네바다' 국립공원은 8만

6000헥타르의 면적에 이베리아반도에서 가장 높은 '물아센' 산이 해발 3479m 높이로 솟아 있다. 높은 지대인 만큼 또 다른 생태계를 이루고 있어, 유럽에 사는 2000종의 고산지 식물 중 80종이 이곳에서 서식한다. 백운석 모래와 벌레를 잡아먹는 육식 식물인 핀구이콜라도 이 지역에 가면 구경할 수 있는 특이종이다. 산양 등 야생동물 보존 지역이기도 하다.

스페인 자연 생태계 관광은 이베리아반도 내에만 국한되지 않는다. 반도 오른쪽, 지중해 한가운데에 있는 발레아레스군도는 크게 마요르까, 메노르까, 이비사의 세 개의 섬과 작은 섬 까브레라로 이루어져 있다.

까브레라 섬은 여러 개의 작은 섬으로 이루어진, 지중해 특유의 생태공원 '까브레라군도의 수류국립공원' 이다. 지중해 석회암 지대인 이곳의 면적은 8703헥타르밖에 되지 않지만 이름 모를 새와 갈매기와 맹금류, 그리고 자생 식물과 신기하게 생긴 바위, 바다 속 물고기와 수초가 가득하여 아주 중요한 생태공원으로 여겨지며 연구 가치가 높다고 한다.

이베리아반도의 왼쪽 대서양으로 가면, 사시사철 더운 일곱 개의 섬으로 구성된 까나리아 군도가 있다. 이곳에는 스페인에서 생태계 보존 상태가 가장 양호한 4개의 섬이 있다.

'떼네리페' 섬에는 스페인에서 가장 높은 '떼이데' 화산이 3717m 높이로 서 있다. 이 화산 주위로 1만3571헥타르 면적의 '떼이데 국립공원' 이 펼쳐 있다. 자생 식물과 동물들의 천국으로 황초롱이와 때까치는 토종 새다. 멸종 위기에 있는 희귀종 자이언트 철갑 도마뱀도 있다. '라 빨마' 섬에는 '라 깔데라 데 따부리엔떼 국립공원' 이 있다. 이곳에는 까나리아군도를 형성한 아주 오래된 바위가 많고 까나리아 소나무와 그곳에서만 산다는 새들은 생태학적으로 엄청난 연구 가치가 있다고 한다. '란사로떼' 섬에는 '띠만파야 국립공원' 이 있다. 5107헥타르 면적의 화산섬인 까나리아군도의 역사를 보여주듯 300개 이상의 화구가 산재해 있다. 장구한 역사 속에서 시간을 달리하며 불을 내뿜었는데, 지금은 죽은 것도 있고 아직 용암을 품고 있는 것도 있다. 이곳을 여행하려면 당나귀나 낙타를 타야 한다. 온통

까나리아 군도 떼네리페 해안도로(위) 떼네리페 전통가옥(가운데) 떼네리페 해물요리와 감자구이(아래)

떼이데 화산 주위로 펼쳐진 떼이데 국립공원의 풍경들 드라고나무 식물원(위왼쪽) 드라고나무 속(위 오른쪽) 붉은 타히나스테(아래 왼쪽) 떼이테 화산 주변(아래 오른쪽)

재로 뒤덮여서 어디에 앉아 날개를 쉴지 모르는 콘도르와 갈매기류가 검은 대지 위를 배회하기 때문이다. 마지막으로 '고메라' 섬에는 3984헥타르 면적의 '가라호나이 국립공원'이 있다. 유네스코가 지정한 자연유산지역으로, 수백만 년 전 아프리카 북부지역의 식물군을 구경할 수 있으며 토착종인 비둘기와 곤충은 생태연구가들의 관심 대상이다.

21세기의 3대 산업 중의 하나가 환경산업이라는 사실을 들먹이는 게 무색할 정도로 스페인은 일찍부터 자연유산을 보호하는 정책(RPN: Red de Parques Nacionales Espa ño les)을 펼쳐 국립공원을 보호하기 시작했는데, 그때가 1918년 7월 22일이다. 앞서 본 국립공원들은 스페인 영토의 0.6%를 차지하며 약 3만2000헥타르의 면적을 이룬다. RPN은 국립공원을 보존하고 공원의 자연 생태 및 문화적 가치를 과학적으로 연구하기 위한 정책으로, 이를 통해 환경에 대한 사회 전반의 의식을 고취하는 데 그 목적을 두고 있다.

스페인 음식 순례와 대표적 먹을거리

단체 여행을 온 듯한 우리나라 50대 남자들이 마드리드 바라하스 국제공항에서 짐을 찾자마자 큰 소리로 나누는 대화가 내 귀에까지 들려왔다. "호텔에 가서 짐 풀고 좀 쉬었다가 레알 마드리드 축구 선수들이 들른다는 그 식당에 가서 저녁을 먹자." 이 말을 들으니 예전에는 눈으로만 관광을 했는데 이제는 실제로 경험하며 관광을 하니 여행 패턴이 무척 다양해졌구나, 하는 생각이 들었다. 특히 음식 순례가 스페인 관광에서 중요한 자리를 차지한다는 스페인 관광청의 발표가 피부로 와 닿았다.

내가 유학할 때나 이후, 1992년 바르셀로나 하계 올림픽 이전까지만 해도 바스크 지방에 1870년대부터 미식가 모임이 있었음에도 불구하고 우리에게 알려진 스페인의 대표 음식은 빠에야가 전부였다. 그리고 스페인 사람들은 역사적으로 왕가나 고급 귀족, 고위 성직자들을 제하고는 그리 잘 먹고살지 못했다. 오죽하면 배고픔을 달래기 위해 주인을 바꿔 옮겨 다니는 라사리요 같은 인물을 주인공으로 한 악자 소설문학이 16세기 스페인 땅에서 탄생했을까. 이 작품에 등장하는 이달고인 하급 귀족은 일을 하면 명예가 훼손되기 때문에 배가 고파도 참아야 했고 그래서 자기 하인이 구걸한 빵을 도리어 얻어먹었다. 그래서인지 스페인은 잘 먹고 잘살게 된 이후에는 배고픈 과거의 설움을 씻을 심산이었는지 대체로 식사량이 많다. 거기에 더운 나라이다보니 음식이 짜고 기름져 우리 식성에는 별로였다. 그런데 올림픽 이후 스페인의 다양한 기후와 민족, 요리법이 수면 위로 떠오르면서 음식으로도 스페인의 다양성의 진가를 발휘한다는 이야기가 나돌기 시작했다. 이후 이라사르, 수비하나, 까스티요, 후안 마리 아르삭 같은 새로운 요리를 창조해내는 요리사들이 세계적으로 이름을 날리기 시작하면서 스페인식 식낭이 세계 10위권에 3개(1위 엘 불리, 7위 무가리츠, 10위 아르삭)나 있다는 것이 우리나라 신문에 소개되기도 했다.

스페인은 17개 자치지역마다 지형이나 기후가 다르다보니 그에 따라 식자재들

동네 과일 가게(왼쪽) 시장 과일 가게(오른쪽)

도 달라서 지역마다 고유 음식들이 있다. 그래서 스페인 관광진흥청에서는 비행기로 원산지에서 공수하는 해산물과 자연 방사하여 기른 목축들과 신선한 야채와 과일, 산에서 나는 온갖 종류의 버섯류와 올리브유로 만든 스페인 음식과 술을 소개하는 음식 순례 관광 프로그램을 만들어 세계에 홍보하고 있다. 거기다 스페인 땅을 거쳐 간 여러 민족의 향신료 및 요리법이 더해졌으니 세계의 미식가들을 유혹하고도 남을 만하다.

　나는 스페인에 가면 숙소에 짐을 푼 다음 제일 먼저 백화점 식품 코너나 동네 시장과 길거리 과일 가게를 방문한다. 한겨울에도 어른 주먹만 한 검붉은 자두와 제철을 맞아 입을 떡하니 벌리고 있는 석류를 한 바구니에 만원도 안 되는 가격에 살 수 있다. 달고 풍부한 과즙과 향기로운 멜론은 겨울에도 매장에 산더미처럼 쌓여 있다. 스페인의 까나리아 군도는 아프리카 기후대여서 열대과일이 철을 가리지 않고 생산된다. 아기 표주박을 닮은 서양 배는 우리나라 배만큼 시원한 맛은 없지만 살이 연하고 달고 과즙이 풍부하다. 청포도와 적포도는 한 팩에 몇 천원 안팎이고, 다양한 종류의 복숭아와 줄기째 파는 둥글고 긴 모양의 토마토는 특유의 신선한 냄새로 보는 것만으로도 신바람이 나게 한다. 바구니째 끼고 먹어도 질리지 않는 싱싱한 체리나 체리보다 더 큼직하고 신맛이 적은 삐꼬따는 값이 우리나라 가격의 3분의 1에도 못 미친다.

해산물 가게에 가면 스페인 사람들이 유럽에서 포르투갈 다음으로 해산물과 생선을 많이 먹는다는 말을 입증이나 하듯이 진열대를 가득 메우고 있는 생선들이 금방 살아 움직일 것처럼 싱싱하다. 메로, 새우, 오징어, 도미, 광어, 대구, 참치, 연어, 꼴뚜기, 생멸치가 놓인 진열대 옆 수족관에는 집게발이 묶인 킹크랩이 가득하다. 백화점에서는 문어, 대하, 고동, 홍합, 따개비, 게, 새끼 장어 등으로 만든 요리가 정갈하게 포장되어 손님을 기다리고 있다. 배고팠던 시절의 한을 풀기나 하려는 듯 저렴한 가격에 정말 푸짐하게 진열대를 가득 메우고 있다.

이뿐이랴. 여러 가지 모양의 햄과 소시지, 멧돼지와 사슴고기 편육, 간으로 만든 빠떼 등이 스페인의 대표적 생햄인 하몽과 함께 질릴 정도로 진열돼 있고, 주류 코너로 가면 스페인의 걸인이 한 손에는 바케트 빵을 들고 다른 한 손에는 포도주 병을 들고 구걸하는 이유를 알 수 있다. 값이 2~3유로대의 와인이 많고 10유로 넘는 와인은 별로 없다. 혹시 실수할까봐 고르지 못하는 별난 모양과 냄새의 치즈와 우유 발효 제품, 어린이용 음식들도 가득 진열된 모습을 보면 스페인 사람들의 삶이 왜 그리 여유로운지 이해되고도 남는다.

스페인 요리 중에 세계적으로 각광받는 것이 있다. 건강을 생각하는 지중해식 요리로 밀과 포도주와 올리브유를 사용하고, 햇살이 만들어낸 신선하고 질 좋은 야채와 과일 등을 곁들인 것이다. 그리고 현재 유럽에서 이름을 날리고 있는 스페인 요리사들은 국제화 시대에 발맞춰 스페인 자치지역별 전통 요리법에 현대적 감각을 더해 새로운 맛과 보기에도 좋은 요리를 선보이고 있다.

바스크 지역을 여행하다가 한번은 '요리사 요리', '창조 요리'를 경험해보고 싶어서 빌바오에 있는 호텔 직원에게 식당을 추천해달라고 하자 구겐하임 미술관 식당에 가보라고 했다. 예약제로 운영되는 식당이지만 외국인 관광객이 많이 몰리는 곳이므로 예외가 있을 것이며, 무엇보다 세계적인 이름의 바스크 '요리사 요리'의 한 주인공인 '마르틴 베라사테기' 주방장의 요리를 선보인다면서 적극 추천해줬다.

식당에 도착해보니 정말 식당은 이미 만원이었고 나처럼 예약 없이 온 사람들이 식당 입구 쪽 바에 놓인 간이 의자에 앉아 순서를 기다리고 있었다. 스페인은 점심 식사 시간이 오후 2시부터 4시 30분까지이고, 주요 식당은 대부분 예약을 하지 않으면 식사를 할 수가 없다. 그런데 내가 식당을 찾았을 때는 3시가 넘었고 스페인 사람들의 식사 시간은 길다보니 빈자리가 날지, 자리가 난다한들 앞선 손님들 때문에 내 순서가 올지는 모르는 일이었다. 그런 비극적인 상황은 일어나지 말아야 한다는 절박한 마음에 나는 종업원을 불러 사정을 이야기했다. 여자 종업원이었는데, 공손하면서도 따뜻한 말씨로 "어떤 언어로 말해주기를 원하는지"부터 내게 물었다. 내 앞에 온 손님은 프랑스 인과 영국인이었는데 그 종업원의 입에서는 불어와 영어가 막힘없이 술술 나왔다. 다행히 20여 분 기다린 끝에 자리를 배정받았다.

내용을 알 길 없는 20여 가지의 요리가 메뉴판에 빽빽하게 적혀 있었다. 이런 기회는 다시 올 것 같지 않아 음식들을 다 시식해보고 싶었지만 그건 욕심일 뿐, 주문을 기다리며 서 있던 종업원에게 "나는 먹는 양이 적고 '요리사 요리' 중에서 대표적인 것을 경험하고 싶다"고 했더니 '오늘의 메뉴(메누 데 디아)'를 추천해줬다. 경험상 스페인 어느 식당을 가든 '오늘의 메뉴'를 주문하는 게 가장 바람직해 보인다. 경제적인 면에서뿐만 아니라 그날 식당이 내놓는 최고의 음식이니까. 다른 단품요리는 요금이 배로 비싸기 때문에 대도시에 있는 식당에서는 먼저 일반 메뉴판을 보여준다. 하지만 내가 만난 그 구겐하임 내 식당 종업원은 "'오늘의 메뉴'에는 리오하 산지 레드와인 DO급 한 병이 무료로 제공되고 전채에서 디저트까지 다섯 종류로 구성되어 있어 후회 없는 선택이 될 것이다."라고 자상하게 설명을 해줬다.

고추튀김(위) 야채수프(아래)

식욕을 돋우는 첫 번째 음식인 작은 고추튀김은 고추 맛이 이랬나 싶을 정도로 달고 아삭거렸다. 두 번째로 나온 시원하면서도 입맛을 돋우는 야채수프는 안달루시아 전통 수프인 가스파초를 응용한 요리인데 유난히 부드러웠다. 메인 요리인 얇게 저민 소고기를 곁들인 파프리카 요리는 레드 와인의 효과인지 각각의 맛이 한층 살아났고 고기의 잡맛도 전혀 나지 않았다. 다음으로 나온, 신선해서 단맛이 나는 연어구이는 밑에 깔린 양파 양념으로 맛이 향기롭고 생선살이 입에서 녹아내리는 듯했다. 마지막 디저트는 뜨거운 빵 위에 올려진 아이스크림과 박하향 크림이었는데, 입안을 가뿐하게 씻어주었다. 이렇게 먹었으니 음식 값이 꽤 나올 줄 알았다. 그런데 예상보다 적은 4만원 정도였다. 이 요금에 2000~4000원의 봉사료를 종업원이 가져온 계산서 접시에 두고 나오면 되는데 나는 약 8000원을 올려놓고 나왔다.

소고기요리(위) 연어구이(아래)

뜨거운 빵 위의 아이스크림

위세를 부리기 위해서나 돈이 많아서 봉사료를 조금 후하게 준 건 결코 아니다. 종업원이 내 사정을 이해하여 없는 자리를 만들어준 게 무엇보다 고마웠고, 술과 물을 따라주며 음식에 대해 설명해준 것 역시 고마웠으며, 좋은 음식을 추천해준 것도 고마웠다. 순서대로 나온 요리를 다 먹을 때마다 너무나 절묘하게 다음 요리를 날라다준 그 전문성이 놀라웠고, 후식 뒤에 시차 적응하느라 피곤해하는 내게 커피를 덤으로 서비스해준 마음이 따뜻해서였다.

스페인 식당에서 식사를 한다는 건 참 기분 좋은 일이다. 스페인 사람들에게는 식사가 삶에서 가장 중요한 일이자 하나의 덕목이라고 생각하기 때문에 우리네 식으로 '한 끼를 때운다'라는 말은 그네들 사전에 없다. 와인과 함께 대화를 나누며 즐기는 여유 그 자체가 식사라고 할 수 있을 것이다.

스페인에는 앞서 내가 경험한 '요리사 요리'라는, 맛에서나 미관상 예술 급인 독창적인 음식으로 세계적인 명성을 얻은 것들도 있지만, 토속 음식으로 유명한 요리도 많다. 대표적으로 바스크 지역에는 '마르미타코'라는, 익힌 통감자를 올리브유와 향신료에 볶은 후 가다랑어를 넣어 요리한 것인데 구수한 맛이 일품이다. 찬구로는 바지락과 게로 요리한 것으로 고소한 게 씹히는 맛이 좋다. 마드리

111

드에 있는 레알 마드리드 축구팀 전용구장인 산티아고 베르나베우 옆에 있는 도노스티에라 식당에 가면 바스크 전통 요리의 진수를 맛볼 수 있다. 굵직하게 썬 소고기에 굵은 소금을 뿌려 노릇하게 구운 스테이크를 필두로 해서 제공되는 요리들은 바스크 요리의 두 가지 기본에 충실하고 있다. 하나는 제철에 나는 가장 신선한 최고의 식자재를 사용한다는 것인데 햄이나 샐러드 하나를 맛봐도 그 질

마드리드에 있는 바스크 요리 전문점

을 확실하게 느낄 수 있다. 다른 하나는 재료 자체의 맛을 최대로 살린다는 것이다. 그래서 요리에 사용되는 소스는 주 재료에서 추출하고 함께 들어가는 양념 역시 주 재료의 맛을 가장 살릴 수 있는 것들이다.

나의 스페인 지역의 음식 순례는 바스크에 이어 아스뚜리아스 자치지역 전통음식으로 이어졌다. 이곳은 강낭콩, 이집트콩, 편두 등의 다양한 콩 요리로 이름을 얻고 있는데, 여기에 잘게 썬 돼지고기를 넣어 걸쭉하게 끓인 파바다는 우리나라 사람들의 입맛에 제격일 것 같다. 단, 주문할 때 '짜지 않게' 라는 말을 꼭 하라고 부탁하고 싶다. 그리고 이 지역의 산물인 치즈가 있고, 사과로 만든 시드라는 스페

아스뚜리아스 전통음식 파비다(왼쪽) 아스뚜리아스 소갈비 요리(오른쪽)

112

인 음료를 대표하는 탄산주이다.

그 옆의 깐따브리아 자치지역에서는 생멸치의 뼈를 제거한 뒤 소금과 향신료, 마늘을 넣어 올리브유나 식초에 재워놓았다가 안주나 간식으로 먹는 생멸치 요리의 진수와 새끼 양고기 구이를 맛볼 수 있다.

서쪽 끝의 갈리시아 자치지역은 스페인에 공급되는 수산물의 50%를 담당하는 곳답게 해산물 천국이다. 대표적으로 얇게 저민 감자를 올리브유에 익힌 다음 그 위에 삶은 문어를 굵은 소름과 약간의 고춧가루로 조미하여 내놓는 문어 요리는 더운 여름 맥주 한 잔과 함께 먹으면 천상의 만나가 따로 없다. 나바라 자치지역에서 나는 처음으로 아스파라거스를 채취하는 모습을 구경했다. 까만 비닐을 덮어쓰고 있는데, 5~6월에 그 비닐 밑의 흙을 파면 어른 중지 두 개 길이만 한 것이 오뚝이처럼 서 있다. 검은 흙속에 어찌 그리도 하얀 것이 도도하게 서 있던지, 몸통을 다치지 않게 밑동을 잘라내면 되는데 얼마 지나면 또다시 머리를 내민다. 이 지역은 전원 풍경이 말해주듯 복숭아와 배로도 유명하다.

라 리오하 자치지역은 스페인의 포도주 명산지로 알려져 있지만 감자와 청정계곡에서 잡아 올린 송어에 감자와 향신료를 더한 요리, 그리고 치즈와 우유를 응고시켜 만든 후식으로 유명하다.

웰빙 시대에 어울리는 지중해식 요리는 바르셀로나를 주도로 갖고 있는 까딸루냐 자치지역이 대표적이다. 이곳은 바다와 산과 평야가 어우러져서 해산물 모듬 요리인 사르수엘라와 버섯을 곁들인 육류 직화 구이가 우리를 행복하게 해준다.

한 해는 세계 레스토랑 중에서 1위로 선정된 '엘 불리' 식당을 직접 방문하고 싶었다. 까딸루냐 자치지역 북부, 피레네 산맥 발치 히로나(지로나) 해안지역에 있는 이 식당은 워낙 유명한 곳이라서 마드리드에 도착한 첫날 호텔 직원에게 자리 예약을 부탁했다. 내 스케줄상으로 한 달 뒤면 까딸루냐에 들어갈 수 있을 것 같았다. 그런데 호텔 종업원이 "그 식당은 지금 내년 예약을 받고 있습니다."라고 말했다. 예약 스케줄을 보니 정말 꽉 차 있었다. 1년 여유를 두고 예약을 하라는 안내문도 있었다. 1년 5개월 뒤인, 다음 해 12월 점심과 저녁 식사는 가능해 보였다. 하지

레스토랑 불리(왼쪽) 레스토랑 불리 간판(오른쪽)

만 내가 다시 스페인을 찾을 수 있는 때는 다음해 여름이 될 텐데, 그때는 아예 점심식사를 제공하지 않는다고 되어 있었다. 그렇다고 겨울에 다시 스페인을 방문할 수 있는 형편도 되지 못하니 이러다가 영 가보지 못하는 건 아닌가 하는 마음에 무조건 찾아가보자는 생각으로 고속철을 타고 까딸루냐로 갔다. 그곳 로세스 마을 관광안내소에 들러 식당의 약도를 받아들고 차를 몰았다. 대낮인데도 시속 40킬로 이상으로는 달릴 수 없을 정도의 굽이 지고 좁은 산길을 오르자니 커브를 돌 때마다 연신 '여기 차 올라갑니다' 라고 경적을 울려댈 수밖에 없었다. 그러기를 20분, 내 운전 실력을 비웃기나 하듯 맞은편에서 오픈카 지붕 위로 백발을 휘날리며 신나게 내려오고 있는 차 한 대가 눈에 들어왔다. 내 차는 아랑곳하지 않고 달려오던 차에 질려 길 옆 전망대로 차를 비켜 세우면서 차의 운전자를 보니 70세가 넘어 보이는 노신사가 앉아 있었다. '참 대단하시다' 라는 말이 순간 터져나왔고, 저 연세에 저러한 정열을 가질 수 있다고 생각하니 부러웠다. 넘어진 김에 쉬어가자는 마음으로 차에서 내려서니 길에만 신경 쓰고 오느라 놓쳐버렸던 산발치 지중해 풍경이 한 폭의 명화마냥 펼쳐져 있었다. 다시 차에 올라 산을 오르고 바다 쪽으로 내려가기를 30여 분, 바닷바람에 실려온 구수한 빵 냄새로 드디어 식당에 도착했음을 알았다. 그만큼 그 식당은 그 주변에 있는 일반 가정집과 외형에서 별 차이가 없어 눈에 띄지 않을 정도로 평범하다. 하지만 관계없는 사람들이 식당을 들여다 볼까봐 담 옆으로 선인장을 심어놓았다. 저 소박하기 그지없는 식당 주방에서 도

대체 무슨 일이 벌어지고 있기에 이렇게 경계를 하고 메뉴 개발을 위해 1년의 몇 개월을 아니, 1년 동안 내리 문을 닫는다는 것일까? 소개된 음식을 보니 도저히 입으로 넣을 수 없는, 예술 그 자체였다.

원래 이 식당은 1950년대 독일에서 온 한 부부가 피레네 외진 숲 속에 미니 골프장을 차리면서 시작됐다. 그런데 그 산자락이 까딸루냐 지중해안 최북단, 마지막 만에 걸려 있는 것이라서 이후 비치 바가 되었다가 1964년에 식당으로 문을 열었다. 이곳에서는 페란 아드리아, 홀리 솔레르, 알버트 아드리아 같은 세계적인 명성을 가진 스페인 요리사들이 자기의 이름을 내건 창조 요리를 내놓고 있다. 이 식당 사이트에 들어가면 1983년부터 선보인 음식들이 명화처럼 전시되어 있고 예약도 할 수 있다.

스페인 음식에 대해 약간의 상식이라도 가진 사람이라면 다들 알고 있을 빠에야는 스페인 동남쪽, 지중해를 옆에 두고 있는 발렌시아 지역의 대표 음식이다. 해물과 고기, 야채를 섞은 쌀 요리인데, 아랍 인들이 스페인에 전파한 사프란 꽃에서 채취한 붉은 꽃술 때문에 밥 색깔이 노랗다. 일반 식당에서는 사프란 가격이 비싸서 인공 색소로 대신하고 있다. 쌀 요리이기 때문에 우리나라 관광객이 많이 찾는데, 주문할 때 한국인임을 밝히면 우리 입맛에 맞게 밥도 차지고 간도 짜지 않게 해준다. 이곳의 새끼 뱀장어 수프도 맛이 기막히다. 아랍 인들이 전수해준 후식으로 우리나라 캐러멜을 닮은 아주 단

돼지갈비구이

뚜론과 발렌시아식 아이스크림도 이 지역 특산물이다. 지중해 바다 한가운데에 있는 발레아레스 군도는 생선과 야채를 넣고 끓인 냄비 요리와 돼지고기를 주 재료로 한 엔사이마다와 소브라사다 요리가 있다.

스페인의 수도 마드리드에는 스페인 전 지역의 음식뿐만 아니라 세계 요리를 맛볼 수 있는 식당이 많지만 마드리드만의 음식이라면 소의 위로 만든 요리와 야채, 고기, 콩을 넣고 끓인 마드리드 전골 요리와 대구 요리, 그리고 소스에 찍어 먹

는 돼지갈비 구이 요리를 꼽을 수 있을 것이다. 돼지갈비 구이 요리를 하는 식당은 주로 마드리드 외곽지역에 있다. 한여름, 낮이나 밤이나 관계없이 큼직한 나무 아래에서 상그리아용 와인에 과일을 넣고 만든 술인 상그리아와 샐러드를 곁들여 이 요리를 즐기노라면 세상에 부러울 게 없을 것 같다.

스페인의 남부지역인 안달루시아는 그곳에 머물렀던 여러 민족의 음식문화를 끌어안은 용광로이다. 지중해식 요리와 스페인 내륙지방 요리, 그리고 더운 날씨 덕분에 개발된 시원한 가스빠초 수프와 아랍 인들이 남긴 후식에 대서양과 지중해에서 잡히는 풍부한 해산물 요리와 생선튀김 요리 등이 이국미를 선사한다. 토마토와 양파, 피망으로 만든 수프에 빵조각을 띄운 가스빠초는 어떤 식당에서든 스페인의 더위를 한 방에 날리는 여름 음식으로 으뜸이다. 각 요리들에는 직접 식당에서 구운 따끈따끈한 빵이 한 바구니씩 담겨 나온다.

까스띠야 이 레온 자치지역에 들어서면 이 지역의 대표 음식이 길에서부터 보인다. 고속도로 양 편에 내걸린 노루 그림이 그려진 야생동물 주의 표시와 개인 소유의 사냥터 표식이 군데군데 있어서 야생동물들이 식탁에 오를 것임을 짐작할 수 있다. 상수리나무가 즐비한 곳에 돼지들이 있는 것을 보고 돼지고기 요리가 많겠다고 생각했는데, 추측대로 식당 메뉴를 보니 노루와 메추라기는 스튜로, 돼지고기는 감자와 함께 찜으로, 양고기는 직화 구이로 준비되어 있었다. 세띠나라는 우

라만차식 콩수프(위) 야채수프(아래)

리나라 쇠고기 육포 같은 것을 잘게 찢어 야채와 버무린 샐러드가 이 지역 고유의 음식인데 샐러드를 고기 씹듯 먹었던 기억이 난다.

겨울에는 추운 지역이다보니 고기와 감자, 당근 등의 야채, 그리고 콩이 든 수프 종류가 다양하다. 특히 메뉴에 '할머니의 고기완자' 라는 게 있어 물어보니 지역 전통음식이라고 했다. 우리나라 완자와 맛이 별로 차이 나지 않았지만 완자 위에 올린 장식이 별스러워 보였다. 평소 나는 야생동물을 음식 재료로 생각해본 적이 없었던 터라 기분이 아주 묘했지만, 이 책을 쓰기

위하여 별난 요리도 시식해보았다. 감자를 넣고 끓인 노루고기 스튜와 콩을 넣은 메추리 수프를 주문했다. 노루고기는 육수가 적은 소고기 같았고 메추리 수프는 닭수프 같았다. 그곳의 또 다른 대표 음식인 새끼양갈비와 새끼돼지찜이 튀김감자와 함께 먹음직하게 보였다.

까스띠야 라만차 지역에는 이곳 대지에서 뒹구는 소가 대변해주듯 '엔뜨레 꽃'이라는 굵직한 소고기 스테이크가 멋지다. 야채샐러드와 함께 먹으면 온 종일 이한 요리로 충분할 정도로 푸짐하다. 그래서 이곳 식당에 들어가서 예외없이 점심 메뉴로 엔뜨레 꽃을 시켰다. 종업원은 애피타이저로 나온 불에 구운 소시지(초리소)를 반 이상 남기자 나를 이상하게 쳐다보더니 고기도 남기자 "너무 적게 먹는다"고 신기해했다. 그래서 옆 테이블에서 식사를 하고 있던 가족을 쳐다보니, 종업원의 그 말이 무엇을 의미하는지 알

엔뜨레 꽃

만했다. 열심히 대화를 나누면서 그 많은 양의 음식을 와인과 함께 마파람에 게 눈 감추듯 너무나 맛있게 먹어치웠다.

이 밖에 이 지역의 요리는 이곳을 무대로 한 소설 『돈키호테』도 말해주고 있다. 작품에 언급되는 요리만 150여 가지이다. 작품도 주인공의 식생활로 시작한다. 마늘수프와 콩과 감자 및 순대류를 넣은 요리가 있고, 스페인에서 유일한 사프란 재배지이자 꿀과 양젖으로 만든 만차 치즈가 지역의 대표 산물이다. 아랍 인들이 전수한 겹비스킷과 달걀과자도 이 지역 특산물이다.

엑스뜨라마두라 지역으로 들어서면 이 지역의 대표 먹을거리 역시 길에서부터 확인된다. 특히 숱한 상수리나무에서 떨어지는 도토리만 먹고 자란 돼지로 만든 생 햄과 순대와 소시지류가 으뜸인데, 이것들을 넣고 끓인 걸쭉한 꽁찌개는 우리나라 사람들의 입맛에도 딱 맞아 겨울에 그만한 음식이 없다고 할 정도이다. 그리고 이곳은 전통적으로 사냥터로 유명해서 그런지 아직도 메추라기와 토끼, 멧돼지가 많이 서식하고 강에서는 송어와 붕어가 많이 잡혀 식탁에 자주 오르고 있다. 그

런데 이 스페인 음식 순례를 하다 느낀 건데, 나물 요리가 다양한 우리나라와 비교해보면 스페인은 샐러드에 모든 것을 다 넣어 먹기 때문인지 몰라도 야채 요리가 별로 없다.

다음에 스페인을 대표하는 음식들을 따로 정리해보았다.

생 햄

돼지다리를 통째로 숙성시킨 것으로 술안주나 칼로 얇게 썰어 바케트 빵에 끼워 먹거나 달콤한 멜론 등과 함께 먹거나 감자, 당근 같은 재료와 함께 요리로 해 먹는다. 하몬 세라노, 하몬 이베리꼬 또는 하몬 하부꼬, 하몬 뜨레벨레스라고 부른다. 스페인이 있는 이베리아 반도의 이름을 딴 이베리아 종 돼지로 생산되는 것이면 모두 하몬 이베리꼬이고, 높은 산지에서 생산된 것이라 하여 하몬 세라노라고도 한다. 그런데 식당 메뉴에 '하몬 세라노'가 적혀 있다면 이것은 이베리아 종 돼지가 아닌 흰색 돼지로 만든 것으로 가격이 저렴하다. 이베리아 종 돼지이면서 방사하여 도토리로 키운 돼지로 만든 생햄인 경우 '도토리 햄'이라고도 한다. 흰색 돼지는 절대로 도토리를 먹여 키우지 않으며 우리 나라 집돼지로 이해하면 좋을 것이다. 하부꼬는 안달루시아 남서쪽 우엘바에 있는 장소 이름이며, 뜨레벨레스 역시 안달루시아의 네바다 산맥 줄기에 있는 가장 높은 봉우리인 물아센(3479m) 근처에 있는 지역 이름이다. 이 두 지역 모두 지대가 높아 선선하면서도 건조하여 햄을 숙성시키는 데 최적의 조건을 갖고 있다. 돼지 뒷다리를 굵은 소금에 굴린 뒤에 바람이 잘 통하는 창고에 1~2년 걸어두면 저절로 숙성된다. 우리나라 같은 습한 기후에서는 절대로 만들어지지 않는 생으로 먹는 햄이다.

와인

스페인 사람들의 식단에 술이 빠진다면 그것은 모욕이라고 할 수 있다. 포도주나 스페인 샴페인인 까바, 사과주 시드라 그리고 맥주 또는 브랜디, 아니스나 상그리아 등의 술이 있는데, 특히 점심시간에 필수로 등장하는 것이 와인이다. 스페인에서 생산되는 와인의 75%가 국내 소비용으로 식당에 가면 메뉴에 '물 또는 와인'이라고 되어 있다. 다시 말해 식사 때 물 대신 마시는 게 와인이다. 그래서 스페인 고속도로를 달리다 보면 음주운전을 하면 구급차에 실려 하늘나라로 간다는 내용의 그림을 광고판에 붙여 경고를 하고 있지만 음주운전 단속은 없다. 그랬다가는 그 정권 권좌에서 쫓겨날지도 모른다고 한다.

얼마 전 우리나라의 한 주요 일간지에 스페인 문화 관련 소식과 함께 스페인 음식에 대한 관심이 높아지면서 스페인산 와인도 인기를 얻고 있다는 기사가 실렸다. 이 기사는 1979년 파리에서 열린 와인 올림피아드 블라인드 테스트에서 프랑스 유수의 와인들을 제치고 스페인의 '마스 라 쁠라나'가 우승을 차지했다는 사실을 언급했다. 이 와인의 라벨 색깔이 검정이어서 유럽에서 '검은 전설'이라고 부른다고 했는데, 이때부터 세계 와인 애호가들이나 대중이 스페인 와인에 눈을 돌리게 되었다고 한다. 와인산업에서 앞서가던 나라들이 전통양조법을 파괴하는 와인 제조 기술을 개발하다보니 품질은 뛰어나지만 각 포도 품종이 본래 가지고 있던 특성을 잃어버려 맛에서는 별 차이가 없는 와인이 대량으로 쏟아지고 있다. 이런 분위기에서 스페인 와인이 인기를 얻었던 것 같다.

스페인은 포도 경작 면적에서 세계 1위(117만4000헥타르) 국가이다. 이 사실을 증명이나 하려는 듯 스페인 전역에 포도밭이 산재해 있다. 강한 햇살에 살아남을 풀도 없을 것 같아 포도밭이 가능할까 싶은데, 시원하게 물줄기를 뿜어 올리는 수로들이 여기저기 눈에 띈다. 물론 강 주변이나 비가 적당하게 내리는 스페인 북쪽 리오하, 나바라 지역에는 포도밭이 초록 카펫이 펼쳐진 듯 드넓게 깔려 있다. 그 사이로 보이는 와이너리들이 어떤 것은 주변의 붉은 흙으로 담과 지붕을 얹었고, 어떤 것은 오 게리의 구겐하임 미술관 건물처럼 최신식 디자인으로 지어져 대체 무엇을 하는 곳인지 의문이 들 정도로 호기심을 자극한다. 와이너리에서는 포도밭 및 제조 과정 관광뿐만 아니라 판매, 주문 예약 등도 이루어지고 있다.

경작지에 비해 와인 생산량에서는 최적의 토양과 기후를 갖춘 프랑스와 이탈리아에 밀려 스페인은 세계 세 번째(3930만 1000헥토리터)이다. 수출 규모에서도 프

마르께스 테무리에따 포도밭(왼쪽) 와이너리와 포도밭(오른쪽)

랑스, 이탈리아에 이어 세계 3위(1340만 헥토리터)이다. 우리나라 시장에서 점하는 위치는 수입 금액상으로 프랑스, 칠레, 이탈리아, 미국, 호주에 이어 여섯 번째이다.

스페인은 수많은 이민족이 거쳐 갔기 때문에 자연스레 다양한 외래의 포도종이 유입되었다. 이 품종들이 오랜 세월 스페인 땅에 뿌리를 내리면서 토착화되어 이탈리아 못지않게 토종 품종의 천국이 되어 현재 스페인에서는 146개의 포도 품종으로 와인을 빚고 있다. 스페인 토산 품종 중에서 대표적인 몇 가지만 소개해보면 다음과 같다.

화이트 와인을 만드는 품종으로는 세계적으로 가장 풍부한 품종이며 스페인의 경우 발데뻬냐스와 라 만차에서 80% 이상 생산되는 '아이렌'과 스페인 갈리시아 토종 품종으로 무척 향기롭고 부드러운 '알바리뇨'가 있다. '빨로미뇨'는 스페인의 여러 지역에 걸쳐 생산되는 스페인 대표 품종으로 스페인 대표주인 셰리를 빚는 데 주로 사용된다. '뻬드로 히메네스'는 스페인 안달루시아 지방의 당도가 아주 높은 품종으로 '올로로소' 셰리를 빚는 데 쓰인다. '비우라'는 에브로 계곡에서 생산되는 잘 익은 사과향이 나는 품종으로 스페인의 기포성 와인인 까바를 빚는 데 기초로 쓰인다. '사렐로'는 까바를 빚는 데 사용되고 까딸루냐 지역에서만 생산된다.

레드 와인을 만드는 품종으로는 갈리시아 지방에서 생산되는 '알리깐떼'와 스페인 중앙 고원지대에서 생산되는 '보발' 이 있다. '까리녜나' 는 에브로 강 지역에서 생산되며 리오하 와인을 빚을 때 색상과 질감을 더하는 데 사용된다. 그리고 '가르나차' 가 있는데, 에브로 계곡이 고향으로 산도가 낮고 부드럽다. 스페인에서 가장 널리 재배되는 품종 중의 하나로 블렌딩에 많이 사용된다. 쁘리오라또 산지의 '가르나차' 와인은 정평이 나 있다. 스페인을 대표하는 레드 와인 토종 품종은 '뗌쁘라니요' 이다. 리오하, 리베라 델 두에로, 또로, 발데뻬냐스, 라만차 및 나바라 등지가 이 품종의 터전으로 스페인의 태양만큼이나 짙고 붉은 빛깔에 타닌이 높고 산도가 적당하다. 이 품종을 주로 해서 가르나차, 그라시아노(리오하 산지에서 생산되기는 하지만 수확량이 낮고 블렌딩에 사용됨), 까리녜나, 카베르네 소비뇽 등과 혼합해서 사용되기도 한다. 스페인을 대표하는 만큼 이름도 가지가지이다. '띤또 피노' , '띤따 델 빠이스' '띤따 데 또로' '띤따 마드리드' '센씨벨' '울 데 에브레' '아라고네스' '하씨베라' '베르디에요', 포르투갈에서는 '딘타로리즈' , 이탈리아에서는 '네그레토' , 캘리포니아에서는 '발데페냐스' 등의 이름으로도 알려져 있다. 리오하에서 생산되는 와인에는 감미가 깊게 배어 있고 바닐라 향이 난다. 리베라 델 두에로의 와인은 리오하의 것보다 질감과 향이 진하며 색상이 짙다.

스페인 와인은 등급을 매겨 질을 구분한다. 2003년 개정된 스페인 '포도밭과 와인 법령' 은 유럽 표준(QWPSR : Quality Wine Produced in Specified Regions)에 의거하고 있다. 이 표준은 와인의 품질을 보장하기 위한 것으로 라벨에 원산지, 즉 포도 재배지를 표기하고 포도 품종, 재배 및 제조 방법, 단위 면적당 최대 수확량, 알코올 농도 등을 법률로 엄격히 통제한다. 따라서 등급을 알고 구입하면 훨씬 훌륭한 스페인 와인을 즐길 수 있을 것이다.

특정 기후와 특정 토양, 특정 포도밭에서 나는 포도로 빚은 스페인 최상급 와인에게 주어지는 등급으로는 현재 라 만차의 데미노 데 발네푸사가 처음으로 지정된 비노 데 빠고스(Vino de Pagos, Estate Wines)이다. 다음 단계로 원산지 통제 명칭 와인(Denominación de Origen Calificada, Qualified Denomination of Origin Wines, DOC)이 있으며, 이것은 1986년 DO제도의 미비점을 보완하여 국제적 명성에 어울리는 품질을 생산하기 위해 설정되었고, '라 리오하'가 1991년 지정된 것을 시작으로 '쁘리오라또'가 2002년 그 뒤를 이었다. 2008년에는 '리베라 델 두에로'와 '뻬네데스'가 이 등급에 들었다. DO로서 최소 10년간 지위를 유지해야 하고 반드시 산지에서 병입이 이루어져야 하며 규제위원회의 직접적인 통제를 거쳐야 한다는 규정이 있다. DO는 원산지 명칭 와인(Denominación de Origen, Denomination of Origin Wines)으로 지정된 와인 산지 표시이다. 일정 지역에서 인가된 품종을 사용해 각종 규정을 충족한 와인으로, 규정이라면 양조된 와인의 질, 양조 과정, 포도의 재배 방법, 수송과 유통 등에 관한 요건들이다. 현재 스페인에는 63개의 DO가 있다. 스페인에서 질 좋은 와인을 생산하는 지정된 산지로 이해될 수 있고 여기에서 나는 질 좋은 와인을 말한다. DO 급에 속하는 와인들은 숙성 조건에 따라 다르게 표기된다. 1970년에 이 제도가 '포도밭, 와인 및 알코올 법령'에 의거하여 처음으로 도입되었다. 조건은 5년 이상 산지 명을 붙이고 출하한 와인이어야 한다.

스페인 와인은 숙성도에 따라 분류하기도 하는데 와인의 등급과는 무관하다. 먼저 비노 호벤(Vino Joven)은 그해 수확한 포도로 양조한 후 이듬해에 판매한다. 오크통 숙성을 거치지 않고 바로 마시는 와인으로 '신 끄리안사(Sin Crianza)'라고도 한다. 비노 데 끄리안사(Vino de Crianza)는 레드 와인의 경우 오크통 6개월을 포함하여 총 2년의 숙성을 거친 와인이다. 화이트와 로제의 경우 오크통에서 6개월, 병입 숙성 6개월로 총 1년 숙성시킨다. 레세르바(Reserva)는 레드 와인의 경우 오크통 숙성 1년을 포함해 총 3년의 숙성을 거쳐야만 출하가 허가된다. 화이트와 로제는 오크통 6개월을 포함해 총 2년이다. 그란 레세르바(Gran Reserva)는 레드 와인의 경우 오크통 2년을 포함해 총 5년간 숙성을 거치는데, 화이트와 로제 와인의 경우는 오크통 6개월을 포함해 총 4년이고 특별한 해에만 만든다. 끝으로 기포성 와인의 경우에는 'Premium Reserva'로 표기한다.

스페인을 대표하는 또 다른 와인으로 셰리가 있다. 스페인 강화와인(포티파이드)으로 포르투갈의 포트와인과 마데이라섬의 마데이라, 시칠리의 마르살라와 함께 식전주로 널리 알려져 있다. 스페인에서는 안달루시아의 헤레스 데 라 프론떼

라가 주 생산지로 와인 명칭이 영어식 '셰리' 인 이유는 영국과의 왕성한 교역 때문으로 알려져 있다. 15세기 스페인이 해양제국으로 부상하면서 무역 역시 촉진되었고, 영국과의 셰리 교역도 활발하게 이루어졌다. 이후 1808년 나폴레옹의 스페인 침공으로 셰리의 중심지인 헤레스가 파국에 직면했지만 1820년부터 다시 영국 자본과 교역으로 셰리 붐을 일으켰다. 이 와인은 발효 중에 알코올을 넣어 도수를 끌어올리면서 동시에 발효를 중지시켜 당을 남게 해 감미를 얻는다. 빨로미노 포도로 생산한 셰리는 건조하고 섬세한 맛을 내는 반면 뻬드로 히메네스 포도는 수확하자마자 햇빛에 탈수하는 과정을 거치기 때문에 당도가 높다.

셰리의 종류는 피노(Fino) 가계와 올로로소(Oloroso) 가계로 나누어지는데, 피노 가계의 것들은(Fino, Manzanilla, Amontillados, Pale Cream) 단맛이 전혀 없으며 생선요리, 햄, 치즈와 잘 어울린다. 반면 올로로소 가계에 속하는 것들은(Oloroso, Palo Cortatos, Cream, P.X, Color wine) 붉은 빛깔의 육류와 잘 어울린다.

또 다른 스페인을 대표하는 술로 스페인의 스파클링 와인, 즉 스페인 샴페인이 있는데 '까바' 이다. '까바' 란 용어는 통상적으로 와인을 생산하는 와이너리, 즉 양조장과 레스토랑, 저장소라는 의미를 함께 갖는 스페인의 '보데가' 라는 용어와 차별화하기 위해 붙인 이름이다. 보데가는 지상을 의미하고 까바는 지하의 저장고를 뜻한다. 그래서 지하에서 빚은 기포성 와인을 '까바' 라고 부른다.

스페인에서는 이러한 술과 함께 또는 독립적으로 요기할 수 있는 '따빠스' 라는 게 있다. 출출하거나 갈증이 날 때 때와 장소에 관계없이 아무 바나 들어가면 저렴한 가격에 맛난 주전부리들을 언제든 만날 수 있다. 올리브 열매에서부터 생멸치, 생 햄, 보통 멸치보다 약간 크고 정어리보다 작은 보께론 튀김이나 감자와 양파 달걀로 만든 스페인식 오믈렛인 또르띠야, 얼음 위에 올려 레몬으로 시원함을 더하고 비린내를 없앤 석화, 먹물에 요리한 먹물오징어 요리 능은 누구나 좋아할 수 있는 '뻰초스' 라고도 하는 스페인의 애피타이저 또는 간식용 음식들이다. '따빠스' 라는 용어는 음식을 담은 용기에 이물질이 들어가지 말라고 뚜껑을 덮는데, 이 '덮다' 라는 말인 '따빠르' 에서 나왔다.

올리브

스페인 대지를 달리다 보면 열매를 잔뜩 안고 길가에 수없이 서 있는 과일나무나 야채밭 지역인 북쪽 지역을 제외하고는 모든 대지가 올리브로 잔뜩 옷을 입고 있다. 스페인 중부지역에는 올리브나무가 포도밭이나 상수리나무 숲, 편도나무 숲 또는 밀밭과 덤불을 사이에 두고 교대로 심어져 있지만 남부지역에 들어가면 온통 올리브밭뿐이다. 올리브나무는 영상 40℃에서 영하 7℃라는 극단적인 기온과 긴 건조기를 견뎌내며 돌멩이가 많은 척박한 땅에서도 자라는 아주 강인한 식물로, 스페인 대지의 특성을 그대로 보여주고 있다. 스페인 땅을 덮고 있는 1억5000만 그루의 올리브나무의 검은 녹색 잎은 햇살 아래 반짝반짝 빛이 난다. 잎의 겉면은 수분을 저장할 수 있도록 껍질로 싸여 있고 잎의 뒷면은 수분을 빼앗기지 않으면서 산소와 일산화탄소를 마시고 내보낼 수 있도록 은빛 막으로 덮여 있어 은회색을 띠는데 그것이 햇빛에 반사되어 빛나는 것이다. 이런 잎으로 된 풍성하고도 뭉툭하며 커다란 곱슬머리를 받치고 있는 줄기는 나이를 먹을수록 도랑과 이랑이 깊어지고 뒤틀리고 꼬이는 모양새가 심해지며 검은색을 띤다. 너무 오래된 나무들의 줄기 안쪽은 텅 비어 있다. 10월과 11월에 수확하는 올리브는 열매로 먹고, 12월부터 3월까지 수확하는 올리브는 기름용으로 이용한다. 이 '지중해의 매혹적인 진주' 라고 불리는 올리브 열매는 소금물에 삭혀서 우리나라 김치마냥 먹고 기름은 식용이나 미용에 사용된다.

올리브 열매 종류도 20여 가지가 있는데 토착 품종 중에는 특정지역에서만 자

식탁에 기본으로 나오는 올리브 열매

라는 것도 있다. 이 다양한 품종을 같은 밭에서 동시에 재배하는 경우는 최소한의 수확을 보장받기 위해서이다. 품종에 따라 녹색과 검은색 올리브가 생산되며, 가장 많이 재배되는 품종은 베르데냐로 맛이 향기롭고 기름에 녹색 기가 돈다. 엠뻴뜨레는 부드럽고 단맛이 나고 알께스라나는 녹차 향에 약간 쏘고 쓴맛이 적당하다. 네그랄은 바닐라 냄새가

타일에 그린 올리브 수확

나고 쓰면서 달고 쏘는 게 개운하고 시원하다. 이외 알베끼나, 알바레따, 블랑깔, 네그랄, 피가, 빠세냐, 인헤르또, 모추또, 세비야노, 세루다, 고르다하, 아리아, 알깜뻬리나 등이 있다. 지금 스페인 밭에는 500년 이상 된 올리브나무도 있고 1000년 이상 된 것도 있는데 아직 열매를 맺고 있다.

스페인에서 올리브가 차지하는 중요성이 크다보니 마을마다 올리브와 연관된 신화나 민담, 전설 같은 이야기와 갖가지 축제가 전해 내려오고 있다. 부에라 마을에서는 일 년에 한 번 둘시스 성전에 있는 성모 마리아 등잔불 기름을 어린애의 혀에 묻히는데, 그렇게 하면 말을 잘하게 된단다. 농부들은 올리브를 많이 수확하게 해달라는 기원으로 그해 처음 짜낸 가장 좋은 기름을 마을마다 있는 교회나 안자 제단에 올린다. 수확이 끝난 올리브 가지는 추운 지역에서는 포도나무 가지를 받치는 데 사용하거나 밭을 보호하는 덮개로 사용한다. 올리브 수확이 끝나는 날에는 마을마다 축제가 열린다.

제2부

신 다음으로 위대하다고 생각하는
사람들이 사는 곳

유럽을 여행하다보면 서로의 문화와 삶이 덩굴처럼 얽히고설켜 그게 그거다 싶은데 유독 아, 내가 외국에 왔구나! 하고 느끼게 하는 곳이 바로 스페인인 것 같다. 우선 도시마다 마을마다 우리가 익히 보았던 풍광이 아니라서 그러하고 사람들이 내뿜는 세찬 기 때문에 또 그러하며 사람들의 행색 요모조모가 달라서 또한 그러하다. 스페인 사람들은 켈트, 이베로, 로마, 게르만, 아랍의 피를 골고루 물려받은 뒤에 영국, 프랑스, 스코틀랜드의 피도 심심찮게 받았다. 그래서 그들의 민족성을 이야기하려면 무척 복잡하다. 쓸데없는 자존심으로 열등의식에 사로잡힌 사람들은 오만하고 예측불허인 데다 거만하기도 하다. 그런데 또 어떤 이들은 모든 것을 다 내줄 것처럼 친절하고 시적 낭만에 더없이 정다워지기도 한다. 생김새 역시 그러하다.

얼마 전까지만 해도 외국인들에게 각인되어오던 스페인 인들은 비제나 헤밍웨이가 보았던 작은 키에 갈색 피부와 이글거리는 눈동자, 검은 머리와 눈썹을 가진 유럽의 이방인이었다. 그런데 우리나라 젊은 여성들이 열광했던 스페인 축구 대표팀의 모리엔떼스를 보면 스페인 인 고유의 모습이 아니다. 예전의 스페인 인이라면 그려지던 특성들이 점점 많이 희석되어간다는 느낌을 준다. 인종적인 특성을 유지하면서도 식생활이나 삶의 수준 변화 등 스페인 경제 발전과 변화하는 삶의 패턴에 따라 생긴 결과인 것 같다. 하지만 스페인에 있을 때는 서부유럽 사람 역할을 주로 맡았던 안또니오 반데라스가 할리우드로 입성한 뒤에는 전형적인 라틴 사람 역만 소화해내는 것을 보면 외국인들에게 스페인적인 것은 어디를 가도 드러나는 것임을 느끼게 한다. 그래서 스페인의 기후와 지형과 역사가 만들어낸 이들의 기본 특성이 바뀌려면 또 한 번의 빙하기가 와야 할지도 모른다.

삶을 지배하는 태양

서울로부터 직항 거리 약 9970km, 시속 820km, 비행 소요시간 약 12시간 40분 만에 들어서는 스페인은 비행기에서 아래로 내려다보이는 풍경만으로도 스페인 다운 게 무엇인지를 어느 정도 가늠할 수 있다. 초록의 양탄자를 깔아놓은 것 같은 프랑스와 완전 딴판인, 진한 적갈색과 잿빛의 광활한 대지, 그 위에 점점이 박힌 올리브나무와 밀밭 및 듬성듬성 엮여 있는 붉은 지붕의 집들이 그곳이 마을인지를 짐작케 한다.

스페인의 수도 마드리드에 가까이 갈수록 이러한 흔적은 점점 더 강해지다가 마드리드 국제공항 바라하스에 비행기가 착륙하고 공항을 빠져나오면 쏟아대는 여름 태양의 세례가 뜨겁다 못해 따갑다. 그래서 스페인이 자리 잡고 있는 이베리아 반도의 지도를 펼쳐놓고 보면 오른쪽에 있는 지중해와 북쪽 대서양 주변의 가장자리, 그리고 많지 않은 강 주변의 녹색을 제외하고는 모두가 갈색이다. 군데군데 그 갈색이 흑갈색으로 되어 있는 부분도 상당하다.

우리나라 남북한을 합쳐 약 2.3배 크기인 스페인은 해발 800m 이상의 고분지 지역이 전 국토의 5분의 2를 차지하고, 아프리카와 불과 14km 떨어져 있어서 비가 적고 태양이 강하다보니 그 열기를 버텨낼 초록의 목초지가 변변치 않다. 건초를 뜯는 양 떼와 소 떼들도 햇살에서 쉴 그늘을 찾는 것 같은데, 이 꾸밈없이 버려진 듯 보이는 광활한 자연 그 자체의 모습은 유럽에서는 스페인에서나 만날 수 있다.

스페인은 지구의 축소판이라 할 정도로 기후가 다양하지만 중심을 이루는 수도 마드리드 주변에서 시작해서 국토의 반 이상을 차지하는 지역의 포도밭과 야채밭에 뿌려지는 물에서는 무지개가 피어나고, 흙먼지를 뒤집어쓴 건초와 관목들 사이에서는 소들도 더운지 땅바닥에 배를 깔고 누워 있다. 반경을 넓혀 밖으로 나올수록 지평선만이 보이는 드넓은 평지에는 밀밭과 올리브밭이 교차하고, 물을 거의 머금지 않은 풀이 그야말로 자유롭게 자라고 있다. 노랑과 보랏빛의 이름 모를 꽃들이 천지에 깔리는 야생의 들판 사이사이로는 무너져 내린 돌담과 고성들이 있고, 수많은 제비가 하늘에서 원을 그리는 시골 마을에서는 성당 위로 올라선 종탑을 오가는 황새들과 구릉지들이 스페인 대륙의 오래된 역사를 느끼게 해준다.

피부를 태우듯 쏟아지는 햇살은 남쪽으로 갈수록 절정에 이른다. 이 지역은 아프리카를 코앞에 두고 있어서 열기 때문에 여름에는 길로 나서기가 무섭다. 이름 역시 '태양의 해변(꼬스타 델 솔)' 인 이 지역 바닷가 모래 위로 맨발로 걷다가는 델지도 모른다.

몇 해 전 안달루시아의 도시 말라가에서 있었던 일이다. 이 도시는 '태양의 해변' 가에 자리 잡고 있는 것으로도 알 수 있겠지만, 8월의 태양은 말 그대로 살인적이다. 앉아만 있어도 숨이 턱까지 차고 살이 불에 델 것 같은 열기가 도시를 휘감는다. 그런데 이러한 열기가 도시를 절대적으로 지배하는 낮 12시부터 오후 5시까지 시내 한복판에서 춤판이 벌어졌다. 얼음을 채운 와인이나 찬 맥주를 마시면서 남녀노소 가릴 것 없이 우리나라 디스코테크에서 볼 수 있는 춤을 추고 있었다. 무도장에는 그늘을 만들어줄 텐트가 있겠거니 하겠지만 아니다. 가로세로 중앙을 가르면서 지붕 역할을 하는 그물망이 전부이다. 춤을 추다 쉬기 위해 앉을 자리라도 찾으면 나무 한 그루 없는 땡볕 속에 까맣게 탄 벤치가 그 분위기에 어울리지 않는다는 것을 아는지 민망한 얼굴을 하고 있다. 순간 나는 더위 때문인지 아니면 고막을 찢을 듯 울려대는 음악 때문인지 아니면 그 광란의 광경 때문인지 머릿속이 텅 빈 것 같은 느낌에 휩싸였다. 나도 저 속에 뒤섞여 있지 않으면 안 될 것 같은 절대절명의 의식이 내 몸을 쥐고 뒤흔들었다. 이처럼 스페인 태양의 힘은 막강해서 스페인을 찾는 외국인들까지 마법에 걸리게 만든다.

지중해 휴양지인 마요르까에서 볼 수 있는 광경은 나뿐 아니라 많은 사람이 스페인의 정열에 물들 수 있음을 증명해줄 것이다. 이성과 냉철함의 대명사인 독일 젊은이들이 대낮, 태양 아래에서 빙 둘러앉아 술을 마시고 있었다. 빨대를 대신한 1m 길이의 튜브를 꽂은 위스키와 콜라를 부은 술단지를 중앙에 두고선 누가 더 얼굴이 붉은지 태양에 도전장을 내밀고 있었다. 무아지경에 빠진 그들의 머리 위에서 스페인 태양은 여전히 이글거렸고 말라가 길거리 무도장에서 내 고막을 때렸던 그 요란한 음악은 태양처럼 그곳을 벗어난 뒤에도 한참 동안 나의 뒤를 따라왔다.

외국인들을 위한 스페인 안내서를 보면 4월, 5월, 6월 여행을 추천한다. 따가운 태양이 자신의 위력을 발휘하기 직전이라서 그런지, 이 계절의 들판에는 미풍에 살랑대는 붉은 양귀비와 이름 모를 노란 야생의 꽃들이 무리지어 피어나고 건조한 높다란 풀 섶 사이로는 새들이 먹이 사냥을 하느라 푸드득푸드득 날아오르는 정말 아름다운 계절이다. 마을 어귀마다 꿀과 프로폴리스를 판다는 나무 팻말이 자주 눈에 띈다. 팬지부터 시작된 도심의 꽃밭에는 청명한 하늘 아래 튤립과 금잔화가 녹음이 들기 시작한 높다란 가로수 사이에서 다소곳하게 향기를 내뿜고 있다. 역사를 잉태하고 있는 고풍스러운 건물과 물을 뿜기 시작한 분수를 데우는 태양은 건조하면서도 따뜻해, 길에 있다는 그 자체로 마냥 행복해짐을 느낄 수 있을 것이다.

이런 따스함이 한여름이 되면 독한 열기를 내뿜다가 9월 말이 되면 언제 그랬냐는 듯 그 위세가 수그러지면서 청명한 하늘 사이사이로 가랑비인지 안개비인지 모를 것이 변덕스레 내려 우산을 써야 할지 말아야 할지 고민하게 만든다. 어쩌다, 정말 어쩌다 폭우라도 쏟아지면 길은 온통 물로 넘쳐난다. 어린애들의 상상력은 참으로 예측불허인데, 물난리가 난 길로 어기적어기적 걸어가는 어른들 사이에서 종이배를 띄우며 논다. 늘 소식을 하던 스페인 하수구가 과식으로 소화불량에 걸려 대로가 강으로 변하여 어린애들의 놀이터가 된 것이다.

이러한 태양이 스페인 사람들의 삶의 패턴을 결정짓는 요소가 되었다. 태양이 강한 오후 3시에서 4시 사이에는 낮잠을 자야 하고, 해가 길어 저녁 식사가 늦으니 6시쯤 간식을 먹어야 하고 먹은 뒤에는 산책을 한 후, 저녁 식사가 끝난 밤 11시부터 놀 수밖에 없게 되어 있다. 그래서 낮잠 문화와 산책 문화가 생겼고, 밤 문화의 천국이 되었다. 그리고 화창한 하늘 아래 따숩고 온화한 태양과 건조한 대기는 사람들을 집에서 뛰쳐나와 노천카페이건 바이건 아니면 길에서건 어디서든 삶의 생명력을 풀어놓게 만든다. 살아 있음을 느껴야 할 절대적인 욕망을 날씨가 부추긴다.

신 다음으로 위대한 자, 내가 왕이로소이다

정열이 과하게 표출될 때 우리는 그것을 개인주의라고 한다. 자신의 이익만 생각하는 이기주의가 아니라 내가 신 다음으로 위대하다고 생각하는 자기중심주의를 말한다. 그래서 스페인 사람들은 개념이 모호한 국가보다 실제적으로 내가 느끼고, 내 눈으로 볼 수 있는 내 주위의 가족, 구체적인 내 친척, 나의 공동체에 대한 애정이 각별하다. 이러한 기질 형성에는 스페인 원주민인 이베리아 족과 이후 게르만 족 그리고 고립된 지형과 정책 역시 거들었다.

포에니 전쟁에서 카르타고를 물리치고 유럽으로 세력을 확장하던 로마가 스페인을 점령하는 데 무척 애를 먹었다. 프랑스를 점령하는 데는 단 19년밖에 걸리지 않았는데, 스페인을 수중에 넣기 위해서는 장장 200년이라는 세월을 싸워야 했으니 그럴 만도 하다. 스페인의 가혹한 기후와 지형, 그리고 게릴라 전법 앞에 전전긍긍하던 로마는 스페인의 약점을 찾아 공략할 궁리를 하게 되는데, 바로 스페인인들 간의 상호 단절이다. 이베리아 족의 속성은 자기 가족과 부족에게는 목숨을 다해 충성하지만 이외의 집단들을 배척하거나 통합을 싫어하는 경향이 있다고 역사가들은 기록하고 있다. 이러한 결점을 간파한 로마 군대는 스페인 지역 하나하나를 쉽게 점령해나갈 수 있었다.

로마(B.C. 219~A.D. 411) 이후 411년에 스페인 땅에 들어온 게르만 족의 일원인 서고트 족 역시 자유민 사상을 가진 민족으로, '집단 결속'이라는 단어가 그네들 사전에는 없었던 모양이다. 그들은 왕을 선거로 뽑았는데 300년 동안 30명의 왕이 있었다는 사실은 누구나 다 자기가 최고라고 생각했다는 반증이다. 결국 나라는 분열되었고 분열은 나라의 폐망과 직결되어 711년에 아랍 인들을 스페인 땅으로 불러들이는 결과를 낳았다.

이러한 스페인 인들의 개인주의 형성에는 스페인의 고립된 지형과 나라 정책 역시 가세했다. 유럽의 나라들을 보면 모두가 여러 나라와 국경을 맞대고 있다. 독일은 아홉 개 나라와, 프랑스는 여덟 개 나라를 이웃으로 두고 있다. 하지만 스페인은 유럽 대륙과는 오직 프랑스하고만 국경을 맞대고 있는데, 그것도 평균 1500m 높이의 피레네 산맥으로 단절되어 있다.

사실 유럽 통합 이후 유럽을 차로 여행하다보면 언제 한 나라에서 다른 나라로 들어왔는지, 언제 국경을 넘었는지 아리송할 때가 많다. 행정을 이웃 나라의 통치자에게 맡기고 있는 안도라, 모나코, 리히텐슈타인 같은 도시국가들은 그렇다손 치더라도 국경의 의미가 없을 정도로 동네 마실 나가듯 나라들을 넘나들 수 있음에 신기하고 부러웠다. 프랑스 터널로 들어갔는데 1시간 달리다 빠져나와 이탈리아에 있게 되었을 때 난 그렇게 의미 없는 것이 국경인 줄 몰랐다. 이런 국경을 스페인은 가톨릭이 신교에 점령당할까봐 철저하게 봉쇄했다. 피레네 산맥 너머의 사상과 지식이 담긴 책을 들여온 밀수업자들은 화형에 처해졌고 책들은 금서 목록에 올려진 후 불 속으로 사라졌다.

스페인 사람들의 '내가 최고' 라는 생각은 외국의 것이면 무조건 배척하거나 나 몰라라 하든지, 아니면 자기들의 것으로 만드는 능력 역시 키웠다. 스페인을 유럽에서 문명적 또는 문화적으로 제일 강국으로 자리매김해준 민족은 스페인에 살았던 유대인과 이슬람교도들이었다. 농업과 제조업 장인인 이슬람교도들은 자신들이 생산한 물건을 상업과 금융업의 귀재인 유대교도들을 통해 스페인이나 유럽 각지로 유통시키면서 스페인의 가톨릭교도들을 먹여 살렸다. 또 이들은 가톨릭교도들과 평화롭게 공존하면서 꼬르도바와 세비야와 똘레도가 유럽 학문의 중심지가 되는 데 큰 역할을 했다. 그 결과 유럽 학자들이 이곳에서 라틴어로 번역된 페르시아·인도 문학과 그리스 철학과 과학을 배웠다. 이로써 스페인은 유럽 문명의 근간을 이루는, 지금 생각해도 꿈같은 일을 그 당시에 했었다. 그런데 15세기 말 '가톨릭 왕들' 은 스페인을 순수한 가톨릭교도들만의 왕국으로 만들기 위해 이들을 모두 빈손으로 외국으로 내쫓았다. 이 스페인의 왕을 본받았는지 국민들은 16세기에 스페인에 왔던 합스부르크 왕들과 18세기에 스페인에 왔던 부르봉 왕들과 그들이 데리고 온 재상들을 외면했다. 이 당시 국가는 국민 국가가 아니었고 더군다나 스페인에서 주인은 왕이 아니라 늘 민중과 교회였기 때문에 외국의 문물이나 외국 사람들에 반대하여 일으킨 민중 봉기나 반란은 모두 민족주의 운동으로 격상되곤 했다.

16세기 초 합스부르크 왕가의 첫 번째 스페인 왕인 까를로스 1세(유럽에서는 까를로스 5세)에 대항하여 일어난 1520년의 스페인 민중들의 반란의 속을 들여다 보면 외국 출신의 왕과 이 왕이 데리고 온 신하들이 모든 요직을 맡은 데 대한 불만에서 야기된 것이다. 18세기 프랑스의 부르봉 왕가에서 온 까를로스 3세 때인 1766년에 일어난 '에스낄라체 난' 도 왕이 임명한 외국 출신의 재상이 스페인적인 것, 그 당시 스페인 사람들의 전통적인 풍습인 챙 넓은 모자와 검정 망토를 걸치는 것을 없애려는 것에 분노하여 일으킨 민족 봉기였다. 이뿐이랴. 현대에 들어 스페인은 유럽 대륙이 아파하고 고민하던 사건들로부터 멀찍이 떨어져 있었고, 그로 인해 유럽을 강타했던 그 많은 불행을 모면해갔다. 사실 이러한 스페인의 자세는 역사를 생각해보면 엄청난 모순이다. 스페인만큼 다른 민족과 다른 문화 덕분에 영광을 누린 나라도 없기 때문이다. 19세기까지 외국의 것이면 모두 거부하면서 스페인 민족주의, 보수주의를 강력하게 옹호해왔지만 외국인들이 가져다준 문화적 유산과 관습은 현재의 스페인 사람들의 삶 속에서 그대로 숨 쉬고 있고 관광자원이 되어 스페인 재정의 반 이상을 해결해주고 있기 때문이다.

일을 하면 안 돼요, 이달고

사실 나라나 민족에게 이러한 개인주의는 분명 흠이다. 사회의 조화와 균형을 깨고 인간 간에 불협화음을 만들어내기 때문이다. 그런데 스페인에서는 이런 개인주의가 자유로운 창조력이니 살아 있는 삶이니 하는 표현으로 찬양되고 있다는 게 더 흥미롭다. 그러니 유럽 인들이 스페인 사람들을 보는 눈이 고왔을 리가 없을 것 같다. 거만하여 으스대기 좋아하니 불손할 것이며, 이성보다 감성이 앞서니 가끔은 터무니없을 뿐만 아니라 죽어도 체면은 살려야 하니 모순투성이로 보일 것이다. '체면은 명예다' 라는 명제는 스페인 역사의 산물이다. '해가 지지 않는 나라'

라는 찬사와 영광 속에 살았던 스페인 사람들이 17세기 중반 이후, 스페인이 더 이상 유럽의 열강이 아닌 주변부로 밀려난 뒤에는 어떠한 삶을 살았을까? 유럽 문명의 정점에 있었다는 자부심으로 시대착오적인 허세를 가지게 되고, 가질 거 다 가져본 자들의 미련 없는 단순함에서 체면 살리기를 으뜸으로 삼는 국민적 확신이 있지 않았을까.

개인주의가 강했던 서고트 족들의 내분은 결국 스페인 땅에 유럽의 다른 나라와 달리 유일하게 이슬람교도들을 아프리카 북부를 통해 들어오게 만들었다. 이들은 아랍 본토에서 도망 나온 이슬람교도들과 아프리카 북부에 살던 이슬람 광신도들로, 711년부터 1492년까지 스페인 땅에 살았다. 한편 이슬람교도들이 스페인에 들어오기 바로 전까지 스페인 사람들은 기독교가 국교였다. 그러므로 이슬람교도들에 쫓겨 스페인 북쪽으로 달아났던 기독교도들은 잃어버린 자신들의 국토를 되찾는다는 의미의 전쟁을 800년 동안 하게 되는데 그것을 '국토회복전쟁'이라고 한다. 스페인 통치자들은 이 전쟁에 참여한 자들에게 보상의 뜻으로 하급 귀족 작위를 부여했는데, 바로 '이달고'이다. 그러니까 우리가 보통 알고 있는 작위인 공작, 후작, 백작, 자작, 남작 등의 귀족에는 속하지 않지만 얼마간의 물질적 자산과 훌륭한 정신적 자질을 가진 자로 떠받들어주는 기능을 그 하급 작위가 맡아 했다.

이 작위의 기원은 스페인의 북쪽 자치지역 바스크와 나바라에서 시작됐다. 이 지역은 역사가 오래됐고 지형적으로 외부로부터의 침입이 용이하지 않아서 이슬람교도들이나 유대인들이 이 지역에 살지 않았다. 그래서 이곳 지역민들은 순수한 기독교 피만 오랜 세월 유지했다 하여 비록 가진 것은 없을지라도 자신들을 이달고라고 했다. 그리고 국토회복전쟁 당시 평민 기사였던 사람들도 후손으로 내려오면서 이달고라는 명칭으로 바뀌갔다. 그러니까 개종하지 않은 순수한 기독교 피를 가지고 오랜 전통을 지키면서 국토회복전쟁에 참여했다는 공동의 대의닝분을 가진 사람이 '이달고'이다. 이들 중에는 12세기 국토회복전쟁의 영웅인 '엘시드'가 있고, 체면만이 남은 스페인에서 배를 곯아야 했던 16세기 스페인 악자소설에 등장하는 악동 '라사로'의 주인 이달고가 있으며, 영웅의 시대가 끝난 뒤 그러한 과거를 못 잊어 실현할 수 없는 꿈을 이루고자 고군분투했던 17세기의 '돈키호테' 도 있다. 이러한 이달고들은 후손으로 내려오면서 과거 선조들의 영광에 기대어 사는 스페인 인의 상징처럼 되어버렸다. 따라서 이들의 이상이 스페인 인을 정의하는 데 결정적으로 작용했음은 당연할 것이다.

초기의 이달고들은 스페인 국토회복전쟁의 영웅 '엘시드' 처럼 스페인 국민의 모범이었다. '엘시드' 는 비록 귀족 가문의 자식으로 태어나지 않았고 많은 재산을 갖지는 못했으나 영웅적인 행동으로 상류 귀족보다 더 높은 왕자들을 사위로 맞았다. 그는 자애로운 아버지요, 사랑스러운 남편이며 둘도 없는 충복에 모범적인 수장이요, 적들에게조차 존경받는 인물이었다. 그는 기독교로 무장한 혜안을 가진 전술가로, 국토를 회복하고 무너졌던 스페인의 정치, 행정 조직을 정의와 법으로 바로잡았다. 국토회복전쟁 당시 스페인 국민은 이런 인물을 스페인의 상징으로 받들었다. 중세 떠돌이 가수들은 12세기부터 '엘시드' 를 스페인 국민의 표상으로 서사시 형태를 빌려 국토회복전쟁에 참여하도록 동네방네 알리고 다녔다. 하지만 스페인이 군사 대국의 자리에서 물러났을 때 이달고의 위상은 어떠했을까?

유럽에 있는 귀족 타이틀의 생성 연유를 보면 이달고처럼 그 기원이 전쟁과 관련되어 있다. 불어 duc에서 나온 '공작' dux는 '수장으로서 또는 지도자로서 남을 이끌었던 사람' 이라는 뜻이다. 후작인 마르케스marques는 프로방스 지역에서 유래한 말로 '전선에서 앞서나간 사람' 을 의미한다. 백작은 궁전에서나 전투지에서 왕을 수행하던 사람, 다시 말해 '누구와 같이 가는 사람' 인 '함께 com' 에서 유래했다. 남작은 독일인들 사이에서는 '싸움을 잘하는 자유로운 인간' 이라는 뜻이다. 이렇듯 모든 작위가 전쟁과 관련한 행위에서 나왔다. 그래서 스페인에서는 이러한 귀족 작위가 스페인 군사대국의 자리에서 물러난 뒤부터는 유명무실해졌다. 하지만 이달고만이 유독 생명력을 강하게 유지하면서 아직도 과거의 위용에 연연하고 있다. 군사의 시대가 끝나고 기독교뿐만 아니라 종교의 의미 역시 상실한 시기에도 이들이 끈질기게 살아남은 이유는 무엇일까?

이달고 작위가 생겨났던 그 당시 사회 규정에 의하면 우선 이달고는 귀족이기 때문에 세금을 면제받을 수 있었다. 하지만 전쟁이나 행정 이외의 일을 하면 명예가 실추된다는 규정이 있었다. 노동으로 손을 더럽히는 일은 스페인에 살았던 유대인이나 이슬람교도들이나 하는 짓으로 간주했다. 이렇게 시작된 '명예관'은 스페인 역사를 두고 다양한 색깔을 덧입으면서 그 위용이 놀랍도록 막강해졌다. 명예의 규정에 매여 사느라 배고픔은 고사하고, 명예 때문에 아내나 자식까지 살해해야 한 적도 있다. 이렇게 '명예'는 이달고와 같은 의미로 해석되면서 가문을 중요시하게 된 스페인 사회를 이해할 수 있는 키워드로 부상했다. 재산이 아니라 신분으로 유지되던 사회에서 명예가 훌륭한 가문과 그렇지 못한 가문을 구분하는 측도가 된 것인데, 이렇게 이성에 근거하지 않는 명예관은 스페인 역사에서 개인이나 가정뿐만 아니라 나라까지 쇠락하게 만들었다.

1492년 콜럼버스의 중남미 발견과 오스트리아가 막스밀리아노 황제와 스페인 가톨릭 왕들로부터 물려받은 영토와 부는 16세기 까를로스 1세 때 스페인을 '해가 지지 않는' 제국으로 만들었다. 현 이탈리아의 시칠리아 섬과 사르데냐 섬 그리고 이탈리아 남부 대부분과 북부의 밀라노 지방, 지금의 네덜란드와 벨기에, 프랑스의 부르고뉴, 현재 미국의 텍사스에서부터 아르헨티나까지, 아시아에서는 필리핀 군도와 마리아나 제도, 캐롤라인 제도가 스페인 영토였다. 하지만 이것들을 지켜내야 하는 대제국으로서의 명예를 위해 스페인은 수많은 전쟁에 에너지와 물자를 쏟아 부어야 했으나, 돈 이야기는 유대인이나 하는 불명예스러운 일로 내몬 것으로도 모자라, 식민지 지역과의 무역마찰을 피하기 위해 스페인 본토에는 산업조차 키우지 않았다. 여기에 일을 하면 명예를 상실한다는 이달고적 사고가 만연했으니, 초강대국이었던 스페인이 17세기 중반부터 20세기 말까지 열강의 틈바구니에서 그들의 눈치만 살피는 주변부로 밀려났던 이유를 알 만하다.

바스크와 나바라 지역의 이달고들은 일을 하면 명예가 실추된다는 생각이 너무 니없어 보였는지 작위를 포기했지만, 스페인 국토회복전쟁의 주인공들인 까스띠야 지역의 이달고들은 이후까지 그 특성을 유지한 채 이달고의 후손임을 명예롭게 생각하고 있다. 그래서 스페인 하면 까스띠야 지역과 동일시하는 외국인들의 눈에는 이런 이달고가 고집 세고, 거만하며 게으른 스페인 인들의 상징으로 보여질 법도 하다.

멀고 아득한 숨겨진 대지, 스페인

기원 전 1000년 경 해양 민족으로 스페인을 오가며 광물들을 가져갔던 페니키아인들은 스페인 본토에 살지는 않았으나 스페인을 '토끼들의 대지' 라는 뜻으로 '이스빠니아(i-spn-ya)' 라고 불렀다. 왜 그렇게 불렀는지는 기록이 없으니 확실히 모르겠지만 우리나라처럼 땅이 토끼 모습이어서는 분명 아니다. 스페인은 소가죽을 펼쳐 놓은 모양세다. 아마도 페니키아인들이 세운 까디스 도시 근처에 토끼가 많이 살았던 모양이다. 이 도시 바로 위쪽으로 드넓게 펼쳐져 있는, 국립공원인 도냐나에 사는 이베리아 삵의 주 먹이가 토끼였던 이유가 이 이론을 뒷받침하고 있다. 그런데 사실 스페인에는 이상스럽게도 토끼가 많다. 마드리드 시내 까사 데 깜뽀라는 공원에 가면 사람들이 다닐 수 있는 마른 덤불 속에 토끼들이 놀고 있다. 마드리드 외곽지역인 빠르도에는 토끼가 얼마나 많은지 토끼 고기 전문 음식점도 있다. 이뿐만이 아니다.

마드리드 근교 마을인 친촌으로 가는 길이었다. 고속도로로 약 40분 달린 뒤 시골 길로 접어들었는데 곧 나타날 것 같으면서도 나타나지 않는 이 마을 때문에 막 짜증이 나려던 참이었다. 그 때 갈색 털의 맑은 눈을 가진 토끼 한 마리가 찻길 바로 옆에서 두 눈을 깜빡이며 오도카니 앉아 있었다. 추수가 끝난 밀밭에서 놀다가 싫증이 났던지, 차 구경, 사람 구경하자고 로드 킬의 위험을 무릅쓰고 길가까지 나온 모양인데, 그토록 빤히 나를 쳐다보던 토끼는 내 생애 처음이었다. "어! 토끼다" 라고 고함치는 순간 바로 옆 덤불 속에서 또 다른 토끼 두 마리가 하얀 궁둥이를 올렸다 내렸다 폴짝 폴짝 뛰어 밀밭을 가로 질러 덤불 속으로 들어갔다.

그런데 기원 전 3세기부터 기원 후 5세기 초까지 스페인을 점령했던 로마인들은 페니키아인들이 스페인을 '토끼의 대지' 라고 부르는 것을 듣고 라틴어 철자로

'이스빠니아(Hispania)'로 표기하면서 '멀고 아득한 숨겨진 대지'라는 뜻을 부여했다. 지구의 땅 끝에 있고 다다르면 돌아오거나 그 곳에 머물 수밖에 없는 이 땅의 지형적 특징을 이해하여 주어진 정의인 것 같다.

이후 이슬람교도들을 내쫓는 약 800년(711~1492) 국토회복전쟁 동안 스페인에는 자고 나면 바뀌는 국경과 주인이 교체되는 땅들로 이슬람 측에서나 기독교 측에서 여러 지역들로 나뉘어졌다. 이때 기독교인들은 이슬람교도들이 지배하고 있던 남부 지역을 '에스빠냐(España)'라고 불렀다. 이스빠니아의 첫음 '이(Hi)'가 생략되는 대신 '에(E)'가 그 자리에 들어가고 마지막 음절 '야(ya)'의 'y(i)' 영향으로 앞의 'n'이 'ñ'로 구개음화된 것이다. 이렇게 탄생된 '에스빠냐'라는 이름으로 나라가 불리어지고 형용사 형태인 에스빠뇰이 스페인 사람과 언어를 뜻하기까지는 16세기를 기다려야 했다.

이 당시 자치권을 부여받은 지역들에는 자기들만의 고유 언어가 있었는데 민족성은 언어에 깃들어 있다고 본다면 이들의 자치주의적 성향이 얼마나 강한지는 짐작이 가고도 남는다. 갈리시아는 가예고, 레온은 레오네스, 아라곤은 아라고네스, 까딸루냐는 까딸란, 나바라와 바스크는 에우스께라, 아스뚜리아스는 아스뚜리아노 그리고 까스띠야는 까스떼야노로 말하고 글을 썼다. 더 있다. 아랍인들이 스페인 남부에 세운 알-안달루스왕국에 사는 기독교도들은 모사라베라는 언어를 사용했다. 이렇듯 단일 국가로 통일을 이루는 일은 꿈에서도 불가능해보일 정도로 스페인 내 지역들의 독립성은 강했다. 그래서 까스띠야의 이사벨 공주가 아라곤 왕국의 페르난도 왕자와 1469년 혼인으로 힘을 합쳤다. 이들은 1478년에 종교재판소(이단심문소)를 스페인 땅에 설치하여 기독교로 개종하지 않은 유대인(1492)과 이슬람교도(1609년에 종결)들을 외국으로 내몬 뒤 영토적, 종교적, 정치적으로 막강한 권력을 휘둘러 국민들과 주변지역들을 제압한 뒤에야 극석으로 근내직 의미의 통일된 국가를 이룰 수 있었다.

이렇게 보면 스페인은 나라로서 탄생되는 순간부터 훗날 추락과 언젠가는 일어날 독립 분란의 씨앗을 잉태하고 있었다고 볼 수 있다. 위 두 왕을 통칭하여 '가톨릭왕들' 이라고 하는데 이들은 이후 자신의 외손자인, 스페인 최초의 합스부르크가 왕 까를로스 1세(1516-1556)에게 권좌를 넘겼고 16세기 초에 들어가서야 처음으로 '에스빠냐'라는 국명이 사용되었다. 스페인어를 뜻하는 '에스빠뇰'은 가장 막강했던 까스띠야 왕국에서 사용하던 언어 '까스떼야노' 였다. 이렇게 과거형을 쓰는 이유는 지금은 스페인 공식 언어가 까스떼야노 이외에 갈리시아지역의 가예고, 까딸루냐지역의 까딸란, 바스크지역의 에우스께라 이렇게 세 개가 더 있기 때문이다.

씨앗은 환경이 허락되면 발아되기 마련인 듯, 스페인 역사상 중앙 정부의 힘이 약해질 때마다 예전에 자치권을 갖고 있던 지역들은 자신들의 역사적, 문화적 차이들을 내세우며 독립하기를 끊임없이 투쟁했다. 결국 그 숙원은 독재자 프랑코가 1975년에 죽고 민주주의 스페인 헌법이 국민들의 투표로 통과된 1978년, 자치법 역시 인정되어 현재의 17개 자치지역들이 자기만의 색깔을 보이며 스페인의 다양성 형성에 큰 몫을 하고 있다.

유성처럼 사라진 대제국의 영광

화려하게 빛을 발하던 별이 한 순간에 떨어져 버리듯, 해가 지지 않는다던 대제국 스페인이 17세기 이후에서 20세기 말까지 열강의 주변부로 물러난 이야기로 잠깐 눈을 돌려보자. 생각해보면 정말 스페인은 얼마 전까지 우리에게 변방이었다. 지금도 스페인은 무엇으로 먹고 사느냐고 묻는 사람이 있는가 하면, 조상들 덕분으로 관광자원으로 벌어 산다거나, 투우와 플라멩코 이야기가 전부인 것처럼 말하는 사람들이 적지 않다. 우리에게 이렇게까지 스페인이 잘 알려지지 않고 있는 데에는 우리나라의 편협적인 문화정책과 획일적인 대외 국가관에도 문제가 있지만 더 큰 이유는 당연히 스페인 민족에게 있을 것이다.

환멸의 세기　스페인은 스페인 본토이외에 유럽 내 합스부르크 왕가가 갖고 있던 땅들과 식민지 중남미와 아라곤공국이 갖고 있던 이탈리아 영토와 아프리카 영토까지 차지하면서 스페인 군인이 밟고 있지 않은 땅과 스페인 배가 지나지 않을 바다가 없을 정도의 대 제국의 영광을 스스로 버렸다. 자진해서 밀어붙인 편협한 종교정책과 자의 반 타의 반으로 쉬지 않고 벌린 무모한 전쟁으로 스페인인들은 스스로 대제국의 호사를 포기했다. 스페인은 스페인의 금융과 상업을 주도하던 유대인들을 1492년에 모두 내쫓고 농업과 관개기술에 특별난 재주를 가져 불모의 스페인 대지를 옥토로 바꾸어 주었던 기독교로 개종한 아랍인들마저 1609년에 모두 몰아냄으로써, 혹시 똑똑하면 유대인으로 오해를 받을까봐 무식을 자랑으로 여기고 순수 기독교 피를 가진 것을 명예로 생각하는 사람들만을 남겨두었다. 여기에 전쟁에 들어가는 비용을 빚으로 얻어 썼는데, 신대륙에서 실어오던 금은보화는 영국과 네덜란드의 해적들에게 빼앗기기도 하고, 또는 스페인 땅에 닿기도 전에 43%의 고리대금으로 빌린 돈을 갚기 위해 프랑스, 영국, 이탈리아의 은행들로 들어가 버리기도 했다. 그러니까 스페인은 중남미에서 갖고 온 막대한 자본을 자기네 나라가 아닌 유럽의 산업 근대화를 이루는 데 사용한 셈이다. 그 결과 까를로스 1세를 이은 그의 아들 펠리뻬 2세(1556~1598) 동안의 스페인 경제는 체불 유예는 고사하고 세 차례 국가부도 상황까지 나아갔다. 더군다나 자체 산업이라고는 양털을 벗기는 일밖에 없었고 자신들의 종교를 지키기 위해 피의 숙청을 계속한 결과 스페인 땅에는 네 가지 신분의 사람만 남게 되었다. 성직에 종사하는 사람과 전쟁에 참여하는 사람, 그리고 궁정에 들어가는 사람과 거지였다. 이들은 생산과는 아무런 관계가 없는 사람들이다. 여기에 콜레라와 약속의 땅, 기회의 땅이었던 아메리카로의 이주 및 전쟁, 그리고 성직에 종사한 사람들에게 강요되었던 독신으로 인한 인구 감소까지 겹쳐 스페인은 왕족과 고급귀족을 빼고는 모두가 배고픔에 시달려야 했다. 그러니 배고픔을 해결하기 위해 이 수인 서 주인을 모셔야했던 악동의 자전적 일대기인 '악자소설'이 스페인에서 탄생된 것은 당연한 일이다.

대제국으로서 지배하고 있던 오대양 육대주로 나가 있던 군인들이 본국으로 돌아왔을 때 이들의 생계 역시 막막했다. 자체 산업이라고는 없고 그나마 약탈당하거나 차압당하지 않고 무사히 스페인 땅에 닿은 중남미 자원의 상당부분은 비싸게 수입한 완제품이나 곡물 대금으로 이탈리아와 영국을 필두로 유럽의 수중에 들어갔기 때문이다. 그래서 은퇴한 군인들은 낮에는 부랑자로 거리를 배회하며 아녀자들을 우롱했고 밤낮으로 강도질을 일삼았다.

반면 유럽인들은 스페인에서 가져간 금은보화와 기술과 근면성을 바탕으로 무역회사를 만들고 공장을 짓고 은행을 세우면서 산업근대화를 이루는 데 투자했다. 이렇게 했다고 해서 유럽인들이 종교를 등한시했던 것은 아니다. 유럽 각지에서 일어난 마녀사냥이나 전쟁사를 보면 이들도 종교라는 미명하에 비이성적인 일들을 많이도 저질렀다. 다만 이들에게는 종교 이외에 다른 문화도 존재했다. 하지만 스페인에서는 오직 종교 하나만 있을 뿐이었다. 그래서 스페인은 유럽을 가톨릭으로 통합하려는 망상에서 벗어나지 못하여 일할 자리도, 일으킬 산업도 없이 중남미의 황금을 돌로 바꿔 거대한 성당들만 세웠다. 그때서야 지각 있는 사람들은 외형은 거대하나 자체 산업이라고는 하나 없이 배를 곯고 있는 조국의 속을 들여다보기 시작했다. 이는 바로 자신들이 처한 현실을 직시하면서 자신들의 분수를 깨닫는 일이며 하나의 통일된 대제국 스페인을 만들기 위해 두었던 무리수들의 비참한 결과들을 견뎌내는 일이었다.

부르봉왕가의 18세기   17세기 말 후손이 없이 죽은 합스부르크 왕가의 마지막 왕 까를로스 2세를 이어 18세기에는 프랑스의 부르봉 왕가의 펠리뻬 5세(1700-1746)가 스페인 왕이 되기 위하여 스페인에 왔다. 그는 마드리드의 모습에 경악했다. 중세 파리의 모습을 400년이 지난 뒤 '해가 지지 않은' 제국의 수도에서 다시 목격했으니 그럴 만도 했다. 종교와 명예라는 이름하에 무지와 미신이 판을 치고 오염물 천지의 거리와 거지와 부랑자들의 천국이 따로 없었다고 역사가들은 기술하고 있다.

프랑스 인들은 모험심 강한 합스부르그 왕가보다 훨씬 현실적이었던 것 같다. 이 시대를 주도했던 프랑스의 '계몽주의'가 스페인에 절대적으로 요구되어 누구보다 개혁의지가 강했던 까를로스 3세(1759~1778)는 자신이 직접 개혁가로 나서 개혁 성향의 각료들을 등용하고 노련하고 영리하게 정책들을 바꿔가면서 스페인 경제, 정치의 틀을 제대로 세워보려고 했다. 막강했던 교회의 개입을 저지하면서 신대륙 아메리카와의 무역을 극대화하고 외국 상인들로부터 무역권도 회복하려했다. 상업 규제를 완화하고 행정기구를 전문화하면서 농업 개혁에도 손을 댔다. 이 덕분에 가장 빛을 본 곳은 까딸루냐지역이다. 직물산업으로 이들은 19세기 산업혁명의 기반을 닦았다.

그러한 일이 왕의 뜻대로 다른 지역에서도 일어났더라면 스페인은 일찌감치 선진국 대열에서 과거의 영광을 다시 누렸을지도 모른다. 하지만 스페인 사람들의 사고가 하루아침에 바뀔 것을 기대하는 것보다 더한 실수는 없을 것이다. 스페인 사람들에게 계몽주의라는 용어는 치장에 불구했고 소수집단에 국한되었다. 대부분의 국민들은 프랑스식 사고나 취향보다 스페인 전통 안에 머물기를 원했다.

그런데 보수 민중의 편에 섰으면서도 유독 까를로스 3세의 정책에 관심을 가졌던 조직이 있었다. 대제국이 사라지면서 위용을 잃은 군대다. 이들은 까를로스 3세 왕이 펼친 행정 기구의 전문화 정책을 자신들의 특권인 군법에 적용시켜 사회의 실세로 등장했다. 이 실권을 외국의 침략에 맞선 국방의 임무에다 행사했더라면 오죽 좋았으랴만, 그들은 이미 국제무대에서 빛을 잃은 자신들의 에너지를 국내로 돌리면서 19세기와 20세기 동안 정치에 개입하고 쿠데타를 일으켜 결국 1936년 스페인 내전의 주범이 되고 말았다.

자유주의자들과 보수주의자들의 갈등　스페인에 깊숙하게 뿌리를 박고 있던 문제들은 19세기에도 계속되었다. 근대적 의미의 대의 기구와 산업화에 대한 의식 대신 가톨릭 종교가 여전히 민족의 근간을 이루면서 이 세기의 문을 열었나. 유럽에서 일어났던 자유주의 움직임이나 산업 혁명은 스페인 민족의 보수성과 가톨릭 종교의 유산과 지리적 조건 속에서는 싹을 틔우지를 못했다. 아이러니하게도 그나마 스페인에 근대적 의미의 민주헌법이 제정된 것은 나폴레옹이 1808년 스페인을 침략한 계기로 이루어졌다.

하지만 스페인 민중 세력과 영국 웰링턴 장군의 도움으로 프랑스를 반도에서 내쫓은 후 1814년 스페인 왕좌에 복귀한 페르난도 7세 왕은 그러한 자유주의 헌법을 무시하고 절대 왕정을 선포했다. 자유주의자들의 정계 복귀는 그가 죽고 그의 딸 이사벨 2세(1833~1868)가 집정함으로써 가능했지만 이 자유주의자들은 정통성을 보장받고 있던 교회의 강력한 힘을 등에 입은 보수주의자들과 어느 모로 보나 소모적인 전쟁을 치러야만했다.

1833년에서 1876년까지 여름 장맛비처럼 지루하게 진행된 까를리스트내전은 자유주의자의 승리도, 보수주의자의 승리도 보장해주지 못한 채 군대가 정치에 간섭할 수 있는 길만을 확실하게 열어주고 말았다. 1839년 이후 5명의 장군이 이끈 군대가 스페인 정치 변혁의 주인공이 되었다는 게 일단의 증거다. 1841년 이사벨 2세 여왕의 어머니 마리아 끄리스띠나의 섭정이 에스빠르떼로 장군에 의해 이루어졌고 1868년에는 쁘림 장군이 이사벨 2세를 퇴위시켰으며 1875년에는 마르띠네스 깜뽀스 장군이 왕정을 회복시켰다. 물론 입헌 군대로서 의회와 정당을 위해 봉사했다고는 하지만 통치체제를 자기들 뜻대로 바꾼다는 것은 엄연히 군대가 민간 권력을 간섭한 것이며 군대가 국가의 근본 기구가 되어버린 것에 대한 정당성을 부여하는 일이었다. 결국 쁘리모 데 리베라 장군이 1923년부터 1930년까지 독재를 했고, 1936년에는 프랑코 장군이 쿠데타를 일으켜 스페인은 세계에서 유일한 파시스트 국가, 일당 군사 독재의 오명을 쓴 나라로 세계 기구에서 쫓겨난 불행한 역사를 기록하고 말았다.

지금도 군대가 강한 나라들은 공통적인 원인이 있다. 일단은 민간 권력인 의회 기구들이 있기는 하지만 파벌에 강하고 가신제의 득세로 정통성을 지니지 못하기 때문인 경우가 많다. 스페인의 경우 여기에다가 국민들이 정치에 무관심했고 가톨릭의 윤리와 가치가 스페인 사람들의 본질적인 요소가 되어 그들 간의 연대감과 보호의식을 불어넣어 줬다. 이러고 보면 민주화와 산업화로 상징되는 스페인 근대화는 바로 이러한 요인들로부터 벗어나야 가능했다. 이러한 요인들이 정치적으로

만 부정적인 결과를 초래했던 것은 아니다. 당연히 경제 발전에서도 상당한 제약이 되었음은 말할 필요가 없을 것이다.

스페인 경제는 다행히도 자유주의자들이 잠시나마 힘을 발휘했던 1843년 이후 희망의 불빛이 보였다. 교회권력의 제한과 기간산업 형성, 무역촉진, 도시성장, 외자유치 등을 기반으로 스페인은 다시 일어서려고 했다. 하지만 비대한 관료체제와 브레인 부족으로 인한 비효율성과 스페인 국민들의 보수성으로 한계가 있었다. 특히 뿌리 깊은 족장제와 교회와 관습이라는 보수성이 강하게 지배하는 농촌과, 인구가 두 배로 늘어난 도시들 간에 엄청난 불균형이 초래되었다. 농촌은 몇 개의 가문에 의해 주도되던 대지주 운영의 농업으로 가난하고 정체된 반면, 도시는 산업화로 근대적이며 자본주의적이었다. 이에 따라 역사적으로 항상 문제가 되어 오던 잘사는 자치지역들이 못사는 국가로부터 빠져 나오려는 독립투쟁은 가난하고 허약한 정부를 더욱 더 힘들게 만들었다.

까딸루냐는 섬유와 자동차, 전기, 화학 산업과 공업 및 서비스산업으로 황금시대를 누렸다. 바스크 지역 역시 철강 산업과 무역, 금융 등으로 산업화를 빠르게 진행시켰다. 아스뚜리아스는 탄광 산업의 중심지가 되었고 마드리드는 상업과 금융도시로 변모하고 있었다. 발렌시아와 무르시아는 곡물, 오렌지, 채소 등의 농업으로 경제에 활기를 띠었다. 반면 1932년에 루이스 부뉴엘 감독이 만든 기록영화 '빵 없는 대지'에서도 볼 수 있듯이, 결막염에 걸린 아이들의 초상만으로도 지역 상황이 느껴지는 엑스뜨라마두라 지역과 농업조차도 어려웠던 갈리시아 지역, 땅이 단 몇 가문에게만 집중되어 있는 안달루시아 지역에서는 가난과 비참함이 갈수록 심화되고 있었다. 한편 발전하는 도시에서는 자본주의 경제 체제에서 빠지지 말아야 할 존재인 산업 노동자들이 사회 권력으로서 부르주아 수에 비례하여 양산되고 노조가 형성되고 다양한 정당들이 만들어지면서 19세기 스페인은 막을 내렸다.

스페인 내전   사건은 하루아침에 일어나지만 그 원인은 역사라는 앞선 시간 속에 있는 법이다. 스페인 내전 역시 그러했다. 앞선 세기의 불균형이 더욱 심화되고 그나마 스페인의 체면을 세워주고 있었던 신대륙 아메리카에 있던 마지막 식민지들인 쿠바, 필리핀, 푸에르토리코가 새로이 떠오르던 신제국 미국에게 1898년에 넘어가면서 스페인인들의 가슴을 쥐어뜯는 전반적인 위기의식이 20세기의 막을 열었다. 미국이 영국으로부터 독립하고자 했을 때 스페인은 미국을 도왔다. 그런데 단 100년 뒤 미국은 스페인의 마지막 식민지들을 강제로 빼앗았다. 이 같은 약육강식의 비통한 역사적 진실이 스페인 국민을 분노케 하여 그들에게 약진할 수 있는 발판으로 이용되었더라면 얼마나 좋았을까. "지구 끝에 자리한 비참한 왕국으로 전락하고 야망의 꿈에서 깨어나 보니 문명화된 유럽에 너무나 뒤쳐져 그 뒷전에서 그냥 좇아 갈 수밖에 없는 나라가 되어, 일류라고 전혀 말할 수 없는 역사의 뒤편에서 주눅 들어 살아야하는" 이 운명을 스페인 지성인 발레라뿐만아니라 스페인 국민들까지 뼈저리게 느꼈더라면 동족상잔의 비극인 내전까지는 가지 않았을 것이다.

스페인의 가진 자들은 자기들끼리 파벌을 형성했고 마지막 식민지까지 상실하여 위신과 권위를 잃은 허약한 정부는 그들의 수중에 휘둘렸다. 정당은 존재했지만 지방 호족들의 힘으로 정부가 운영되고 이도 저도 아닌 자들은 거리로 나와 온갖 사회적 소요를 만들어냈다. 무정부주의자들은 그들의 원칙에 맞지도 않는 조합까지 1911년에 만들어 내면서 계급갈등, 방화, 난동 등으로 나라의 불안은 자치지역의 민족주의 움직임과 농업 정책의 실패까지 겹쳐 만성적으로 되어갔다. 이제 분란은 군주제하의 자유주의와 보수주의자 간의 권력 다툼이 아니라 공화제하의 좌파 및 진보적인 성향의 사람들과 교회와 지주와 군대의 보수주의자들 간의 싸움으로 일어났다. 마침 1933년 국제적으로 불던 파시즘 바람이 스페인까지 불어오면서 스페인에서의 민주주의 실현은 더욱 힘들어 보였다.

드디어 1936년 7월 18일, 엄연히 국민 투표에 의해 들어앉은 좌파정권이 있었음에도 불구하고 우파 군대가 사회적 불안을 틈타 공산주의에 대항한 성전이라는 명분으로 쿠데타를 일으켰다. 자신들만이 국가를 구할 수 있는 구세주라 자칭했다.

이들은 자치지역민들이 통일된 스페인을 갈기갈기 찢어 놓는다고 생각했고, 자신들의 반대세력인 좌경세력이 준엄한 스페인인의 표상인 교회를 스페인 국민들의 삶과 분리하여 스페인 가톨릭의 본질을 훼손한다고 길길이 날뛰었다. 그리고 사회의 무질서를 권위가 없는 민주 제도 때문이라고 억지를 부렸다. 이 억지의 종착점은 전쟁이었고 동족 살상의 비극은 3년간 지속되었다. 전쟁의 결과야 어디든 같은 법이다. 형제를 살인한 대가로 독재자 프랑코는 1975년 11월 20일 제 명을 다할 때까지 모든 권력을 수중에 넣었다. 그 이전까지 스페인의 민주주의를 위한 모든 노력들은 물거품이 되었다. 종교생활을 강화하고 통제정책을 펴는 등, 역사의 물줄기는 다시 과거 중세로 거슬러 올라갔다. 이리하여 1960년 스페인은 명예롭게도 포르투갈과 함께 서유럽의 최빈국이라는 타이틀을 얻었다. 이 당시 스페인 관련 책을 집필하기 위하여 스페인을 찾았던 쟌 모리스는 스페인을 다음과 같은 내용으로 요약하고 있다.

"스페인 사람들은 오만상을 찌푸리고 검고 시무룩하다. 도시 전체가 캄캄하고 입을 다문 듯했으며 가난뱅이들은 너무나 가난했고 부자들은 너무나 도도하다. 어디를 가나 성직자들 천지에 시골 마을에는 검은 옷차림의 여인들이 바느질을 하고 염소 떼들이 돌아다니는 모습에서 스페인은 유럽의 일부가 아니다. 마드리드 역시 슬픔의 도시이고 탄압의 느낌이 얼룩진 곳이다. 스페인은 시간이 정지된 곳이다."

이 글은 스페인이 지구상에서 유일하게 독재국가라는 이유로 세계로부터 버림받아 철저한 고립(1946~1950)을 겪은 후 다시 세계무대로 나와 '관광 스페인' 이라는 이미지 쇄신을 시작한 시점의 것이다.

또 다시 유럽의 중심으로

스페인은 전통을 고수하는 나라이다. 지금도 이런 모습은 스페인 마을마다에 있는 성당과 개보수로 지켜오고 있는 오래된 건물들과 사람들의 취향에서 확연하게 드러나고 있다. 그래서인지 외지인들에 의해 추진되었던 개혁들은 지금껏 보았듯이 모두 실패했다. 그렇다면 스페인의 전통 안에 있으면서 개혁성향을 가진 조직이 스페인 개혁의 주체가 된다면 어떨까?

종교가 맹목적으로 믿음에 묶이면 미신과 무지를 생산하지만 오푸스데이 식으로 신앙을 수행한다면 개혁자가 될 수도 있다는 것을 이후 스페인은 보여주었다. 『다빈치 코드』 소설을 통해 무시무시한 종교단체로 우리의 기억에 각인된 오푸스데이 수도회는 사실 신자가 직업과 사회의 의무에 충실하면서 세상 속에서 믿음을 지켜나갈 것을 가르치고 있는 스페인 종교지식인들의 양산소이다. 나바라 자치지역에 있는 빰쁠로나 도시에 대학을 두고 철저한 교육과 깊은 학문과 신실한 종교를 통하여 역사적으로 조국과 왕에게 충성을 바치는 지역 전통을 꿋꿋하게 지켜나가는 자들의 본당이다. 이들이 스페인 1960년대 이후의 변화를 주도했다.

그리고 유엔이나 세계기구로부터 버려진 덕분에 더 이국적인 장소로 변해버린 스페인 땅으로 태양과 안정과 이국적인 아름다움을 찾아 수많은 관광객들이 몰려왔다. 뿐만 아니라 농업 위주의 산업구조가 공업과 서비스업으로 바뀌었다. 외국 관광객들의 스페인 방문은 경제뿐만 아니라 스페인인들의 행동 및 습관까지 변화시키면서 스페인 경제는 1964년부터 1973년까지 유럽 평균 성장률의 두 배를 기록했다. 연 9%의 성장률을 보이며 경제가 살자 의식의 변화가 일고, 독재자의 카리스마가 식자 당연히 민주적 권리와 자유 찾기 운동이 일어났다. 교회 조직 역시 합리적, 이성적으로 바뀌고 있었다. 모두가 근대 산업화에 발맞추어 권위와 비민주주의적 정치 체제를 규탄하기 시작했다. 이러한 열망은 독재자 사후 현 국왕 후안 까를로스와 왕이 지명한 행정 수반 아돌포 수아레스로 인해 결실을 보았다. 정치개혁과 정당과 노조의 합법화 및 제헌의회선거 등을 통하여 자치 법까지 인정했다.

1970년대 말로 기억하는데, 우리나라 대표 일간지에 스페인 현왕인 후안 까를로스의 사진이 "민주주의의 모범 국가 스페인" 이라는 타이틀과 함께 한 면 가득 실렸던 적이 있다. 영국의 존 왕이 1215년 인민의 권리와 자유를 인정한 마그나 카르타를 공포하기 훨씬 전인 1163년부터 의회를 통해 국민의 의견을 수렴하고 정책에 반영했던 스페인 민주적 전통, 대의정치의 뿌리 깊은 먼 역사를 모르는 우리나라 신문 기자들은 스페인이 단 몇 년에 피 한 방울 흘리지 않고 기적적으로 민주주의를 이루어냈다고들 의아해했다. 그럴 만했다. 1975년 겨울에 프랑코가 죽고 단 3년 만인 1978년에 국민들의 투표로 모든 민주주의 체제가 정착되어, 단숨에 이웃 서유럽의 모범적인 민주국가들과 내외적으로 같은 수준으로 올라섰으니 당연히 그랬을 것이다.

스페인 국민들은 현 국왕 까를로스와 아돌포 수아레스를 스페인을 재건한 인물로 아직도 칭송하며 사랑하고 있다. 국왕의 수아레스에 대한 믿음과 사랑 역시 지금도 회자되고 있다. 2008년 7월 스페인 일간지 제 일면에 국왕이 오른 팔로 수아레스의 어깨를 감싸고, 그에게 다정하게 말을 건네며 걷는 사진이 실렸다. 독자들은 1981년에 이유를 밝히지도 않고 정계를 떠난 수아레스의 얼굴이 보고 싶었을 텐데, 왜? 뒷모습을 담은 사진을 실었는지 궁금했을 터이다. 스페인 왕은 자신을 이어 왕위를 계승할 막내아들 펠리페가 2007년에 둘째 딸을 얻었는데도 불그스레한 얼굴에 아주 건강해 보인다. 왕비 소피아는 예전과 별반 차이가 없을 정도로 우아하고 젊어 보인다. 하지만 수아레스는 치매에 걸렸다. 그 사진은 스페인 민주화 역사의 동반자인 수아레스에게 향한 왕과 국민의 애정을 대변하는 것이었다.

아돌포 수아레스 이후 펠리뻬 곤살레스가 이끄는 사회주의자들이 1982년부터 13년간 스페인을 이끌었다. 극우파의 색깔이 아직 가시지 않은 스페인에서 좌파로의 권력 이양은 과거 독재와의 절대적인 단절에 대한 스페인 국민들의 분연한 의지로 해석되었다. 이들은 기업 병합과 생산 구조 합리화를 통한 경제 구조를 개편했고 1986년 1월에는 유럽 경제 공동체에 일원이 되었고 같은 해 3월에는 나토에 가입했다.

하지만 초심을 잃고, 공짜로 여행이나 다니는 부패 당으로 낙인 찍혀 국민낭인 우파로 정권을 넘겨주었다. 이 우파 정권은 현대에 들어 세계적인 사건에서 피해 다닐 수밖에 없었던 스페인의 오명을 씻으며 국제무대에서의 제 역할을 다하기 위해 아프가니스탄에 군대를 보내고 유엔 지원금의 상당한 액을 부담했다. 공기업의 민영화, 작은 정부, 일자리 창출 등을 통한 스페인 경제 구조를 재정비한 결과 스페인은 선진국 대열에 들고 중남미 형제국가들 덕에 세계열강의 자리를 다시 찾았다.

2004년 9.11 미국 테러이후 스페인 마드리드 아또차 역에 저질러진 이슬람 급진주의자들의 폭탄 테러와 환경정책에서의 실패만 아니었더라면 이 당 역시 장기 집권의 가능성이 높았을 것이다. 하지만 테러의 주범을 스페인 바스크지방의 무장 테러 조직인 에따로 돌리면서 이라크에 스페인 군대를 파병한 것에 대한 국민들의 원성을 잠재우려했던 국민당 아스나르 정부의 거짓말이 국민을 분노하게 했다. 2002년 갈리시아 해안에서 프레스티지 유조선에서 흘러나온 원유 제거에 늑장대응하고 피해를 축소하기에 급급한 것 역시 스페인 국민들뿐만 아니라 전 세계를 경악하게 했다. 그 결과, 권력은 다시 사회당으로 넘어갔다.

2008년 3월 9일 스페인에는 또 다시 대선이 있었다. 여론조사 결과 6% 차이로 계속 사회당이 집권할 거라고 했지만 4%차이로 겨우 이겼고 국민당은 이번 선거로 자신들이 더 성숙해졌다고 다음 기회를 노렸다. 선거에서 이긴 지 얼마 되지 않은 4개월 뒤부터 사회노동당은 스페인 국민들에게 많은 원성을 들었다. 발전보다 균형과 분배정책으로 일관하고 있는 까닭에 스페인 거대 부동산 건설회사인 마르띤사 파데사가 파산하는 등, 경제가 점점 뒷걸음을 치고 있었기 때문이다. 위기를 의식하는지, 스페인 정부는 복지와 성장의 두 마리 토끼를 잡으려 긴장의 고삐를 늦추지 않으려고 애를 썼다. 하지만 미국에서부터 불어온 경제 위기 등의 이유로 인해 경제가 불안한 스페인은 2011년 발전을 지향하는 국민당 정권이 국민들의 절대적 지지로 스페인을 책임지게 되었다.

스페인은 여러 모로 우리나라와 많이 닮았다. 정이 많고 다혈질인 국민성과 내전과 독재라는 부끄러운 역사까지 닮았다. G7 국가들로부터 따돌림을 받아 그 그룹에 들지 못하는 스페인과 브릭스 국가들에게 별반 뒤질 것 없으면서도 어디에 낄 데 없는 우리나라와 세계무대에서의 위상 역시 닮았다. 그래서 나는 이런 생각을 해봤다. 스페인은 우리가 없는 것을 갖고 있고 우리는 스페인이 없는 것을 갖고 있다. 스페인과 우리나라 간의 경제, 문화협력이 활성화된다면, 윈윈 정책으로 두 나라의 경제가 견고해지고 세계무대에서의 입지가 확고해질 것이라고 말이다. 단, 우리나라는 스페인이 우리나라보다 더 훌륭하게 국제사회가 기대하는 것들을 모범적으로 수행하고 있다는 점을 염두에 두어야 한다.

끝으로 스페인 정치에서 부러운 면 두 가지를 이야기하면서 다음 장으로 넘어가려 한다. 하나는 자신의 이념에 맞는 당에 입당하고 그 당에서 잔뼈가 굵은 정치인들이 정치를 한다는 것이다. 스페인을 13년 동안 이끌었던 사회노동당 당수 펠리뻬 곤살레스는 프랑코 독재시절 스페인에서 자신의 정치 이념을 펼칠 수 없게 되자 프랑스 파리 지하철에서 잠바와 운동화 차림으로 확성기를 통해 자신의 신념을 설파했었다. 이후 독재정권이 무너진 후 스페인으로 돌아와 같은 이념의 사람들로 당을 만들었고 자신의 이념대로 정책을 실현했다. 그러니까 스페인은 자신의 소신에 따라 당원이 되고 그 곳에서 정치인으로 성장하므로 진정으로 정치를 아는 이들이 당의 잔심부름이나 하는 사람으로 머물지 않는다. 다른 하나는, 나라의 이익이 걸린 문제에서는 여권이나 야권 모두 공식적으로 한 목소리를 내어 나라와 국민의 이익을 대변한다. 반면 국회에서는 스페인 국민성인 다혈질에 어울리지 않을 정도로 문제점을 분석하고 논리적으로 논쟁을 벌인다.

우리는 다양성이 자랑이랍니다

다들 급하게 살아가는 세상이라서 그런지 간혹 단도직입적으로 스페인적인 것이 무엇이냐고 내게 따지듯 묻는 사람들이 있다. 궁지에 몰린 쥐처럼 태양? 투우? 플라멩코? 등을 급하게 떠올리다가 김 빠지는 콜라처럼 픽 웃고는 "글쎄" 하면서 싱겁게 포기한 적이 많다. 사실 하나의 풀잎이 탄생하는 데에도 전 우주가 동참하는데, 한 국가를 정의 내리는 일이 가능할까? 더군다나 문화라는 것이 다양한 민족과의 교섭과 충돌의 산물이라서 순수하게 자기 것이란 문화의 범주에 존재할 수 없다고 말들 하니 더욱 그렇다. 하지만 이런 어려움 속에서도 정체성 찾기를 시도

하는 학자가 많다. 그들에 의하면 자생성과 세습되는 전통성, 현재성 및 보편성을 갖고 있으면 된다. 이 조건들에 맞춰보니 답은 바로 지금까지 이 책에 썼던 것으로 '스페인은 각양각색의 17개 자치지역의 자치주의이다' 라고 결론 내려도 내게 시비 걸 사람 없을 것이다. 스페인 자치주의는 스페인이 형성되던 역사와 함께 시작하여 지금까지 존재하는 전통성과 현재성, 보편성 모두를 충족하고 있다. 그리고 스페인 민족의 개인주의 성향이 정치로 나타난 것이 자치주의이므로 자치주의는 스페인 민족 정체성의 근간이 되기도 한다. 하지만 스페인의 자치주의는 한 국가에 속한 여러 지방의 모습으로 단순하게 이해하는 차원의 다양성이 아니라 극한 모순의 정점에 이른 조화의 산물임을 기억해야 한다.

스페인은 근대 국가로 존재하던 그 순간부터 절대왕정 체제였다. 까스띠야의 이사벨 1세와 아라곤의 페르난도 2세가 혼인을 통해 군사적 · 정치적 · 종교적으로 힘을 합쳤던 15세기에 이들은 종교재판소를 두어 중앙 통제에서 벗어나는 모든 것을 이단이란 이름으로 처단했다. 중세의 소산물인 이 종교재판소가 스페인에서만 유독 계몽주의가 판을 치고 있던 1781년까지 무소불위의 권력을 행사하면서 중앙집권정치를 도왔다. 이어 종교재판소가 사라졌나 했는데 1814년에 다시 부활하여 폭군 페르난도 7세 왕의 독재를 도왔고, 이후 프랑코 장군의 쿠데타로 1936년부터 1975년 동안 1인 통제국가 체제하에 있었다. 스페인은 자치주의로 존재를 시작했지만 국가를 이룬 그 순간부터는 단 한 차례도 자치지역의 독립성을 허락한 적이 없다. 그런데 이제 와서 스페인의 정체성을 자치주의의 다양성으로 내보이고 있다는 게 얼마나 모순인가. 하지만 현실은 그렇다. 1978년 민주주의 체제를 확고하게 내린 스페인은 법으로까지 자치주의를 인정하고 있다.

현재 17개의 자치지역은 모두 저 나름대로 개성을 갖고 다양성 형성에 큰 몫하고 있는데, 이 중에서는 특히 유별난 지역들이 있다. 스페인이라는 거대한 국가의 틀 속에 들어앉아 있기는 하지만 자신들의 조상이 물려준 땅을 지키면서 독자적인 국가가 되기를 원하는 지역이 있다. 중앙 정부에 매여 무기력해지지 않고 언어와 관습과 생활양식에서는 독자 노선을 걷는 것에 만족하지 않는 자치지역들이 있다.

바로 북쪽 중앙에 있는 바스크와 오른쪽 지중해안의 까딸루냐이다. 반면 지금의 스페인을 있게 한 자치지역으로 아스뚜리아스와 까스띠야가 있고, 외국인에게 스페인의 이미지를 알린 안달루시아가 있으며, 스페인을 유럽에서 가장 이질적인 나라로 만들어준 갈리시아가 있다.

우리는 스페인이 아니랍니다 : 바스크 자치주의

스페인에 대한 인상은 나뿐만이 아니라 그 당시 스페인에 갔던 우리나라 사람 모두가 같았을 것이다. 스페인에 대해 전혀 아는 바 없이 남편만 믿고 따라왔던 유학생 부인들조차 우리나라보다 월등히 잘사는 나라가 아니라 주눅 들지 않고, 편견 없이 베풀어주는 정이 따습고, 물가에 비해 먹을 게 풍요롭고 날씨 좋고 삶이 여유로워 살맛이 난다고 이구동성 읊어댔다. 정말 그 당시에는 범죄조차 없었다. 쉬지 않고 축제요, 폭죽 터지는 소리에 구경하느라 아파트 옥상을 오르내리느라 다리가 아픈 나날들이었다.

그러던 어느 날, 텔레비전에 '에따(ETA)'라는 이름과 함께 검은 두건을 둘러쓰고 두 눈만 반짝이는 사람들이 기관총을 어깨에 걸치고 벌이 윙윙대는 소리를 두건 밑으로 쏟아내면서 등장했다. "어머나! 저게 뭐야?" 하고 놀라고 있는데 그들이 하는 말을 듣자니 기가 질려버렸다. 스페인 정부에 잡혀 있던 자기네 동료를 36시간 내로 풀어주지 않으면 자신들이 납치한 스페인 정부 요인을 사살해버리겠다는 협박이었다. 정말 주어진 시간에서 딱 1분이 지나자마자 어느 한 농가에서 총성이 울렸고 그 정부 요인은 시체로 발견되었다. 또 어느 날 에따 행동대원들의 재판을 맡았던 판사가 출근길에 두 명의 괴한들에게 무참하게 사살되었다. 마피아 갱 영화에서나 볼 수 있을 정도로, 총알로 범벅이 된 판사의 자동차를 텔레비전 화면으로 보면서 "저 장면 실제가 아닐 거야, 잘못 본 걸 거야" 하고 애써 부인하곤 했다. 아나운서가 목격자의 말을 빌려 전한 설명에 따르면 판사를 태운 차가 신호등에 걸려 서 있는데 오토바이 한 대가 그 옆에 섰다. 오토바이 뒤 좌석에 앉아 있던 사람이 갑자기 기관총을 차에다 쏴대더니 그대로 달아났다는 것이다. 이런 보복성 살인 행각은 이 외에도 여럿 되지만 테니스코트에서 휴일 아침 운동을 하던, 에따를 추적하던 스페인 정부 요원이 목덜미에 총을 맞고 즉사했다는 이야기로 충분할 것 같다.

스페인의 도심 차로 변에는 늘 차들이 즐비하게 주차되어 있다. 그중 낡고 오랜 시간 주차되어 있는 차들은 늘 경계의 대상이다. 경찰들의 통근 차량이 그 차 가까이 다가가면 원거리에서 폭탄이 터지도록 해놓은 경우가 많기 때문이다. 자기들의 존재를 인식시키고 사회에 공포심을 조장하기 위한 이러한 불특정 다수에 대한 테러 역시 이뿐만이 아니다. 바르셀로나 아파트 정원에 폭발물을 설치하여 자전거를 타고 놀고 있던 아이들이 어이없게 당하기도 했다. 이러한 일이 벌어질 때마다 스페인 국민들은 모두 거리로 나와 평화의 행진을 한다. "에따, 이제 그만"이라는 피켓과 희생자들을 추모하는 촛불을 들고 침묵의 시위를 벌인다. 프랑코 독재 시절 '나 죽었네' 하고 있었던 에따 행동대원들이 민주주의의 정착과 함께 다시 독립을 위한 무력시위를 시작한 것이다.

이런 소식을 접할 때마다 나는 바스크 지역 출신 사람들에게 독립을 원하는지를 물어보았다. "그렇다"고 했다. 하지만 그들의 95% 이상은 무력을 사용하는 것은 반대한다고, 테러범들이 저지른 만행이 수치스러운지 머리를 숙인 채 고개를 절레절레 저었다. 평화를 사랑하는 무언의 다수보다 질서를 파괴하는 과격한 소수 때문에 세상은 늘 시끄러운 법임을 스페인에서도 절감했다.

이루 말로 다 표현할 수 없는 평화의 무드 속에 그토록 야만적인 행동으로 아직도 관광객들이나 스페인 국민들의 가슴을 서늘하게 만드는 이 에따는 바로 '바스크 조국과 자유'라는 뜻으로 바스크 자치지역의 독립을 요구하면서 1959년에 결성된 무장 테러 조직이다.

그런데 스페인 고유의 귀족 계급이 바스크 혈통에서 생겨나고 역사적으로 스페인 제국과 신대륙 아메리카 행정부에서 중요한 역할을 한 사람들이 그들이었다는 게 믿어지는가. 우리는 최초로 세계 일주를 한 사람을 마젤란으로 알고 있지만 이 포르투갈 인은 탐험 중 사망했고 마지막까지 임무를 완수한 사람은 엘까노였다. 이 사람은 바스크 지역 출신 탐험가이다. 파라과이, 멕시코, 필리핀을 스페인 식민지로 만든 일등 공신들이 이랄라, 프란시스꼬 데 이바라, 레가스삐, 우르다네따이인데 모두 바스크 사람들이다. 엘도라도의 주인공 역시 바스크인 로뻬 데 아기레이다. 스페인 가톨릭을 개혁했던 예수회를 창설한 이그나시오 로욜라도 바스크 사람이다. 무장 테러 조직들이 저지른 만행만큼이나 역설적이게도 바스크 인들이 스페인을 위해 영웅이라는 칭호에 어울릴 만한 일을 많이도 했다.

이뿐이랴. 스페인 문화계 거장들인 작가 우나무노, 바로하, 마에쮸, 화가 술로아가, 이뚜리노, 레고요스, 철학가 하비에르 수비리, 시인 블라스 데 오떼로, 가브리엘 셀라야, 소설가 이그나시오 알데꼬아, 조각가 오떼이사 등이 스페인 현대 문화를 선도했고 지금도 하고 있지 않은가. 이런 역설이 어디에 또 있을까. 그런데 그 지역의 역사를 보면 그들의 독립에 대한 생각이 조금 달라질 수도 있다. 하지만 비타협의 광기 현상인 테러에 대한 생각은 결코 아니다.

바스크 지역은 지금뿐만 아니라 역사적으로도 경제적으로 부유한 지역이다. 이 지역으로 들어서는 순간 그러한 사실이 눈으로 확인된다. 마드리드에서부터 북으로 올라오면서 내내 황량한 풍경 속에 그나마 위로라도 하듯 듬성듬성 있는 포도밭과 밀밭을 보고 오다가 휴경지조차 녹림으로 가득한 들판과 수려한 산지들을 보면 그 지역의 풍요로움이 절로 느껴진다.

바스크는 1876년 이후부터 철강업과 조선업, 금융 등으로 눈부신 성장을 거듭해왔다. 빌바오, 산 세바스띠안, 기뿌스꼬아 같은 근대적인 도시들은 대외무역 창구의 역할과 사상 면에서 자유주의의 중심지였고 지금도 그러하다.

바스크 지역민은 스페인의 다른 지역 인종과 다르다. 이베리아 반도 내 켈트 이베로라는 원주민이 있기 전, 언제부터인지 모르는 역사와 에우스까디라는 민족 이름을 갖고 피레네 산맥 주위에 흩어져 살아오고 있었다. 이들은 자신들만의 언어인 에우스께라를 사용하는데, 내가 경험한 언어들을 다 동원해 보아도 워낙 말이 달라 한마디도 알아들을 수도 해독할 수도 없다. 바스크 지역에 들어가면 안내 전

광판에 바스크어와 스페인어가 모두 적혀 있다. '환영한다' 라는 뜻의 스페인어는 '비엔베니도스' 인데 바스크어로는 '옹히에또리' 이다. 스페인어로 오전 인사는 '부에노스 디아스' 인데 바스크어로는 '에구논 데노리' 이다. 돈 내는 고속도로라는 표기가 스페인어로는 '뻬아헤' 인데 바스크 사람들은 '비데사리아' 라 한다.

마을 이름 역시 사람 이름만큼이나 생소하다. 국제 영화제로 유명한 도시 산 세바스티안이 바스크어로는 '도노스띠아' 이고, 스페인어 표기가 없는 시오라가, 오로스꼬, 아라깔도, 이사라 같은 마을도 있다. 읽는 법은 빌바오의 구겐하임 미술관 직원이 가르쳐주었다. 젊은 여성이었는데 바스크 언어에 대해 좀 알려달라고 하자 자기는 잘 모르는데 읽을 수는 있다고 했다. 이 여성처럼 바스크 지역 출신이라도 그들의 민족과 언어의 기원에 대해 제대로 아는 사람이 없고 바스크어를 많이 사용하지도 않는다. 그런데도 바스크 지역에 들어서면 자기들의 언어로 그들의 지역이 스페인과 다름을 피부로 느끼게 해놓았다.

다름은 이뿐만이 아니다. 이들은 다른 지역에서처럼 탬버린 치고 기타줄 튕기며 춤추면서 놀지 않는다. 대신 보기만 해도 야만적인 기가 느껴지는 온갖 거친 시합들을 총망라한다. 거위를 거꾸로 매달아놓고 맨손으로 목을 쳐 날리는가 하면 엄청난 둘레의 통나무를 도끼로 난도질하거나 10cm 폭의 둥근 쇳덩어리를 던지는 게임을 즐긴다.

이런 다름을 정치적으로 정착시킨 사람이 있는데, 바로 사비노 아라나이다. 이 사람이 "바스크는 스페인과 다르다"고 하며 바스크에 바스크 민족주의 바람을 일으키고 민족주의당을 만든 장본인이다. 바스크 민족주의당은 1930년에 바스크 정치의 중심세력으로 성장했고, 1931년에서 1936년까지의 스페인 제2공화국 시절 바스크 지역은 자치권을 얻는 듯했다. 하지만 프랑코는 1939년 내전에서 승리하기도 전에 그들의 기를 꺾고 그 자치권을 무효화하기 위해 독일의 비행여단의 도움을 받아 바스크의 자유의 상징인 게르니카 시를 쑥대밭으로 만들었다. 그러니 프랑코가 죽고 난 후 이들이 벌인 행각이 짐작이 가고도 남을 만하다.

그런데 그 '정당' 이라는 실체가 얼마나 모순이냐 하면 바스크 바로 오른쪽 옆에 있는 나바라 자치지역을 보면 알 수 있다. 이 지역은 바스크 자치지역과 같은 조상을 모시고 있지만 '신과 조국과 왕'이라는 모토 아래 스페인의 전통 가치를 소중하게 지켜오고 있어서 독재자 프랑코까지 '민족운동의 요람'으로 찬양했던 곳이다.

물론 피는 어쩌지 못하는지 이 지역민들 역시 기는 세다. 7월에 열리는 이 지역 빰쁠로나 소몰이 현장에 한번 가보라. 9일 동안 500~600kg이나 나가는 소를 좁다란 골목길에 풀어놓고 사람들과 함께 달리게 하는 축제를 벌인다. 한번은 뒤에서 덤벼든 소뿔에 얼굴 한 면을 크게 다친 사람이 구급차에 실려 갔다. 비가 온 길모퉁이를 돌다 미끄러진 사람 위로 네 마리의 소가 미끄러지면서 덮쳤다. 소가 밟고 지나간 그 위를 뒤이은 사람들이 다시 밟고 지나갔다. 이런 모습을 이튿날 새로운 소몰이가 시작되기 한 시간 전인 아침 7시에 TV로 재방영한다. 카메라의 앵글 각도를 달리하며 슬로 모션으로 수차례 내보내는 것도 모자라서 뉴스 시간에 또 내보낸다. 그런데 우리나라 사람들이 상거래하기 가장 좋은 곳이 바스크란다. 근면하고 철저해서 한 치의 실수가 없기 때문이라고 한다.

국가 속의 또 하나의 국가 : 까딸루냐

바스크처럼 무력을 통하지 않고 독립 투쟁에서 어느 정도의 승리를 거둔 자치지역이 까딸루냐이다. 육로로 해서 유럽에서 스페인으로 들어가려면 프랑스 영토를 지나 피레네 산맥을 넘어야 한다. 처음으로 자동차로 유럽 여행을 마치고 스페인으로 들어가려던 순간 난 멍해졌다. 다름 아닌 프랑스 국경이 끝나는 지점부터 시작되는 도로 양 편으로 기세도 등등하게 나부끼고 있는 깃발 때문이었다. 저건 분명 삼색 띠의 프랑스 국기가 아니고 내가 아는 스페인 국기와도 다른, 책에서조차 본 적이 없는 붉은 네 선에 노란색 삼 선이 교차하고 있는 것이 아닌가! 어쩌다가 어디서 길을 놓쳐 알지도 못하는 나라로 차를 몰았단 말인가! 나의 지리에 대한 무식함과 방향에 대한 아둔함을 원망해가면서 지도를 펴 보고 지나온 길을 더듬어 생각해보니 분명 나는 스페인으로 들어서고 있었다.

　독립국가의 국기처럼 유세를 부리고 있었던 것은 바로 까딸루냐의 깃발이었다. 언제나 볼 수 있을까 학수고대하던 스페인 깃발은 까딸루냐로 들어올 때까지 하나도 보이지 않았다. '아니, 자치지역의 깃발이 국기 대신 저렇게 뻔뻔스럽게 거들먹거려도 되는 거야? 무슨 나라가 이렇담?' 하는데 바르셀로나로 들어서니 더 기가 막혔다. 그곳 사람들은 모두가 그곳 말인 카탈란 말로만 떠들어댔다. 까스떼야노보다 프랑스 남부 오크어를 닮아 불어를 대하는 수준으로 겨우 감은 잡았지만, 막상 누군가 내게 뭔가를 물어오면 낭패였다. 내 외모상 물어올 사람도 없을 터. 하지만 괜히 주눅 들어 지중해의 부서지는 햇살도 즐기지 못한 채 이리저리 눈을 돌리며 걸었다. 그런데 그 유쾌하지 못한 기분은 내 상식으로는 도저히 믿기지 않는 넘실대는 건축물과 거리 이곳 저곳에 산재해 있는 현대식 예술품들 때문에 일순간에 확 사라져버렸다. 말로만 듣던 까딸루냐 인들의 예술적인 천재성을 눈으로 확인하는 순간, 화가 피카소와 달리와 미로, 조안 폰스, 건축가 몬테네크와 가우디가 떠올랐다. 이 지역민들이 왜 그리 자기들의 도시를 사랑하고 자기만의 언어와 역사, 문학과 건축, 자기들의 기질에 당당한지 이 예술품들을 통해 깨닫게 됐다.

　까딸루냐 지역민들은 스페인반도의 선조들과 다를 게 없다. 이베로 원주민에 로마와 게르만, 아랍 인들의 피를 골고루 받았다. 더한다면 고대 그리스의 식민도시들이 까딸루냐에 몇 군데 있었고, 프랑스 남부 프로방스 인들과 이탈리아 인들이 까딸루냐 인들의 정신세계를 만드는 데 일조했다. 여기에 자기들의 전통을 유지하면서도 다른 지역과 달리 항구도시라는 특성에 걸맞게 일찍 상업에 눈을 뜨고 열린 마음으로 세계의 다양한 사상을 받아들이면서 그들 특유의 지역성을 만들었다.

　원래 까딸루냐는 1173년 바르셀로나의 백작인 라몬 베렝게르 4세의 영토로 시작됐다. 이 백작이 까딸루냐 옆에 붙은 아라곤 왕국의 계승자와 결혼을 하면서 250년 동안 아라곤연합공국의 한 부분으로 존재했다. 연합공국에는 까딸루냐만이 아니라 지중해에 있는 발레아레스군도인 마요르까, 메노르까, 이비사와 스페인 동남부 자치지역인 발렌시아, 그리고 현재 이탈리아의 영토인 사르데냐, 시칠리아, 코르시카까지 포함되어 있었다. 이 아라곤연합공국의 계승자인 페르난도 왕자가 까스띠야의 이사벨 공주와 1469년에 결혼하여 두 왕국이 힘을 합친 후 국토회복전쟁을 마무리했다. 이후 이들을 계승하기 위해 합스부르크 왕가의 외손자인 까를로스 1세가 스페인을 세계에서 가장 강력한 강국으로 만든 후부터 까딸루냐는 정치적으로 늘 까스띠야의 그늘에 가려 있었다. 그러나 경제적으로는 그 당시 서유럽에서 진행되던 산업화와 상업에 동참하여 후진성을 면치 못하고 있던 까스띠야에 견줄 수 없을 정도의 성장을 이루었다.

이 두 왕국 간의 갈등이 표면화된 것은 17세기 중엽의 돈 문제 때문이다. 대제국의 위용을 누리기 위해 엄청난 돈이 들어가는 전쟁을 하루도 쉬지 않고 치르던 까스띠야가 재정이 바닥나자 까딸루냐에게 지원을 요구했다. 까딸루냐는 까스띠야 왕국이 너무나 필요로 하는 돈은 주지 않고 대신 1640년 분리 독립 전쟁을 일으켰다. 이러한 독립 투쟁은 18세기에 강력한 전제주의 정책을 펼친 부르봉 왕가가 스페인 왕좌를 잡으면서 막을 내렸지만 언젠가는 다시 타오를 불씨를 안고 있었다. 세월이 갈수록 까스띠야 중앙정부는 산업화나 민주화에서 후진성을 면치 못하는 반면 까딸루냐는 유럽 시장을 겨냥하여 경제적 성장을 이루어나갔다. 결국 제2 공화정 시기인 1932년에 까딸루냐는 자치권을 얻었다. 하지만 1936년 내전 후 독재정권이 수립되면서 스페인 국가 통합의 명분 아래 까딸루냐 문화는 철저하게 짓밟혔다. 독재자가 죽자 민주헌법이 통과되면서 1977년 까딸루냐의 100만 명의 시민들이 자치권을 요구하고 나섰고, 드디어 2006년 까딸루냐는 스페인이라는 국가 내에서 사법권과 조세권 획득으로 또 다른 국가 수준으로 자치권을 인정받게 되었다.

지금까지의 이야기로 보면 바스크에 비해 까딸루냐는 독자적인 민족이라고 볼 이유도, 자신들의 원래의 땅을 지킬 독립 국가의 명분도 없다. 그런데 어찌 그리도 자신의 것들에 대해 당당하고 그것들이 그렇게도 자랑스러운지 그 이유가 궁금해진다. 이 모든 게 까딸루냐는 일찍 상업에 눈을 떠 돈을 벌 줄 알아 부자가 되었고,

자유주의 사상 아래 세계가 넓음을 알아 그들에게 문을 열어줄 뿐만 아니라 받아들일 줄을 알았기 때문인 것 같다. 물질적·정신적으로 풍요로운 그들이 중세의 사고에서 벗어나지 못하는 까스띠야에 예속되어 있다는 사실이 그들의 자존심을 건드렸을 것이다.

그런데 까딸루냐 인들의 그 자신감과 결속력 그리고 당당함과 역동성은 다 좋은데, 다른 지역민들의 훈훈한 인간미나 따뜻한 가슴을 이들에게서 느낄 수 없다는 건 나만의 아쉬움이기를 바란다. 이들은 그들 간의 결속력을 보여주려는 듯 손을 잡고 원을 그리며 도는 사르다냐를 추는 데 자기들만 단합하겠다는 모양새로 비춰진다. 2008년 스페인 축구가 40년 만에 유럽컵을 차지했다. 세계인들은 예술만큼 아름답고 과학처럼 정교한 스페인 축구에 열광했고 수도 마드리드에서는 난리가 났다. 오가던 버스, 택시, 사람들 모두 다 멈췄다. 환호하고 축하하느라 밤을 새웠다. 하지만 바르셀로나 시민들은 조용했다.

이질적인 사회·문화적 스펙트럼 : 갈리시아

스페인에는 앞에서 언급한 지역들 외에도 과거 독립을 요구했으나 지금은 다양성 형성에 일조하면서 스페인을 성지로 승격시킨 지역이 있다. 바로 갈리시아 자치지역이다.

스페인 내 극서점, 대륙의 끝이 있는 이곳은 들쭉날쭉한 수많은 강 하구와 바위투성이의 해안선과 트랙터로는 농사짓기 어려운 내륙지역이 있다. 말이나 소가 쟁기를 끄는 풍경과 지주들의 돌로 만든 대저택들이 수려한 자연 속에 그림같이 들어앉아 있는 곳이다. 이곳 지역민들의 정서는 포르투갈 인과 많이 닮았다. 중세부터 이 두 지역은 지형적으로 같은 조건과 인종으로 인하여 동일한 문화권에 있었다.

이 지역은 기원전 6세기 이래 켈트 족, 게르만 족, 로마 인에게 침략을 당했지만 가장 많은 영향을 끼친 민족은 켈트 족으로 스코틀랜드 인들처럼 이들 역시 백파이프를 불고 북을 치며 염세적이고 삶을 관조한다. 이곳에서 서정시가 가장 발달한 이유도 아마 이러한 성향의 지역민과 수려한 자연 및 지역 문화 때문일 것이다.

스페인이 유럽에서 가장 이질적인 사회·문화적 스펙트럼을 갖고 있다면 바로 토착신앙과 독자적 언어로 그 이질성에 상당한 힘을 부여한 갈리시아 덕분이라고 해도 과언이 아닐 것이다. 고립되어 있다보니 지역의 귀족 가문이나 수도원, 주교가 정치·문화·행정을 지배하는 족장제가 위력을 발휘하고 성지 순례 여행과 함께 환영이나 유령 및 죽은 자에 대한 믿음 등의 토착신앙이 신화의 수준으로 오를 만큼 상상력과 창조력이 강하게 지배하게 되었다.

이 지역의 토속신앙은 가톨릭에 대한 열정적인 믿음만큼이나 강하며 뿌리도 깊다. 성지 발견 과정이 전설 같은 이야기로 점철되어 있고 그와 관련한 미신이 판을 친다는 사실이 믿기지 않겠지만 유럽 신앙의 기원을 살펴보면 그럴 수 있음에 고개를 끄덕이게 된다.

유럽 최초의 믿음은 여자 족장을 믿는 원시신앙에서 시작되었다. 그런데 갈리시아 지역은 역사적으로 부계와 모계 사회로서 장자와 함께 장녀 비중이 매우 컸다. 갈리시아 자치지역에서만이 아니라 스페인에서 최초의 숭배 대상은 바사 귀부인 석상이나 엘체의 석상에서 볼 수 있듯이 모두 여성에 대한 숭배였다. 이렇듯 마초 기질의 기독교가 시작되기 전의 종교는 다산을 상징하는 모계 조물주에 대한 믿음이었다. 갈리시아는 특히 지형적 특징과 전통으로 말미암아 세월의 물줄기를 거슬러 아직도 그러한 믿음이 굳건히 살아 있을 뿐인데, 이러한 믿음은 마녀 또는 여성 토속 치료사라는 이름으로 스페인 안달루시아 지역에도 남아 있다.

이러한 옛 원시신앙들의 기본이 믿음에 있다는 데 초점을 맞춘다면 사실 그 믿음이 현세 종교와 전혀 다를 바 없어 보인다. 우리는 일곱 숫자가 행운을 가져온다는 믿음을 갖고 있고 예수의 피와 살이 포도주와 빵이라는 확신이 있다. 기도를 하면 이루어진다는 믿음이 있고 밥 먹기 전에 성호를 긋는 일은 모두 믿음에 내린 행위이다. 재채기를 하면 악마가 나오니 '예수'를 외쳐야 한다는 스페인의 관습이나 스페인 독재자 프랑코가 내전에서 죽은 자들의 영혼을 달래기 위해 올린 높이 152m, 가로 40m짜리 돌십자가 상에 대한 경외나 손가락 두 개를 꼬아 일이 이루어지기를 바라는 소원이나 순례 길에 돌무덤 위에 던져 올리는 돌멩이 등은 기복, 기원의 행위로 모두 믿음의 발로이다. 그 믿음의 대상을 무엇으로 하느냐에 따라 미신과 종교의 차이가 있다. 그뿐만이 아니다.

사실 종교들도 서로 끼어들고 칡덩굴처럼 뒤얽히고 설켜 만들어졌고 이후 누가 주도권을 쥐느냐에 따라 옳은 종교가 되기도 하고 그렇지 못한 종교도 되기도 하며, 성자가 되기도 하고 이단자가 되기도 하지 않았던가. 미신이 아니라 종교라는 이름으로 저질러진 만행은 또 어떠한가. 15세기 스페인의 '가톨릭왕들'이 가톨릭으로 스페인을 통일하겠다고, 그래서 이교도들을 축출하겠다고 만든 종교재판의 속을 들여다보면 그것은 종교라는 미명하에 자행된 권력 장악과 유대인의 재산 강탈과 사상과 지적 통제를 위한 도구였다.

이 이후 스페인 사람들에게 종교는 더 이상 종교가 아닌 미신이 되어버렸다. 이러한 사실을 여실히 보여주는 문서가 있다. 16세기 까를로스 1세 왕의 비서였던 알폰소 데 발데스의 『로마에서 일어난 일들에 대한 대화』에 보면 그 당시 교회의 성직 판매와 교회의 비도덕성과 미신에 대해 아주 신랄하게 풍자하고 있는데, 이 중에 특히 성물들에 대한 이야기가 지금 우리의 테마와 관련이 있어 흥미롭다. "난 예수 그리스도의 피부를 로마에서도 보았고 부르고스에서도 봤으며 우리 안베르사의 성모마리아 교회에서도 봤다. 예수님이 못 박혀 죽으셨다는, 그래서 거기에 그리스도교의 모든 것을 담고 있다는 십자가는 한 달구지도 더 봤다. 예수님이 어릴 때 갈았다는 치아 수가 프랑스에서만도 500개를 넘고 있다. 성모마리아의 젖과 막달레나의 머리카락, 성자 크리스토발의 어금니 수는 셀 수도 없이 많다." 종교가 이렇게 성물로 대신하고 있고, 이 성물들은 거짓으로 가득했으니 권력 남용으로 인해 빚어지는 불의나, 물질 만능에서 기인하는 소외, 힘든 삶의 고통에서 위로하고 안식을 주는 종교 본연의 모습은 어느 곳에도 없었을 것이다.

그런데 스페인은 이런 종교에 국운과 국민들 개인의 미래를 맡겼다. 그 결과 무엇을 어떻게 믿든 간에 위로받고 안식을 얻을 수 있으면 되는 게 아닌가 하는 생각이 특히 갈리시아의 지역 정서와 함께 지역민들에게 생겼던 것 같다. 사실 성자 야고보의 무덤이 있는 이곳이 세계 3대 성지순례의 하나가 된 데에는 진실보다 전설과 신화가 더 큰 몫을 했음을 부인할 수 없다. 이런 식의 믿음은 중남미에서 더 강하게 살아 있는데, 아마도 중남미로 이민 간 스페인 사람들 중 상당수가 갈리시아 지역민이었기 때문일까.

현재 중남미인들의 90% 이상이 가톨릭신자라고 하지만 자신들의 토속 신앙 역시 버리지 않고 있다. 그들은 자신들이 밟고 서 있는 대지의 신에게 감사하고 자신들이 마시는 물의 신에게 소원을 빈다. 손으로는 성호를 그으면서도 제삿밥은 그 신들에게 올린다. 이런 종교관을 두고 누가 시비를 걸지는 않을까 싶지만 전혀 아니다. 의지할 수 있는 자가 많으면 많을수록 도와주는 사람이 많고 그래서 행복하다는데 무슨 말이 더 필요할까. 그런 거 믿지 말고 가톨릭에만 충실하라고 설교하는 사람이 있다면 손사래 치며 내칠 게 분명하다. 그들은 남들에게 자신의 믿음을 강요하거나 남의 신앙 문제에 대해 왈가왈부할 마음조차도 없다.

이렇게 여러 모로 스페인을 닮은 중남미를 보면서 갈리시아 지역의 19세기, 20세기 문학가 로살리아 데 까스뜨로의 시와 에밀리아 빠르도 바산의 소설, 바예 잉끌란의 소나타 시리즈물을 읽으면 풀리지 않는 수수께끼가 없다. 이들의 작품에는 이곳의 농촌과 도시 세계가 고스란히 담겨 있다. 이곳 시골 길을 걷다보면 간혹 십자가가 놓여 있지만 교회가 아닌 이상한 건축물이 보이는데 바로 이 지방 고유의 건축 양식으로 지은 곡물창고이다. 설치류로부터 피해를 막기 위해 돌로 된 두 개의 다리 위 1m 높이에 직사각형의 큰 창고를 대나무로 만들어 얹어놓았다. "하느님, 내 양식을 쥐들이 먹지 않게 해주세요!" 건축물이 이 지역의 종교관을 대변해주는 것 같다.

오늘의 스페인은 내가 이루었다 : 아스뚜리아스

아스뚜리아스는 스페인 북쪽 깐따브리아 산맥과 깐따브리아 바다 사이에 있어서 이곳으로 들어가기가 참으로 어렵다. 협곡은 사람들에게 길을 내주지 않으려고 고집을 부리는 것 같고, 까스띠야 이 레온이 끝나는 지점과 아스뚜리아스가 시작되는 지점이 돌산으로 분명하게 구분되어 있어 이곳 사람들 역시 스페인 중심부인 분지지역으로 나오려면 험준한 능선을 넘는 고된 여정을 견뎌야 한다. 이러한 지형적 요인으로 말미암아 광업이 발달했고, 사막이나 평지에 익숙한 이슬람교도들은 이 험준한 계곡으로 숨어들어간 기독교도들을 더 이상 쫓지 못하고 퇴각할 수밖에 없었을 것이다. 이 덕분에 아스뚜리아스는 현재의 스페인을 있게 한 요람이 되었는데, 서고트 족의 귀족인 뻴라요가 혼비백산 도망가서 이곳 산악지대에 흩어져 있던 기독교도들을 깡가스 데 오니스에서 719년에 모아 722년 꼬바동가 전투에서 첫 승리를 이룸으로써 국토회복의 기틀을 마련했기 때문이다. 이 전투에 대해 기독교측과 이슬람교측 이야기가 너무나 달라서 진실을 기록해야 하는 역사의 역할에 대해 의문이 들 정도이다. 기독교측의 이야기에 따르면 자신들이 도망가서 숨어지내던 동굴에 성모가 현시하여 싸울 것을 종용하며 힘을 북돋워주어 그 전투를 승리로 장식했단다. 그래서 스페인 사람들은 현재 이 동굴 안에다 성모상을 모시고 관광지로 수많은 이들의 발길을 받아들이고 있다. 반면 이슬람 측에서는 "뻴라요라는 당나귀가 나타나기에 별 볼일 없어 그냥 내버려두고 떠나왔다"고 한다. 여하튼 기독교도들에게는 정신적 지주가 되었던 기독교가 유럽에서는 예술이 황혼기에 든 시대에 예술과 문화의 꽃을 피우게 했고 12~13세기에 들면서는 지역 특유의 아스뚜리아스 예술을 만들어냈다. 르네상스 예술과 고딕 양식으로 스페인 영광을 노골적으로 보여주는 전시장인 오비에도 대성당 역시 성지 순례와 국토회복전쟁 덕분에 이름을 얻은 곳이다.

초기 아스뚜리아스 왕실이 있던 오비에도에는 살바도르 성자의 성소가 있고 그의 유품 덕분에 9세기 성지 순례지 지위를 획득했다. 알폰소 3세 왕이 사망하자 왕실은, 정복해나간 스페인 중심부와 거리가 멀고 새로운 정복지에 사람들이 정착해 땅을 일구어나갈 수 있도록 하기 위해 수도를 레온으로 옮겼다. 전투가 끝나면 폐허와 황무지만 남을 뿐이라서 이곳을 생활 기반으로 하기 위해서는 사람들의 손이 필요했기 때문에 왕실은 정복한 땅의 자치권을 일반 주민들에게 부여하면서 정착을 도왔다. 그래서 스페인은 유럽의 다른 나라와 같은 수준의 봉건제도가 존재하지 못했고, 주인에게 속박되거나 예속되지 않는 자유민으로 구성된 나라가 되었다. 이들은 시의회를 만들어 막강한 힘을 행사했을 뿐만 아니라 레온-까스띠야 왕국으로 편입되면서 그 위력을 더해갔다. 1608년에는 오비에도 대학도 문을 열었다. 이곳은 등산이나 자전거 하이킹, 또는 자동차 드라이브를 하는 데 최적의 산세를 갖고 있어서 산을 좋아하는 사람들이 많이 찾는다. 특히 '삐꼬 데 에우로빠(유럽의 봉우리)' 의 서쪽 끝부분을 이루고 있어 버스로 산 정상까지 올라갈 수 있고, 그 정상에서는 하이킹을 할 수 있는 길들이 조성되어 있다. 옆 자치지역인 깐따브리아만큼 녹지대는 아니지만 그에 못지않은 녹음과 바위가 어우러진 곳에 드문드문 보이는 돌로 된 지역 건축물도 참 흥미롭다.

스페인 명예의 심장 : 까스띠야

까스띠야는 기독교 순수혈통의 증거품인 이달고의 중심이다. 따라서 이곳의 역사는 스페인뿐 아니라 중남미를 이해하는 데 근간이 된다. 이곳의 정치와 행정, 사회제도 및 조직들이 이베리아 반도에 적용되었고, 1492년 이후에는 신대륙 아메리카로 이식되었으니 당연히 그럴 것이다.

까스띠야는 까스띠요, 즉 '성'의 대지이다. 스페인 전역에 1만 개 정도의 성이 있는데 이들 중 대부분이 이곳에 있다. 국토회복전쟁 동안 그 당시 왕인 알폰소 2세가 8~9세기에 걸쳐 이슬람교도들이 북쪽으로 진출하는 것을 막기 위해 방어용 성들을 구축했고, 이슬람교도들 역시 자신들의 성을 세우다보니 지금 지역의 이름까지 '성'으로 만들었다.

이 지역을 돌아다니다 보면 이름 없는 마을에서조차 높은 곳에는 풍파에 허물어진 성곽들이 세월의 허물을 보여주고, 고색창연한 성당들의 꼭대기에는 오래된 그 땅의 역사를 보여주듯 황새 둥지들이, 어떤 곳은 2~3층으로 놓여 있다. 원래 까스띠야는 아스뚜리아스와 레온 왕국의 봉건 영토였는데 국토회복전쟁에서 기독교 측이 승리하면서 남쪽으로 점점 더 영토를 넓혀갔다. 그러다 중세 서사시 작품에도 공훈이 드러나 있는 페르난 곤살레스 백작이 까스띠야의 독립을 이루었다. 이후 레온과 까스띠야 간의 세력다툼이 치열했으나, 1038년 페르난도 1세 엘 마그노가 두 왕국을 합쳐 국토회복의 군사적, 이념적 기반으로 만들었다. 이어 점점 더 남쪽으로 이슬람교도들로부터 영토를 재정복해감으로써 탈환한 땅은 기존(구)의 까스띠야와 구별하기 위해 '새로운 까스띠야'라는 의미로 '신 까스띠야'라고 불렀다.

그러니까 지금처럼 까스띠야 이 레온 자치지역과 까스띠야 라 만차 자치지역으로 구분되기 전 까스띠야에는 스페인 국토의 반이 포함되어 있었다. 이 지역은 평균 해발 800m의 광활한 고분지이다. 특히 구 까스띠야의 남쪽은 보통 해발 1000m이고 700m 이하의 지역은 없다. 화강암으로 된 과다라마 산맥, 그레도스 산맥, 가따 산맥은 바위로 맨몸을 드러내 보이고, 분지 군데군데 모여 있는 관목들과 실개천을 닮은 강 주변에 서 있는 몇 그루의 나무와 수풀이 이 지역이 황량한 대륙성 기후대에 속함을 일러주고 있다. 겨울의 혹독한 추위와 여름의 불볕더위에도 밀밭이나 해바라기밭이 보이면 비옥한 지역에 속한다. 그렇지 않은 지역에서는 양을 키워 양모 산업을 일구었고 중남미에서 가져온 금은보화로 16세기 이후 경제적 발전을 이루었다. 남쪽으로 내려올수록 끝없이 펼쳐진 갈색의 광활한 분지가 나타나는데, 키 작은 떡갈나무 아래에서는 소들이 한가롭게 풀을 뜯고, 돌무덤들 사이로는 양들이 무리지어 돌아다니고 있다. 차로 서너 시간을 달려야만 다른 마을로 갈 수 있는, 태양 아래 숨을 곳 하나 없는 이 고독한 대지에서 어떻게 그 고단한 국토회복전쟁을 치렀는지 그저 놀랍고, 그 당시 전사들의 기개와 용맹성과 인내가 경이롭게만 느껴진다. '구 까스띠야'와 '신 까스띠야'가 1978년 스페인 자치법에 따라 구분되어 현재의 까스띠야 이 레온, 깐따브리아, 라 리오하, 까스띠야 라 만차, 엑스뜨라마두라, 마드리드 자치지역을 이루고 있다.

정치적으로 까스띠야는 강력한 국왕의 절대 권력하에 중앙집권제를 시행하며 스페인 제국의 심장이었다. 그리고 이슬람교도들로부터 탈환한 영토에 기독교인들을 이주시켜 거주하도록 하기 위해서는 개개인들의 광범위한 독립성과 자치권을 보장해주어야 했기 때문에 봉건 영주의 존재는 아주 미미했다.

누리는 권력이 많으면 이에 따른 의무도 커지듯이 까스띠야는 스페인을 제국으로 유지하는 데 사용되는 재정의 상당 부분을 담당하고 있었다. 물론 그 부담은 서민들에게 돌아갔고 그에 따라 도시에서 반란이 심심찮게 일어났다. 그런데 문제는 군사적으로는 세계적으로 우위를 차지하고 있었지만 경제적으로는 스페인을 잡아먹으려고 눈독을 들이고 있던 영국이나 프랑스, 네덜란드뿐만 아니라 이베리아 반도 내 잘사는 다른 지역들만큼도 번성하지 못했다.

이 지역은 농업과 목축업이 경제의 주요소를 이룬다. 목축업은 라 만차와 엑스뜨라마두라와 깐따브리아에서 주로 행해졌고, 여기서 생산된 모직물은 깐따브리아와 바스크 지역의 항구들을 통해 중세 말부터 외국으로 수출되었다. 가끔 수공업과 무역을 하는 도시의 부르주아들도 탄생했지만, 이들은 주로 성자 야고보를 찾아가는 성지 순례 길에 형성된 마을에 살았다. 중세 이 순례 길은 지금의 유럽 공동 시장과 같은 기능을 했다. 세계 각지로부터 사람들이 몰리고 여정이 몇 달, 몇 년이나 소요된 만큼 그 지역 주변으로 상권이 조성될 수밖에 없었다.

물론 유대인들이 살던 곳에는 일찍이 경제 활동이 활발하게 이루어졌는데 대표적으로 똘레도가 그렇다. 이곳에서는 세계를 통틀어 가장 많은 지적 흐름이 있었다. 게르만 족의 수도였고 13세기에는 이곳 번역학교에서 세계의 모든 책이 라틴어로 옮겨졌다. 종교개혁에 맞선 반종교개혁 바람이 스페인에 불면서 1559년 이후 까스띠야와 함께 그 중심에 섰고, 그 역할은 18세기까지 계속되었다.

그 밖에 산업도시인 세고비아와 꾸엔까가 있고 상업과 금융은 부르고스와 메디나 델 깜뽀가 맡았다. 궁전과 행정의 중심부는 바야돌릿에서 시작되었으나 펠리뻬 2세가 1561년 마드리드로 옮기면서 이전되었다. 1218년에는 살라망까에, 15세기 말에는 알깔라 데 에나레스에 대학이 서면서 1212년 빨렌시아에 세운 스페인 최초의 대학과 바야돌릿에 13세기에 세운 대학을 제치고 교육의 중심 도시가 되었다. 이 대학들은 법학을 교육의 중심으로 삼았는데, 스페인에서는 아직도 그 전통이 이어지고 있다.

이러한 도시들 덕분에 까스띠야는 최고의 전성기를 누렸는데, 그때가 16세기였고 17세기 말에 이르러서는 이전에 누렸던 주도권을 상실하게 된다. 다른 지역보다 경제적으로 낙후되었는데도 세금은 가장 많이 내야 했고, 그럼에도 불구하고 왕은 까스띠야에서 누리는 권력을 다른 지역에서는 그만큼 행사할 수가 없었다. 앞서 본 까딸루냐가 까스띠야에 대항해서 일으킨 반란이 그 예이다.

하지만 18세기에 강력한 중앙 집권을 행사한 부르봉 왕가가 들어서면서 스페인 전체가 까스띠야로 통일되었다. 이 까스띠야로의 통일은 신대륙에서도 이루어졌다. 15~17세기에 많은 까스띠야 지역민이 신대륙 아메리카로 이주하면서 스페인의 종교와 언어, 행정체계와 법 역시 아메리카로 이식되었다.

풀풀 흙먼지를 날리는, 바람 많고 건조한 이곳은 여름에는 햇빛에 살을 데고 겨울에는 날카로운 눈보라에 살이 에일 정도다. 그래서 이 지역의 농가들은 열과 추위를 막고자 돌로 벽을 두껍고 쌓았고, 아래층은 아치형으로 공간을 만들고 2층에 침실을 꾸몄는데, 대체로 창문은 갖가지 작은 화분으로 장식한 발코니가 삭막함을 어느 정도 덜어준다. 이러한 풍경을 가장 잘 묘사한 사람들이 17세기 황금세기 작가인 세르반테스를 선두로 해서 제2의 황금세기라 일컬어지는 '98' 세대 작가 군이다. '98' 세대의 작가들은 스페인이 제국으로서 누렸던 영광의 마지막 보루였던 푸에르토리코와 필리핀, 쿠바를 1898년에 미국에게 넘겨준 뒤 까스띠야의 역사와 문학과 풍경에서 스페인다운 것이 무엇인지 성찰하고자 했다. 그러나 스페인의 본질을 보여주는 상징을 까스띠야에서 찾으며 스페인의 원형을 알고자 했던 이들은 까스띠야 출신이 아니다. 우나무노는 바스크, 안토니오 마차도는 안달루시아 출신이며, 아소린은 알리깐떼에서 태어났다. 그런데 이들이 스페인적인 것을 까스띠야에서 찾으려 한 것을 보면 '까스띠야는 스페인이다' 라고 인정했던 것 같다. 이 일은 신대륙 아메리카에서도 이루어졌다.

까스띠야를 닮은 중남미

1492년에 콜럼버스가 바하마제도에 있는 에스파뇰라 섬에 도착한 이후 1521년에는 아스텍 제국이, 1536년에는 잉카제국이 이들 조상의 예언을 증명이라도 하듯 멋진 짐승을 타고 투구를 쓰고 총으로 무장한 하얀 얼굴의 스페인 군대 앞에 무릎을 꿇었다. 이후 스페인은 1540년에는 멕시코 서부의 과달라하라로부터 칠레 중부의 산티아고에 이르기까지 영토를 넓혀나갔다.

스페인은 이 광활한 아메리카 대륙을 다스리기 위해 언어와 종교 이외에 까스띠야의 행정조직들을 가져다 그곳에 심었다. 스페인에 있던 코레히도르와 비슷한 아우디엔시아를 설치하여 행정 집행 역할을 하도록 했다. 1511년에 산토도밍고에 세운 아우디엔시아를 시작으로 1609년 칠레에 아홉 번째 아우디엔시아가 세워졌는데, 훗날 이것들이 중심이 되어 지금 중남미 대륙의 나라 간 국경선이 그어졌다. 그리고 이 아우디엔시아보다 좀 더 구속력이 강한 식민 통치 기관으로, 본국의 왕권하에 둔다는 의미로 신대륙에 부왕령도 만들었다. 1535년에 현 멕시코 지역인 누에바 에스빠냐에 처음으로 부왕을 임명하면서 멕시코와 중앙아메리카 그리고 1570년에 스페인 영토가 된 필리핀의 통치와 방어를 맡도록 했다. 이어 1544년 리마에 세운 부왕령은 남아메리카 전역을 관할했다. 1739년에는 보고타에 수도를 둔 누에바 그라나다 부왕령이 생기고, 1776년에는 리오 데 라 쁠라따에 부왕령이 등장하면서 남미의 남동부 영토를 장악했다.

거리상 멀리 떨어진 이곳에 있던 이들은 스페인 본국의 공무원들보다 훨씬 독립적으로 자신들의 일을 수행하면서 각 지역에 맞는 법을 제정했고, 본국의 왕령에 따라 정의를 실현하려고 했다. 하지만 아직 중남미 지역 사정과 문화에 밝지 못하고, 아메리카 내 소수의 원주민 지도자들과 선교사들이 이들보다 더 원주민들에게 믿음을 주었으며, 이 땅을 정복한 정복자들의 빗나간 욕망 탓에 운영에 많은 어려움이 있었다. 특히 분출하는 에너지를 신대륙 정복으로 돌려 신화를 이룬 정복자들은 자신의 권력과 재력에 대한 야망을 이 신대륙에서 실현하고자 했다. 이들은 왕이 보상으로 준 농장과 인디오들의 노동력을 이용해 자신들의 야망을 이루는 데 온 정열을 쏟았고, 그 결과 자신들의 왕을 위협하는 세력으로까지 성장하게 되었다.

이러한 정복자들이 아메리카 원주민들에게 행한 이야기는 바르톨로메 데 라스 카사스 신부와 세풀베다 신부의 논쟁으로 많이 알려져 있다. 우리나라에 이와 관련한 번역서도 나와 있는데, 논쟁의 쟁점은 그들이 인간이냐 아니냐 하는 문제에서 인간이라면 어른인가 미성년자인가라는 문제로 나아가고, 영혼이 있느냐 없느냐라는 논쟁에서는 그들은 본래 열등한 종족이라고 결론을 내렸다. 이러한 결정은 스페인 본국의 인디오 보호 및 복음 정책과 달리 정복자들에게 자신들의 이익을 위해 인디오들을 착취하고 학대할 수 있는 근거를 마련해주었다. 그로 인해 정복자들은 신세계라는 파라다이스에서 병균 바이러스와는 전혀 무관하게 살았던 이들에게 홍역이니 천연두니 페스트를 가져다준 것으로도 모자라 그들의 노동력을 착취했다. 그 결과 엄청난 수의 인디오가 죽었다. 치사율이 얼마였는지는 카리브 해에 있던 여러 도시가 생생하게 증언하고 있다. 이 도시들에서 메스티소나 인디오들을 찾기란 하늘의 별 따기보다 더 어려웠다. 한마디로 한 명도 살아남지 못했다. 그래서 이들의 노동을 대신할 노예를 아프리카로부터 데려왔고 그래서 흑인이 이곳의 지역민이 되었다. 우리나라에도 소개된 영화 '아미스타드'는 포르투갈 인들이 아프리카로부터 노예를 사거나 운반하는 과정에서 일어나는 비인간적인 사건들을 다루고 있는데 제목은 아이러니컬하게도 '우정'이다. 이런 원주민 인구의 감소와 변화는 원주민 문화를 영원히 소멸시키는 결과를 낳았다. 하지만 위로의 차원에서 보자면, 인종 간의 다양한 융합 및 문화의 혼합으로 아메리카 대륙을 아주 볼거리 많은 지역으로 만들어놓기도 했다.

스페인의 까스띠야는 16세기 중반부터 신대륙으로부터 금은보화를 가져오기 시작했다. 물론 그곳 정복자들처럼 약탈하거나 그저 갖고 온 것이 아니라 신대륙에 필요한 물건을 스페인이 제공하는 대가로 받아왔다. 그런데 얼마 안 가 스페인 본토 출신의 사업가들이 이 신대륙에 자신들의 대농장을 만들고, 새로운 기업 정신에 입각한 사업을 벌이고, 새로운 도구와 기술을 도입해 본국보다 더 효율적이고 다양한 산물을 생산해냈다. 이뿐만 아니라 복잡한 절차를 거칠 필요가 없고, 세금이 없는 밀수입을 통해 필요한 물건을 구입하면서 스페인으로 보내지던 재화는 점점 줄어들었다. 17세기에는 신대륙 내에서 모든 것이 해결되어 수입원인 관세와 금은보석이 감소될 수밖에 없었고 이로 인해 스페인 경제는 큰 타격을 입기 시작했다.

초기에는 정복자들 거의 모두가 정복 지역 귀족의 딸이나 부인을 겁탈해 후손을 보았지만, 이후 스페인에서 건너 온 백인들끼리 혼사가 이루어져서 아메리카에서 백인들이 탄생되는데, 이들을 끄리오요라고 한다. 이들은 본국의 중앙 집권 정책이 도무지 마음에 들지 않았다. 모두가 과거 본국에서 파견한 사람들이었음에도, 이 끄리오요들이 신대륙에서 경제력을 키워 본국에 화를 초래할 수 있다고 판단한 본국 정부는 이들의 힘을 무력화하기 위해 이들 농장의 노동력인 인디오들을 빼앗고 이들에게 이익이 될 만한 직책은 모두 스페인 본토 출신들에게 맡겼다. 이러한 본국의 중앙 집권 강화 정책에 끄리오요들은 화가 나기 시작했다. 여기에 혁명가가 아닌 이들에게 자신들의 야망을 이룰 수 있게 한 사건이 스페인에서 터졌다.

17세기 스페인의 경제는 자체 산업이라고는 변변한 게 없는 데다 수없이 치러야 했던 전쟁과 스페인으로 운반하는 금은보화를 해적들에게 빼앗기면서 점점 더 어려워졌다. 스페인 왕실은 이 경제적 어려움을 해소하고자 관직매매를 시작했는데, 이는 돈은 있지만 권력이 없는 끄리오요들에게는 절호의 찬스였다. 이들은 18세기 중반까지 대부분의 요직을 사들였다. 여기에 힘 있는 자들과의 혼인을 통해 혈연관계를 형성하고, 본국에서 파송된 적은 월급의 관료들까지 돈으로 자기 편으로 끌어들이면서 막강한 네트워크를 형성해나갔다. 이러한 체제는 지금도 중남미 일부에 지속되고 있다.

멕시코 꼴리마 대학에서 3년 전에 본 가슴 아픈 일이다. 국제 관계 업무에 탁월한 능력을 갖고 있던 한 여직원이 난데없이 해고를 당하고 다른 여성이 그 자리에 들어앉았다. 알고 보니 새로 온 여성의 남편이 그 지역 권력가의 사촌이었다. 아무리 뛰어난 머리로 훌륭한 대학을 나와도 기존의 막강한 인적 네트워크 안에 들지 못하면 능력을 발휘할 수 없게 되어 있다. 이것이 바로 중남미의 여러 국가가 아직도 제대로 된 민주 국가의 모습으로 정착되지 못하는 가장 큰 요인이다. 결국 나라 발전에 엄청난 손실을 가져온다는 것을 그 지역민들은 알면서도 그 힘이 워낙 막강하여 체념하고 있는 듯했다.

이처럼 초기에는 끄리오요들이 재정, 정치권을 장악하게 되면서 아주 정력적으로 변해 신대륙의 주 세력으로 부상한 반면, 스페인은 외채와 산업 부재 그리고 늘 스페인을 시기하던 영국, 프랑스, 네덜란드, 오스트리아의 국력 신장으로 점점 더 쇠락의 나락으로 떨어지고 있었다. 마침내 1808년 나폴레옹이 스페인을 침략하고 자신의 형 조세프를 왕으로 앉히면서 그나마 남은 스페인의 권위마저 무너져 내렸다. 끄리오요들은 이러한 혼란을 이용해 자치권을 더 많이 확보하고 나아가 자기들이 직접 통치하려고 욕심을 내게 되는데, 바로 본국 스페인으로부터의 독립이다. 마침 이들을 사상적으로 무장시켜준 사건이 미국 독립에 이어 프랑스에서도 일어났다.

1789년 자유, 평등, 박애라는 거창한 구호 아래 일어난 프랑스 혁명이 이들의 의식 변화에 물꼬를 터주었다. 주권재민과 삼권분립 등의 로크, 몽테스키외, 루소, 볼테르 등의 사상이 독립 지도자들을 이데올로기적으로 무장시켰다. 그래서 시몬 볼리바르는 4년 동안 콜롬비아, 에콰도르, 페루, 볼리비아 등의 독립운동을 지휘했다. 호세 마르틴은 칠레와 페루의 독립을 이끌었다. 멕시코의 독립은 좀 다르게 일어났다. 스페인에서 나폴레옹이 물러간 후 다시 들어선 스페인의 1820년 입헌군주는 교회와 사회의 개혁안을 도입했다. 하지만 멕시코의 끄리오요들은 이 강화된 중앙 집권 개혁안을 받아들일 수가 없었다. 그래서 1821년 9월에 독립을 선언했다. 이렇게 해서 1825년은 지도상에 없던 아메리카 대륙을 지도안으로 끌어들인 스페인이 자기의 지도에서 이 대륙을 지워야 할 해가 되어버리고 말았다.

지금까지의 이야기로 보면 스페인으로부터의 아메리카 대륙의 독립은 스페인 정부의 과도한 중앙 집권화에 대한 반작용으로 해석할 수 있다. 그래서 20세기의 대표적인 지성 오르테가는 스페인 본국에서의 자치주의를 언급하면서 까스띠야를 두고 오늘의 스페인을 만든 곳이면서 동시에 스페인을 갈기갈기 찢어놓은 곳이라고 했나보다. 그런데 참 재미있는 점은 스페인 인들의 특성인 개인주의가 아메리카에서도 발휘되었다는 것이다. 같은 피를 나누었으니 당연한 결과이겠지만, 이들은 스페인 사람들의 삶의 패턴과 참 많이도 닮았다. 그중 대표적인 것이 종교에 대한 태도 말고도 지역주의가 있다.

중앙집권주의자들은 안데스 지방을 중심으로 하나의 국가를 만들려고 했지만 결국 베네수엘라, 콜롬비아, 에콰도르, 페루, 볼리비아로 나누어졌다. 또 이 각각의 나라 안에서도 권력을 한곳으로 집중하려는 사람들과 그것에서 빠져 나오려는 사람들로 늘 시끄럽다. 그리고 정치적인 분쟁이 해결되면 그다음은 경제적인 이유로 불평등에 대한 반동이 일어난다. 이런 일은 시계추 운동처럼 늘 반복된다. 이러한 아메리카 대륙에 대해 더 많이, 재미있게 알고 싶다면 콜롬비아의 가브리엘 가르시아 마르께스, 멕시코의 까를로스 프엔떼스, 쿠바의 알레호 까르뻰띠에르의 마술적 사실주의 소설과 페루의 마리오 바르가스 요사의 지역 소설과 멕시코의 옥타비오 빠스가 시로 들려주는 이야기에 귀를 기울여볼 것을 권한다.

두엔데의 땅 : 안달루시아

1978년 민주헌법 시행으로 자치권을 얻게 된 안달루시아는 외국인들에게는 스페인과 동일시되는 이미지인 집시들의 플라멩코, 투우, 아랍 건축물 그리고 태양의 대지이다. 어디를 보나 작열하는 태양 아래 눈부신 회벽과 담 사이로 내걸린 주황빛 제라늄을 담은 화분과 시원한 물줄기 같은 포토스 잎이 코발트색 하늘 아래 철제 발코니에 걸려 있고, 구불구불 포석이 깔린 아랍식의 좁은 길과 하얀 담에 자그마하게 난 까만 대문 속 이랍풍의 정원이 스페인이 유럽과 다름을 확인시켜준다. 이러한 곳을 샤브리에는 스페인 광시곡으로, 비제는 카르멘으로, 로시니는 세비야의 이발사로 불멸화시켰다.

태양이 강한 만큼 안달루시아는 대체로 건조한데 북쪽 지역은 척박하지만 구아달끼비르 강을 끼고 있는 지역은 비옥한 옥토를 이루는 데다 지중해와 대서양으로

나가는 관문이기도 하다. 그래서 이곳에는 유네스코 지정 자연공원 도냐나가 들어 앉아 있을 정도로 유럽에서 보기 드문 습지 지역인 반면 오른쪽 알메리아 주변은 유럽에서 보기 어려운 사막지대로 변해가고 있다. 지중해와 대서양이 만나는 지브롤터 해협은 바로 아래에 아프리카를 두고 있다.

이러한 곳에 아랍 인들이 머물면서 아랍어로 알 안달루스라는 칼리프 왕국을 세웠던 것이 9세기이다. 이후 이 왕국은 안달루시아의 꽃인 꼬르도바를 수도로 하여 유럽에 최고의 문명을 선사했다. 이들의 건축과 농업 및 관개에서의 뛰어난 재능과 기술, 헬레니즘 문화에 대한 박식한 지식과 관련 서적 번역 등으로 수학, 천문, 신학, 철학, 의학 등에서 스페인은 최고의 수준을 구가했다. 그때가 10세기다. 이러한 지식들이 이탈리아로 간 덕분에 이후 유럽에 르네상스의 꽃이 필 수 있었다.

이 칼리프 왕국은 아프리카의 이슬람교도들이 11세기에 스페인으로 들어옴으로써 와해된 후 안달루시아의 모든 상황이 바뀌었다. 이전에 있던 공존과 관용의 분위기는 사라지고 아랍 지배하의 기독교도들인 모사라베들은 박해를 받았으며, 아베로에스와 마이모니데스 같은 지식인들은 스페인을 떠나야만 했다.

국토회복전쟁에서 아랍 측의 마지막 보루였던 알암브라 궁전 요새가 있는 그라나다가 1492년에 기독교도들에게 정복당함으로써 스페인은 근대국가로 탄생되는 계기를 얻었다. 하지만 아랍 인들과 금융, 재무의 상징이었던 개종하지 않은 유대인들은 천 년 이상 살아온 삶의 터전을 버리고 스페인 땅을 떠나야만 했다.

이후 콜럼버스와 마젤란과 엘 카노 덕분에 대서양 항로가 열린 16세기부터 안달루시아는 신대륙과 세계로 나가는 관문이 되면서 항구 도시 까디스와 찬란한 도시 세비야와 함께 무역·상업·문화의 도시로서 최고의 황금기를 누렸다. 물질적으로 번영하자 외국인들의 발길이 끊이지 않았고 이로써 수많은 인종과 문화가 뒤섞이면서 요즘 표현으로 세계화의 모범이 되었다. 지역민들은 아주 호방하고 유머가 많은 것으로 유명한데, 그렇게 된 이유가 찬란한 태양과 개방성 때문이기도 하지만 다른 이유가 한 가지 더 있다. 게르만 족의 한 갈래인 서고트 족이 스페인을 장악했을 때 이들은 주로 스페인 중부지역에 살았기 때문에 안달루시아 선조의 피에는 게르만 족의 피가 많이 섞이지 않았다는 것이다.

안달루시아 지역의 쇠퇴는 까스띠야가 쇠퇴한 이유와 거의 동일하다. 신대륙 아메리카로의 이주로 인한 인력 부족과 끊임없는 전쟁으로 인한 자본과 물자 고갈, 그리고 편협한 종교정책으로 야기된 브레인의 부재였다. 그래서 경제가 침체되었고 17세기 스페인의 경제 상황은 안달루시아가 대변한다 해도 과언이 아니게 되어버렸다. 상업에서 이윤을 거둘 수 없거나 종교적 이유로 장사나 제조업을 기피하는 이들은 부동산에 돈을 투자했다. 그리고 경제적으로 곤란에 빠진 자들은 땅을 팔고 신대륙 아메리카로 이주했다. 이들의 땅을 사들인 사람은 대지주가 되어 살면서 그것을 명예의 척도로 삼았다. 이러한 토지 집중화 결과 소위 땅 부자가 실제 권력을 장악하는 정치, 행정 체제를 낳았다. 이로 인해 족장제가 모든 부정의 온상이 되었고 아직도 이러한 문제는 이 지역에 지속되고 있다.

18세기에 들어서는 이미 주변부로 밀린 스페인을 괴롭힐 전쟁은 줄어들었지만 한번 주저앉은 안달루시아의 경제는 예전만 못했다. 대신 19세기 유럽에 낭만주의 바람이 불면서 안달루시아는 수많은 예술인이 흠모하는 동경의 대지가 되었다. 안달루시아의 태양과 열정, 아직도 동굴 집에서 거주하는 집시와 시에라 모레노 산맥을 떠도는 산적은 프랑스 메리메의 소설 『카르멘』을 낳았다. 이처럼 세계의 예술가들뿐만 아니라 스페인 예술가들은 이 땅의 귀신 두엔데와 이곳 역사가 만든 전설, 온갖 민족이 드나들면서 빚어낸 신화와 집시와 달의 땅인 안달루시아를 흠모했다. 시인 로르카와 알베르띠, 후안 라몬 히메네스, 화가 피카소와 음악가 파야가 바로 그들이다.

자치지역에 대한 이야기를 마무리하기 위해 자치지역민들이 특성을 알려주는 유머를 소개해볼까 한다. 빈기에 1 유로가 빠졌다. 이를 두고 각 지역민들이 보이는 태도에 대한 우스갯소리다. 먼저 까스띠야 인들은 "에이, 그까짓 1유로 때문에 내 귀한 손을 더럽힐 수는 없잖아" 하고 거만을 떨며 무시해버렸다. 바스크 인들은 "저게 내 허락도 없이 빠지다니, 괘씸해서 그만 두면 안 되겠는데. 어떻게든 꺼내야겠어" 하며 꺼낼 연장을 찾았단다. 갈리시아 인들은 "왜? 돈이 그곳에 빠졌는지,

빠지지 말았더라면 얼마나 좋았을까" 하며 상념에 빠졌단다. 안달루시아 인들은 "오줌발로 저 동전 띄우기 내기를 하자"며 장난거리로 삼았단다. 까딸루냐 인은 "저, 1유로, 어떻게 감히 저것을 꺼내려 변기에 손을 넣겠어." 그러더니 다른 1유로 동전을 꺼내 변기에 던져 넣었단다. 그러고 나서 "자, 이러면 이 돈을 꺼내야 할 이유가 생긴 게지" 하며 변기에 손을 넣어 꺼내 가졌다고 한다.

성(城)과 사자와 사슬과 두 색 띠

자그마한 천 조각에 불과한 것이 어찌 그토록 사람을 전율하게 하는지, 왜 그리 감동시키는지 난 늘 궁금하다. 아마도 그것이 품고 있는 의미와 가치, 그리고 조국이라 불리는 그 모든 것을 담고 있기 때문일 것이다. 이렇게 하나의 천이 나라를 대변하게 된 것은 국가라는 개념이 생긴 것보다 훨씬 오래됐다. 역사는 고대 로마 시대로 거슬러 올라간다.

로마시대에는 국가의 개념이 없었기 때문에 국기 대신 전투에서 편이나 진영을 표시하고 가르는 수단이나 오가는 상선을 구분하기 위한 표식으로 천 조각이 사용되었다. 그러니까 이때는 국기가 아니라 깃발이란 의미가 컸고 이것도 상용화되기는 십자군 전쟁 이후부터이다. 중세 소왕국의 왕실이나 귀족들이 처음으로 이런 깃발에 자신들의 문장인 독수리나 까마귀, 왕관 등을 그려 넣기 시작하면서 깃발에 무늬가 들어가기 시작했다.

스페인에서도 이러한 문장이 새겨진 깃발들이 하나의 국가로 통일되기 이전의 중세 소왕국들 때부터 즐겨 사용되었는데, 그 모양들이 아직도 전해지고 있다. 예로 까스띠야 이 레온 왕국의 깃발에는 지명 그대로 '성까스띠요'와 앞발을 위로 쳐든 '사자레온'이 그려져 있고, 나바라 왕국의 깃발에는 스페인 국토회복전쟁에서 기독교 측 승리의 교두보 역할을 한 나바스 데 똘로사 전투에서, 해방시킨 기독교 포로들을 묶었던 사슬 문양이 대각선으로 교차해 있다. 아라곤 공국의 깃발에는 빨강과 노랑, 두 색의 띠가 수평으로 교대로 그어 있다. 이러한 소왕국들의 문장이 현 스페인의 붉고 노란 이색기 중앙에 왕관으로 둘러싸여 있어 국기 하나로 스페인 국가의 형성 역사와 현재의 국가 체제를 알 수 있게 했다.

유럽 국기들을 보면 상당수가 두세 가지 색깔의 띠로 되어 있다. 띠의 색깔이나 방향의 차이로 각 나라들이 구분되는데 이렇게 띠를 깃발에 처음으로 쓴 나라는 네덜란드이다. 네덜란드가 스페인에 대항해서 일으킨 독립 투쟁 때 처음으로 천에 세 개의 색을 가로로 그어 사용했다는데, 프랑스가 이 누워 있던 세 개의 색을 일으켜 세워 자유, 평등, 박애라는 의미를 각 색에 부여한 뒤로 다른 여러 나라에서 차용했다는 것이다.

스페인뿐만 아니라 유럽을 돌다보면 자동차 번호판 왼쪽에 동그라니 자리 잡은 문양이 있다. 각국 관공서마다 자국의 깃발 옆에 의기양양하게 펄럭이는 또 하나의 깃발 문양과 같은 것이다. 일반 나라의 국기에서 보이는 것과는 확연히 구분되어 관심을 가질 수밖에 없는, 진한 푸른 바탕에 12개의 황금별이 완벽한 원을 그리고 있는 모습인데, 바로 유럽연합기이다. 세상을 자기 국경 속에 집어넣으려고 인간으로서 해서는 안 될 만행을 저질렀던 유럽의 강국들이 총 한 번 겨누지 않고 서로를 균등하고도 완벽하게 묶었음을 보여주는 깃발이다. 치졸하기 짝이 없는 열등의식과 어리석기 짝이 없는 편견에 사로잡혀 종교와 인종과 이념을 핑계로 상대방을 원수로 삼아 수많은 과오를 저지르더니 다행히 철이 들었는지 다시는 그러한 유치찬란했던 실수를 저지르지 않겠다고 다짐하며 만든 깃발이다. 유럽연합의 국가 수는 27개국으로 늘어났지만 별은 12개에서 더 늘지 않고 대신 '만인을 끌어안는다'는 의미로 원으로 되어 있다.

스페인의 국기는 원래 하얀 바탕에 왕실 문장인 왕관만 그려 넣은 것으로 시작했다. 그러던 것이 18세기 말 스페인의 부활을 알리는 행사의 일환으로 국기 공모전을 열었고, 이를 통해 걸러진 12개 작품 중에서 선택된 도안이 지금의 문양이다. 국기로 최종 승인된 것이 1781년이고 공표된 것은 그로부터 4년 뒤인 1785년이다. 위아래로는 붉은색 띠가 테를 두르고 중앙에는 붉은색 띠의 두 배 폭의 노란색 띠가 들어가 있다. 이 두 색은 스페인의 태양을 닮았는데, 재도약과 생명력

스페인 국기

을 상징한다고 한다. 가끔 어떤 책에서는 스페인의 대지와 피라고 하는데, 난 이 설명이 영 마음에 들지 않고 의심스럽기까지 하다. 여하튼 이 모양이 제2공화정 체제이던 1931~1936년 동안에는 아래쪽 붉은 띠가 보라색 띠로 바뀌었다. 하지만 1939년 스페인 내전이 끝나고 모든 권력을 수중에 넣은 독재자 프랑코는 보라색을 이전의 붉은색으로 되돌렸다. 그리고 노란 띠 안에 있던 왕실 문양을 독일 나치가 즐겨 사용하던 검은 날개를 펼친 독수리 가슴팍에 박아 넣었다. 스스로 자신의 이념과 통치 체제가 어떤 것인지를 밝힌 이 깃발은 1975년 독재자가 죽고 1978년 민주화가 이루어진 이후 1981년에 이전의 원래 모습으로 되돌아갔다. 밝은 기운의 깃발을 음침하게 만들었던 그 무시무시한 검은 독수리는 사라지고 현재의 스페인을 있게 한 네 개의 자치지역 도안이 왕실 문장인 왕관 아래, 노란색 띠 안에 들어앉아 있다.

나라 깃발에는 늘 나라의 노래, 즉 국가가 따르기 마련인데, 2007년 가을로 기억한다. 스페인 국가에는 원래 노랫말이 없었다. 그런데 가사를 붙였다는 스페인 텔레비전 뉴스를 본 지 일주일쯤 후에 스페인 농구선수들이 시합에 앞서 가사를 아직 머리에 입력하지 못했는지 입술을 요상하게 열고 닫기를 반복하는 모습을 텔레비전에서 보았다. 물론 관객들의 입모습도 어정쩡하여, 세월이 한참 흐른 뒤 교가를 불러야 했던 내 경험이 떠올라 한참을 킥킥댔었다. 그런데 몇 개월도 안 되어 노래를 부르지 않기로 했단다. 유럽의 나라들을 하나의 체제로 묶는 마당에 너무 민족주의, 국수주의 냄새가 난다고 반대한 사람이 많았던 모양이다. 그런데 까딸루냐 지역에는 '수확하는 자'라는 이름의 곡과 노래 가사가 있다. 까딸루냐의 독립을 위해 민병대들이 낫을 들고 투쟁했던 일을 상징적으로 표현한 내용을 담고 있다.

단출하게 나팔 하나로 연주가 시작되는 스페인 국가는 원래 군대의 '수류탄행진곡'이었다. 유럽의 다른 나라들처럼 국가를 차용하거나 베토벤이나 하이든의

곡을 편곡하여 사용하지 않고 군대 행진곡이 국가로 차용된 이유는 아마도 스페인의 부단했던 전쟁사 때문일 것이다. 800년간 이슬람교도들에 맞선 국토회복전쟁과 이후 신대륙 개척과 정복, 제국으로서 유럽의 헤게모니아를 지키기 위해 수없이 치러야 했던 전쟁이 국민들의 영혼을 많이도 지배했을 것이다.

이 행진곡은 1761년에는 스페인 보병곡으로도 울렸다고 하는데, 군대곡이라 예술성은 없다손 치더라도 재미도 없을 것 같은데 들어보면 톤이 묵직하면서도 경쾌한 게 그런대로 괜찮다. 지극히 단순한 리듬으로 처음에는 경쾌하고 빠르게, 나중에는 느리게 반복 연주되는 것이 수많은 전쟁의 질곡을 넘어온 스페인 국민들의 가슴을 감동시키기 충분해 보인다. 경제·정치 통합을 넘어 법 통합까지 이루어나가는 유럽의회가 개회를 할 때면 늘 흐르는 장엄한 음악이 있다. 비틀스나 실비 바르탕, 아바의 노래보다 나의 의식을 깨우는 유럽연합 찬가인 '환희의 송가'이다. 이 노래는 우리 귀에 익은 베토벤의 '합창교향곡' 4악장이고 실러의 시에서 제목을 갖고 온 것이다. 프랑스와 이탈리아는 현대 과학을 시작했고 영국은 정치로 자신들을 증명했는 데 반해 독일은 자신들에게 다른 것이 없다보니 윤리학을 창조하여 도덕과 신학으로 증명해 보였다. 그런데 윤리학과 신학이라는 학문을 만든 나라가 대제국들의 식민지 확장에 편승하지 못해 갖게 된 비뚤어진 열등의식으로 명분 없고 목적도 없는 세계 대전을 두 차례나 벌였다. 그래서인지 난 이 유럽연합 찬가를 들으면 독일이 인류에게 온갖 만행을 저지른 데 대한 속죄로 유럽이 평화의 전당, 인류의 수호자가 되었음을 두 팔 벌려 찬양하고 있다는 느낌이 강렬하게 든다. 인류에게뿐만 아니라 자국이나 자민족에게도 치욕과 죄책감만 남긴 독일이 그토록 빼어난 솜씨로 음악을 만들어 유럽 땅에 울리는 것을 보면 음악으로라도 인류에게 저지른 끔찍한 일을 사죄하라는 하나님의 계시와 은혜가 있었던 것 같다.

제3부

100명의 우등생은 낳지 못하지만
1명의 천재를 낳는 나라

예술은 놀이가 아니며 사치스러운 활동도 아니다. 인간과 세상 사이에 존재하는 설명이면서 과학적 반응이나 종교적 반응만큼이나 필요한 정신 작용이다. 그래서 한 시대 또는 한 민족에 속해 있는 일련의 예술 작품들 앞에 서면 그 시대 그 민족이 그 작품들을 통해 자신들의 정신적 욕구를 어떻게 만족시켰는지를 알 수 있다. 그래서 한 민족의 예술을 보면 그 민족이 보인다는 말이 헛말이 아니다. 화가에게는 문학보다 더 엄격한 시대적 인식 능력을 요구하고, 건축은 한 민족이나 한 시대의 영혼을 표현한 아주 광범위한 문서이며, 음악은 한 집단의 사회적 의식을 반영하고 있기 때문이다. 이런 연유로 유럽을 유럽답게 만드는 것은 무엇보다 예술인 듯하다. 유럽의 어디를 가나 유럽을 빛나게 해주는 건 천재 예술가들의 자취인데, 이들에게는 국경이란 존재하지 않았던 모양이다. 모차르트는 잘츠부르크에서만이 아니라 런던에서도 살았고 베케트는 아일랜드 사람이면서 프랑스 사람이었다. 도스토예프스키와 차이코프스키는 스위스 제네바에서 살았고 괴테는 프랑스에서 살았다. 고흐는 네덜란드 사람이지만 프랑스 아를의 그림으로 더 유명하다. 이러다보니 유럽은 예술로서 하나로 묶여 있는 것 같다. 음악에는 같은 음계, 박자, 리듬이 있고, 문학에서는 비록 다른 언어로 옷을 입기는 했지만 같은 감성과 사상이 깔려 있으며, 캔버스에는 형태와 관점과 색채와 빛이 동일하게 흐른다. 웅장한 성당에서부터 시골의 자그마한 목조 건물에 이르기까지 유럽의 나라들은 건축에서도 서로 공유하는 매력이 있다. 어디 그뿐이랴. 유럽 어디를 가든 우리를 반기는 악사와 마임 배우와 거리의 화가들, 어두컴컴한 지하도에서 들려오는 바이올린 소리, 사람들의 발길을 멈추게 하는 길바닥 화가, 이런 것들에서도 유럽은 함께 한다.

그런데 스페인에 가면 또 다른 영혼의 세계를 경험하게 된다. 스페인은 예술에서도 유럽을 비껴간 부분이 많다. 물론 유럽에서 나타나는 예술 현상들이 공통적으로 반영되어 있지만 스페인적인 것은 버릴 수 없었던 모양이다. 피카소는 파리에서 활동했지만 스페인 말라가의 태양과 투우로 잉태된 화가였음이 그의 삶과 작품 속에 그대로 살아 있고, 스페인으로 돌아오기를 거부하며 마지막 삶을 프랑스에서 마감한 첼로 연주자 카살스의 주검 머리맡에는 스페인 시간을 알리는 시계가 놓여 있었다. 파리에서 살았던 사라사테는 늘 고향 빰뿔로나를 그리워하면서 그곳의 정취를 바이올린 선율에 실었고, 멕시코 국적을 가진 영화감독 부뉴엘은 프랑스어로 영화를 만들고 늘 스페인에서는 상영 금지되는 영화를 제작했지만, 그의 예술세계는 스페인 예술가들의 이단적 성향을 그대로 빼닮았다.

거리의 예술가들에게서도 스페인이 읽힌다. 톱니로 돌아가는 경쾌한 고음의 오르간은 이제 볼 수 없지만 대신 주름상자 아코디언이 뿜어내는 가락과, 끊어질 듯 이어지는 기타 선율, 그리고 투우사 복장의 마임배우들이 스페인 거리에서 우리를 반긴다. 유럽에서 보기 힘든 아프리카와 중남미 예술가들도 자기들의 전통예술 솜씨를 뽐내기 위해 스페인을 찾는다. 오카리나나 북 연주가 이들의 단골 메뉴이다. 다름은 이것으로 끝나지 않는다.

스페인 예술가들은 유럽의 예술가들과 달리 저절로 큰 사람들이라는 인상이 짙다. 그리고 유럽의 기존 전통을 흡수하고 소화한 뒤 자신만의 예술세계를 개척하면서 예술세계의 영역을 확장하고 인간사고의 지평을 넓혔다. 제자를 키워 주의를 형성하거나 이론서로 엮어 학파를 만들지도 않았다. 이들의 예술세계를 비평서라는 이름으로 이론화하고, 영상물로 제작하여 세상에 소개한 이들은 스페인 사람들이 아니라 영국이나 독일, 프랑스 사람들이다. 그래서 스페인에는 모든 분야에서 이론이 약하다.

식지 않는 열정과 광적인 예술혼의 화가들

스페인 화가들은 플랑드르와 이탈리아 회화의 영향을 가장 많이 받았다. 그들로부터 영감을 얻었다는 뜻인데, 스페인 화가들은 이러한 영감에서 출발하여 자신들의 독창적인 방법, 즉 스페인적인 방법으로 미술을 변형, 해석했다. 그래서 당대 지배적인 회화 이론과는 거리가 먼 작품들을 생산하게 되었고 이 다름의 미학은 미술사를 엮은 프랑스, 영국, 독일, 미국 등의 비평가들의 손에 의해 무시되어 결국 스페인 회화는 변변치 못하다는 학설이 한동안 내려졌다. 더 나아가 유럽 미술 발전에서의 스페인 회화의 몫까지 부정해버리는 어처구니없는 일도 일어났다. 그런데 아이러니하게도 스페인 회화의 진가를 발견한 이들 역시 영국과 프랑스 사람들이다. 파리의 루브르 박물관을 구경하다보면 그곳에 보관된 세계적 유물의 다양성이 놀랍기는 하지만 세상에서 그 많은 것을 가져다놓은, 그토록 세계적인 도둑은 다시 없을 거라는 생각에 머리가 저절로 도리질 쳐진다. 남의 나라 조상의 시체까지 자신들의 울타리 안에 옮겨다놓은 그 뻔뻔함이 보통이 아니다.

프랑스의 대도 루팡에 버금가는, 역시 프랑스 사람인 니콜라스 솔트 장군이 1812년 나폴레옹 군대가 패하여 스페인 땅에서 물러갈 때 엄청난 양의 스페인 그림을 전리품으로 가져갔다. 잠시나마 스페인 왕을 꿈꿨던 조세프 보나파르트 역시 이집트에서 오벨리스크를 가지고 온 동생 나폴레옹 보나파르트를 닮아서인지 스페인에서 자기 나라로 도망가는 피난 보따리 안에 200여 점의 회화 작품을 숨기고 있었다. 하지만 영국 웰링턴 장군에게 들켜 그 작품들은 장군의 몫이 되어 영국으로 가버렸다. 그리고 세계의 미술 투기꾼들 역시 스페인 미술품을 상당수 해외로 빼돌려 많은 수가 미국 졸부들의 수중으로 들어갔다. 이 그림들이 루브르 박물관에 전시되고 런던에서 경매에 나오면서 스페인 미술을 다시 볼 기회가 생겼고, 그곳 사람들은 엄청난 충격에 빠졌다. 해외비평가들의 이론으로만 만났던 스페인 미술에 대한 오해나 편견들이 벨라스케스와 무리요, 엘 그레꼬, 수르바란, 고야 등의 작품을 직접 만나는 순간 눈 녹듯 사라지고 스페인 화가들의 기발한 창의성에 모두 감탄했다. 유럽 인들은 상상으로도 알지 못했던, 유럽 회화의 주류와 회화 전통에 맞선 스페인 미술의 독창성에 매료되었다. 예술에서 반복이야말로 가장 치명적인 것임을 알게 한 스페인 회화는 19세기 중반 프랑스 회화사를 바꾸었고, 그 이후 유럽의 침체된 미술계에 강력한 모터를 달아주었다.

신비주의자 엘 그레꼬(1541~1614)

그리스의 크레타 섬을 떠나 1575년에 스페인의 똘레도를 자신의 영구 화실로 선택한 엘 그레꼬의 본명은 도미니코 테오토코풀리이다. 당시 엘 그레꼬는 이미 이탈리아의 르네상스 화가 티치아노와 틴토레토의 화풍, 그리고 이전의 근대회화의 창시자라 일컬어지는 조토와 두초의 양식과 결합하여 자신만의 독창적인 그림을 탄생시킬 만한 역량을 갖추고 있었다. 여기에 스페인의 격렬한 열정이 가세되고, 특히 똘레도는 가톨릭 교리를 그림의 언어로 대중에게 선보일 화가를 기다리고 있었던 터라 그는 자신의 천재성을 발산하는 데 전혀 어려움이 없었다.

엘 그레꼬는 조화와 정적인 미를 으뜸으로 한 르네상스와 그 뒤를 이은 동적인 미를 추구한 바로크, 이 두 시대에 맞물려 있었다. 그래서 이전 화풍에서 벗어나 역동성을 추구하는 마니에리슴 단계에 있었는데, 엘 그레꼬는 형체를 길게 그리는 것으로 자신만의 세계를 창조해냈다.

그가 스페인에 와서 처음으로 똘레도 성당의 부탁을 받고 그린 그림이 '약탈' (1577~1579)이다. 예수가 십자가에 매달리기 전에 예수의 소지품들을 약탈하려는 군중과 캔버스 위를 가득 메운 창, 그 중앙에 길고 붉은 옷을 입고 하늘을 쳐다보는 예수의 모습인데, 몇 가지 특이한 점은 성서에서는 등장하지 않는 세 명의 마리아가 이 그림 왼쪽 하단에

©Mundial : Sociedad Anónima de

약탈

보인다는 것이다. 그리고 등장인물들이 걸친 옷이며 장신구가 예수 시대의 것이
아니라 엘 그레꼬 당시의 것들이다. 시대에 따라 회화의 기능이 달라지듯 이 시대
의 종교화는 종교개혁에 맞선 구교의 반종교개혁의 의미를 갖고 있다. 신교 회화
에서는 예수가 캔버스 중앙에 크게, 그리고 붉은 옷을 입은 모습으로 등장하지 않
는다.

가슴에 손을 얹은 사나이

우리나라 달력에도 가끔 소개되는 '가슴에 손을
얹은 사나이' (1578~1580)는 스페인 회화사에서 가
장 중요한 작품 중의 하나로 문학적인 관점으로도
많이 연구되고 있다. 왼쪽 가슴 아래의 칼과 심장 위
치 바로 위에 올려놓은 기사의 손과 얼굴을 강조한
초상화이다. 아마도 기사 서임식과 관련 있는 그림
인 것 같다. 이 그림에서 돋보이는 것은 너무나 자연
스럽게 가슴 위에 얹은 손이다. 의식적으로 보이지
않는, '약탈' 작품에서 보이는 예수의 손을 닮았고
얼굴 윤곽과 모델의 긴 형상 역시 예수를 닮았다.

엘 그레꼬는 르네상스 예술인들이 그러했듯 회
화 이외에 건축과 조각에도 관여했지만, 화가로서
의 명성만큼 대단하지는 못했는지 그런 작품에 대한 기록은 없다.

그의 또 다른 대표작 '오르가스 백작의 매장' (1586~1588)은 가톨릭 교리를 내
용으로 담고 있다. 이 세상에 사는 동안 하느님과 성자들을 신실하게 모셨던 신자
(오르가스의 백작을 지냈던 곤살로 루이스 데 똘레도라는 실제 인물로 1323년에
죽었다.)에게 현세와 천상의 세계가 보답한다는 내용의 그림이다. 엘 그레꼬는 하
나의 캔버스를 지상과 천상의 세계로 구분하여 그렸는데, 이 그림에서도 현생에서
의 사실적인 묘사와 오르가스 백작의 사후 세계를 상징하는 신비하면서도 섬뜩한
분위기의 그림이 한 폭에 담겨 있다.

지상에서 사제들이 오르가스 백작을 매장하려 할 때 하늘로부터 성 에스테반과

오르가스 백작의 매장

성 어거스틴이 내려와 손수 그 일을 하고 있다. 오르가스 백작이 회교 사원이었던 곳을 성 어거스틴에게 봉헌하는 교회로 재건해준 데 대한 보은의 행동이라고 한다. 그러니까 엘 그레꼬는 가톨릭 교리를 옹호하고 선전하기 위해 종교화를 그렸다.

유럽에서 르네상스가 만개하여 그 정점을 이룬 1555년부터 1585년까지 스페인에서는 신교의 종교개혁에 맞선 반종교개혁의 바람이 모질고도 세차게 불었다. 유럽의 왕으로 군림하고자 했던 까를로스 1세와 달리 그의 아들 펠리뻬 2세는 가톨릭만의 스페인으로 만들기 위해 많은 무리수를 두었다. 그는 스페인에서 의미 있는 문화는 가톨릭 종교만이 유일해야 한다고 생각했다. 스페인이 이교도적인 사상에 물드는 것을 막기 위해 외국으로의 유학 금지는 물론이요, 외부로부터 들여오는 책은 모두 금서 목록에 올려 종교재판에 회부했다. 이러한 분위기에서 이름에 어울리지 않는 '제2의 르네상스', 또는 '스페인에서의 르네상스의 정점'이라고 하는 문화 움직임이 일어났다. 보편적으로 알고 있는 르네상스의 기본적인 테마와는 관계없는, 아이러니하게도 세상을 거부하면서 세상과의 조우를 꾀하는, 소위 '신비주의'라는 사조가 등장했던 것이다. 이로 인해 진정한 의미의 르네상스와 인본주의는 파괴되고 신학이 모든 문화 활동을 대신하게 되었다. 당시 문화를 이끌었던 사람들을 보면 이러한 사실이 여실히 증명된다. 루이스 데 그라나다와 루이스 데 레온은 수사로서, 산따 떼레사는 성녀로, 후안 데 라 끄루스는 성자로서 그 시대 문학과 사상을 주도했고 회화에서는 엘 그레꼬가 국가 때문에 종교를 믿어야 했던 시대적 요구에 부응했다.

르네상스 회화의 철칙인 원근법이나 균형 및 조화의 전통을 미련 없이 깨뜨리고 그 시대가 요구하는 신비주의 그림을 창조한 엘 그레꼬는 인물화에서는 형체를 길게 늘어뜨려 자신의 신비주의 그림을 창조했다면 풍경화에서는 사물들의 윤곽을 모호하게 하면서도 동적이고, 은둔적이며 신비한 분위기를 중요시하고 있다. 미학적으로 엘 그레꼬는 투시 전면 축화법을 사용해 빈 공간을 남기지 않고 부피가 충만한 형체들로 자신의 캔버스를 채운 마지막 화가였다. 그의 그림에는 그림을 통일시키는 요소인 명암법도 나타나기 시작한다.

최고의 화가 벨라스케스(1599~1660)

공간을 완전히 밀어내고 형체 덩어리들을 캔버스에 쌓아 올린 엘 그레꼬와 달리 벨라스케스는 마치 공간이 진정한 주인공인 양 자유롭게 남겨두면서 물체의 고형성을 빛 아래 예속시킨 천재이다. 이전까지 형체를 중요시하던 화가들과 달리 그는 형체에는 별로 마음을 두지 않고 자신의 시선을 한 대상에서 다른 대상으로 흐르는 광선을 쫓아가도록 했다. 이렇게 함으로써 그는 전적으로 새로운 회화를 창조해냈다. 이를 두고 루브르 박물관 명예관장이면서 스페인 미술 전문가로 알려진 자닌 바티클은 벨라스케스를 '인상주의를 예고한 귀족화가' 라고 정의했고, 마네는 그를 두고 보들레르에게 '세계 최고의 화가' 라고 속삭였다. 중세의 부피 회화를 공간 회화로 바꾸면서 빛으로 그림에 통일성을 추구했던 벨라스케스는 자신의 그림에서 가장 중요한 오브제를 빛 아래 넣어 섬세하고도 순수한 색으로 그려냈다.

벨라스케스는 스페인의 어느 화가들처럼 풍속화로 시작했다. 자연주의풍의 그림들 중 '세비야의 물장수' 는 그 당시 세비야에서 흔히 볼 수 있는 가장 서민적인 인물을 소재로 삼은 것이다. 그런데 화가는 이 인물을 아주 귀족적인 분위기로 묘사했을 뿐만 아니라, 유리잔의 경쾌함을 전경에 있는 묵직한 물항아리와 대비시키면서 고정된 사물의 표면과 질감을 경이로울 만큼 훌륭하게 전달하고 있다. 밝은 면과 어두운 면의 굽이를 정확하게 포착하고 색을 병치하여 입체감을 느끼게 하는 것 등을 통해 최고의 걸작을 탄생시켰다.

이렇게 자신의 감정의 깊이와 사실주의를 멋지게 조화시킬 줄 알았던 그는 1623년부터 궁정화가로 활동하게 되는데, 이 일은 그의 일생에 엄청난 이득을 가져다주었다. 그 당시 펠리뻬 4세

©Mundial : Sociedad Anónima de

세비야의 물장수

불카누스의 대장간

왕의 절대적인 신임과 은총하에 예술품 수집을 위하여 이탈리아 여행에서 돌아온 후 그는 '불카누스의 대장간'(1630)을 그렸다. 기법이 화려하고 활력이 넘치며 동적인 미가 살아 있고, 앞선 작품들보다 월등하게 뛰어난 점은 인물들의 육체적·심리적 사실성을 동시에 탁월하게 재현할 줄 알았다는 것이다. 오동통한 아폴로 신으로부터 자신의 부인 아프로디테가 전쟁의 신인 마레스와 함께 벌건 대낮에 침상에 누워 있다는 소식을 전해 듣고 놀라는 불카누스의 얼굴 표정이 살아 있다. 신이라고 하기에는 너무나 수수하고 평범한 대장장이로서의 모습과 주변 인물들은 바로 우리 이웃의 이야기라는 생명력을 느끼게 해준다. 벨라스케스는 대부분의 초상화를 이런 분위기로 그렸다. 어떤 때는 등장인물의 얼굴에 조롱기와 인간에 대한 환멸까지 묘사했는데, 이는 스페인 황금세기 악자문학의 영향이기도 하다.

신화를 주제로 한 또 다른 대표적인 작품으로 '실 잣는 여인들'(1657) 이 있다. 벨라스케스가 회화사에서 평범함을 거부했던 화가였음을 또다시 확인시켜주는 이 그림은 실재와 가상의 경계선과 관점에 대한 모호성을 불러일으킨다. 전경에는 실을 잣는 세

실 잣는 여인들

명의 처자가 묘사되어 있는데 어둡게 처리되어 있다. 반면 배경이 조명 핀에 꽂히듯 밝게 우리 눈에 들어오는데, 걸려 있는 벽포에 담긴 그림이다. 신화에 나오는 아라크네와 아테네의 시합 이야기를 담고 있다. 신화에 의하면, 수를 놓고 실을 잣는데 특출한 재능을 가진 아라크네가 수호 여신인 아테네 여신의 조언을 거부하자 모욕을 느낀 아테네 여신이 아라크네에게 경합을 할 것을 요구한다. 아테네는 올림포스의 12신을 장엄하게 수놓고 천의 네 귀퉁이 가장자리에 인간이 신의 명령을 거부했을 때 겪어야 했던 불행을 수놓았다. 이를 보고 아라크네는 아테네 여신의 아버지인 제우스가 에우로페와 다나에 등의 여인을 농락하고 우롱한 내용을 수놓았다. 이에 모욕을 느낀 아테네가 베틀 북을 아라크네의 머리에 던졌고, 역시 모욕을 느끼고 절망에 찌든 아라크네는 목을 매 자살을 했다. 하지만 여전히 분이 풀리지 않은 아테네는 아라크네를 계속 실을 자을 수밖에 없는 거미로 살아가게 했다. 벨라스케스는 이러한 이야기를 그림에서 읽어내라고 빛으로 우리를 인도하고 있다.

그의 '브레다의 항복'(1634)은 스페인 역사의 기록이다. 가톨릭으로 유럽을 통합하기 위해 스페인이 치러야 했던 30년 전쟁에서 네덜란드에 이긴 스페인의 승리를 사실성과 상상력을 조화롭게 결합하여 이루어낸 걸작이다. 그림의 배경은 브레

다의 풍광이고 전면에는 스페인 측의 제노바 장군 암브로시오 스피놀라와 네덜란드의 지휘관인 쥐스탱 드 나소 장군이 묘사되어 있다. 두 인물 묘사에서는 승자의 관대함과 패자의 존경할 만한 용맹성을 강조했다. 배경에서 보이는 연기는 전쟁에 따른 운명을 암시하고 있다. 승자들의 창은 하늘을 향해 꼿꼿하게 솟은 반면 적들의 창은 무질서하게 뒤엉킨 것은 스페인 군대의 기사도적 행동과 용맹성, 승리를 전하고자 한 것이다.

회화의 신학, 또는 형이상학적 성찰의 테마라는 평가를 받는 '시녀들' (1656)은 후대 독창적인 작가들의 미학적인 찬사를 불러일으켰다. 하지만 무엇보다 이 작품에는 벨라스케스의 욕망이 그대로 드러나 있다. 그림을 보면 캔버스 왼쪽으로 화가 벨라스케스가 가장 빛난 얼굴로 우리를 바라보고 있다. 자신의 왕실 작업실에서 그림을 그리려고 캔버스를 세워놓고는 우리가 모델인 것처럼 바라보고 있다. 그런데 그의 왼쪽 옆에 걸린 거울에는 왕과 왕비의 모습이 담겨 있다. 즉 왕 부처가 벨라스케스의 작업을 보러 온 것이다. 왕 부처가 직접 화가의 작업을 보러 온 것은 벨라스케스가 자신의 일에 대한 자부심을 드러내 보이는 대목이면서 그 역시 귀족으로 상승하고자 하는 욕망으로 보인다. 그의 옆 아래쪽에는 어린 공주와 두 시녀, 바로크 예술에 어울리는 왕실의 두 명의 난쟁이가 있다. 이들의 발치에는 사실적으로 묘사한 개가 한 마리 앉아 있다. 그때까지 보아오던 미술작품에서는 볼 수 없었던, 그림 속에 화가 자신이 등장하여 우리가 보고 있는 작품이 실제인지 아니면 화가의 오브제가 이 그림을 보고 있는 우리가 아닌지 헷갈리게 한다. 이러한 현실과 환상의 미묘한 놀음은 거울과 같은 도구의 사용 및 계단을 이용한 원근법 등과 함께 회화 본질에 대한 많은 논쟁거리를 던져주고 있다.

근대 회화의 창시자, 고야(1746~1828)

프란시스꼬 데 고야 이 루시엔떼스는 유럽과 스페인에 있어서 근대와 현대를 가르는 격동의 세월을 살았던 혁명가이다. 어느 시대에도 견줄 수 없을 만큼 아이러니로 가득했던 18세기와 19세기를 지낸 고야에 대한 이야기는 시대가 주는 이야

192

기만큼이나 극적이고 소설적이다. 고야는 풍속화가로 시작하여 인상주의와 표현주의를 예고하는 그림까지 총 2000여 점의 작품을 후대에 남긴 열정적인 시대의 증인이다.

고야가 '봄', '수확', '양산', '술래잡기' 등의 이름으로 처음 세상에 내놓은 작품들은 스페인 특유의 색감과 의상, 그리고 생활상을 부드러운 분위기로 형상한 벽포(테피스트리) 그림들이다. 이런 풍속화들은 제목이 말하는 내용을 담고 있어서 이해하는 데 어려움이 없지만, 1792년에 귀가 멀고 난 뒤에 그린 '마술사의 밤잔치' (1797~1798)와 '정어리의 매장' (1812~1819)을 이해하려면 약간의 설명이 필요하다.

©Mundial : Sociedad Anónima' de

'마술사의 밤잔치'는 오수나 후작 가문을 위해 고야가 그린 6점의 마법 시리즈 중의 하나이다. 18세기 말 스페인에는 계몽주의가 지배하고 있었다. 그런 상황에서 마법이 유행했다는 사실이 참으로 기묘해 보인다. 스페인 계몽주의의 대표 주자이자 고야의 절친한 친구인 모라띤 역시 마법에 엄청난 매력을 느꼈다고 한다. 우스꽝스럽고 그로테스크한 인물들이 초승달이 걸린 밤하늘을 배경으로 산양을 닮은 짐승을 가운데 두고 앉아 있는 모습은 이성의 시대라고 일컫는 그 시대 사조를 비웃기나 하듯 이성의 세계와는 거리가 멀다.

마술사의 밤잔치

'정어리 매장'은 1812년 마드리드 시장인 마누엘 가르시아 데 라 쁘라다의 부탁으로 마드리드 전통 축제를 기리기 위해 그린 작품이다. 우리나라의 탈을 닮은 형상이 그림의 중앙을 차지하고 있어 회화적 느낌이 강하지만, 갈색과 검은색 톤으로 전체 분위기가 음침하여 축제와는 거리가 멀어 보인다.

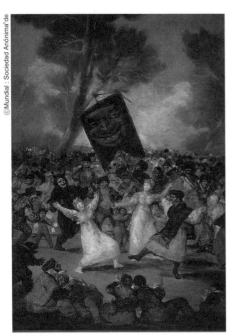

정어리 매장

까를로스 3세가 사순절 준비를 위해선지, 아니면 마드리드 시민들에게 지겹도록 정어리를 먹여보자는 객기가 발동해서인지 엄청난 양의 정어리를 마드리드로 가져오라고 했다. 이 생선으로 마드리드 시민들의 배고픔을 끝내려는 의도도 있었던 모양인데, 하지만 마드리드 시민들은 선물로 받은 이 생선을 먹지 않고 재미있자고 땅에 묻었다. 비극을 희극으로 승화시킬 줄 아는 스페인 사람들의 재치가 보이는 대목이다. 이로써 그림의 분위기는 무겁지만 사람들이 웃고 있는 이유가 설명된다. 이후 매년 이 매장 행사를 거듭했고 지금은 전통이 되어 하나의 축제로 마드리드 시민들이 즐기고 있다. 이 축제는 바다 건너 중남미로 전파되어 그곳 카니발의 대미를 장식하고 있다. 카니발이 끝나면서 사순절이 시작되는, 다시 말해 육체를 묻고 정신을 살리는 이 의미심장한 일을 술 마시고 웃고 떠드는 축제로 승화시킨 걸 보면 중남미 사람들의 기질이 보인다. 정어리를 땅에 묻기 전에 치르는 행사가 축제의 꽃이다. 고야의 그림에서 볼 수 있듯이 스페인 전통 모자와 망토를 걸친 사람들이 마드리드에 있는 까사 데 깜보 공원 내의 산 안또니오 데 라 플로리다와 라 뿌엔떼 데 빠하리또 사이에 난 길을 행진한다. 상여를 들고 묘지로 가는 그 길을 군악대와 오케스트라를 대동한 수백 명의 사람들이 함께하고 있다.

고야 그림이 위대한 것은 묘사된 오브제에 대한 화가의 심리 상태와 오브제의 내면의 세계까지 드러내는, 묘사가 아니라 기술의 회화였으며, 회화라면 미를 우선으로 하던 시대에서 벗어나 진실을 이야기하고 있기 때문인 것 같다. 1789년 궁정화가로 임명된 후 그가 그린 초상화에는 대상에 따라 그의 신랄함과 연민이 그대로 투영되어 있다. 왕비 마리아 루이사의 애인이자 총신인 고도이의 '초상화'

(1801)에는 이 자에 대한 스페인 국민들의 마음을 대변이나 하듯 의기양양하게 거만을 떨고 있는 모습으로 그려놓았다. 왕비는 고도이를 왕과 자신과 함께 지상에서의 삼위 일체적 존재라고 치켜세웠다. 이렇게 여왕의 총애를 입은 고도이는 1792년부터 1808년 추방당할 때까지 스페인의 모든 요직은 다 거쳤고 재산

고도이의 초상화

역시 다 챙겼다. 18살에 친위대에 들어가 1792년에 아란다 백작을 밀어내고 수상 자리를 차지하더니 1801년에는 해군과 육군 제독이 되었다. 그림은 허영과 야망으로 가득 찬 이때의 고도이를 화폭에 옮긴 것이다. 다리 사이의 지팡이는 그의 남근을 상징하고 손에 든 편지는 왕비의 연서이다. 고도이는 이 두 가지로 그 당시 스페인을 수중에 넣고 쥐락펴락했다.

'까를로스 4세 가족화' (1800~1801)는 이런 상황을 만든 왕과 왕비의 도덕적 해이와 육체적·정신적 결함을 드러내놓고 그리고 있다. 정작 본인들은 그런 모습을 발견하지 못했다는 것이 신기할 따름이다. 이렇게 당사자들을 자극하지 않으면서 보는 사람들을 즐겁게 하는 고야의 회화 재주가 놀랍다. 차가운 색과 따뜻한 색이 완벽하게 조화를 이루고 '시녀'을 그린 벨라스케스를 모방하여 고야 역시 왕가 식구들 뒤편 왼쪽 어두움 속에 캔버스를 앞에 둔 자신의 모습을 그려 넣었다. 이 작품으로 고야는 화가로서의 정상을 누렸지만 그의 캔버스에 옮겨진 왕가의 사람들은

로스 4세 가족화

친촌 백작부인(왼쪽) 알바 공작부인의 초상화(오른쪽)

서커스단에 길들여진 짐승들 같다는 평을 들었다. 왕가에 대한 그의 불경의 정점을 이루는 작품이라고 할 수 있을 것이다.

같은 시기에 고도이 부인을 그린 '친촌 백작부인' 초상화는 고도이 초상과는 완전 반대의 분위기이다. 아직 소녀 티를 벗지 못한 친촌 여백작의 여린 얼굴과 머리카락, 정겨운 모자 및 의상에서 화가의 친촌 백작부인에 대한 깊은 연민과 애정이 넘쳐흐른다. 2세기 뒤 인상주의 마네와 소로야가 그렸던 최고의 초상화를 앞지르는 능숙한 붓질과 표현력이 살아 있는 작품이다.

화가와 알바 공작부인과의 사랑은 '오직 고야'라고 바닥에 써놓은 글을 손가락으로 가리키고 서 있는 '알바 공작부인의 초상화'(1795)로 더 유명해졌다. 이 작품은 '마하' 시리즈와 함께 세상에 무수한 이야깃거리를 만들어주었다.

생뚱맞게 우리나라 초등학생용 스페인 소개 책자에도 실려 있는 '마하'(1798~1805?)는 이 작품의 모델이 누구인지에 대해 아직도 수많은 루머와 전설과 환상적 이야기가 나오고 있다. 이 그림은 알바 공작부인이 1802년에 죽고 난 후 벨라스케스의 스페인 최초의 누드화인 '거울을 보는 비너스'(1653?)와 함께 고도이가 소장하고 있었다. 그러나 1808년 고도이가 스페인에서 쫓겨나면서 그의 재산이 스페인 당국에 의해 압류당했고 이 그림을 본 당국은 외설적인 그림이라 하여 1814년 종교재판에 넘겼다. 고야 역시 종교재판에 회부되었으나 화가의 기지로 그 그림이 불 속으로 사라지는 일은 면하게 되었다. 훗날 이 그림이 프랑스 비아르도의 화집에 '스페인의 뮤즈들'이라는 이름으로 실려 세상에 선보이게 되었고, 그림의 모델은 알바 공작부인이라고 화집에 써놓았다. 물론 후대 고야 연구가들은 이런 사실을 부인하고 있으며 고도이의 애첩 뻬삐따 두도이거나 고야가 정을 통했던 레오까디아

옷을 벗은 마하(위) 옷을 입은 마하(아래)

바이스 부인이라고 주장하는 사람도 있다.

회화적 측면에서 본다면 신고전주의 양식의 차가운 톤으로 그린 '옷을 벗은 마하'보다 인상주의 기법의 따뜻한 색조로 품위 있게 그린 '옷을 입은 마하'가 더 매력적이고 가치가 높다. 모델의 나른한 자세는 후대 화가들에게 영향을 주었는데, 특히 마네가 1863년에 그린 '올랭피아'와 비교해보면 고야의 회화 기술 및 감각의 특출함을 느끼게 될 것이다.

고야는 이렇게 인물화뿐만 아니라 그 당시 유럽의 폭군, 나폴레옹에 맞선 스페인 사람들의 항거를 동판에 새겨 영원히 기록하고 싶어 했다. '전쟁의 재앙들'(1808~1814)은 '허무', '진리는 죽었다', '이 무슨 짓인가?'라는 부제들에서도 알 수 있듯이 전쟁 중에 일어난 약탈과 살인, 국민들의 동요, 화재, 굶주림 등 전쟁의 참화와 결과를 묘사한 판화모음집인데, 전쟁을 고발하기보다 인간의 광기를 고발

하는 시대의 중인으로서의 고야를 보고 있는 듯하다. 1808년부터 1812년 사이에 그린 '거인'이나 '거성'은 거인을 묘사했다기보다는 나폴레옹에 의해 윤활유를

5월 2일

얻은 근세 폭력의 시대를 예언이나 하듯 예술의 자리에 폭력을 끌어넣은 작품들이다. 역시 스페인 독립 전쟁의 불행을 묘사한 '5월 2일'과 '5월 3일의 사살'(1814)은 고야 역사화의 대표작들인데, 이 그림은 페르난도 7세가 프랑스에서 스페인으로 돌아오는 날, 그를 축하하기 위한 현수막용으로 그려진 것이다.

'5월 2일'은 프랑스 침략에 맞선 마드리드 시민들이 프랑스 군인들에게 참혹하게 살해당하는 모습을 형상화한 것이다. 사건이 일어난 6년 뒤에 왕실이 돈을 댄 이 작품에는 사실 화가의 말못할 고뇌가 숨어 있다. 이 그림이 있기 전 스페인은 프랑스 군인들이 점령한 스페인과 그렇지 않은 스페인, 이렇게 두 영역으로 나뉘어 있었다. 고야는 프랑스 파라폭스 장군의 부름으로 프랑스가 승리를 거둔 사라고사 전쟁을 기념하러 가기도 했다. 그러나 프랑스 군이 퇴각하고 스페인에 다시 들어온 페르난도 7세는 프랑스 자유주의 사상과 친프랑스 사람들을 숙청하기 시작했다. 그 서슬 퍼런 보복에서 살아남기 위해 자신의 애국심을 증명해 보일 의도로 고야는 이 두 작품을 그렸다.

1792년 고야의 귀는 완전히 멀어버렸다. 반대로 눈의 감각은 더욱 예민해졌고 상상력과 잠재의식의 소리는 더욱 막강해졌다. 광기라고 할 수 있는, 이미 이성을 떠난 에너지원이 그의 상상과 합쳐지면서 있을 수도 없는 괴물을, 인간

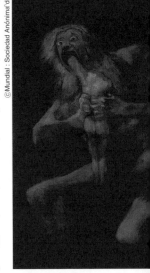

자식을 먹는 사르투르

의 비극적 운명을 그려내기 시작했다. 귀가 먼 채 시시각각으로 다가오고 있던 자신의 죽음을 모래 속으로 질식해 들어가는 '개'와, 인간 내부의 비이성의 소리를 형상화한 '자식을 먹는 사르투르'가 그런 류의 작품으로, 총 14점의 '검은 그림'(1821~1822) 연작 시리즈로 태어났다.

고야의 작품 중에서 무엇보다 사람들을 매혹하는 것은 에칭 판화 시리즈들일 것이다. 1797년에서 1799년 사이에 나온 '변덕' 시리즈에 담긴 형상들은 '전쟁의 재앙들' 시리즈와 함께 말 그대로 충격적이다. '가장 나쁜 것'이라는 부제가 붙은 이 그림에는 양쪽 귀와 팔이 잘린 사람이 벌거벗은 채 항문이 나뭇가지에 박힌 채 걸터앉아 있

가장 나쁜 것

다. '이성의 잠은 괴물을 낳는다'에서는 책상에 엎드려 잠든 남자 위로 박쥐들이 날아오르고 있다. 그 당시 일그러진 사회 모습 및 인간들의 악덕과 비참함에 대한 풍자와 비판들을 시적이자 환상적으로 펼쳐놓은 그림들이다. 1799년 마드리드 신문은 고야의 80점의 에칭 동판화를 4레알에 판다는 광고를 냈다. "인간의 흠과 실수를 검열한다"라는 제목으로 실린 이 그림들이 너무 도발적이라서 역시 종교재판에 걸렸다. 그런데 당시 스페인 주재 프랑스 대사였던 지에르마리뗑이 그 그림의 진가를 알아보고 프랑스로 그림 모음집을 가져가 자신의 양아들인 들라크루아에게 연구해보라고 주었다. 표현주의의 새로운 고야인 들라크루아는 이렇게 해서 탄생된 것이다. 고야는 왕비 마리아 루이사와 고도이가 저질렀던 부패와 비이성적 그로테스크한 희비극을 풍자하고자 그 그림을 팔았다고 했지만, 그의 '이성의 잠은 괴물을 낳는다'를 보면 격동의 세월에는 이 괴물과 한패가 되는 것이야말로 살아남을 수 있는 유일한 방법이라고 말하고 있는 듯하다.

1815년부터 1824년까지 탄생시킨 동판 시리즈 '어리석음'에는 '자루 속에 들어간 인간'이라는 제목으로도 이해되듯 그로테스크한 인간 실존의 문제를 응축해

놓고 있다. 고야는 자신의 영혼 속에 자리 잡은 투우, 즉 스페인의 즐거움 역시 1814년에서 1816에 걸쳐 '투우' 란 이름의 동판화로 남겨놓았다. 페르난도 7세 왕의 압제를 피해 보르도로 달아난 고야였지만 자신이 스페인 사람임을 잊지 못하게 하는, 영혼 속에 있던 투우에 대한 열정은 1825년 '보르도의 투우' 로 폭발했다. 스페인의 어두운 열정과 인간과 동물의 몸놀림을 본능적인 감각으로 그린 작품이다.

부르데오의 우유 파는 여인

스페인에 또다시 친불파 사람들에 대한 절대군주 페르난도 7세의 보복의 파고가 거칠게 일자 고야는 병치레를 핑계로 스페인을 떠나 프랑스와의 국경 지역인 부르데오로 갔다. 그곳에서 그는 눈이 보이지 않고 기력이 다할 때까지 그림을 그렸으며, 이때 나온 그림이 '부르데오의 우유 파는 여인' (1825~1827)으로 그의 마지막 작품이다. 밝은 푸른빛과 베네치아 녹색을 주조로 해서 빛이 흔들리는 것 같은 효과를 주는 이 작품은 뒤에 올 인상주의를 예고한 작품으로 평가받고 있다. 1828년 3월 26일, 고야의 눈이 완전히 멀기 전에 그의 유일한 아들 하비에르와 손자 마리아노가 부르데오로 그를 찾아갔다. 너무나 큰 기쁨도 충격이 되는지 쓰러진 후 다시는 침대에서 일어나지 못했다. 그의 주검은 1919년까지 부르데오에 있었으나 현재는 자신이 그린 프레스코화가 있는 산 안또니오 데 라 필로리다 성당으로 옮겨졌다.

신이 될 수 있었던 화가 피카소(1881~1973)

1907년은 세계 회화사에서 중요한 해이다. 입체주의의 원칙이 어디에 있는지를 보여주는 피카소의 '아비뇽의 처자들' 이 탄생했기 때문이다. 원근법의 부재, 대상의 평면화, 다시점을 통한 사물의 직선 묘사도 획기적인데 사물 자체를 입방체와 피라미드, 또는 정육면체로 분해하여 형태만 그리기 시작했으니 과연 혁명적이지 않을 수 없었다. 이러한 변화 앞에 친구들은 피카소가 푸른색과 붉은색 톤으로 사물을 그렸던 초창기 그림으로 돌아갈 것을 충고했다. 피카소의 절친한 친구인 마티스와 브라크조차 이런 피카소의 변화를 그때는 이해하지 못했다. 피카소의 단골 고객들도 등을 돌렸다. 어느 누구도 이 작품이 현대 회화에 큰 획을 그을 것이라고는 상상하지 못했다. 그런데 같은 해 열린 세잔 회고전(1906년 사망)이 피카소의 그림을 다시 보게 만들었다. 세잔은 사물을 면과 원추와 원통으로 보고 사물의 가장 기본적인 형태를 곡선으로 표현했지만 피카소는 이전의 회화 전통을 완전히 부수는 새로운 기법을 시도했고, 이러한 파괴와 창조는 몽마르트르 화가들의 찬탄을 불러일으켰다.

피아노 위의 죽은 자연

피카소가 어떤 식으로, 어디까지 파괴하며 창조했는지는 '피아노 위의 죽은 자연'(1911)과 '만돌린을 든 사나이'(1911)에서 만나볼 수 있

기타가 있는 죽은 자연

는데, 이전 회화 전통을 모두 없애려는 듯 사물의 모습을 알아볼 수 없을 정도로 분해했다. 1912년부터는 '종합적인 입체주의'로 방향을 선회하여 사물의 분해를 그만두고 사물의 실제 요소들을 여기저기서 떼어와 합치면서 기본이 되는 외관만 포착했다. '세 명의 음악가'(1921)와 '기타가 있는 죽은 자연'(1922)이 대표작이다.

이러한 양식도 오래가지 못했다. 늘 새로운 것을 경험하고 새로운 자극제를 찾고, 새로운 길을 열어가면서 기존 교리와 구태의연한 행동을 혐오했던 피카소는 이어 신고전주의적 이미지와 다양한 방법으로 발전시킨 입체주의를 개발해냈다. 전자의 대표작이 '어머니와 아들'로, 이 작품에는 1921년 피카소의 첫 아들 빠블로의 탄생이 한몫했다. 1925

세 명의 음악가

년에는 초현실주의 선언에 참여했고 1930년부터 초
현실주의적 색채의 그림이 등장한다. 1935년에는
마리 테레제와의 사이에서 마야가 탄생했다.

어머니와 아들

　1936년 스페인 내전이 발발했다. 피카소는 공화
당파였다. 그는 프랑코 측 독일 비행 여단의 폭격으
로 불바다가 된 바스크 지역의 도시 게르니카의 참
상을 모티브로 삼아 전쟁의 만행을 고발했다. 1937
년 파리 세계 엑스포 스페인 전시관에 걸린 '게르니
카'가 바로 그 작품이다. 전통적으로 내려오던 역사화와 근본적으로 다른 초입체
적인 위대한 그림이 세상에 나온 것이다. 죽은 아이를 안고 절규하는 엄마, 불타는
집, 분절된 인간의 몸, 고뇌와 공포로 가득 찬 시선, 진실한 빛이 없음을 상징하는
전구를 갖고 있는 태양, 전쟁을 주관하고 있는 스페인의 상징인 소, 부러진 칼을 부
여잡고 말발굽 아래 누워 있는 전사, 여인의 뻗은 손으로 지탱되는 램프, 벌어진 입
으로 침을 뱉으며 굴복하지 않으려는 말, 창밖으로 보이는 섬광으로 두려움에 떠

우는 여인

는 여인. 이렇게 이 작품들은 스페인 내전을 경악과 두려움
과 고통으로 묘사하고 있어 보는 이들을 전율케 하는 불멸
의 작품이다.

　'우는 여인'(1937)에는 입체주의와 표현주의가 함께하
고 있어, 피카소의 창작력과 테크닉이 가장 왕성했음을 보
여주고 있다. '게르니카'와 같은 해의 작품이기 때문인지
는 모르겠으나 이 그림에서도 여인의 절규와 비극이 느껴
진다. '소파에 누운 여인'(1939)은 입체주의의 또 다른 방
식을 시도한 것으로 여인의 벗은 몸이 온통 뒤틀려 있다.

　1945년 피카소는 또 다른 예술세계를 시험하게 된다. 석
판화의 시작이다. 3년 반 동안 약 200점의 작품을 탄생시켰다. 이 일이 끝나자마자
피카소는 도예가로서 새로운 예술세계에 발을 들여놓아 일 년에 600점이나 되는 작

소파에 누운 여인

품을 세상에 내놓았다.

1949년 프랑세스 질롯과의 사이에 딸 빨로마(스페인어로 '비둘기'라는 뜻)가 태어나고 다시 모성이 피카소 그림의 테마로 등장한다. 석판화인 '비둘기'도 이때 세상에 나왔다. 피카소의 첫 부인인 러시아 발레 무용수 올가는 피카소가 마리 테레제를 사랑한다는 사실을 알게 되자 1935년에 이혼했고 20년 뒤에 세상을 떠났다. 이때 피카소의 또 다른 여인 자클린 로케가 피카소의 인생에 들어온다.

이때부터 피카소는 선배 화가들인 들라크루아, 벨라스케스, 모네, 다비드의 작품들을 자기 방식으로 표현하면서 피카소가 영원히 돌아가고 싶어 한 투우를 그리기 시작했다. 이후 피카소가 죽는 그 순간까지 고갈되지 않는 열정을 불살랐음을 알 수 있는 것은 1970년부터 죽기 바로 일 년 전인 1972년까지 그린 작품이 무려 201점이라는 사실이다. 스페인의 시인 라파엘 알베르띠는 이러한 그를 두고 '신이 될 수 있었던 사람'이라고 회고했다.

신이 될 수 있었지만 분명 한 인간이었던 그는 말라가에서 태어나서 화가이자 미술선생인 아버지 밑에서 10살부터 미술을 공부했다. 그리고 20살이 되어야 입학할 수 있는 바르셀로나 미술학교에 14살에 입학해 장학금을 받으며 공부했고 전시회에 출품도 했다. 이후 이러한 그의 천부적인 재능에 강력한 모터를 달아준 뮤즈들이 등장한다. 페르난다 올리비에르를 시작으로 마르셀 험버트, 올가 체클로바, 마리 테레제, 도라 마르, 프랑세스 질로 그리고 자클린 로케이다. 이 여인들은 어떤 이는 피카소의 부인으로, 어떤 이는 연인으로 피카소의 모델이 되어 작품으로 불멸화되어 있다. 그에게는 또 다른 동반자가 있다. 피카소가 마드리드에서 '젊은 예술지'를 주관하고 있을 때 만난, 평생 친구이자 비서였던 하이메 사바르테스이다. 1963년 바르셀로나에 피카소 미술관을 열자 하이메 사바르테스는 자신이 소장하고 있던 피카소 관련 자료를 모두 이 곳에 기부했다. 이곳에는 까딸루냐 피카소 그림 수집가들이 기증한 그림과 가족들이 소장하고 있던 그림이 제자리를 찾아 한 세기를 파괴하면서 동시에 끝없는 창조로 채우고 간 스페인의 천재를 기리고 있다.

아이들의 우상 조안 미로(1893~1983)

능란하면서도 절제된 언어, 점점 사라져버리는 것 같으면서도 동시에 엄연히 존재하는, 회화를 기호로 표현한 미로는 까딸루냐와 지중해가 낳은 또 다른 장인이다. 부모 소유의 농장인 몬트로이그('붉은 산'이라는 뜻의 까딸란 언어)와 외가가 있는 지중해의 마요르까 섬은 그가 예술가로 성장하는 데 절대적인 영향력을 행사했다. 특히 미로가 19살이 되어 들어간 바르셀로나 프란시스코 갈리 미술학교는 학생들에게 회화 기술 이상의 것을 가르치면서 예술은 어떻게 탄생되는 것인지를 깨닫게 했다. 넓은 시야와 열린 사고를 가지고 감성을 살찌울 수 있게 한 이곳의 교수법은 참으로 흥미롭다. 이 학교에서는 산책을 시키고 음악을 감상하게 하고 시집을 읽는다. 오브제를 앞에 놓고 그대로 모사하는 것으로 그림 연습을 시키는 여느 미술 학교나 학원의 교수 방법과 달리 눈을 감고 물체를 만지게 한 후 그 기억을 더듬어서 그림을 그리게 하는 독특한 교육법을 실시했다. 천부적인 자질

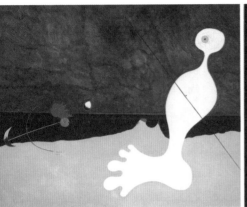

새에게 돌을 던지는 사람(왼쪽) 달을 향해 짖는 개(오른쪽)

위에 예술 창조의 바탕이 되는 감성과 상상력을 키워, 구성과 리듬 감각을 높이는 데 교육의 상당 시간을 할애했다는 이야기이다. 그 결과 미로의 작품세계는 우리의 상상을 일깨우고 우리의 무의식을 발견하도록 종용한다. 그의 작품 안에는 시가 있고 노래가 있고 이야기가 있기 때문이다.

초기 미로의 그림은 세잔과 야수파의 영향으로 반 고흐나 쇠라의 그림에서 볼 수 있는 점묘화법이 지배적이다. 이 화법으로 자신의 땅과 농장을 찬미했다. 1918년부터는 자신만의 입체주의를 개발하여 자화상을 그렸는데, 이를 미로식 큐비즘이라고 한다. 오브제를 섬세하게 묘사하되 원근법을 무시하고 대상을 평면화한 것이다.

"시는 나에게 새로운 가능성을 열어주었으며, 회화를 뛰어넘는 곳으로 나를 인도했다"라는 그의 술회에서도 확인할 수 있듯이 미로는 시처럼 회화 속에서 기호의 세계를 탐험하기 시작했다. 여기에 1924년 브르통이 소개한 초현실주의가 끼어들면서 무의식의 몽환을 상기시키며 회화의 조형적 한계를 뛰어넘는 작품들이 탄생한다. 대표작으로 '새에게 돌을 던지는 사람'(1926)과 '달을 향해 짖는 개'(1927)가 있다. 1928년에는 네덜란드를 방문하여 반 다이크나 얀베르베르의 사실주의의 완벽성에 매혹되어 이들의 그림을 담은 엽서를 가져온 후 그것을 자신만의 추상과 기호로 표현한 네덜란드의 회화 작품 시리즈가 나왔다.

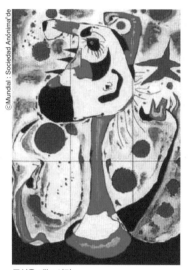

곡식을 베는 사람

미로 역시 피카소처럼 현실에 등을 돌릴 수 없는 화가였는지 스페인 내전에 고무되어 그린 그림이 '곡식을 베는 사람' (1937)이다. 양손에 낫을 든 사람을 묘사한 이 그림은 그의 야성 회화의 대표작으로 피카소의 '게르니카'와 함께 파리국제박람회 스페인관에 걸렸다. 스페인 까딸루냐의 자유와 독립을 대변하는 이 그림에는 단순하지만 상징적인 의미가 함축되어 있다.

미로의 그림이 시와 같음을 증명하는 것이 바로 제목이다. '별이 비추는 호수에 새가 빠지다', '새 날개에서 떨어진 이슬 방울이 거미줄의 그늘에서 잠든 로잘리를 깨우다', '백조가 지나가자 무지갯빛으로 빛나는 호숫가의 여인들' 이 그 예다. 이뿐만 아니라 미로의 그림은 공간의 미학을 이용하여 우리에게 사색과 해탈을 일깨우는 종교서 같기도 하다.

미로의 지적 풍요로움과 창작열은 회화에만 머물지 않고 벽화 제작이나 삽화, 조각, 판화, 도예로까지 나아갔다. 1950년에 제작된 벽화를 1960년에 타일로 교체한 하버드대 벽화와, 바르셀로나 공항과 IBM 본사 타일 벽화 및 파리에 있는 유네스코 건물 벽화(1955)가 미로의 작품이다. 그의 '여자와 새' 조각품은 우리나라에서도 장식품으로 구경할 수 있을 만큼 유명하다.

회화의 구원자 살바도르 달리(1904~1989)

까딸루냐의 편집광적 비평 신비주의의 창시자이자, 현대 회화의 구세주인 살바도르(스페인어로 '구원자' 라는 뜻이다) 달리는 회화에서는 구세주일지 모르나 실생활에서는 그 반대였던 것 같다. 학교를 정학과 퇴학으로 마쳤고 대학은 그에게 아무런 의미가 없었다. 초현실주의자이자 친구인 폴 엘뤼아르의 아내인 갈라

휘게레스의 달리 박물관

를 유혹하여 결혼했고, 자신의 어머니 초상화에 재미삼아 침을 뱉곤 했다고 고백하여 아버지와 결별했으며, 자신의 푸볼 성에 불을 지르는 등 기괴한 행동을 끊임없이 한 스캔들 메이커였다. 이러한 그의 광기는 그의 작품 세계에 여실히 반영되어 있다.

달리는 인상주의, 점묘주의, 미래주의, 입체주의, 후기 입체주의 등의 다양한 회화 사조를 탐구하고 위대한 피카소와 마티스에게 경의를 표하면서 추상미술과 전통적인 초현실주의, 다다이즘과 야수파 등의 주의가 회화를 구해줄 운명을 갖고 있다고 생각했다. 그래서 그는 "내가 다른 초현실주의자와 다른 점이 있다면 나야말로 진짜 초현실주의자라는 것이고, 나와 미친 사람의 유일한 차이는 바로 내가 미치지 않았다는 것"이라고 주장했다. 그는 자신의 말을 입증이나 하듯이 만족할 줄 모르는 호기심으로, 그의 정신 상태를 의심할 정도로 감각과 환상에서 따온 이미지와 꿈의 비합리성의 문을 열어 충격적인 이미지들을 쏟아냈다. 작품의 제목부터가 그러하다. 자신이 태어나고 사랑했던 까딸루냐의 바다와 해안에 엎어진 머리 없는 한 여인의 나신과 썩은 당나귀와 해안가에 걸려 있는 그 여인의 머리 그림에 '꿀은 피보다 달콤하다'(1926)라는 제목을 붙였다. 배설물로 더럽혀진 속옷을 입고 사람의 입에 메뚜기가 걸린 그림의 제목은 '음산한 유희'(1929)이다.

달리의 초기 그림들은 달랐다. 사랑했던 까딸루냐 지중해의 햇빛과 해변, 까다께스를 배경으로 점묘법으로 그린 초상화들을 보면 해독하는 데 전혀 어려움이 없

달리의 집이 있는 까다께스 마을 풍경

다. 그러나 이어 그러한 오브제들이 기형물로 등장한다. 절벽 위와 나무 사이에 놓인 피아노와 골화된 물체 또는 의인화된 대상이 작품 속에 다양한 모습으로 나온다. 이것들은 꿈의 소산물이 아니라 실제 삶에서 존재하는 사물들의 모습을 자신의 생각대로 기이하게 바꾼 것이다. 앞서 본 초현실주의자 미로의 그림에는 현실에 존재하는 사물이 단순하면서도 기하학적이며 추상적인 기호로 등장하고 있다. 그래서 그의 그림에는 모호하기는 해도 현 사물과의 유사성이 존재하고, 이것들이 작품 안에 차분하게 내려앉아 시적인 분위기를 만들어내고 있다. 그러나 달리의 그림은 너무나 난해하여 초현실주의자들조차도 놀라움을 감추지 못했고 이런 암시로 가득 찬 그의 강렬한 작품들에 이끌렸다.

달리가 자신의 평생 반려자 갈라를 만나면서 달리 특유의 전형적인 주제들이 자리 잡기 시작한다. 메뚜기와 사자, 달팽이, 여성의 음부와 남근 등이 예기치 않은 구도로, 예기치 않은 의미로 등장하여 그림에는 성적 이미지가 흘러넘친다. 우주적인 자궁과 태아의 이미지를 연결하고 있는 1932년의 '의인화된 빵'에는 남근이 상징적으로 그려 있다. 같은 해에 그린 '성적 매력의 망령'은 '리비도의 망령'

으로도 알려져 있는데, 오른손과 왼쪽 가슴이 지 팡이에 걸려 있고 이 괴상한 괴물을 쳐다보고 서 있는 아주 작은 꼬마의 오른손에는 남자 성기 모 양의 대퇴골이, 왼손에는 굴렁쇠가 들려 있다. 그의 예술세계는 여기서 멈추지 않는다. 25년이 나 앞서 미국 포토리얼리즘의 선구자가 된, 실제 같다는 착각을 일으키는 사진 그림도 그렸다. 오 브제는 실제의 것이기도 하고 꿈속의 이미지이 기도 하다.

리비도의 망령

그의 창의력은 회화에만 머물지 않았다. 상징 적으로 가능한 초현실적인 오브제들을 만들기 시작했다. '가재 수화기가 있는 전화'를 만들었 고 '작은 거울이 달린 모조 손톱'과 '인간의 형상을 한 가구'와 '등잔에 다는 모조 유방'과 '입술 소파' 등 기발한 물건들을 만들었다. 그는 '서랍이 달린 밀로의 비 너스' (1936)를 만들고는 이렇게 말했다. "멸하지 않는 그리스와 현대 사이에 있는 단 하나의 차이점은 지그문트 프로이트이다. 인간의 몸뚱어리가 그리스 시대에는 순수한 신플라톤적이었다면 오늘날에는 오로지 정신분석학자들만 열 수 있는 비 밀의 서랍으로 꽉 찼다는 사실을 발견했다."

소파

초현실주의의 거장인 앙드레 브르통이나 아 라공이 만들어낸 꿈의 세상과 자동기술법은 달 리의 초현실주의 앞에서는 힘을 발휘하지 못했 다. 그래서 그들은 달리가 지나친 초현실주의자 라는 이유로 자신들의 그룹에서 쫓아냈지만 오 히려 초현실주의는 달리의 예술에 막대한 빚을 지고 있다. 이 말을 달리 해석하면 달리가 초현 실적인 오브제를 가지고 보편적인 초현실주의 회화를 죽였다는 뜻이 된다. 결국 달리는 현대 회화를 살해하면서 회화를 구원한 사람이 아닌가 싶다.

그의 예술세계는 비합리적 이미지를 정밀하게 물질화하는 것이다. 그 이미지들은 논리적인 직관이나 합리적인 메커니즘으로 설명할 수 없고, 축소할 수도 없는 것이다. 그렇게 하려면 인간은 지식의 한계를 초월해야 했다. 이것을 그는 '파열된 라파엘로풍의 두상'(1951)으로 보여주고 있다. 그의 말대로 "사이클로트론이나 인공두뇌 계산기보다도 강력하게 순간적으로 현실의 신비를 꿰뚫을 수 있다. 나의 활홀경!… 내 것은 아빌라의 성녀 테레사!… 스페인 신비주의가 부활함에 따라 나 달리는 우주의 조화를 설명하는 것과 모든 물질의 영혼을 보여주는 것에 내 작품을 바칠 것이다."

결국 달리는 처음부터 직관으로 사물을 인식하고 느끼되 설명은 할 수 없는 16세기 스페인의 신비주의를 닮고자 했던 것 같다. 절대절명의 사물의 진리를 깨달을 때의 그 희열을 신과의 합일에서 얻는 황홀감과 같기를 바랐던 모양이다. 그러기 위해서 그는 신의 영혼을 향한 지름길인 에로티시즘을 차용했고, 이 에로틱한 착란은 신비주의에 깊이를 더해주었다.

스페인 영화

영원한 이단자 루이스 브뉴엘

스페인 전체를 하나의 인간으로 비유할 수 있다면 그 사람은 아마도 루이스 브뉴엘일 것이다. 멕시코 국적을 가진 스페인 출신의 영화감독인 루이스 브뉴엘은 삶과 작품으로 스페인이란 큰 덩치를 대변하고 있다.

그는 스페인 동북부 지방 아라곤에서 태어나서 13세가 되기 전 사라고사에 있는 자신의 집 부엌 창문으로 본 영화에 매료되었다. 부모님이 파리 여행에서 선물로 사온 마분지 인형들로 친구들에게 연극을 상연해주었고 마드리드로 온 뒤에는 하루에 세 번씩 영화 구경을 하면서 독학으로 영화를 배웠다. 영화 제작자로 일하기도 했고 영화 비평도 쓰면서 스페인 영화 발전에 많은 기여를 했으나 프랑코가 정권을 잡으면서 스페인 땅을 떠나야만 했다. 그는 1949년 실용적인 차원에서 멕시코 국적을 취득하고 1983년 사망할 때까지 걸핏하면 상영 금지당하는 영화를 만들었다.

이렇게 혼자 성장한 예술인이라는 점과 어느 하나의 이름으로는 그를 정의하기 힘든 점이 스페인 인답다. 그의 영화를 이해하지 못하는 사람들은 그를 배신자, 무정부주의자, 변태, 비방자, 성상 파괴자라고 정의했다. 반면 그를 이해하고자 한 사람들은 그를 프로이트주의자, 마르크스주의자, 초현실주의자이면서 동시에 리얼리스트로 보았고, 알프레드 히치콕 감독은 그를 20세기 최고의 감독이자 천재라고 했다.

그는 어려서는 일찍 일어나고 일찍 잠자리에 들며, 반드시 교복을 입고 학교에 간 새 나라의 모범학생이었지만, 15살에 술에 취해 학교에서 퇴학을 당했고, 신 덕분에 무신론자인 것에 감사하면서 술과 알코올과 창녀촌에 빠져 살았다. 하지만 결혼 후 죽을 때까지 자신의 부인만 사랑했다고 고백하면서도, 와인 세 병을 들고 찾아온 친구에게 자기 부인의 피아노를 줘버려 부인의 회고록이 '피아노가 없는 여인' 이라는 제목을 갖게 만든 남편이기도 했다.

그는 사회의 모든 규정에서 자유로워지고자 했으며 전통이 내려준 금지와 인간을 억압하는 모든 제도와 사회 정치 구조를 향해 온몸으로 저항하고 집요한 공격을 늦추지 않은 용기 있는 예술인이었다. 또한 자신의 전 생애를 바쳐 만든 작품 속에서 하나의 주제를 일관되고 고집스럽게 밀고 나간 장인이었다. 당대 문화의 물꼬를 트고 앞장서나간 사람이면서 동시에 그 주류를 거스르는 반항아였다. 현대인의 심리와 욕망의 심연에 깔린 꿈을 폭로하거나 부자와 빈자를 조롱하며 그것의 전복 가능성을 암시하는 충격적인 영상을 만들었다. 끊임없는 실험과 개혁 정신으로 가톨릭과 부르주아로 대표되는 지배적인 문화와 파시즘에 대항했던 그는 언제나 영화가 나아가야 할 길을 열어 보인 정신적 대부였다.

그의 대표작을 일별해보면 위와 같은 그의 사상이 눈부시게 펼쳐지고 있음을 알 수 있다. 그가 멕시코에서 만든 '잊혀진 사람들' 은 멕시코 저층민의 소외받은 소년들을 주인공으로 어린아이에게 부모의 사랑과 사회의 관심이 얼마나 중요한 지를 초현실주의 기법으로 보여주었는데, 이 작품으로 그는 1950년 칸 영화제 대 상을 차지했다. '나사렛 사람'(1959)은 속세를 초월한 종교인이냐, 인간적 본성을 극복하지 못하는 종교인이냐라는, 종교인이라면 누구나 갖게 되는 갈등을 예술적 으로 그려 또다시 칸 영화제에서 대상을 수상했다. 1960년에는 스페인 정부의 기 만적인 환대를 받으며 스페인으로 돌아와 스페인 정부의 돈으로 만든 '비리디아 나'가 1961년에 다시 그에게 칸 영화제 대상이라는 영광을 안겨줬지만 스페인 정 부는 즉각 이 영화의 상영을 금지했다. 프랑코 정권과 교회를 향한 유쾌한 신성 모 독이었기 때문이다. 1962년에는 반교권적인 요소가 강한 '몰살하는 천사'로 칸영 화제에 입상했고, 1967년에는 베니스 영화제에서 대상을 받은 '메꽃(원제목은 아 침의 아름다움)'을 제작했다. 이 영화는 그의 앞선 영화에서와 같이 절제와 환상 을 넘나들며 우아함과 잔혹, 미와 추함은 공존한다는 메시지를 담고 있는 것으로, 여성의 본능적인 마성을 끄집어내어 성의 업보를 그려냈다. 영화가 공개될 당시 〈뉴욕 타임스〉는 "우리 무의식에는 인격과 무관하게 가공할 맹목적인 충동이 잠 재한다. 그것이 이성의 억압을 깨고 뛰쳐나올 때 성실한 사회인이 성범죄자가 되 고, 정숙한 숙녀가 창녀가 된다"라고 열렬하게 공감을 표현했다.

프랑스의 국민적인 배우 카드린 드뇌브를 여주인공으로 제작한 '뜨리스따나' (1970)는 스페인 똘레도를 무대로 여성 해방(국민들의 해방)과 돈과 권력(독재 체 제와 교회)에 의해 조종되는 여인의 삶을 보여주고 있다. 후견자로 나선 늙은 호색 한 돈 로뻬와 딸 같은 젊은 피후견인 뜨리스따나가 주인공으로, 그 당시로는 매우 민감하고 급진적인 테마를 다루고 있다. 브뉴엘은 영화만이 전용할 수 있는 장치 를 동원하여 남성 중심의 관음적인 쾌락 구조를 통렬하게 부수고 여성 해방의 문 제를 간접살인이라는 방법으로 해결하고 있다. '부르주아의 은근한 매력'(1973) 은 그에게 아카데미 외국어 영화상이란 영광을 안겨준 작품으로, 감독의 말에 따 르면 설명할 수 없는 사건들과 흔치 않은 행동으로 연결된 "자유의 환상을 통한 달 콤한 유머극"이다. 하지만 그의 삶의 자세를 아는 사람들은 부르주아를 향한 풍자라고 정의했다. 이 영화를 보면 후기 모더니즘 소설을 읽고 있다는 생각이 들 정도로 내용이 현시인지, 꿈의 세계인지 아리송하다. 의미 없는 사건과 해석 불가인 은유와 도발적 생각과 사건들이 말 그대로 관객들을 은밀한 매력 속으로 이끈다. 그의 유작인 '욕망의 모호한 대상' (1977)은 그의 모든 생각과 영화적 장치를 총집결해놓은 것 같다. 욕망의 최대 주제인 성을 테러와 성행위로 대비시켜, 본인의 뜻대로 할 수 없는, 원하지만 갖지 못하는 그 대상을 갖고자 갈망하는 인간의 모습을 그리고 있다. 금요일이면 토요일을 즐길 생각에 행복하지만 일요일이면 월요일의 출근이 고통스러운, 사랑하는 여인의 손을 잡기를 학수고대하지만 그 일이 성취되면 다리를 노리는, 충족되지 않는 끊임없는 인간의 욕망을 보여주고 있다. 이렇게 인간은 늘 갖지 않은 것을 원하고 주어졌을 때는 또 다른 갖지 않은 것을 원하는 미래의 노예가 되어 살아간단다. 현 순간의 행복을 모른 채 영원한 행복을 찾으려는 돈 후안을 감독은 기차의 이미지를 빌려 필름에 담았다.

브뮤엘은 국수주의자는 아니었지만 스페인의 여느 예술인들처럼, 스페인에서 보낸 자신의 유년 시절을 늘 그리워했다. 스페인의 대표적인 성주간 축제 때가 되면 몸은 멕시코에 있지만 영혼은 스페인에 있는 듯 아라곤에서 했던 그 방식대로 자신의 정원에서 북을 치며 돌고 또 돌았다. 그는 자신의 죽음 뒤에 어떠한 기념식도 원하지 않았다. 사람들은 그의 주검이 어디에 있는지조차도 모른다. "그래, 이제 내가 죽어." 이 말만이 그의 죽음을 기록하고 있는, 죽는 그 순간까지도 스페인 사람이었다.

스페인 대지의 감독, 뻬드로 알모도바르

뻬드로 알모도바르보다 스페인을 잘 그린 영화감독은 아마도 없을 것이다. 그는 스페인의 여성, 음악과 풍경, 그리고 스페인 사람들의 자유로운 삶의 자세를 필름에 섬세하게 기록해냈다.

스페인의 천재적인 예술가들처럼 이 사람도 혼자 성장한 사람 같다. 1951년 까스띠야 라 만차의 시우닷 레알 주 깔사다 데 깔라뜨라바라는 작은 마을에서 태어나서 8살에 엑스뜨라마두로로 이사를 가 까세레스에 있는, 19세기 산 후안 보스꼬가 창립한 살레시오 수도원 신부들한테 고등교육을 받았다. 이때 영화에 심취했다는데, 무슨 이유가 있어서가 아니라 그냥 충동의 발로라고 한다. 그래서 영화를 공부하기 위해 16살에 마드리드로 상경하지만, 프랑코 독재자가 영화학교를 폐쇄한 까닭에 등록을 할 수가 없었다. 그래서 혼자서라도 영화를 만들고 싶어 카메라를 사려고 했지만 돈이 없어서 여러 곳에서 일을 했다. 결국 전신전화국에서 12년 동안 행정 보조원으로 일한 덕분에 슈퍼 8밀리 카메라를 손에 쥘 수 있었다.

'로스 골리아르도스' 극장 단원으로 들어가 아방가르드 영화와 연극에 관심을 갖게 되었고 거기에서 자신의 뮤즈인, 스페인의 대표적인 영화배우 까르멘 마우라를 알게 된다. 알모도바르는 이 전위극단에서 1970년대 말 유머극을 쓰기도 하고 〈스타〉, 〈비보라〉, 〈비브라시온네스〉와 같은 반문화 잡지에도 기고했다. 1972년에 첫 번째 슈퍼 8밀리 영화를 찍어 본인이 직접 자막도 넣었다. 물론 배우로도 영화에 참여했고 단편소설과 『모두 너의 것』이라는 포르노 소설도 쓰는 등 다방면에 걸쳐 끼를 보여주었다.

알모도바르가 감독으로 명함을 내밀게 된 것은 16밀리로 찍은 자신의 첫 번째 영화를 35밀리로 확대, 편집하여 개봉한 '페시, 루시, 봄' 덕분이다. 이후 1985년 '내가 무슨 일을 했기에 이런 일을 당하나요?' 란 작품으로 세상에 알려졌다.

이후 동생 아구스띤과 함께 '욕망' 이라는 영화 제작사를 설립하여 자신의 극본을 영화화하기에 이른다. 이때 탄생된 호모 간의 사랑과 죽음을 그린 첫 장편 영화 '욕망의 법칙' (1986)이 성공함으로써 뻬드로 알모도바르는 더 이상 제작비를 구걸하지 않아도 되었다. 그뿐만 아니라 자신의 영화 제작소에서 알렉스 데 라 이글레시아와 기예로모 델 또로, 이사벨 꼬이세뜨 등 다른 감독들의 영화도 제작할 수 있게 되었다.

그의 작품세계는 스페인 예술가들이 그러하듯 정상인의 논리나 이성의 범주에서 벗어난 경우가 많다. 세상의 어떠한 틀에도 매이지 않으려는 감독의 자연인으로서의 모습이, 사상도 종교도 사회의 어떠한 가치에도 구속당하지 않으려는 스페인적인 솔직한 모습이 그의 영화 속에 반영되어 있다.

그를 세계적으로 알린 '신경쇠약 직전의 여인들'(1988)은 인간관계에서의 혼란상을 등장인물들을 통해 보여주고자 하는데, 이 영화에서는 아무 일도 일어나지 않는다. 그런데도 등장인물들은 늘 자기 존재의 극한점에 서 있다. 인간의 삶이란 것이 논리적으로 이해할 수 없는, 언제나 영원한 동요와 주저 이외에는 다른 의미가 없다는 것을 보여주려는 것이 감독의 의도였던 모양이다. '욕망의 낮과 밤'(1989)의 원제목은 '나를 묶어줘'이다. 우리나라에서 포르노로 분류될 만큼 야스럽게 번역해놓은 이 작품은 인간 본능의 이해하지 못할 숨겨진 부분을 납치당한 한 여인의 심리 변화로 그려내고 있다. '플래시 라이프'(1997)는 우리나라에 '흔들리는 육체'로 소개되었는데, 이 작품에는 성에 대한 솔직함이 사실적으로 표현되어 있고, '그녀에게'(2003) 역시 식물인간이 된 여자 투우사를 등장시켜 남성의 여성에 대한 사랑의 궁극적인 목적은 성이라는, 이성을 넘어 있는 인간의 원초적인 욕망임을 알리고 있다. '나쁜 교육'(2004)은 성직자들의 미성년자 성 유린에 대한 자신의 학창 시절 경험담을 바탕으로 만든 동성애를 다룬 퀴어 시네마이다. 이후 알모도바르는 어머니의 죽음으로 자신의 뿌리인 고향으로 돌아간다. 그래서 만든 영화가 스페인의 정수 까스띠야 라 만차라는 대지의 풍경과, 가장 스페인적인 여인 뻬넬로뻬 끄루즈를 통해 스페인의 영원한 테마인 모성과, 감독이 어릴 때부터 보아온 스페인 여성들의 유대감을 붉은색과 '사프란의 장미'라는 사르수엘라 곡으로 한껏 살려낸 '귀향(2006)'이다.

스페인 음악

스페인 오페라, 사르수엘라

스페인 사람들이 자기 것을 아끼고 사랑하며 일상 속에서 늘 함께하면서 즐기는 태도는 음식에서뿐만 아니라 음악에서도 볼 수 있다. 경희가극인 사르수엘라와 플라멩코 그리고 기타를 말한다. 우리는 오페라라고 하면 작품이나 작곡가 이름

하나쯤은 알고 있다. 음악으로 진행되는 극이라는 것과 이탈리아에서 탄생한 장르라는 것도 알고 있다. 스페인에도 이런 종류의 음악극이 있는데, 노래로만 하는 오페라보다 대사까지 들어 있어서 훨씬 이해하기가 좋은 '사르수엘라'이다. 세계적인 스페인 성악가들인 마리아 가이에서부터 메르세데스 가프실, 이다르고 데 엘비라, 미겔 프레따, 테레사 베르간사, 빅토리아 데 로스 앙헬레스, 몬세랏 까바에, 뻴라르 로렌가르, 플라시도 도밍고, 호세 카레라스, 알프레도 크라우스 등에 이르기까지, 언급하기도 숨이 찰 정도로 많은 성악가가 이 극의 주인공들이었는데도 스페인의 오페레타에 대한 이야기는 참으로 듣기가 어렵다.

사르수엘라는 스페인의 전통적인 경희가극을 이르는 말인데, 작품의 줄거리는 대화나 독백의 '말'로 진행시키고 중요한 대목에만 노래를 넣는다. 연극에서조차도 지나치게 연극적인 것을 싫어하고, 노래로만 진행되는 오페라는 이해가 쉽지 않으니, 사르수엘라는 분명하지 않은 것은 무엇이든 싫어하는 스페인 사람들의 기질을 그대로 드러내는 장르인 것 같다.

이 극의 역사는 길다. 16세기에 막과 막 사이에 노래와 춤이 들어간 막간극이라는 것이 있었는데, 이것을 시작으로 17세기 극작가인 깔데론 데 라 바르까 (1600~1681)가 사르수엘라라는 이름의 새로운 장르를 탄생시켰다. 그는 1657년에 '인어들의 해안'을 시작으로 이듬해에는 '아폴로의 월계수'를 무대에 올렸다.

17세기 펠리뻬 4세 왕이 특히 이 장르를 좋아해서 자신의 별궁에 배우들을 불러다 즐기는 낙으로 살았다고 한다. 마침 별궁 주위에 찔레나무가 많았는데, 스페인 말로 이 나무 이름이 '사르사'여서 이것을 우아하게 고쳐 부른 '사르수엘라'가 탄생했고, 그 별궁 역시 이 명칭으로 불렸다.

그런데 왕의 오락을 위해 생겨났던 이 극이 18세기 후반에 들면서 소시민적이고 민간 풍속적인 배경과 주제, 아주 배우기 쉬운 친숙한 노래로 성격을 달리하기 시작했다. 그래서 이 작품의 가장 중요한 특징은 바로 스페인의 체취가 물씬 배어 있다는 점이다. 무대의 배경이 어느 나라든 간에 음악은 거의 항상 스페인의 독특한, 미를 으뜸음으로 하는 '미'의 선법과 한 음이 여러 음으로 장식되어 길게 늘여 노래하는 멜리스마 그리고 스페인 리듬의 '스페인풍'이다. 이 세 가지를 통하여 품위 있고 세련되었으나 억제된 정열과 우수의 그늘, 꿈같은 관능미와 신비성을 느끼게 하는 서민적인, 꾸밈없는 매력이 넘치는, '섞인 것이 없는 순수한 그 나라 풍'을 사르수엘라가 만들어낸다. 그래서 이 음악 하나만 들어봐도 스페인이 어떠한 나라인지 알 수 있을 만큼 고유한 정감을 자아내는데, 스페인의 대표적인 근대 민족 악파 음악가인 알베니스와 그라나도스의 곡이나 대중가요에서 느낄 수 있는 바로 그 맛이다.

왈츠이건 마주르카이건 탱고이건 일단 이들 음악이 사르수엘라의 세계로 들어가면 빈이나 폴란드, 중남미 것이 아니라 스페인 것이 되어버릴 정도로 이 음악은 스페인적인 냄새가 강하다. 이 고유의 빛, 순수 스페인풍으로 빛남으로 해서 스페인 사람들은 자기들의 것을 사랑했고 유럽 사람들은 당연히 오페라를 더 사랑했을 것이다. 오페라의 3대 음악가라는 푸치니, 베르디, 바그너의 작품들을 보면 세계 모든 곳을 무대로 하며 모든 사람이 공감할 수 있는 내용과 음악 장르를 구사하고 있다. 푸치니의 '투란토트'는 고대 중국을 배경으로 그곳 사람들의 이야기를 푸가와 아리아 양식으로 들려주고, '나비부인'은 일본 나가사키 항구를 무대로 하는 일본 여성과 미국 남성 간의 사랑이야기이다. 베르디의 '춘희'는 프랑스의 뒤마 필스의 작품을 파리를 무대로 하여 만들었고 '토스카' 역시 프랑스 작가 빅토리앙 사르두의 작품이다. 바그너는 북유럽 지그프리트의 전설에서 내용을 갖고 왔다. 이렇듯 오페라는 국경이나 국적의 구별 없이 보편적 테마에 감성을 호소하는 반면에, 스페인의 사르수엘라는 스페인만의 정서 및 지역 관습과 풍습을 알게 해주는 스페인만의 음악 드라마이다.

지난 여름, 마드리드 콜럼버스 광장 아래에 있는 시민 홀에서 일주일마다 새로운 프로그램으로 공연된 것 중에 이런 것이 있다. 중남미에서 갑부가 되어 스페인으로 돌아온 중년의 사내가 고향 까스띠야 마을의 처자를 사랑하게 된다. 하지만 이 처자에게는 같은 동네에 사는 가난한 연인이 있었다. 처자 부모는 나이 많은 부자와 결혼하기를 종용하지만, 처자는 기지를 발휘해 사랑하는 남자와 결혼하여 행복하게 산다는 내용의 작품이다. 또 다른 한 작품은 까디스 항구 도시에서 출항을 기다리고 있던 스페인 수부들이 모두 그곳 주막의 한 처자를 사랑하게 되면서 일어나는 해프닝을 익살스럽게 그려내고 있었다. 이렇게 사르수엘라는 스페인 곳곳을 무대로 하여 실제 일어났음직한 이야기들을 재미있고도 행복한 결말로 그려내다보니 고향을 떠난 지 오래된 중남미나 유럽에 사는 스페인 사람들은 이 음악으로 고국에 대한 향수를 달래고 과거의 추억을 회상하게 되나보다. 그러니 어디에 살든 스페인 사람들에게는 보석 같은 음악 장르임에 틀림없어 보인다.

신들린 노래와 춤, 플라멩코

안달루시아를 돌다보면 하얀 벽이 층을 이루며 행진을 하고, 그 벽에는 원색의 줄무늬가 군데군데 그어진 언덕이 우리의 호기심을 자극한다. 가까이 다가가서 보면 그 벽 안으로 동굴이 나 있고 입구에는 그곳 사람들이 입었을 옷가지들이 태양 아래 몸을 말리고 있다. 역사적으로 집시가 거주해온 동굴집이다. 적막을 지배하는 한낮의 태양이 붉은 저녁노을에 자리를 양보할 때가 되면 이곳 여기저기에서는 모닥불이 피어오르기 시작한다. 그 주위로 예닐곱 명의 사람들이 둘러앉아 한 맺힌 노랫가락을 읊어대는데, 감정의 무게를 견디지 못하는지 그 노래는 피를 토하는 절규가 되어 장작을 태우는 연기와 함께 별이 쏟아지는 검은 하늘로 퍼져 오른다.

그 피를 토하듯 내뱉는 노래가 깐떼 혼도라는 플라멩코이다. '깊은 노래'라는 뜻의 이 노래는 춤과 함께 인간이 가질 수 있는 흥분의 절정에서 절망의 늪까지, 쓰라린 증오로부터 날카로운 빈정거림까지, 쾌락에서 분노까지 인간의 모든 감정을 표현하고 있다. 이 예술의 백미는 말 그대로 인간의 가장 어둡고 고통 받는 면, 즉 가장 심오한 감정을 노래한다는 데 있다.

플라멩코 음악이 이렇게 격정적인 것은 스페인을 거쳐 간 다양한 민족의 문화를 토대로 하여 집시들이 완성했기 때문이다. 15세기에 인도 기원의 예술적 요소를 갖고 스페인으로 온 집시들이 스페인 고유의 토착음악과 11세기경 스페인에 들어온 비잔틴 가톨릭 예배 의식, 그리고 스페인에 거주했던 유대인이 예배 의식에

218

서 불렀던 노래와, 스페인에 머물다 간 무어 족의 아랍 음악에 자신들의 방랑 문화와 음악적 재능을 융합하여 플라멩코 음악과 춤을 완성했다. 그리고 그것들이 수백 년에 걸쳐 안달루시아의 음악으로 전해 내려오고 있다.

플라멩코는 노래가 먼저 만들어졌고 거기에 손과 발로 리듬을 가미했다. 이렇게 이야기하면 일정한 안무가 있는 것 같은데, 기본이 되는 손과 허리, 발의 기교 이외에 모두가 즉흥적으로 이루어진다. 이 음악을 제대로 하려면 이성의 자리에 안달루시아 대지의 귀신 두엔데를 넣어야 한다. 플라멩코를 구경하다보면 이 귀신이 들어가지 않은 춤과 노래는 달러벌이용 쇼라는 것을 금방 알 수 있다. 진정한 플라멩코 예술 앞에 있으면 관객들은 저도 모르게 귀신에 홀린 듯 '올레'를 연발하게 된다. 아랍어로 신을 외치던 '알라'에서 나온 외침이다. 땅의 귀신에 의해 이끌리므로 당연히 악보나 가사 같은 것이 있을 리 만무하다. 그저 한스러운 절규처럼 중심이 되는 한 음, 또는 한 소리 주위 음부의 반복이 노래의 전부다. 그리고 한 음에서 다른 음으로 넘어갈 때 감정에 끌려 미끄러지듯 빠른 꾸밈으로 장식된 멜리스마라는 것이 사이사이 끼어든다.

이 춤과 노래에 반주로 들어가는 것이 기타와 빨세따스라는 손뼉이다. 플라멩코 기타는 클래식 기타나 통기타와 달리 플라멩코 가수의 까칠한 목소리를 반영하듯 서로 조화되지 않는 소리를 만들어낸다. 손가락이나 손마디로 기타 통을 치면서 내는 소리는 플라멩코 춤의 발 구르기에서 갖고 왔다. 플라멩코 무희의 손놀림과 기타 연주자가 기타 줄을 긁어대는 손모습도 유사하다.

플라멩코 기타의 기본 연주법은 손가락 끝부분으로 동시에 여러 줄을 긁는 것이다. 이 손가락 모습에 따라 계속 음이 진동하거나 소리의 큰 물결이 일어나는데 그 음 사이사이에 치는 손뼉이 빠르고 화려한 선율을 이룬다. 이러한 플라멩코 음악을 감상하고 있노라면 스페인의 뜨거운 태양과 소외된 인간의 한스럽고 고독한 삶이 용암처럼 분출되고 있는 듯해서 이성의 세계는 이미 저 멀리 사라지고 없다. 이 음악 때문에 스페인 사람들은 비이성적이며 감성적이며 정열적이라는 말을 많이 듣는다.

스페인 민족의 악기, 기타

대학교 3학년 때였다. 아직까지 그때 일을 생생하게 기억하고 있는 것을 보면 내게는 지워지지 않을 추억이 된 듯싶다. 그때는 요즘처럼 수업시간에 영상물로 다른 세상을 이해할 수 있는 교육 여건이 아니었고, 다른 나라를 소개하는 텔레비전 프로그램 역시 없었다. 해외 어학 연수라는 말은 상상도 못했을 뿐만 아니라 책으로나마 스페인어를 배울 수 있음에 감사해야 하는 시절이었다. 책도 원본이 아니라 복사본이다보니 글이나 그림이 시커먼 낙서 같기만 했다. 그래서 늘 마음 한 구석이 비어 있었는데 마침 우리나라에서 세계 기능올림픽을 개최하게 되어 통역할 사람을 모집한다고 했다. 나는 신청했고 운 좋게 선발되었다. 현장 교육이 끝나고 9월, 부산기계공고에서 보름 넘게 올림픽이 열렸다. 나는 선수단 임원들이 묵은 부산 조선비치호텔 프런트에서 근무했고 선수단들이 머무르는 기계공고 기숙사에서 다른 통역원들과 함께 잠을 잤다. 하루의 근무를 마치고 숙소로 돌아오면 그날 일정을 마친 선수들 역시 숙소로 돌아와 다음 날 일정을 살피거나 체스를 두면서 잠시 휴식을 취했다.

그런데 참가한 나라들 중에서 유독 스페인 선수들만이 숙소 앞뜰에 모여 본국에서 보냈다는 초리소와 생 햄을 곁들인 와인 한 잔, 기타 반주에 맞춘 노래, 그리고 끊임없는 대화로 스페인의 밤 문화를 한국에서도 즐겼다. 모두가 잠자리에 드는 12시가 가까워오면 본격적인 놀이가 시작되었다. 다른 사람들의 단잠을 방해하지 않기 위해 우리는 앞뜰에서 나와 부산 해운대 바닷가로 갔다. 팀 리더가 기타에 맞춰 노래하며 맨 앞에 섰고, 스페인 선수들과 우리 스페인어 통역원들은 장단을 맞추며 그 뒤를 이어 바닷가를 거닐었다. 이미 여름이 지난 9월, 인적 없는 밤 바닷가의 그 절대적인 적막을 깨며 바람에 실려 퍼지던 그때의 기타 선율은 내게 최고의 음악이었다.

사실 기능올림픽에 사용할 공구만 해도 짐이 한 보따리인데, 기타 한 대는 기내한 좌석을 차지하는 부피이다. 게다가 스페인과 우리 나라 간 직항로가 없어서 두 번이나 비행기를 갈아타야 하는 불편함이 있었는데도 기타를 갖고 오다니 내게는 이들의 행동이 이해하기 힘들었다. 그런데 막상 스페인에 가 보니 스페인 사람들은 악보는 볼 줄 몰라도 기타는 칠 줄 안다는 말을 증명이나 하듯 기타를 끼고 살았다. 대학교와 마을마다에는 청장년들로 구성된 10명 안팎의 합창단이 있고, 이들은 축제가 있을 때면 기타 반주에 맞춘 노래로 분위기를 띄운다. 이렇듯 기타가 악기라기보다 하나의 생필품처럼 느낄 정도로 스페인 사람들이 기타를 가까이 하는 이유가 궁금해졌다.

스페인 음악을 보면 그 이유가 보인다. 스페인 음악은 역사와 그 역사를 구성한 다양한 민족 때문에 아주 독특한데 특히 '스페인풍의 리듬' 때문이다. 이 리듬은 외국의 작곡가들이 자기의 작품 속에 스페인 맛을 내려고 할 때 가장 먼저 도입하는 것으로, 독특한 박절감이 매력이다. 이 리듬은 멜로디를 받쳐주는 역할로만 끝나지 않고 그 자체가 하나의 불가사의한 유기체를 이루어 음악 전체의 표정에 크게 관여한다. 유럽의 다른 지역들의 것과는 완전히 다른 뿌리에 스페인만의 멋과 맛이 들어간 비이성적, 비논리적 요소인, 우리 나라의 흥과 같은 것 때문에 생긴 리듬이라고 할 수 있을 것이다. 그런데 이러한 리듬을 기타만큼 잘 타는 악기가 없다는 것이 기타가 스페인의 국민 악기가 된 필연적인 이유일 것 같다. 기타는 단순히 신나게 리듬을 새기는 데 그치지 않고 뉘앙스가 풍부한 리듬을 만들어내기도 하는데, 이러한 특징은 고도의 리듬 감각을 가진 이베리아 사람들에게 알맞다.

그리고 기타는 단음으로 멜로디를 탈 때도 음색이 말할 수 없이 관능적이며 그 안에 진한 정념이 담겨 있다. 가슴에 안고 손가락으로 현을 뜯으면서 한 음 한 음을 내는 이 악기의 울림은 참으로 인간적이다. 스페인 예술의 바탕은 '인간적'이라는 데 있다. 가장 '자연스러운' 악기로 이해하면 된다. 그리고 동시에 기타는 음색이나 여운, 리듬을 만들어내는 데 있어 가장 신비로운 악기라고도 할 수 있다. 따라서 이 악기는 서구 근대의 합리주의 정신, 이성 및 질서를 통해 모든 것을 따지려는 마음가짐과는 궁극적으로 맞지 않는다. 이것이 근대 유럽 음악의 주류에서 기타가 도외시된 이유인지도 모른다. 그런데 스페인 국민의 특징이 바로 이러하다. 본성이 이성보다 앞서고 합리적이기보다는 초합리적이며, 지성보다는 감성으로 향하는 신비를 사랑하는 사람을 스페인 사람으로 이해할 수 있다면 기타야말로 참으로 스페인적인 악기라고 말할 수 있을 것이다.

게다가 스페인풍 기타 타법에는 여러 선을 한꺼번에 긁어 우아하게 선율을 이루는 라스게아도(스페인어로 '긁다'라는 뜻)와 한 음씩 줄을 퉁기는 뿐떼아도('손가락으로 퉁기다'라는 뜻) 주법이 병존하고 있다. 이 두 주법은 신선한 야성미와 우아한 세련미를 잘 혼합하여 보여주는데, 이 두 주법의 혼용은 바로 스페인 민중성과 귀족성의 융합이기도 하다. 이렇게 기타는 더없이 민중적인 악기이면서 귀족적일 수도 있는 다면성과 변환의 묘미로 스페인 예술세계에서 볼 수 있는 여러 현상과 공통된다. 그래서 스페인의 작곡가는 기타의 언어로 생각한다고 한다.

또 스페인 사람들은 개인주의 성향이 강해 합주를 즐기지 않는 것도 기타 연주를 즐기는 이유가 된다. 교향곡이니 현악 4중주니 소나타를 연주하는 것보다 혼자 하는 노래나 기타 연주가 더 마음에 들었을 것이다.

딸라베라 데 라 레이나 도자기

아랍 인들은 800년 동안 스페인에 살면서 건축만이 아니라 가죽 무두질 기술과 똘레도의 다마스끼나도 금은세공 기술, 그리고 상감세공 기술 역시 전수해주었고, 무엇보다 진흙을 빚어 불에 구워내는 기술을 전해주었다. 물론 아랍 인들 이전의 로마 인들도 흙으로 용기를 만들어 사용했지만, 흙을 장식으로 사용하는 기술은 아랍 전통에서 유래한다. 장식 모양에서도 차이가 있는데, 아랍 인들은 인간이나 동물 형상을 장식으로 사용하지 않은 대신 기하학적인 무늬와 나무, 화초를 추상화한 도안과 아랍어 서예체를 사용했다. 인간, 꽃, 새, 동물 등의 형상이 장식에 사용된 것은 기독교 문화의 유산이다.

이 모든 유산들을 합쳐 흙으로 빚은 예술품으로 유명한 곳이 스페인에 두 군데 있다. 안달루시아 오른쪽 위에 있는 지중해의 도시 발렌시아 근처 알마세라 마을과 까스띠야 라 만차의 딸라베라 데 라 레이나 마을이다. 알마세라에서는 세계적

인 명성의 '야드로'라는 자기를 생
산한다. 이 '야드로'는 야드로 가문
의 세 형제가 1953년에 만든 회사 이
름이자 상품명이다. 철저하게 비밀
리에 생산되는 이 자기는 우리나라
의 백자나 청자처럼 윤이 나고 은은
한 빛이 돌지만, 고상하고 우아하기
보다는 세련되고 화려하다. 사람의
형상이나 동물, 꽃이나 신화의 주인
공 등 갖가지 형태로 빚어내는데, 미

딸라베라 데 라 레이나 마을 도자기 전시관

국 및 일본 도자기 회사들과 제휴를 맺어 세계 시장을 공략하고 있다. 장식용이어
서 가격이 엄청 비싸다. 손바닥 위에 올려놓을 정도로 작은 새 한 점이 30만 원을
웃돈다.

　마드리드에서 남서쪽으로 한 시간가량 차로 가면 딸라베라 데 라 레이나 마을
이 나온다. 이곳에서는 1500년 때부터 그곳을 관통하고 흐르는 따호 강의 진흙에
백도토를 섞어 토기를 만들어왔다. 흙으로 빚어 말린 뒤 거기에 그림을 그려 넣고
유액을 발라 구워내는데, 실제 삶에 이용되는 용기, 분수, 타일, 장식품들이다. 이
토기 사업은 전통적으로 내려오는 이 마을의 주요 경제원이며, 이 토기의 역사는
엘 에스꼬리알 수도원에 있는 합스부르크가의 방에서도 확인할 수 있다. 이 곳은
마드리드에서 북서쪽 방향으로 차로 약 한 시간 달리면 있는데, 1563년에 건축이
시작되어 1584년에 완성되었다. 왕궁이자 도서관 및 종묘로 사용되는 이곳 합스부
르크가의 방에 들어가면 이 토기들로 장식되어 있으며, 유럽의 많은 왕궁과 귀족
의 궁에서도 이 도자기를 만날 수 있다.

　딸라베라 도자기의 형태나 색깔은 각양각색이지만 이 도시의 공식 색상인 흰색
과 푸른색이 어우러진 도자기가 대표적이다. 야드로와 달리 딸라베라 도자기는 스
페인 사람들의 삶의 모습을 토기에 그려 넣었다. 실제 삶에서 볼 수 있는 그들이

딸라베라 도자기

거주하는 공간과 수렵 모습, 전원 풍경, 밀농사나 포도 수확에서부터 올리브 채취나 마을 축제의 모습을 담고 있다. 그리고 스페인 문학에서 가져온 것들도 있는데, 대표적인 것이 돈키호테와 산초의 모험이야기와 라사리요의 삶의 모습이다. 단 하나의 그림을 그려도 그 지역의 전통 옷을 입은 사람과 그 지역에서 흔히 볼 수 있는 새와 꽃, 나무와 풀 문양이 접시나 항아리나 타일 등에 아로새겨 있다. 색이 여리고 화려하지 않아 소박하며 약간 투박하지만, 뭔지 모를 아름다움에 마음이 끌리고 정이 가는 것이 영락없이 스페인적이다. 시골 길을 달리다보면 그러한 그림이 든 타일로 퍼즐을 맞추듯 담으로 둘러놓은 곳이 눈에 쉽게 띈다. 바로 스페인을 스페인답게 하는 멋이다.

세상에 오직 하나뿐인 건축, 가우디

　로마네스크 양식이나 고딕 양식으로 지어진 대성당, 수도원, 교회, 그리고 스페인에 프랑스 부르봉 왕가가 들어온 이후 지어진 건축물들에는 유럽과 공통되는 특징이 많다. 하지만 스페인 17개 자치지역의 특성에 따른 건축물들과 유럽에서 유일하게 동양이 800년을 살면서 남겨놓은 아랍 건축물들은 스페인만의 자랑거리로 수많은 관광객을 불러 모으는 관광 자원이 되고 있다. 이뿐만 아니라 아랍 인들이 자기들의 건축 기술에 고딕 건축술을 접목해 지은 무데하르 건축물과, 은세공업자들이 은을 세공하듯 건물 벽을 세공한 르네상스 쁠라떼레스끄 건축물, 꼬이고 뒤틀린 화려한 기둥 장식이 볼거리인 스페인 바로크의 추우기레스끄 건축물은 스페인의 전통 건축물인 붉은 기와와 타일 그리고 정원 빠티오와 함께 스페인의 거리 거리에 스페인만의 색깔을 입혔다. 특히 건축 예술의 도시 바르셀로나에서 태어나 그 도시의 색깔을 바꾼 도메네크와 까딸루냐에서 태어난 가우디는 시대를 열어간 스페인의 천재 건축가들이다.

　유럽을 돌아다니다보면 오래된 성이나 궁정, 성당이 참 많다. 세월을 뛰어넘는 예술미와 웅장함이 찬탄을 불러일으키게 하는데, 왠지 모르게 거리감이 느껴지기도 한다. 유럽의 다른 나라에서는 건축물이 하나의 건물로 보이는 데 비해 스페인에서는 하나의 삶이라는 느낌이 들기 때문인 것 같다. 유럽에서는 기념물로, 진열장의 전시용처럼 거드름을 피우고 있는 데 반해 스페인에서는 사람들의 삶 속에서 함께 살아가고 있기 때문인 것 같다.

　세계의 이름 있는 건축가, 화가, 역사가, 조각가, 도예가 들은 이름 하나만으로도 빛나는, 안토니오 가우디(1852~1926)를 두고 돌과 벽돌로 우주를 빚어내는 생태 건축가, 만지는 것마다 예술로 승화시키는 건축가, 한계가 없는 건축가, 건축을 위해 탄생한 건축가, 모든 양식과 모든 예술의 종합판, 세월을 뛰어넘는 혁명적인 건축, 창의력과 상상력의 결정체라고들 했다. 가우디는 정말 그랬다. 예술이란 모두를 매혹하는 단 하나의 독보적인 존재여야 하고, 색깔은 자연 만물의 색이 살아

구엘 공원

있듯 단조로워서는 안 되며, 기둥은 곧아야 한다는 편견을 버리고 기울어질 수도 있다고 생각하되, 다만 어디까지 가능한지를 생각하라고 했다. 그리고 예술가들의 작품은 그 자체 기념물이며 기념물은 만들어지는 게 아니라 자연으로부터 나온다고도 했다.

가우디는 까딸루냐의 따라고나에서 솥 만드는 가문의 아들로 태어났다. 어릴 때부터 자연에 남다른 관심을 가져 자연은 어느 하나 반복되는 것이 없는 색깔과 모양임에도 불구하고 조화를 이룬다는 것을 무척 신기해하며 자랐다. 이후 가우디는 스페인의 사실주의적 전통 건축과 달리 자연에 추상적인 형태를 더하여 자연이 원래 주고자 했던 유용하고 실용적이고 기능적인 면에 환상의 옷을 입혔다.

1868년 가우디가 건축을 공부하기 위해 바르셀로나로 왔을 때는 신고전주의와 낭만주의가 유행하고 있었다. 그래서 그의 초기 건축들은 기초공사에서는 이 두

엘 공원

주의의 공학적 기준에 따랐지만 외형에서는 고딕과 빅토리아 양식, 그리고 스페인만의 무데하르 양식이 지배적이다. 바르셀로나에 있는 '까사 비센스'와 '구엘 궁전', 꼬미야스 마을에 있는 '엘 까쁘리초'가 이의 대표작이다.

구엘은 까딸루냐의 직물산업가로서 가우디 최고의 고객이자 후원자로 교회 기관과 함께 가우디 건축을 인류의 유산으로 남게 한 주인공이다.

가우디가 교회 기관의 부탁과 후원으로 교회와 성당을 짓다보니 그를 종교적 민족주의자로 정의하는 사람도 있다. 하지만 그의 건축물은 어떤 정의로도 구속되지 않을 만큼 독창적이고, 이 독창성은 시대와 양식을 초월하는 표본으로 남아 있다.

초기 건축 이후 가우디는 역사적으로 유명한 양식들을 이용해 각 양식의 역학적 가능성을 시험해보았다. 1891년에서 1892까지, 2년에 걸쳐 지은 레온의 '까사 데 로스 보띠네스'는 고딕 양식으로 사방을 보며 서 있는 사각형 모양의 7층 건물이다. 현관에 있는 용과 싸우고 있는 산 호르헤의 조각물은 안또니 깐또와 요렌스 마따말라의 작품이다. 문밖에는 쇠창살이 둘러쳐져 있고 그 도시 이름을 딴 사자상이 입구를 지키고 있다. 길과 같은 높이에 가게와 창고를 만들고 위층은 살림집인 주상복합용 건물이다. 스페인 저축은행이 이 건물을 1931년에

까사 데 로스 보띠네스

사들였다가 스페인 은행으로 넘겼다. 아스또르가에 있는 주교성도 이 건물과 같은 양식으로 지어졌다. 바르셀로나에 있는 '까사 갈베트'는 바로크 양식으로 지어졌지만 이 건물에서도 과거의 양식을 넘어서려는 노력이 보인다. 유효성과 예술성을 하나로 하려는 건축가의 뜻이 반영돼 있다.

1902년부터 가우디는 모든 건축 전통을 품으면서도 어느 틀에도 넣을 수 없는 환

성가족 성당

상적인 건물들을 지으며 건축에서의 또 다른 혁신을 추구하는데, '성가족 성당' 이 대표적인 본보기이다. 사람들이 바르셀로나에서 가장 많이 찾는 건물이면서 가우디 건축물을 대표하기 때문에 바르셀로나는 '성가족' 이라는 등식이 성립될 정도이다.

원래 바르셀로나에 현대식 성당을 세울 목적으로 신고딕 양식으로 짓기 시작한 이 건물은 건축가 프란세스끄 데 빠울라 델 비야르와 이 성당 공사를 주창한 사람 들과의 불화로 인해 한때 건축이 중단되었다. 이후 가우디가 이 일을 맡게 되었는 데, 그는 이전 고딕 양식의 옛 모습을 찾아볼 수 없을 만큼 돌과 벽돌과 타일과 유 리로 나선 모양의 기둥과 쌍곡면의 원형 천장과 측벽, 쌍곡 포물선 지붕 등을 장식 하면서 복잡하고도 상징적인 건물로 완전 탈바꿈했다. 예수를 상징하는 170m 높 이의 탑 주위의 4개의 탑은 네 명의 복음서의 주인인 요한, 마태오, 마르코, 루카를 상징한다. 뒤쪽에 있는 여섯 번째 탑은 성모마리아를 상징한다. 현재 8개의 탑이 '탄생' 과 '수난' 을 상징하며 정면을 장식하고 있고, 주가 되는 '영광' 을 상징하며 정면을 장식한 4개의 탑은 아직 미완성이다. 이 12개의 탑은 12사도를 상징한다.

'돌에 쓰여진 성서' 라는 표현에 어울리게 가우디와 그의 협력자들은 성서에 기 록된 여러 가지 장면과 가르침을 무수한 장식과 상징으로 형상화했다. 가우디의 건축에 대한 모든 지식과 예술적 감각, 건축 경험이 총망라된 이 건물은 기독교 신앙 천 몇 백 년의 정신적인 기념비로, 성속 융합을 표현한 공간이다.

이 일은 가우디 혼자만의 작업이 아니다. 하우메 바요, 조셉 카날레타, 조셉 마리아 주홀, 이시드레 푸이그 보아다 등 스페인을 대표하는 건축가들이 함께하고 있지만, 이들은 설계자인 가우디의 이름 하나만으로도 그 영광을 느끼는 듯 묵묵히 일했고, 가우디가 죽은 후 아직도 25명의 조각가, 건축가, 도예가, 미장이 들이 성당 건축을 계속하고 있다. 이들 역시 자신의 이름보다는 하나의 예술품이 탄생되어 역사 속에 남는다는 데 행복을 느끼는 진정한 장인들인 것 같다.

가우디 건물의 특징은 겉으로 드러나는 자연적·종교적 상징을 제외하면 본질적으로 어떤 재료로 어떤 구조를 표현하고 있는지가 우리의 관심을 끈다. 바르셀로나의 '엘 에스꾸아드로 별장'과 '꼴로냐 구엘 교회'는 내부 기둥이 외부 부벽 없이도 지탱할 수 있게 되어 있다. 이를 평형 구조라 하는데, 가우디는 이것을 나무가 서 있는 것 같다고 했다. 이 구조의 기본 요소는 미는 힘에 견디도록 비스듬히 서 있는 기둥과 미는 힘을 거의 받지 않도록 얇은 판과 타일로 이루어진 원형 천장이다. 이러한 평형 구조를 바르셀로나의 고층 아파트인 '까사 바트요'에도 적용했고, '까사 밀라'에는 마치 물결치는 모습으로 형상화했다. 그의 작품의 또 다른 특징은 건물의 형상을 산이 많고 해안이 있는 까딸루냐 지역의 특성을 은유적으로 표현했다는 것이다. 가우디는 이처럼 자신의 건축물은 이웃한 기존의 건물이나 자연과 대화를 나눈다고 했던 말을 입증했다.

가우디의 건축물을 대할 때마다 기능주의 건물로 가득 찬 서울이 떠오른다. 하나의 건축물이 시공간의 장엄한 영속 속에 한 민족의 영혼을 표현한 광범위한 문서로 탄생되는 것을 보면 분명 아무나 할 수 있는 일은 아닌 듯하다. 하나의 건축 예술품이 탄생되기까지 얼마나 많은 노력을 기울이는지를 경험하면서 스페인 사람들의 예술에 대한 열정이 보인다.

제4부

여유와 배려 속에 누리는 삶

서민 삶의 중심, 바

영국 사람들은 펍을 애호하고 프랑스 사람들은 카페를 삶의 중심으로 삼는다면 스페인 사람들에게 바는 그들 삶과 같다고 해도 지나친 말은 아닐 듯싶다. 스페인에는 우리나라 약국이나 미용실을 합친 수보다 많은, 국민 500명당 하나꼴로 바가 있다. 이곳은 남녀노소 너나없이 드나들며 요기를 하고 사람을 만나기도 하고, TV를 보고 그날의 소식을 나누고 나라 걱정도 하는 쉼터이다. 동반자 없이 들어와 바 종업원과 담소를 나누는 사람도 있고 커피 한 잔 시켜놓고 높다란 선반 위에 걸린 TV만 서서 바라보는 사람도 있다. 그리고 주문한 식사와 술 한 잔을 말 한마디 없이 한두 시간에 걸쳐 먹고 마시다 나가는 사람도 있다. 축구 게임이 있는 날이면 우리나라 월드컵 경기 때가 떠오르는데, 그런 광경이 스페인에서는 일주일에 두세 번 일어난다. 생면부지의 사람이 있어도 '올라! 안녕!' 이 한마디로 백년지기 친구가 될 수 있는 곳이 바이다.

지금 생각하면 우스운 일이지만 유학 시절 나를 가장 괴롭힌 게 식사 챙기기였다. 먹을 것이 천지에 널려 있고 어디에서든 쉽게 먹을 수 있는 스페인에서 그런

바 풍경

일을 겪어야 했다니 이해하기 어렵지만 그때는 우주인들처럼 캡슐로 식사를 대신할 수 있다면 얼마나 좋을까 했다. 늦은 시각 학교에서 집으로 돌아갈 때면 엄마가 차려 놓은 밥상이 그렇게 그리울 수가 없었다. 그런 내게 그 귀찮음을 해소해준 곳이 바로 바였다. 20여 가지의 메뉴를 돌아가며 하나씩, 아무 때나 들어가서 먹을 수 있다는 것과 혼

자 밥 먹는 일을 참으로 싫어하는 내가 친구를 사귈 수 있는 곳인 바를 사랑하지 않을 수 없었으리라. 종업원들은 참으로 후하다. 객지에 온 동양 여자에게 내놓는 음식은 늘 푸짐했고 보내는 시선은 늘 따뜻했다. 먹고 있다보면 그들이 영락없이

묻는다. "어때요? 맛있어요? 더 줘요?" 그러니까 바에 가면 여유로운 스페인이 보인다. 음식이 보이고 사람들이 보이고 그들의 생활이 보인다.

바에는 평일이든 휴일이든 상관없이 이른 아침을 먹으며 수다를 떠는 사람도 있고 커피로 아침을 해결한 후 직장으로 출근하는 사람도 있다. 아기를 데리고 나온 엄마들의 모임 장소가 되기도 하고, 낮 시간 직장인들이 잠깐 업무에서 빠져 나와 허기를 달래는 휴식 장소가 되기도 한다. 바의 바닥에 이리저리 널브러진 휴지나 담배꽁초들은 민초의 삶의 한 장식으로 주위의 것들과 어울려 전체 풍경을 소박하고 정겹게 만든다.

까페떼리아와 떼르뚤리아

스페인 사람들은 바 외에도 까페떼리아를 무척 사랑한다. 그저 차 한 잔 마시기 위해 들러 삶의 휴식을 취할 수 있는 곳이면서 동시에 학문과 정치 토론장이라는 또 다른 기능을 갖고 있어 그런 것 같다. 1989년 노벨문학상 수상자인 까밀로 호세 셀라의 작품 『벌집』의 주 무대가 바로 이 까페떼리아이다. 총 250여 명의 인물 군상들이 모두 까페떼리아를 중심으로 움직이며 그곳에서 문화 모임인 '떼르뚤리아'를 열면서 스페인 내전 직후의 고립과 설움 그리고 배고픔을 달랬다.

프랑코 독재 때에는 표현의 자유를 만끽할 수 있는 문화의 중심지 역할을 훌륭하게 수행했다. 지금도 문화의 장으로서의 기능은 예전과 다름없다. 다만 이전과는 달리 지금은 주로 에로티즘이나 생태학, 대체의학, 후기 모더니즘으로 주제가 바뀌었다.

이 외에도 까페떼리아에서는 예술가들의 작품을 전시하기도 하고 영화를 상영하기도 한다. 그저 차 한 잔 하고자 들어간 까페떼리아의 분위기가 여느 예술품 전시장 못지않아 스페인에 머무는 동안 공식적인 미술관에서보다 더 많은 미술품을 접했던 것 같다.

문화 모임인 '떼르뚤리아'는 오후 5시쯤 연구소에서 열리는 것처럼, 연극계 인물들이나 시인, 소설가 및 문화비평가들이 모여 자신들의 새 작품을 소개하고 토론하면서 스페인이 나아가야 할 문화의 방향을 선도하고 있다. 그곳에서 나는 원고지를 앞에 두고 글을 구상하는 초로의 문인들을 만났고 저명 문인의 강연이나 시낭송도 들을 수 있었다.

바나 까페떼리아는 단골이 있기 마련인데, 단골 바는 대개 집이나 회사 가까이 있는 곳으로 정하는 경우가 대부분이다. 하지만 까페떼리아는 실내 장식이 마음에 들어서도 아니고 편안하다는 이유로 단골을 삼지는 않는다. 보통 사회적 지위와 개인적 신념에 따라 선택한다. 따라서 우파 성향의 사람들이 주로 찾는 까페떼리아가 있는가 하면 좌파 성향의 사람들이 좋아하는 까페떼리아가 있다. 문인들을 위한 것과 영화인들을 위한 것, 펑크족과 여피족의 카페테리아가 따로 있다.

문화 공간인 까페떼리아의 꽃으로 100년이 넘는 전통을 갖고 있는, 마드리드 시 벨레스 광장 근처에 있는 '까페 히혼'은 역사가 깊은 곳이다. 정치와 문학의 토론장으로서의 기능은 프랑코 시절의 통제로 약해졌지만, 다양한 주제로 토론을 즐기는 손님들로 늘 북적거리고 지하 식당에는 유명 문인들의 시가 그림들과 함께 전시되어 있다. 마드리드의 빌바오 사거리에 있는 '까페 꼬메르시알'은 진보주의자들이 주로 찾던 곳으로 프랑코 시절 좌경 프롤레타리아들의 온상이었다. 지금도 실내 장식에서 그러한 모습이 보인다. 왕궁 근처의 벨벳으로 장식한 '까페 데 오리엔떼'는 마드리드 정치가들과 마드리드 교향악단원들이 모이는 고풍스러운 장식의 까페로 아일랜드 커피를 좋아하는 사람들도 많이 찾는다.

어느 겨울날, 크리스마스 시즌이었던 것으로 기억한다. 왕궁 앞으로 산책을 하다가 따뜻한 차 한 잔이 그리워 까페 데 오리엔떼로 발길을 옮겼다. "이 시간에 이렇게 많은 사람이?"라는 놀람은 한순간. "아 참, 크리스마스 시즌이지. 한창 일할 시간이니 빈자리가 하나밖에 없는 게 당연하지."했다. 바나 까페에는 서서 먹는 자리와 테이블이 마련된 자리가 따로 구분되어 있다. 우리나라 사람들은 어디를 가나 앉을 곳을 찾는 반면 스페인 사람들은 체력이 좋아서 그런지 몇 시간을 그냥 서서 마시고 이야기하는 경우가 다반수다. 그 이유를 가만히 살펴보니 테이블에

앉으면 비용이 더 비싸서가 아니라 서서 마
시면 사람들을 친구로 만드는 데 더 효과적
이기 때문인 듯하다.

까페떼리아의 홀은 이미 서 있는 사람들
로 가득 찼고 다들 벌써 크리스마스가 온 것
같은 기분으로 대낮인데도 술을 마시는 사
람들도 있었다. 자리를 잡고 주문을 기다리
는데 느닷없이 한 남자가 취기 어린 얼굴로

카페 데 오리엔떼

다가오더니 우리나라 말로 "안녕하세요? 저 북에서 왔어요."라고 했다. 유학생 시
절 이런 말을 들었다면 엄청 놀랐겠지만 세월이 헛되이 가는 것은 아니었던 모양
이다. 나는 그 말을 한 사람의 얼굴을 찬찬히 올려다보았다. '스페인 사람이 분명
한데….' 그의 설명은 스페인어로 이어졌다.

"내가 코트라에서 일한 적이 있거든요. 장난으로 북쪽에서 왔다고 했는데 안 놀
라네요. 당신이 한국 사람이라는 걸 어떻게 알았냐구요? 당신 안경집에서죠. ○○
○ 안경." 그러더니 자기 친구들을 데리고 와서 내게 소개를 했다. 나 역시 소개를
할 수밖에 없는 상황이 되었고 내가 대학에서 가르치는 사람이라는 걸 알게 되자
이들은 직장으로 돌아갈 일을 잊은 듯 유럽 통합부터 스페인의 현 정치와 문화 동
향까지 비난하느라 정신이 없었다. 그들이 내게 건넨 명함들에는 미술관 큐레이
터, 스페인 국영 TV 방송 직원, 산딴데르 은행원이란 직함이 찍혀 있었다. 나는 그
들의 연령이 20대, 40대, 50대로 다양했기에 그들의 말이 끝나기를 기다리다가 물
었다. "예전부터 아는 사이들이셨나요?" "아니요. 여기에서 알게 됐어요." 누구의
소개도 필요 없다. 같은 시간대에 같은 까페떼리아에 있다는 것만으로도 친구가
되기 충분하다. 이러한 매력 덩어리인 바나 까페떼리아가 스페인에서 더 빛을 발
하는 이유는 따스한 햇살을 받으며 지나가는 사람들을 구경하고 노닥거려도 시간
이 아깝다는 생각이 들지 않을 정도로 여유를 부릴 수 있는 노천 때문이리라.

광장 문화와 축제

광장 문화의 역사는 그리스 로마 시대로 거슬러 올라가지만, 유럽을 돌다보면 어느 마을이나 도시에서든 휴식과 여유와 축제의 공간이 된 광장을 만나게 된다. 스페인 역시 도심마다 광장이 있고 이 광장 주변으로 성당이나 예배당과 시청, 귀족들의 대저택이 있다. 도시에는 이런 광장말고도 동네나 거리마다 작은 광장이 중심을 이루고 있어서 지역민들이 길을 오가다 잠시 쉬어가며 담소를 주고받으면서 이웃 간의 정을 나누기도 하고, 동네 축제 때면 마을 사람들의 집결 장소가 되기도 한다. 시골의 광장에는 성당과 시청과 그 마을에서 위세 좀 부린다는 시골 귀족들의 저택이 광장의 담을 이룬다. 이 광장을 중심으로 마을이나 도시가 형성되었기 때문에 광장이 역사적으로 그 도시나 마을 행사의 중심이 되었다. 그래서 국왕의 대관식에서부터 질펀한 축제의 한 마당으로서 지역민들을 모으는 구심점이자 공동체 의식을 심어준 공간 구실을 해왔던 것 같다. 특히 개인주의가 강한 스페인 사람들에게 공동체 의식을 심어준 것이 바로 이 광장이자, 이곳에서 행해지는 축제라고 해도 과언이 아닐 정도이다. 그래서 그런지 스페인에는 유럽의 다른 나라들보다 유달리 광장도 많고 축제도 많다. 과거에는 광장이 사형수를 처형하는 장소이자, 죄인을 대중 앞에 벌 세워 창피를 주는 곳이면서 종교재판에 걸린 이단자들을 고문, 화형시키는 곳으로 사용되곤 했다. 스페인 민중은 이처럼 잔인한 일도 광장에서 즐기듯 구경한 뒤 그 여흥을 술과 춤으로 돋우면서 축제로 이어갔다고 하니 그들의 삶에서 광장과 축제를 빼면 스페인 사람이 아닌 게 분명하다.

스페인 사람들의 극단적인 개인주의 성향은 문화 곳곳에서 드러나지만 이러한 성향을 공동체 삶에서 조화롭게 아우르게 하기 위한 사상적·제도적 장치가 정부나 민간 차원에서 늘 있어왔다. 사상적으로는 일찍이 스페인의 사상가인 세네카가 금욕주의를 세상에 내놓아 한 인간이 자기 자신을 앎으로써 인간의 정열과 억제하기 어려운 본능을 제어할 수 있는 길을 만들어주었다. 조직적으로는 개인의 권력이나 감정이 타인의 권리와 법을 무시해서는 안 된다는 사실을 알게 해주었다. 제도적으로는 365일 축제가 없는 날이 없을 정도로 스페인을 축제의 나라로 만들었고, 이것이 조직적으로는 집단주의를 낳게 한 동력이 되었다. 개인적으로는 개인의 욕심을 위해 전체의 법을 무시해서는 안 되며, 더 나아가 나 혼자가 아닌 우리라는 인식을 형성하게 해주었다. 이렇게 하여 잘못 나아갈 수 있는 개인주의의 부정적인 요소가 아주 긍정적으로 형성되었다고 볼 수 있는데, 이 긍정적인 요소 중에서 특이할 만한 사항은 스페인이 장기 기증에서 세계 1위를 차지하고 있다는 것이다.

장기기증자 수는 최근 자료에 의하면 우리나라는 100명당 3.1명, 미국은 25.5명, 프랑스는 22.2명, 독일은 14.8명인 데 비해 스페인은 35.1명에 이른다. 장기 기증 및 이식은 모두 무상으로 이루어지는데, 스페인 병원의 모든 의료 서비스가 무상 제공되듯이 이것도 국가가 부담하고 있다. 배분 순서는 임상적·지리적 기준에 의해 엄격하게 적용되고 응급 대기자가 1순위이다.

사실 장기 기증이라면 누구나 바람직하고 훌륭한 일로 보지만 실행에 옮기는 것은 아무나 할 수 없는, 용기가 필요한 일일 것이다. 스페인 사람이라고 어찌 다르겠는가. 뇌사 판정을 받은 사람들의 보호자들은 거의 모두가 충격 때문에 정신을 놓은 상황일 테고, 그런 상황에서 가급적 빨리 척출해야 하는 장기에 대해 운운한다는 것은 너무나 비인간적인 일임에 틀림없다. 그런데도 그것이 가능한 것은 공동체 의식과 함께 종교가 스페인 국민들의 사고의 저변을 이루고 있기 때문이 아닌가 생각해본다. 선행교리와 자비의 실천을 요구하는 가톨릭이라는 종교가 스페인 국민들의 정신세계를 지배하고 있기 때문일 것이다.

이러한 종교적·문화적 요인 외에도 스페인에서는 병원 내 장기기증센터에 장기 척출 전문의 두 명과 간호사인 코디네이터 두 명을 항시 대기시켜놓고 있다. 이들은 시뮬레이션을 통해 유족을 위로하고 장기 척출에 대한 양해를 얻어내는 등의 교육과 훈련을 받고 있다. 그리고 장기 기증이 이루어진 후에는, 우리나라에서는 장기를 기증받은 환자의 가족이 소정의 장례비를 지급하는 일도 있지만 스페인에서는 일절 금전적인 보상은 이루어지지 않는다. 대신 사후 장기기증센터의 코디네이터가 기증자 가족에게 전화를 하고, 방문을 하며 소식지를 전달하는 등 기증자

가족이 자신의 공동체로부터 꾸준한 관심과 사랑과 감사를 받고 있다고 느끼도록 배려하고 있다. 하느님의 말씀을 실행했다는 충만감까지 가질 수 있다면 천국이 따로 없을 것이다.

자신의 몸으로 다른 사람을 살리려는 마음은 너와 내가 하나가 되는 공동체 의식으로, 일체감을 느끼고 서로 돕고 도움 받는 정신에서나 가능할 수 있다. 이는 다름 아닌, 스페인 국민들이 목숨처럼 지켜낸 가톨릭 종교와 역사를 통해 탄탄히 자리잡은 공동체 의식과 일체감, 상부상조의 정신과 사회보장제도 및 의학 기술 덕분에 가능할 것이다.

여기서 우리는 스페인 국민들의 신에 대한 감정과 교회라는 조직에 대한 감정을 구분할 필요가 있을 것 같다. 스페인 사람들 중 대다수가 교회는 독재 체제의 억압을 대변한다고 믿고 있다. 더군다나 스페인 사람들은 기질상 제도라는 것을 싫어한다. 그러니까 스페인 국민들의 종교를 이해하려면 사제주의와 교권주의와 신을 구분해야 한다.

돈도 같이 나누고 싶어요, 끼니엘라

스페인에서의 복권은 생활이다. 일확천금을 바라는 사람의 것만이 아니라 보통 사람들이 너나없이 ─ 욕심 없는 사람이 있겠는가만은 ─ 즐거움을 찾는 기분으로 또는 도움을 주고자 하는 마음으로 일상의 산책처럼 하고 있다. 그래서 종류도 많다.

우리나라에서 길을 가다 녹색 글씨로 유리창에 '토토'라고 적혀 있는 것을 보았다. '저게 무엇인가?' 하는 호기심으로 가게 안을 들여다보니 축구 복권이었다. 2001년부터 생겼고 경기의 승부를 알아맞히는 것인데, 단순히 우리나라 프로 축구팀만을 대상으로 하는 것이 아니었다. 국가 대표팀의 경기 내지 외국팀의 경기까지 포함하고 있어서 아주 복잡해 보였다. 사실 난 이 방식이 별로 마음에 들지 않는다. 스페인의 경우 스페인 국내 프로축구 한 종목만 갖고 승부를 맞힌다. 이것을 '끼니엘라'라고 하는데 보통 1부 리그 위주로 14조의 경기 결과를 예측하여 홈팀 또는 방문팀의 승, 패 아니면 무승부의 경우로 나누어 표시한다. 자기가 좋아하는 팀의 승부와도 직결되는 것이라서 축구 경기를 통한 즐거움과 함께 상금이 걸려 있는 짜릿함까지 느낄 수 있어 이 복권은 결과를 맞힌 사람이 적을수록 높은 배당금을 받게 되어 있다. 따라서 단순한 행운이 아닌, 팀 전력이나 상대팀과의 관계 등 다양면의 관찰과 연구가 결과 예측에 절대적으로 영향을 주기 때문에 아예 사무실을 차려서 끼니엘라를 직업적으로 하는 사람도 있단다. 내 생애 처음으로 스페인에서 해보았던 것이 이 복권이다. 14조의 경기에서 적어도 12개는 맞혀야 본전을 찾는데 그리 쉽지만은 않았다. 각 팀 선수의 컨디션과 팀 분위기, 상대팀의 전적 등등을 자세히 분석하여 도전하는 전문가가 있다는 것이 어쩌면 당연해 보였다. 돌발 상황이 일어나서 강팀이 약팀에게 패할 경우, 즉 대부분의 예상이 빗나간 경우에 1등 배당금이 높아지는 만큼, 뜻밖의 행운을 기다리며 재미로 하는 편이 낫다는 결론을 내리고는 다시는 하지 않았다. 스페인에는 이러한 과학적 분석이 필요한 복권 말고도 많은 종류의 복권이 있다. 그 많다는 복권을 내가 다 알 수도 없고 열거할 수도 없지만, 스페인 사람들이 가장 가슴 설레며 즐기는 복권은 로테리아 쁘리미띠바 일명 로또와 로떼리아 나시오날이다.

쁘리미띠바 복권은 우리나라의 로또와 거의 동일한 것으로 1에서 49까지의 숫자를 6개 맞혀야 한다. 매주 2회 추첨을 하는데 이것은 끼니엘라와는 달리 전적으로 운에 달려 있다. 로떼리아 나시오날은 우리의 일반 복권 형태로 다섯 자리 숫자의 번호를 하나씩 구입하는 것이다. 이 복권은 크리스마스에 상금액이 상상을 초월하는데, 평균 복권의 총 상금액은 23억 2050만 유로, 즉 4조 원이 넘고, 1등 상금이 5억8500만 유로이니까 거의 1조 원이 넘는다. 물론 이 복권의 상금을 스페인 역사상 한 사람이 독식한 적은 한 번도 없다. 몇 명이 한 번호를 구입해도 자신의 직장 동료들이나 지역민들, 또는 친구들에게 선물로 나누어주기도 하고 대부분 여러 명이, 많게는 수백 명이 한 번호를 나누어서 구입한다. 번호 하나의 가격이 3만 9000유로, 즉 7000만 원 정도 하니 애당초 모든 사람이 즐기자는 의도로 계획된 복권 같다. 그래서 이 한 번호를 가지고 공식적으로 20유로짜리 약 2000장이 발행되고, 필요하면 그것도 더 잘게 나누어 크리스마스 몇 달 전부터 친구끼리 가족끼리 아니면 동네 사람끼리 서로 나누어 가진 뒤 크리스마스 전 토요일만 기다린다. 1등의 행운이 오지 않아도 그저 설레는 마음으로 그날을 기다린다는 자체가 그들에게는 축제이다. 운이 좋아 1등이 된 번호를 산 친구들 또는 마을 사람들, 친척들은 수억 원씩의 돈방석에 한꺼번에 올라앉게 되고, 그다음 날부터 이들은 거리에서 보기가 어렵다. 어떤 이는 가게 문을 닫고 또 어떤 이는 이사를 간다.

추첨은 보통 크리스마스 전 토요일 아침에 하는데 라디오나 TV로 오전 내내 중계를 한다. 추첨을 맡은 어린아이들이 외치는 번호 소리가 차가운 토요일 아침을 깨우면 스페인 국민들은 그 소리와 자기 손에 있는 번호를 맞추느라 정신이 없다. 마드리드 대학교에서 같은 반 친구들이 아주 잘게 쪼갠 크리스마스 복권을, 다시 말해서 수백 장 중의 하나를 다시 더 적은 액수로 나눈 쪽지를 팔아서 나도 몇 장 사곤 했는데 1등은 어림없었고 작은 것 하나 맞지 않았다. 하지만 다 같이 참여하고 잠깐이라도 행복을 꿈꾸어본다는 소박한 스페인 사람들의 마음은 공감할 수 있었다. 크리스마스 복권 외에 동방박사들의 날(1월 6일)에도 아기예수란 이름으로 특별히 많은 액수의 복권이 발행된다.

또 다른 삶의 여유, 축구

스페인에서 축구는 왕의 스포츠다. 레알 마드리드 팀에게 레알(왕실의)이란 명칭을 사용하도록 허락했고, 따라서 레알 마드리드 유니폼의 마크 상단에 왕관을 그려 넣을 수 있었다. 왕이 존재하지 않았던 철권 통치자 프랑코 총통 시대에는 축구 경기가 독재 체제의 문제점을 희석하고 대중을 다스리는 도구로 이용되었다. 이러니 축구가 그냥 스포츠이기만 했을까.

1984년이었다. 스페인에서 TV를 통해 본 것이 프랑스에서 개최된 유럽축구선수권대회, 그러니까 유럽컵대회였다. 예나 지금이나 스페인이 최고의 팀인 것은 분명하다. 문제는 어느 팀에게 행운이 좀 더 있는가 하는 것이었는데, 평상시에도 별로 사이가 좋지 않은 스페인과 홈팀 프랑스가 결승전에서 붙었다. 왕을 위시하여 스페인 국민 거의 모두가 프랑스로 가는 바람에 나 같은 유학생들이나 스페인을 지켰던 것 같다. 텔레비전으로 본 스페인 국민들의 귀가 터질 것 같은 응원을 나는 그때 이해하지 못했다. 그러한 응원에 귀가 멀었던지 그해 행운의 여신은 스페인에 등을 돌려버렸다. 당시 유럽 최고의 골키퍼로 인정받고 있던 아르꼬나다가 그만 강하지도 않은 볼을 이름처럼 가랑이 사이로 놓치는(알을 까는) 바람에 우승을 프랑스에게 넘겨주고 말았다. 이 장면을 본 스페인 국민들의 표정과 탄식 소리를 나는 아직도 기억하고 있다. 그 이후 스페인은 우승하고 인연이 없다가 24년이 지난 2008년, 스위스-오스트리아에서 열린 유럽컵 대회에서 멋지게 우승하고 세계의 인정을 받았다. 그러니 작은 것에도 열광할 줄 아는 스페인 사람들의 마음이 어떠했으랴. 스페인 사람도 아닌 나 역시 반 정도 공중에 떠 있는 것 같았으니, 스페인 축구 대표팀은 국민들에게 생애 최고의 기쁨을 선사한 것이나 다름없었다. 늘 세계 3~4위 또는 5~6위권이던 랭킹도 1위로 뛰어올랐다.

미국에서 오래 살면 자기도 모르게 미국 프로야구, 즉 메이저 리그의 팬이 되어 운동 종목 중에서 야구를 가장 좋아한다고들 한다. 이처럼 유럽에 살게 되면 축구의 열렬한 팬이 되지 않을 수 없는 것 같다. 프로팀 간의 정규 리그는 물론 유럽 내 프로팀의 진정한 승자를 가리는 챔피언스 리그와, 사이사이에 벌어지는 국가 대표팀 간의 경기, 거기에 4년마다 열리는 월드컵과 역시 4년마다 월드컵과 엇갈려 열리는 유럽축구선수권대회를 위한 예선전 등을 포함하면 스페인을 포함한 유럽에서는 매주 축구 경기가 꽉 차 있다. 그러니 관심을 가질 수밖에 없고 모든 사람이 다 알고 있는데 나만 모르면 대화가 안 되니 더더욱 그럴 수밖에 없다. 그 관심이 어느 한 도시나 팀에 모이면 나도 모르게 열렬한 팬이 되어 전문가 수준으로 오르는 건 시간 문제인 것 같다.

스페인 축구의 역사는 이렇다. 영국이 1704년 스페인 계승 전쟁에 개입하면서 이베리아반도 남부 끝 바위산 지브롤터를 점령한 후부터 스페인은 영국의 영향을 많이 받게 되었다. 그중의 하나가 바로 축구이다. 옆 동네 우엘바에서 일하던 영국

노동자들이 스페인에 축구를 전파했고, 이곳에 공식적인 첫 축구 클럽 우벨바 레크리에이션이 생기게 되었다. 그것이 1889년이니까 스페인의 프로 축구는 120년이 넘는 역사를 갖고 있다.

1892년에는 빨라모스와 엘 아길라, 1898년에는 빌바오 아틀레틱, 1899년에는 바르셀로나, 그리고 1902년에 레알 마드리드 팀이 창단된 후 1920년대까지 20여 개의 팀이 생겨났다. 1902년에 처음으로 공식적으로 알폰소 13세 국왕배 대회가 열렸고 결승전에서 비스까야 팀이 바르셀로나를 2대 1로 누르고 우승을 했다. 이후 1928년부터 정규 리그가 시작된 후 100여 년이 지난 현재는 20개의 팀이 1부 리그를, 2부 A리그에 20팀, 2부 B리그에 80팀이 매주 경기를 벌일 정도로 탄탄한 저변을 갖게 되었다. 1부에 속한다고, 또는 2부에 있다고 영원히 그 자리만 지키는 것은 아니다. 매년 리그에서 1부 꼴찌팀 세 팀이 2부 리그로 강등되고, 2부 리그 상위팀 세 팀이 1부로 올라오는 순환 리그인 만큼 순위싸움이 치열하기 때문에 리그가 더욱 뜨겁게 달궈지게 마련이다. 그중 레알 마드리드와 바르셀로나 간의 경쟁은 지역 경쟁만큼이나 치열하다. 레알 마드리드는 현재 회원이 9만 명에 약 8만 명을 소화할 수 있는 산티아고 베르나베우 홈구장을 갖고 있다. 반면 바르셀로나는 회원이 15만 5000명이 넘고 경기장 캄나우는 거의 10만 명을 소화할 수 있다.

산티아고 베르나우베 경기장

다른 팀들보다 훨씬 월등한 경제력과 팀 전력을 보유하고 있는 이 두 팀이 스페인 리그에서 우승과 준우승을 거의 독점하다시피 하지만 때로는 발렌시아, 데뽀르띠보, 세비야, 비야레알 등의 팀이 국내외에서 상위에 들면서 스페인 축구의 위상을 널리 알리고 있다. 이로써 스페인 축구팀은 유럽에서는 물론 세계 전 지역에서 많은 팬을 보유하게 되었으며, 우리는 케이블 TV를 통해서 매주 스페인 축구를 감상할 수 있는 호강도 누리게 되었다. 물론 시차 때문에 새벽잠을 설치는 것이 괴롭기는 하지만 생방송으로 스페인의 축구를 볼 수 있다는 것만으로도 그 정도의 고통은 충분히 감내할 수 있지 않나 싶다.

스페인의 쁘리메라 리가는 잘 알려진 바와 같이 영국의 프리미어 리그와 이탈리아의 세리에 A와 함께 세계 3대 리그의 하나이다. 스페인의 리그가 세계 최고에 이를 수 있었던 것은 스페인 선수들의 우수함 외에도 과거 수백 년간 식민지였던, 스페인어를 공유하는 중남미 선수들이 스페인에서 보다 자연스럽게 활동할 수 있었기 때문이다. 유럽의 강력한 힘의 축구에 중남미의 세밀한 기술 축구를 접목해 빠르면서도 정교한 스페인만의 고유한 색깔을 갖게 되었던 것이다.

스페인은 늘 훌륭한 선수들을 배출해낸다. 1980년대에는 부뜨라게뇨, 미첼 등 5인조를 일컫는 '낀따 데 부이뜨레'를 포함해서 까마초, 이에로, 수비사레따 등과 1990년대 라울을 거쳐 21세기 들어서는 다비드 비야, 또레스, 사비 등 세계 정상급의 선수를 보유하고 있다. 그런데 이렇게 화려한 진용을 가졌음에도 불구하고 생각만큼 좋은 성적을 거두지 못했다. 하지만 예나 지금이나 스페인 축구팀은 도박사들이 항상 우승 후보 중의 하나로 손꼽는 것은 부인할 수 없는 사실이다.

스페인이 결정적으로 정상에 서지 못하는 이유를 정신력 부족이나 감독 능력 문제, 아니면 단순히 운이 없어서라고 해석하곤 한다. 정확히 분석할 수는 없지만 나는 전형적인 스페인 국민의 기질이 한 몫을 했다고 짐작한다. 즐기기를 좋아하는 국민성, 무엇을 죽을 만큼 하는 데 익숙하지 못한 성격, 다시 말해 악착같은 면이 부족하다는 것이다. 아마도 이런 점 때문에 2008년 유럽컵 대회에 대비해서 대표팀이 800km나 되는 산티아고 성지 순례의 길을 행군했던 것 같다.

프로팀이 많은 만큼 스페인에는 훌륭한 감독과 코치도 많다. 일단 능력을 인정받고 유명해지면 감독들도 적지 않은 돈방석에 앉게 되고, 세계 여러 팀에서 모셔가는 경쟁이 벌어진다. 유럽컵 대회에서 팀을 우승으로 이끈 스페인 국가 대표팀의 루이스 아라고네스 감독도 우승 직후 바로 터키의 페네르바체팀으로 옮겨 새로운 도전을 시작했다. 아라고네스 감독이 터키 공항에서 받았던 환영 행사는 한마디로 광적이었다.

모든 것이 그렇듯이 축구가 이처럼 세계적인 관심을 얻고 인기가 있는 것은 돈이 연관되어 있기 때문일 것이다. 최고의 축구 선수가 된다는 것은 명예와 경제적 수입에서도 최고가 될 수 있다는 것을 의미한다. 이미 세계적으로 잘 알려졌듯이 축구 선수들의 몸값은 하늘 높은 줄 모르고 올라간다. 물론 세계적으로 최고의 선수들에게 해당하는 일이다. 나는 그 수치가 워낙 높아 실감하기가 어렵지만 연봉이 100억 원대를 넘는 것은 보통이 되어버렸다. 매년 새로 계약하는 선수들이 신기록을 세우므로 매년 경신되는 연봉 기록은 올해 다르고 내년 다르게 치솟는다. 베컴과 지단, 호나우두, 라울, 피구 등이 레알 마드리드에 한꺼번에 몰려 있던 시절 이 다섯 명의 연봉만 500억 원이 넘었다. 다른 선수들까지 고려하면 선수 몸값만으로도 연 1000억 원이 훌쩍 넘는다. 이러한 연봉은 2008년도에 이탈리아 인터 밀란의 브라질 선수 카카가 145억으로 최고치를 경신하더니, 그해 9월에 역시 인터 밀란에서 이브라히모비치가 173억으로 계약을 했다. 이뿐인가. 최고의 선수들에게는 연봉뿐 아니라 초상권 수입이나 스폰서 수입 등이 들어오는데 호나우지뉴나 베컴 등의 선수는 이것만으로도 500억 원이 넘는 돈을 번다고 하니, 어릴 적부터 운동에 재능이 있는지 살필 걸 그랬나보다 하는 농담도 하게 된다. 보통사람이 연 1억 원 벌기도 하늘의 별 따기인 세상에서 축구를 좋아하는 많은 어린이가 최고의 축구 선수가 되는 것을 꿈꾸며 열심히 공을 차는 이유도 천문학적인 수입과 사라지지 않을 명예 때문이 아닌가 싶다. 그런데 이런 천문학적인 돈을 주고 선수들을 데려오는 나라는 스페인뿐인 것 같다. 매년 눈덩이 같은 빚더미에 올라서면서도 자기네 안마당에 이들을 데려다놓아야만 직성이 풀리는 이유는 무엇 때문일까?

모든 책임을 개인에게 맡깁니다

국민들의 마음을 모으기 위해 가톨릭을 강요하고 그에 따른 엄숙주의가 프랑코 독재 체제의 이념이 되었던 36년의 세월이 끝난 1976년부터 이후 몇 년간 스페인 도심 거리의 가판대는 주로 포르노 잡지가 메웠다 해도 과언이 아니다. 종교가 인간의 성을 죄라고 단정하여 성과 관련한 모든 것에 수치감과 죄의식을 심어줬고, 독재 체제는 개인의 신체적·정신적 표현의 자유를 억압했으니 그럴 만도 하다. 어느 시대 어느 민족을 봐도 한 사회의 에로티시즘이 정치와 긴장 관계에 놓이지 않았던 적은 없다. 그런데 긴장 관계가 풀렸으니 그동안 억눌렸던 성적 욕망이 봇물 터지듯 터져나오기 시작하는 건 당연한 일일 것이다.

스페인은 1980년대부터 내가 우리나라 영화나 드라마에서도 구경하지 못한 것을 거리에서 많이도 제공해줬다. 처음에는 민망해서 쳐다보지 못할 정도의 젊은이의 애정 행각이 너무나 떳떳하게 거리에서, 전철 안에서까지 행해진다는 게 신기했다. 신호등에 걸려 잠깐 서 있는 차 안에서도 젊은이들은 쉴 새 없이 서로를 사랑한다는 모습을 보여줘야 직성이 풀리는 듯, 뒤에 서 있는 차가 경적을 울려야만 그 사랑의 표현을 잠시 멈췄다. 그런 광경에 익숙해지면서 난 신호등이 바뀌어도 그들의 분위기를 깨고 싶지 않아 마냥 기다린 적도 있다. 스페인 정부 역시 나처럼 관용 정신을 발휘하고 싶었던지 포르노 전용 영화관 X를 만들어 신문에 광고도 내게 했다.

하지만 스페인 정부는 이러한 개인의 자유를 문서로 보장해주는 일에서는 서부 유럽의 수준으로까지 나아가지 못했다. 그래서 낙태가 가능한 영국으로 가는 비행기는 스페인 임산부들로 만원이었고, 결혼한 남자가 정부를 두는 일도 용인되었다. 부인은 집을 지키며 애들을 키우면서 남편에게 성모마리아의 이미지로 각인되어야 했고, 성적 쾌락은 다른 곳에서 찾아도 문제만 일으키지 않는다면 묵인되는 때도 있었다. 그러다가 1985년부터 낙태나 이혼과 관련한 법들에 숨통이 트이기 시작하더니 2004년 사회주의 정권이 다시 들어선 후부터 이와 관련한 문제는 모두 개인의 뜻에 맡기게 되었다. 본인이 싫으면 어떠한 이유든 이혼이 가능해졌다. 동성결혼과 낙태에도 아무런 제재를 가하지 않는다. 다만 지금도 TV에서는 콘돔 사용을 홍보하고 마약류가 젊은이의 인생을 피폐하게 만드는지를 알리는 프로그램을 방영하고 있다. 몰라서 겪을 수 있는 국민들의 피해를 미리 막고 처벌이나 과태료를 물리기 전에 자국민을 보호하기 위해 나라가 어떤 역할을 해야 하는지를 열심히 보여주고 있다. 참, 포르노 전용영화관인 X영화관에서는 나이 많은 사람들만

이 졸면서 시간을 보냈는데, 지금은 이 영화관도 존재 의미를 잃어가고 있다. 성교육은 초등학교에서부터 이루어지며 첫 성경험이 평균 17세라고 한다. 주말 공원에 끝 모를 정도로 길게 주차된 차는 거의 모두가 연인들의 데이트 장소이다. 일요일 아침 공원에 나가 보면 바닥에 버려진 콘돔이 가득하고 군데군데 마약 주사기가 흉물스럽게 널려 있다.

교회나 보수단체들은 혼전 성행위와 마약, 이혼, 낙태, 간통 등을 강력하게 반대하고 있지만, 현 정부는 모든 것을 개인의 책임하에 두면서 너무나 개인적인 일에는 국가가 간섭하지 않겠다고 했다. 마약 거래자에게는 죄를 묻지만 사용자에게는 죄를 묻지 않는다.

께 구아빠! 께 린다!(예쁘군요! 멋지십니다!)

이탈리아 인 친구를 만나러 이탈리아로 여행 갔다 온 내 스페인 여자 친구의 입은 다물어질 줄 몰랐다.

"이탈리아 거리를 걷는데 이리 봐도 멋진 남자, 저리 봐도 멋진 남자들뿐이야. 길거리 청소부도 멋지고 택시 기사 아저씨도 멋졌어."

"어때서 그렇게 멋졌는데?"

"청소부 아저씨가 길을 쓸고 있었는데 내가 지나가니까 하던 일을 멈추더니 옆으로 비켜서서 내가 갈 길을 쓸어주는 거야. 쓰고 있던 모자를 벗어 '본 죠르노 시뇨리따' 라고 인사까지 하면서 말이야. 택시를 잡으려고 서 있는데 차 한 대가 천천히 다가오더라. 그러더니 택시 기사 아저씨가 차에서 내려 '시뇨리따' 하면서 내 짐을 들어 차 안에 실어주고 내가 들어갈 문을 열어주고 기다렸다가 닫아주는 거야. 그러니 외모도 멋져 보이더라. 사실 잘생기기도 했지만. 내 친구 부부와 식사 약속이 있었는데, 친구 남편이 내 의자를 꺼내 앉기를 기다려주고선 자기 부인한테도 그러지 뭐야. 음료수는 나 먼저 따라주고 내가 냅킨을 떨어뜨리니까 자기가 종업원을 불러 지시하는 거 있지. 식사는 우리와 보조를 맞춰 하면서 어쩌면 그토

246

록 박식한 지식들을 풀어내놓는지. 말투에서나 행동에서 동화 속 왕자가 따로 없는 듯했어. 나도 그렇게 멋진 이탈리아 남자와 결혼할까봐."

지금 그 친구는 영국으로 언어 연수를 갔다가 자기보다 여섯 살 많은 이탈리아 남자를 만나 결혼해서 이탈리아에서 잘살고 있다.

나는 그 친구의 말을 들으면서 스페인 남자와 이탈리아 남자와 한국 남자들의 매너에 대해 생각해보았다. 그랬더니 그 나라 사람들의 삶의 모습을 이해할 수 있었다.

내 친구가 말한 남자의 멋은 아주 세속적인 차원의 것으로 "까짓것 나도 마음먹으면 할 수 있어" 하고 호기를 부릴 수 있는 것이다. 하지만 멋이라는 건 억지로 하면 어색하고 촌스럽다. 삶과 함께 생성되고 무르익어 자연스럽게 느껴지는 것이 진짜 멋인데, 이탈리아에서도 그러하지만 스페인도 삶의 구석구석에 멋의 미학이 배어 있다.

우선 스페인 용어를 보면 멋에 대한 재미있는 표현이 많다. 스페인어 발음을 그대로 옮겨보면 '세련된 몸매'의 엘레간시아, 에스띨로. '맵시'의 아펙따시온, 수떨레사, 단디스모. '풍취'의 구스또, 엔깐또, 아뜨락띠보. '매력인'의 엔깐따도르, 까우띠바도르. '환상적인 멋'의 파스시난떼. '멋쟁이'의 까야르도. '멋지다'의 마그니피꼬, 마라비요소, 피노, 레피나도, 쁘리모르, 소베르비오, 엑셀렌떼, 에스쁠렌도르, 브리얀떼, 에스뚭도. '우아하다'의 그라시아, 가르보. '운치'의 도나이레 등등. 이와 파생된 또는 비유적으로 사용되는 단어까지 합치면 이 페이지를 다 채우고 말 것이다.

이렇게 멋을 표현하는 단어가 많다는 것은 그들의 삶 속에 멋이 생활화되어 있다는 의미인데, 나는 이것을 그들의 선천적인 기질에서 연유한다고 본다. 스페인 사람들은 머리로 탐구하고 개념으로 정리하기 위해 애쓰는 것이 아니라 무엇보다 '느끼는 것'을 우선시하는 민족이기 때문인 것 같다. 스페인 사람 특유의 정열에 '멋'의 감각이 수반됨으로써 절묘한 아름다움의 세계로 들어가게 된 것인데, 이러한 스페인 멋의 정수를 나는 투우장에서 만날 수 있었다.

투우는 스페인에서 국가의 축제이자 민중의 축제이다. 그래서 평일에 마드리드의 벤따스 투우장을 찾아도 사람들로 인산인해이다. 그 사이에 한 자리 차지하고 앉으면 투우에 대한 전문 지식이 없어도 관람하는 데 전혀 불편함이 없다. 그곳에 있는 사람들이 모두 투우전문가이기 때문에 그들끼리 하는 대화를 들으면 해설가가 따로 필요 없을 정도이다. 투우의 용맹성과 모양새, 어느 농장에서 사육되고 어떻게 훈련되었는지 등의 소의 품질 평가에서부터 투우사의 몸놀림과 소와의 대결 모습, 마지막으로 투우를 주관하는 쁘레시덴떼 결정의 잘잘못 등등, 모르는 게 있으면 오히려 이상할 정도로 그들은 투우 박사들이다.

어느 여름, 늘 텔레비전 중계로 투우를 보다가 직접 느껴볼까 해서 마드리드 벤따스 투우장을 찾았다. 오후 3시의 태양은 살갗을 태우려는 듯 이글거렸다. 태양석과 그림자석, 이 두 좌석 중에서 가격이 저렴한 태양석의 표를 사면서 빨리 내 자리로 그늘이 드리워지기만을 기다렸다. 첫 번째 투우사가 죽인 소를 말이 끌고 나가는 것을 보면서 다음 소의 등장을 기다리다 옆자리에 앉아 시끄럽게 떠들고 있는 사람에게 스페인 사람들이 투우에 열광하는 이유를 물었다. 스페인 남자들의 그 예외 없는 친절함이 그곳에서도 발휘되어 동양 여자가 자기들이 자랑하지 않고는 못 배길 것 같은 투우와 관련한 내용을 물어줘서 황공하다는 듯이 입을 열었다.

나는 내 옆 사람한테 조용히 물었는데 그 뒤에 있는 사람이 앞 사람의 머리 위로 고개를 쭉 내밀었다. 내 앞 사람들은 몸을 돌려 내 얼굴을 빤히 쳐다봤다. 그러더니 설명해주는 사람과 보조를 맞추기나 한 듯 이구동성으로 외쳤다. "멋지지 않습니까?" 바로 '멋'의 미학이다. "저 투우사의 복장 좀 보십시오. 멋지지 않습니까? 18세 청년의 아름다운 몸매를 고스란히 드러내는, 화려하지만 화려하지 않고 유치하고는 거리가 먼, 동시에 몸의 안전을 생각한 저 의상이 그냥 생긴 줄 아십니까? 망토를 휘두르는 기술이 몇 가지인 줄 아세요? 수십 가지가 넘는데 모두가 하나같이 예술입니다. 잘 보세요. 칼은 그저 소를 죽이려고 있는 거 같죠? 아닙니다. 죽이려면 그냥 죽이지요. 마따도르 투우사의 폼을 잘 보세요. 어떤 무용수도 보여줄 수 없는 춤사위를 구사합니다. 어느 나라에서는 칼춤이 있다는데, 그 춤보다 더 절묘

마드리드 투우장(왼쪽)과 마드리드 투우장 내부(오른쪽)

할 겁니다. 창을 꽂는 사람(삐까도르)을 보십시오. 양팔을 높이 올리는 저 폼과 소 앞으로 달려가서 내리꽂는 저 자세는 예술 그 자체입니다. 마지막으로 투우사가 긴 칼로 소의 명을 끊는 것을 우리는 '진리의 순간'이라고 합니다. 표현까지 멋지지 않습니까?"

이렇듯 이들의 대답과 질문은 자랑과 수다의 수준을 넘어 한 권의 책으로 엮을 참이었다. 두 번째 소의 등장에도 아랑곳하지 않고 그들의 이야기는 계속됐다. "투우사의 팔놀림과 걷는 모습이 정말 우아하지 않습니까. 500kg이 넘는 무시무시한 검은 소를 앞에 두고 어찌 저리 여유롭고 당당할 수 있을까요?" 이들의 말을 듣고 내린 나의 결론이다. 아! 그래서 스페인 사람들은 남녀노소 구별 없이 투우사처럼 걷는구나. 허리와 등을 곧게 세우고 머리를 약간 위로 젖히듯 들어올려 거만하게 보일 정도로 말이다. 움직이는 저 팔과 다리의 움직임은 남성에게는 박력이요, 여성에게는 정열을 느끼게 하는 바로 그 멋이구나.

그 요란스러웠던 스페인 남성들의 멋스러움에 대한 이야기는 집으로 돌아오는 내내 귀에 맴돌았고 그래서 나도 '멋 좀 느끼면서 살자' 하는 마음으로 주변의 경치를 감상하면서 걷고 있는데 뒤가 왠지 불편했다. 찝찝한 기분에 고개를 돌려보니 언제부터인지는 모르나 경찰관 두 명이 순찰차를 타고 내 뒤를 졸졸 쫓아오고 있는 게 아닌가. 그때까지만 해도 내게 경찰관은 겁나는 존재였다. 스페인에 있으면서 그들에 대한 나의 공포는 사라진 줄 알았는데, 순간 본능적으로 내가 뭘 잘못

한 게 있나부터 살폈다. 하지만 그들의 환한 눈과 마주치는 순간, "예쁘군요, 멋지십니다(께 구아빠! 께 린다!)"라는 찬사가 웃느라 더 크게 벌어진 그들의 입으로부터 나왔다.

스페인 남자들은 길에서 여인을 보면 그냥 있지를 못한다. 어떻게든 그 여인이 갖고 있는 멋을 찾아내어 찬사를 하는 게 예의라고 생각하는 것 같다. 참 할 일 없어 보일 수도, 아니 성희롱으로 여겨질 수도 있다. 그런데 막상 스페인에서 살다보면 지나가는 여인을 보고 "참 아름답군요!"라든가 "멋지십니다!"라는 남성들의 표현과 이 말에 대한 여성들의 "고마워요"라는 감사 인사로 '이게 삶이구나' 하는 생각이 절로 든다.

말은 마음의 기호요, 삶에 대한 태도의 표현이라고 어느 스페인 시인은 말했다. 그래서인지 스페인 사람들의 화술 역시 참으로 멋스럽다. 말마다 스페인 국민들의 번뜩이는 재치가 느껴진다. 이런 말치장은 정부나 정치인들을 흉볼 때 강도가 더 해지는데, 싸움을 할 때도 사용된다면 이해할 수 있겠는지. 그런데 그 욕이 무엇인지를 알아듣기 위해 말장난이나 도치, 은유, 비유 등의 치장을 벗기는 데 신경을 죄다 쓰고 나면 욕은 이미 기능을 상실하고 싸움 자체가 싱거워진다. 이렇게 일상에서 사용하는 말에서조차 묘기와 잔치를 부리는 이유가 궁금하여 물어보니 예의 어깨를 한 번 들어 올렸다 내리며 툭 던지는 한마디, "이래야 삶이 여유롭잖아요?"

개똥 천국 마드리드

운 좋게도 스페인에서 처음으로 임대해 살았던 집 주변으로 동그스름한 산책로가 있었다. 나중에 안 일이지만 스페인에는 대부분의 아파트 단지나 집 주변에 공원이나 산책로가 나 있을 만큼 산책 문화가 아주 활성화되어 있다. 스페인에 간 지 얼마 되지 않았던 어느 주말 오후, 점심을 먹고 동네를 익히며 산책이나 해볼까 어슬렁거리며 거리를 걷고 있었다. 그때 내 앞으로 60m쯤 되는 거리에서 이상하게 생긴 짐승이 어슬렁거리며 내 쪽으로 다가오고 있었다. 난 어릴 적부터 양팔에 강아지를 눕히고 머리맡에 어미 개를 두고 자곤 했다. 고양이에게는 방석과 요와 이불을 깔아 재우고 나는 그 옆 맨바닥에서 자다가 엄마한테 혼난 적도 많다. 그러니까 지구상에 있는 4000여 종의 포유류와 1만여 종의 새 가운데 인간이 길들이는 데 성공한 10여 종 중에서 인간이 목줄을 매고 거리를 활보할 수 있는 동물은 종류가 아무리 다양해도 구분할 능력이 있다는 뜻이다. 그런데 그 짐승에게로 다가갈수록 생김새가 요상하여 내 눈은 점점 더 커졌고, 커진 눈으로 들여다본 놈은 삶이 고단했는지 얼굴에는 주름이 겹겹이 내려앉은 하마에 몸은 엄청 큰 양이었다. 이럴 수가! 너무나 신기해서 목줄을 잡고 있던 사람을 가만히 올려다보았다. 주인 역시 어

개와 함께 산책하는 풍경

쩜 그렇게 그 짐승과 닮았는지. 순간 터져 나오려는 웃음을 억지로 참으며 속으로 외쳤다. "와우! 양의 몸을 한 개다." 아파트에 살면서 주인처럼 잘 먹어서 도저히 믿기지 않을 몸매를 갖게 된 불독이었다.

거리를 걷다보면 개가 많고 그에 따라 개 분비물도 많다. 밤 동안에 산책 나와 실례를 하고 가서 그런지 아침이면 더 심했다. 이런 것은 눈에 보이니 그나마 다행이다. 징검다리 건너듯 폴짝폴짝 뛰어 피해 가면 되고, 아니면 미화원 아저씨가 치우거나 비가 오면 다 흩어져버리니까 말이다. 하지만 가을날 큼직한 낙엽들이 수북이 쌓인 공원을 고독을 씹는 여인처럼 폼 잡고 걷다가 낙엽 밑에 숨겨진 것 때문에 당하는 사건은 말 그대로 봉변이다.

마드리드에는 큰 공원이 세 개가 있는데 그중 마드리드 국립대학교가 자리 잡고 있는 몽끌로아 거리의 오에스떼 공원은 한적한 산책로로 으뜸이다. 2km 길이에 폭 6m인 길 양편으로 수십 년 됨직한 포플러나무가 장엄하게 줄지어 서 있고 사람들의 발길이 뜸해서 맘껏 머리를 비우고 재충전할 수 있는 곳으로 그만이다. 그곳으로부터 걸어서 10분 거리에 내 숙소가 있었기 때문에 나는 그곳을 즐겨 찾았다.

가을 햇살 아래에서 향내 나는 낙엽을 느끼러 나간 그날은 공교롭게도 스페인에서 구입한 단화를 처음으로 신은 날이었다. 한여름 무성한 잎으로 신선한 그늘과 바람을 만들어줬던 나뭇가지에는 새들이 머물다 갔고 지금은 따스한 가을 햇살이 그 자리를 비집으며 들어오고 있었다. "새 신을 신고 뛰어보자 팔짝" 하는 기분으로 발아래 낙엽들을 탄력 좋은 스프링처럼 즐기며 걷고 있는데 뭉클! "이게 뭐야?"

스페인 사람들은 아파트에서도 덩치가 좀 나가는, 귀가 기다랗게 늘어진 골든 리트리버나 코커스 스패니얼, 닥스훈트, 무서운 도베르만이나 불독 등을 키운다. 내 발이 느낀 감각으로 보건데 말티즈나 푸들, 요크셔테리어 수준의 것은 아니었다. 산책로 옆으로 시냇물이 흐르지 않았더라면 신발을 그냥 버리고 왔을 것이다. 그 구두는 외출 첫날 냇물에서 목욕하는 것으로 신고식을 치렀다.

이처럼 몰지각한 주인 때문에 내 성질을 건드린 개도 있지만 어떤 개들은 나를 많이 감동시킨다. 주인의 "여기 그대로 있어!"라는 말 한마디에 바 문 앞에 쪼그리고 앉아 주인이 들어간 안쪽만 바라보며 수다쟁이 주인이 나오기를 기다리는 개가 그랬고, 걷기도 힘들어 보이는 주인을 앞서거니 뒤서거니 하며 주인의 발걸음을 지키는 개들이 그랬다. 이 개들은 주인만큼 늙어 털이 숭숭 빠졌고 눈은 총기를 잃었으며 걷는 뒤태가 "나 늙었어요"를 그대로 드러냈지만, 신호등이 바뀐 것이며 장애물이 어디에 있는지를 주인보다 더 잘 아는 것 같았다. 몇 번이나 목격한 장면이다.

공원에서부터 주인의 길을 안내하는 개가 먼저 횡단보도에 닿았다. 주인이 올 때까지 오도카니 주저앉아 기다린다. 푸른 등이 한참 동안 켜 있을 테니 주인님이랑 같이 건널 수 있겠지, 하는 모양새다. 드디어 주인이 오자 앞장서서 주인을 보도로 이끈다. 이 둘의 걸음이 얼마나 느린지 파란 불이 대여섯 번 깜빡이다 빨간 등으로 바뀌었는데도 반을 못 건넜다. 참 신기한 것은, 아니 스페인 사람들이 갑자기 너무 사랑스럽다고 느껴지게 된 것은, 신호에 걸려 서 있는 차들이 경적 한 번 울리지 않고 그대로 서서 기다리고 있었다는 것이다. 무슨 일이 벌어지고 있는지 알길 없는 뒤에 서 있는 차들 역시 조용했다. "이유가 있으니 앞 차가 못 가고 있겠지" 하는 식이다. 개와 어르신이 이미 지나간 자리로는 차가 달릴 만도 한데 반대편 차들까지 그냥 서 있었다. 이들이 인도에 닿자 그동안 비축해놓은 에너지를 한 순간에 풀어놓듯 '웽' 하는 굉음과 함께 스페인 사람들이 열정적이라는 것을 보여 주기라도 하는 듯 전속력으로 달려나갔다.

스페인 거리를 걸으면 노견을 많이 보게 된다. 가족을 어느 나라보다 중하게 여 기고 가족 모임을 우선으로 생각하는 스페인에서도 핵가족이 늘면서 점점 독거 노 인이 많아지고 있다. 물론 스페인 정부에서 도우미를 써서 돌보기는 하지만 외로 움을 달래기는 턱없이 부족할 것이다. 이 노년의 소외와 고독을 달래주는 동반자 가 거의 모두 개다. 평생 주인에게 충성하는 개와, 개를 사랑하는 주인이 서로 보 듬으면서 함께 늙어가는 것 같다. 그래서 거리가 개 분비물 천지가 되어도 사람들 은 상관하지 않는 듯하다. 원래 자연은 모두가 함께한다는 공존의 미학이 실현된 현장이니까.

그런데 요즘은 이 공존의 미학이 청결 때문에 뒤로 밀리고 있는 느낌이다. 마드 리드의 루이스 가야르돈 시장이 마드리드의 치안과 청결을 정책의 주안점으로 내 놓아 정말 지금의 마드리드는 2년 전 겨울의 마드리드보다 많이 깨끗했다. 설마 걷기조차 불편한 어르신들에게까지 허리 굽혀 개 분비물을 치우라는 것은 아니겠 지 했는데, 나처럼 생각하는 사람이 많았던 모양이다. 마드리드 텔레비전은 개가 사람들 눈에 띄지 않게 길에서 볼일을 볼 수 있게 하는 프로그램을 내보냈다.

스페인어를 아끼고 사랑하는 사람들

2008년 3월 중남미에서 전쟁이 터질 뻔했다. 콜롬비아 정부가 콜롬비아 좌파무 장혁명군(FARC)을 소탕한답시고 왼쪽 이웃 나라 에콰도르의 국경을 무장한 채 넘 었다. 이에 대해 에콰도르 꼬레아 대통령은 콜롬비아 정부에 영토 침범 사실을 인 정하고 공식적인 사과와 재발을 하지 않겠다는 약속을 요구했다. 하지만 미국의 남미 교두보 역할을 하고 있는 콜롬비아의 우리베 대통령은 자기네 반정부 세력을 소탕하다보니 어쩔 수 없이 벌어진 일이었다며 약속과 사과를 거부했다. 이런 오만함을 지켜보고 있던 콜롬비아 오른쪽 동네의 베네수엘라의 차베스 대통령은 남미 좌파 지도자의 위상을 지키고자 콜롬비아 국경 지대로 자기네 군대를 이동시켰다. 베네수엘라와 사회주의 정치 이념을 함께 나누고 있는 니카라과의 오르테가 정부까지 이해 당사자인 에콰도르 정부와 함께 콜롬비아의 국경으로 병력을 이동해 집중 배치했으며 국경 폐쇄와 외교 단절 및 교역 중단 조치를 선언하기에 이르렀다. 사소한 일로 시작된 이 사건이 미국 및 중남미 우파 세력과 좌파 세력들 간의 무력 충돌로 이어질 여지가 커지자 미국과 유엔은 대화를 통해 사건을 해결할 것을 종용했고, 메르코 수르 회원국들과 파라과이와 페루는 사태 해결을 위한 회의를 소집할 것을 요구했다.

드디어 카리브 해 도미니카 공화국의 페르난데스 대통령의 주선으로 리우그룹 회의가 도미니크 공화국의 수도 산토도밍고에서 열렸다. 이 회담장의 분위기와 회의 과정을 지켜본 기자의 기사가 인상적이라서 여기에 내 글로 옮겨보려 한다.

회담장에는 팽팽한 긴장이 흘렀다. 첫 순서로 마이크를 잡은 아르헨티나의 크리스티나 대통령은 "여자들은 조그마한 사건에도 아주 쉽게 뚜껑이 열려 히스테리 반응을 보인다. 그런데 오늘 보니 남자들도 별 수 없다는 생각이 든다."라는 농담으로 말문을 연 뒤 "당신들이 진정한 정치인들이고 신사들이라면 여자들과 다른 면을 보여줘라."라고 따끔하게 한 방 먹였다. 이 여자 대통령의 말에 여기저기에서 웃음소리가 났고 우레와 같은 박수가 터져 나오면서 경직된 분위기가 순식간에 풀렸다. 이 말을 들은 베네수엘라 대통령은 만면에 미소를 띠며 "이 자리에서 이번 사태를 결말 짓자. 만일 우리베 대통령이 재발 방지를 약속하고 에콰도르 국경에서 습득한 물건들을 우리에게 인계한다면 화해할 용의가 있다."고 한발 물러섰다. 이 말에 콜롬비아 우리베 대통령이 일어나서 형제 국가들인 에콰도르와 베네수엘라와의 분쟁을 평화적으로 해결하기 위한 차베스 대통령의 제안을 받아들이겠노라고 악수를 건넸다. 그리고 자신의 화해의 제스처에 대해 에콰도르가 취한 모든 조치를 백지화할 용의가 있는지를 묻자 사건 피해자인 에콰도르의 꼬레아 대통령은 한참 동안 일그러진 얼굴로 고민하다가 주위의 결단을 촉구하는 뜨거운 박수와 함께 일어나 꼬레아 대통령에게 악수를 청하고 화해의 포옹을 나누었다.

스페인 문화와 관련한 책에 중남미 사건에 관한 내용을 소개하는 이유는 7일 동안 세계를 뜨겁게 달구었고, 중남미를 전쟁의 소용돌이로 몰아갈 뻔했던 콜롬비아 사태가 이렇게 끝날 수 있었던 것은 해결과 분쟁의 이해 당사국들이 모두 한 언어인 스페인어를 사용했다는 점에 주목하기 위해서이다. 서로 의사소통이 자유로운 이들은 국가별 통역 없이 하고 싶은 말을 분명하게 전달하고 이해할 수 있었고, 상호 제시하고 요구한 사항을 쉽게 이해하여 합의를 도출할 수 있었다. 콜롬비아 사태를 해결하기 위해 워싱턴에서 있었던 미주기구 긴급 총회장에서도 마찬가지였다고 취재 기자는 전하고 있다. 미국의 안방인 워싱턴에서 영어가 스페인어에 밀려 찬밥 신세를 면치 못했다는 것이다. 20여 개국의 정상들이 한자리에 모여 7시간이 넘게 주고받은 설전에서 영어와 포르투갈어는 설자리가 없었다고 한다.

이러한 사건은 아메리카 대륙 34개 나라 중 30개 나라에서 사용되는 스페인어의 위상을 말해주면서 동시에 영어에만 모든 것을 걸고 있는 우리나라 정부의 언어 정책을 다시 생각하게 만든다는 말로 기자는 기사를 맺고 있었다. 우리나라처럼 자원이 부족한 나라에서, 반도 국가인 데다 외국과 국경을 맞대고 있지도 않은 나라에서 천연자원의 보고이자 문화의 보고인 중남미 대륙의 공식 언어인 스페인어의 중요성을 깊이 따질 필요가 있어 보인다는 것이다. 자원 외교, 문화의 다양성을 중시하겠다는 생각이 있다면 말이다.

이렇게 언어에 대한 긍지가 커서 그런지 스페인 사람들처럼 아무 데서나 자기네 말로 시끄럽게 떠드는 민족은 별로 없다. 지금은 세계화 시대니 유럽 통합이니 하여 외국어를 잘하는 스페인 사람이 적지 않지만 모두 전문 직업인들에 국한된 경우이고 영어 발음이나 문맥이 완전 스페인식이다. 거리의 시민들은 오직 스페인어만 한다. 미국에서나 유럽 공항에서, 아니 우리나라 공항에서도 시끄럽게 들리는 외국 말은 모두 스페인어라 해도 틀림없을 것이다. 말이 통하든 통하지 않든 그들은 스페인어로만 떠든다. 온갖 제스처를 동원하니 의미가 전달되는 모양이다.

스페인 국민들의 자기 말 사랑은 정부의 언어 정책과도 무관하지 않아 보인다. 18세기부터 '스페인 한림원'을 두어 '갈고 닦고 빛내자'라는 모토 아래 스페인어의 원형을 열심히 가꾸면서 중남미 국가와의 언어 차이를 줄이려는 노력을 끊임없이 해오고 있다. 이것으로도 부족했는지 1992년부터는 유럽과 미국, 중남미는 물론 아시아의 필리핀, 중국, 일본에 '세르반테스 연구소'를 두어 스페인어를 보호하고 보급하는 데 심혈을 기울이고 있다. 1492년 안또니오 네브리하가 최초로 스페인 문법책을 만들어 언어를 정리한 후 스페인 정복자들은 '언어는 제국의 동반자'라며 신대륙과 필리핀에 이 언어를 이식해놓았다. 이후 미국의 영향이 거세지면서 스페인어를 사용하는 국가들에 영어 어휘가 유입되어 스페인어가 많이 손상되고 특히 발음이 지역마다 각양각색으로 변하자 이러한 기구들을 통해 스페인어를 보호하고 있는 것 같다.

약자들의 천국

언제나 그러하듯 나는 스페인에 도착한 다음 날부터 늘 산책으로 생활을 시작한다. 마드리드 구시가지는 넓지 않기 때문에 걸어서 모든 곳을 갈 수 있고 수많은 산책 인파 속에서 스페인의 생동감을 느낄 수 있어 걷는 게 더욱 좋다. 걷다보면 매번 보았는데도 다시 한번 눈길이 가는 조각품이나 건축물, 정원, 가로수, 벤치 들이 영락없이 정답게 '언제 왔느냐'고 내게 인사를 건넨다. 군데군데 사람들이 모인 곳에는 거리의 악사들과 기발한 구경거리를 제공하는 퍼포먼스 예술가들이 있다. 그래서 길을 걸으면서 그들을 눈으로 찾게 되고 이번에는 어떤 것을 준비하고 있나 기대도 하게 된다.

사람들 사이로 머리를 들이미니 사람 형상을 한 석고상이 미동도 없이 서 있다. 인파 중 누군가 동전을 놓자 눈을 번쩍 뜨고는 로봇처럼 한 팔을 들고 태엽으로 움직이듯 머리를 좌우로 한 번씩 틀고 윙크를 한 번 날리더니 바로 전의 모습으로 되

돌아간다. 신기하여 그 모습을 다시 보려고 동상 앞에 동전을 내려놓았다. 분명 눈을 감고 있었는데 언제 보았는지, 또다시 태엽에 따라 움직이는 인형처럼 예의 그 익살스러운 몸짓을 하더니 다시 눈을 감는다. 그 옆으로는 예술가들은 왜 다들 머리와 수염을 기르는지 생각하게 만드는 털북숭이 화가가 길바닥에 멋진 추상화를 그리고 있다. 지나가던 보행자들이 관객이 되어 감상하다 동전 몇 닢을 놓고 간다. 아프리카에서 온 것으로 추정되는 검은 피부의 사람들이 호각이나 퉁소 같은 악기로 이국적인 음악을 만들어대는데, 내 어깨와 엉덩이가 리듬을 탄다. 아프리카에서 쿠바로 건너갔다가 스페인으로 들어온 룸바 리듬이다. 언제 들어도 신나는 음악과 묘한 그림에 정신을 놓는 통에 늘 산책 시간은 예정보다 길어지기 일쑤다.

나는 일상의 삶이 예술과 함께하는 이러한 여유를 즐기기 위해 거리로 나서면 거리의 예술가들을 한 명도 놓치지 않으려고 음악 소리가 나는 쪽으로 발길을 옮기고 사람들이 한두 명이라도 모여 있으면 영락없이 멈춰 선다. 그러던 어느 날, 이상한 거리 예술가를 보았다. 곱상한 외모의 한 아가씨가 벤치에 담요로 몸을 두르고 석고상처럼 꼼짝 않고 책만 보고 앉아 있고, 옆에는 털이 엉켜 붙어 어디가 얼굴인지 분간할 수 없는 강아지 두 마리가 앉아 오도카니 사람들을 올려다보고 있었다. 지나가던 사람들이 그 젊은 여성과 개 사이에 놓인 접시에 동전을 놓았다. 돈을 줬는데도 아무런 행동의 변화가 없었다. 나는 그 아가씨의 서비스를 기대해서가 아니라 꼼짝 않고 앉아 있는, 그 순둥이 개들의 퍼포먼스에 연민이 느껴져서 "개들 미용 좀 시키세요"라는 말과 함께 동전이 아니라 지폐를 접시에 올려주었다. 하지만 그 여자는 여전히 아무런 반응도 없이 책만 뚫어지게 바라보고 있었다.

마드리드의 가장 중심가인 뿌에르따 델 솔 광장에 있는 유명한 빵집 앞에는 와인 병을 겨드랑이에 끼고 손을 내미는 퍼포먼스를 벌이는 사람이 있다. 보행자들은 이 사람에게도 동전을 건넨다. 그런데 사람들이 멈춰 서서 구경을 하지 않기에 호기심이 발동하여 자세히 살펴보니 이들은 거리의 예술가가 아니라 구걸을 하러 나온 사람들이었다. 난 스페인의 거지들을 거리에서 퍼포먼스를 벌이는 행위예술가인 줄 알았던 것이다. 구걸하는 자들의 여유로움과 당당함에서, 그리고 적선하는 자들의 공손함 때문에 그랬던 것 같은데, 사실 행색에서도 이 둘이 구분이 되지 않기도 했다.

스페인은 역사적으로 거지군단이라고 할 정도로 거지가 많았다. 오죽하면 부랑자, 거지 등 사회의 가장 하층민을 주인공으로 등장시킨 '악자소설'이 16세기 스페인 태생의 문학 장르가 되어 17세기까지 많은 인기를 누렸을까. 해가 지지 않는 대제국의 영광을 누렸던 스페인에서는 상상도 할 수 없는 일이지만, 짧은 영화의 뒤안길은 왜 그리 어두웠는지 이런 악자들이 17세기에는 스페인에 80명에 한 명꼴로 넘쳐날 정도였다. 그래서 구걸을 생업의 수단으로 삼는 사람이 많았고 지금도 그런 전통이 남아 있다. 그리고 스페인 사람들은 가톨릭의 철저한 선행교리에 따라 불쌍한 사람에게 자비를 베풀어야 한다는 의무감, 또는 그것을 당연하게 여기는 마음을 갖고 있기 때문에 경찰이 개입되면 폭력 사태가 일어나곤 한다. 그래서 지금도 스페인의 거지들은 긍지가 높다. 이런 긍지 높은 거지들에게 적선을 하지 못하는 사람은 하느님께 자기의 죄에 대해 용서를 구해야 한다는 종교적 의무감이 아주 강하게 뿌리박혀 있다는 것을, 특히 수 · 금 · 일요일 성당 앞에서 목격할 수 있을 것이다.

이러한 종교적 의미감이 일상화되어 아예 스페인 사람의 특성이 된 것 같은 현장은 스페인 여러 곳에서 목격할 수 있다. 특히 어딜 가나 검은 안경을 쓴 사람들이 몸 앞에 종이를 길게 늘어뜨리고 건물 모퉁이마다 서 있는 것을 보게 된다. 이들은 늘 사람들로 둘러싸여 이야기를 나누고 있는데, '온세'라는 '스페인 시각장애인 협회'에서 운영하는 복권을 팔기 위해 매일 자신의 장소로 출근하는 시각 장애인들이다. 이 복권은 매일 추첨을 하고, 당첨 금액은 크지 않고 당첨 가능성도 아주 낮지만 사람들이 많이 산다. 판매해서 얻은 수익금은 시각장애인들의 복지에 사용된다. 장애인 복지 문제가 나오면 스페인 정부는 늘 장애인이 행복할 때 비장애인이 정상적으로 생활할 수 있다고 하면서, 이런 일은 국가가 책임져야 한다는 말로 새로운 정책들을 설명하기 시작한다.

어느 누구도 인간 개개인의 자유와 행복을 침해할 권리가 없고 어떤 조건에서든 인간의 존엄성을 훼손할 수 없다고 강조하는 스페인은 초등학교 교육 목표에서 부터 그러한 사실을 선포하고 있다. "사람들 사이에 존재하는 다양한 문화와 차이점, 양성 간 동등한 권리와 기회 및 장애인에 대한 평등한 대우를 알고 이해하며 존중한다." 그래서 스페인은 일찍부터 유럽 선진 강대국들 보다 인종 차별이 적고 학교 입학에는 장애인이 우선 배정되어 있는 등 소외 계층을 위한 훌륭한 정책들이 정립되어 실현되고 있는 듯하다.

에사데(ESADE) 비즈니스 스쿨의 교육관

"인스삐란도 푸뚜로스 (Inspirando futuros, 미래를 열어가고)"
"마스 께 우나 에스꾸엘라(más que una escuela, 학교 이상의 학교로서)"
"이노바시온 (inovación, 혁신과)"
"인베스띠가시온(investigación, 탐구를)"
"아비에르또스 알 문도(abiertos al mundo, 세계를 향하여 열린)"

마드리드 ESADE 학교 건물 유리벽에 씌어 있는 문구이다. 경영대학원이라면 대개 미국을 생각하는 우리의 상식을 뒤엎고, 이 대학이 2007년 〈월스트리트 저널〉이 선정한 '올해의 세계 경영대학원' 부문에서 1위를 차지했다는 일간지 기사를 읽었다. 〈월스트리트 저널〉이 여론조사 회사인 해리스 인터랙티브와 함께 2006년 12월부터 2007년 3월까지 기업 채용담당자 4430명을 대상으로 MBA(경영전문석사) 과정 졸업생들의 리더십, 전략적 사고, 교수진과 교과 과정 등 21개 항목에 대해 조사한 결과라고 했다. 이러한 정보를 얻었으니 그 실체를 알아보겠다는 나의 직업 의식은 마드리드에 있는 이 학교를 직접 방문하게 만들었다.

ESADE 비즈니스 스쿨은 바르셀로나의 라몬 율 대학교에 속해 있고, 마드리드와 부에노스아이레스에도 이 분교가 있다. 마드리드 학교에서 나를 맞이한 사람은 30대 초반의 아리따운 영국 여성이었다. 영어 냄새가 물씬 풍기는 스페인어로 맞이

ESADE 비즈니스 스쿨 홍보 담당자

하는 것을 미안해하던 그녀는 모든 것이 무료로 제공된다는 휴게실 냉장고 문을 열어 내게 마실 것을 고르라고 했다. 우리는 에비앙 물병 하나씩을 들고 학교 응접실 테이블에 마주 앉았다.

나는 우선 그녀의 경력과 학교에서의 역할이 궁금했다. 스페인에 오기 전에 프랑스 대학에서 관리직을 보다가 너무 폐쇄적이고 융통성 없는 프랑스를 떠나 이 학교로 온 지 2년 남짓 되며 현재 홍보 일을 하고 있다고 했다. 아직 미혼인데 남자 친구가 스페인 인이라고 하면서 이제는 능력만 되면 세계를 무대로 일할 수 있다는 말을 잊지 않았다.

ESADE는 두 개의 교육 영역으로 나뉘어 있는데, ESADE 비즈니스 스쿨 과정과 ESADE 대학 과정이다. 이 두 과정은 세계 명문 학교들과 공동 학점, 공동 학위제로 운영되고 있다. 이렇게 하면 새로운 지식과 정보, 운영 노하우를 접하기 쉽고 때와 장소에 관계없이 개인과 직업상의 발전을 위한 도구를 제공받기 쉽다고 했다. 더 나아가 세계화의 급변하는 추세 속에서 혁신과 미지의 세계로의 탐험 등을 통해 꾸준히 도전하는 다이내믹한 학문을 경험할 수도 있다고 했다. 이를 위해 비즈니스 스쿨 과정은 세계의 유수 기업체들과도 긴밀한 공조하에 있으며 5대양 6대주에 걸쳐 있는 100여 개 학교들과 국제 관계망을 형성하고 있다. 현재 최대 관심사는 '산업 발전에 따른 기업의 사회책임안'을 새로이 모색하는 일이라고 했다.

ESADE 대학의 MBA 과정 프로그램은 18개월 과정, 1년 과정, 파트타임 과정 이렇게 세 가지가 있다. 18개월 과정은 세계 40여 개국의 학생들과 경험을 공유하면서 국제적 감각을 키우는 것을 목표로 현장 경험 최소 2년 정도를 가진 직장인을 위한 것이다. 스페인어와 영어로 수업이 진행된다. 1년 과정은 5년 이상의 현장 경험 기업가로서 자신의 회사를 창업하거나 현 직업 전선에서의 능력을 강화하고자 하는 사람들을 위한 것으로 모두 영어로 진행된다. 파트타임 과정은 최소 3년의 현장 경험을 가진 직장인이 자기 발전을 위한 도구와 방법을 얻기 위한 것인데, 직장 근무 시간을 고려하여 주말이나 일주일에 한 번 강좌가 열린다.

이 대학이 개설하고 있는 프로그램에 대한 안내를 들으면서 나는 두 가지 사안에 놀랐다. 하나는 세계적으로 유명한, 엄청난 수의 기업과 그곳 CEO들이 ESADE 대학의 고문으로 있으면서 학교와 협력하고 실제 수업에 참여한다는 것이다. 그러니까 교수진이 실제 회사 일에 싱크탱크로 관여하고 있는, 실제와 이론을 겸비한 학자와 기업의 CEO들이다. 이러한 교수진의 구성은 강의실에서 검토하고 연구한 이론을 즉각적으로 현장에 적용하고 회사에서 일어난 일에 대한 해결책을 강의실에서 분석하고 더 나은 해결책을 모색해나가는 방식으로 수업을 운영하는 데 최고의 조건이라고 볼 수 있다. 또 다른 이점은 학생들은 과정 중에 인턴으로 실무를 경험하게 되고, 회사는 자신들이 필요한 인재를 미리 확보할 수 있어 졸업과 동시에 학생들이 원하는 직장에 100% 취직이 된다는 것이다.

다른 하나는 정규 프로그램 이외에 다양하게 준비된 오픈 프로그램과 그 학비이다. 이 특별 프로그램은 이미 회사를 운영하는 사람이나, 사업상 인적 네트워크를 넓힐 필요성이 있는 사람들을 위해 마련한 것인데, 과목이 다양하고 교수진이 최고 수준인 만큼 학비가 엄청 비싸다. 물론 매해 1월에 시작하여 다음 해 7월에 끝나는 정규 MBA 과정의 등록금도 만만치 않다. 4만6200유로니까 환율 1600원으로 계산하면 약 7400만 원이다. 학기당 등록금이 2500만 원인 셈이다. 오픈 프로그램은 전공에 따라 조금씩 차이가 있고 바쁜 일정을 고려하여 기간을 줄였지만 학비는 엄청나다. 예로 '재정경제 마스터 과정'은 10월에 시작해서 다음 해 7월에 끝나는데 학비가 2만 1725유로(3500만 원)다. 2008년에 신설한 1년짜리 '마케팅과 세일즈 마스터 과정'은 2만5000유로(3800만 원)다. 파트타임 단기 프로그램인 경우 '서비스 가치를 창조하는 서비스업 운영'에 대한 열이틀 치 강의료가 7240유로(1200만 원)이다. 이틀짜리 '도시 물류 혁신 프로그램' 등록비는 1760유로이다. 조지타운 대학과 연계하여 운영하는 신설 '세계화 비즈니스 프로그램' 역시 이틀 강의료가 1769유로(280만 원)이다.

유로화를 한화로 바삐 환전하며 홍보담당 여직원의 이야기를 듣던 나는 농담

반 진담 반으로 말했다. "그 정도 등록금 받고 취직시켜주지 못하면 욕먹겠는데요? 제가 학교를 운영해도 그 정도면 다 취직시켜주겠는걸요?" 나는 웃자는 의도도 있어서 한 말인데 그 영국 여성은 웃지 않았다. 도리어 나를 이상하다는 듯 바라보더니 비싼 게 아니라고 했다. 자기들은 돈을 벌기 위해 학교를 운영하는 게 아니라 최고의 경영인을 육성하는 데 그 돈을 쓴다고 했다. 하루하루가 변하는 세계화에 부응하기 위해 학기마다 새로운 프로그램을 개발해야 하고, 최고의 강사들을 모셔야 하며, 최우수 경영 회사를 물색하여 학생들을 경험하게 하고, 그 회사들과 협력하면서 과정을 운영하자면 그 정도 비용이 소요된다는 것이다.

사실 여기까지 이야기를 들었을 때 나는 다른 경영대학원에서도 다들 그렇게 하고 있다고 생각했다. 세계에서 내로라하는 경영대학원들이 규모가 좀 더 크거나 작고, 강사진과 협력 기업의 수와 질, 졸업생들의 취업 및 세계 인적 네트워크 등에서 차이가 나겠지만 대부분 같은 방식으로 운영되는 게 아닌가 하고 말이다. 그런데 이 영국 여성은 독심술이 있는지, 나의 생각을 읽기라도 한 듯 학교의 설립 취지와 교육 방식에 대한 이야기로 주제를 돌렸다. 그 이야기를 듣고 난 후 나는 〈월스트리트 저널〉이 이 학교를 1위로 선정하면서 발표한 "채용담당자들은 의사소통 기술과 팀워크, 개인 윤리와 함께 통합적인 문제 해결 능력이 가장 중요하다고 말했다"는 기사 내용을 절감했다.

이 학교는 건립 동기부터가 남다르다. 1957년 스페인어 사전에 '기업'이라는 단어가 없었던 독재 시절에, 스페인 정치 현실이 강요하는 것에 맞서 새로운 가치들을 옹호하는 움직임이 바르셀로나에서 일어났다. 자유와 관용과 대화 그리고 다른 나라 시장과 문화 개방이라는 혁신적인 이 바르셀로나적 사고가 ESADE 학교 건립의 시발점이 되었다. 이 정신이 학교의 존재 이유이며 행동 강령이 되어 변화에 앞서갈 수 있는 직관과 기존의 것에 직면할 수 있는 용기를 키웠고, 이 원칙은 지금도 철저하게 지켜지고 있다고 했다.

이러한 원칙을 세운 주체는 몇 명의 기업가와 예수교단 사람들이다. 예수교단이라 함은 450년 넘는 세월 동안 스페인의 다양한 분야에서 지도자들을 길러낸 종교단체이다. 이들은 교육의 핵심을 종교가 아닌 인본주의적 전통 안에 두고 있다. 즉, 교육의 궁극적인 목표를 인간 존엄성에 대한 경외에 두고 인간의 질적·정신적 계발을 정의롭게 실현하는 데 있다. 구체적으로 보면 시시각각 변하는 환경에 적응할 수 있게 할 뿐만 아니라 그 변화를 선도하는 능력 계발이다. 그리고 시대가 강요하는 폭력에 저항하는 자유정신으로 더 나은 세상을 열어가기 위해 기업 이전에 자신을 경영하는 법과 타인을 경영하는 법을 익히도록 하는 교육 방법을 채택하고 있다. 나 또한 가르치는 선생으로서 교육 방법이 궁금해서 물어보았더니 그녀는 약간 흥분되었는지 영어까지 섞어가며 설명하기 시작했다.

모든 것이 내 개인의 목적이 아니라 공동의 목적을 달성하기 위해 그룹 공조 체제로 수업이 운영된다. 당연히 구성원들 간에 불협화음이 있지만 서로 부딪히고 같이 시도하고 실수하는 가운데 양보하고 배려하는 법을 몸으로 익히게 되므로 교육의 목적만큼이나 과정을 중요시하는 교육 방식이다. 그뿐만이 아니라 다른 사람의 의견을 들으면서 현실을 인식하는 눈이 다양해지고 풍요로워질 수 있다. 포럼으로 진행되는 수업에서는 시민사회의 생각과 지식도 공유할 수 있다. 이러한 수업에 참여하다보면 사회를 다양한 관점으로 인식하게 되어 나 아닌 다른 사람들의 신념과 의견을 존중하게 된다. 다름이 존재할 수 있음을 인정하는 성품 또한 키우게 되는데, 이것이 자신들의 제1 교육 목표라고 강조했다.

수단과 방법을 가리지 않고 돈만을 좇아 장사하던 시대는 끝났다. 기업 경영의 궁극적인 목표는 이익 창출이었는데, 이것도 앞으로 사회 기여를 위한 경영이 아니면 어렵다. 그러기 위해서는 나와 나를 둘러싸고 있는 타인과 환경에 대한 이해와 관용과 배려부터 배워야 한다. 이러한 요지의 가르침을 ESADE는 실행에 옮기고 있었다.

응가 하는 사람들

스페인은 입헌군주제 국가이다. 이를 말해주듯 마드리드 중심가에 앞뒤로 시야가 확 트인 널찍한 초록의 광장과 정원을 가진 오리엔테 궁정이 우리가 감당할 만큼 웅장하게 서 있다. 예전에는 그 궁정 앞으로 자동차들이 오가며 공해를 만들어냈는데 지금은 땅 밑으로 찻길을 돌리고 궁정 앞 포석이 깔린 대로는 여유만만한 산책로가 되었다. 국가 행사 때면 도열해 있는 의장대 사이로 한껏 치장한 말발굽과 마차가 포석에 부딪치며 내는 음이 울적한 기분을 날릴 만큼 상쾌하고, 평상시에는 세계 각국이나 스페인 각지에서 몰려든 관광객들에게 왕이란 과거 어떠한 존재였는지를 알리는 듯 푸짐한 볼거리를 제공한다. 이 볼거리가 가끔은 현대미술 전시회와 함께할 때도 있는데, 크리스마스 시즌에나 만날 수 있는 구경거리도 있다. 이 때문에 왕궁이 더 사랑받는다는 느낌이 든다.

스페인의 크리스마스 시즌은 12월 5일 거리의 모든 크리스마스 장식 조명등이 켜짐과 동시에 어디서나 볼 수 있는 '벨렌'이라는, 아기예수의 탄생을 인형으로 형상화한 장식을 전시하는 것으로 시작한다. 성모의 품안에 안긴 아기예수와 따스한 시선으로 지켜보고 서 있는 요셉, 그리고 그 앞으로는 먼 길을 온 듯 순례자의 지팡이를 손에 들고 경배하는 동방박사 세 사람, 이 인형들이 어떤 곳은 실물 크기로 전시되기도 한다. 인형 주위로는 그곳이 마구간임을 알리는 볏짚과 눈이 저렇게 맑았나 하고 다시 보게 만드는 말과 문밖 올리브나무 몇 그루가 배경으로 있다. 이것들이 성모 뒤에서 발산되는 빛과 동방박사를 인도한 별빛에 싸여 온화하면서도 따스한 분위기를 연출한다.

이러한 벨렌이 왕궁에도 설치되는데 그 규모와 아기자기함에 있어 최고다. 예수 탄생 시절의 예루살렘 마을과 그 당시 사람들의 삶의 모습을 통째로 옮겨놓은 것 같다. 성모마리아를 중심으로 해서 좌우 뒤로 펼쳐진 마을에는 그곳 사람들의 살림살이와 생활상이 앙증맞게 형상화되어 있다. 동네를 직접 방문해서 가가호호 들여다보고 재현해놓은 듯 세밀하여 보는 재미가 보통이 아니다. 밥 짓는 아낙네와 나귀에서 짐을 내리는 아빠, 동구 밖에서 모여 노는 어린애들과 남의 집 담에 몰래 실례하는 아이들, 장작 패는 건장한 청년들과 물건 파는 상인 등의 모습들은 하루 온종일 봐도 다 보지 못할 만큼, 하나하나가 모두 다르면서 놀라울 정도로 역동적이고 사실적인지라 신기하기까지 하다.

이렇다보니 전시장 보호막 유리에 코를 박고 보려고 기다리는 사람들이 겹겹이 쌓여 있다. 내 앞에서 유리창에 기대어 왼쪽, 오른쪽으로 오가며 한참을 구경하는 사람이 있어, '이제는 가겠지, 아니 이제는 가야 한다' 하면서 최면을 걸고 있는데, 다시 벽에 기대어 제자리로 돌아오는 게 아닌가. "어머, 어머, 이것도 있었네" 하면서 말이다. 인내한 덕분에 드디어 나도 유리에 코를 박을 수 있게 되었지만, 내 머리에 가려 보지 못하는 사람들을 배려하여 적당히 즐기고 나오자니 아쉬웠다. 그 아쉬움을 사진 몇 장으로 남기려고 사진기를 꺼내는데 뒤에서 옛 왕실 복장을 하고 기둥처럼 근엄하게 서 있던 왕실지기가 찍지 말라고 했다. 사진기 플래시가 관람객들에게 불편을 줄 수 있다는 것을 알면서도 사진을 찍지 말라는 경고판이 없어서 용기를 내어 꺼내 들었는데 제지를 받으니 참 무안했다.

사진 이야기가 나와서 말인데, 스페인 관련 글을 쓰면서 시각 자료로 사용하려고 사진을 찍으려다가 낭패를 당한 적이 한두 번이 아니다. 그래서 텔레비전에서 방영하는 여행 프로그램을 볼 때마다 나도 저 방송국 마크 하나 얻어다 내 카메라에 떡하니 붙이고 다니면 좋겠다는 생각도 했다. 나의 초라한 행색으로는 유명하고 볼 것 많은 내부 사진 촬영은 모두 금지당하고, 돈 주고 사는 엽서는 온통 저작권에 걸려 있으니 대체 나 같은 사람은 어떻게 자료를 구하란 말인가.

이런 넋두리를 하다가 찾아낸 묘책이 구걸 작전이었다. 그런데 이 작전도 예전의 일이다. 보안상 절대로 허락되지 않는 곳도 있고 한편으로는 스페인 남성들이 많이 변했기 때문인 것도 있다. '에따' 때문에 스페인 수상관저나 집무실 및 왕가의 거주지 등은 일절 사진 촬영이 금지돼 있다. 그렇지 않은 곳에서는 기업 비밀이라도 캐갈까봐 "노"라고 검지손가락부터 좌우로 흔들어 댄다. 그래도 스페인 남성은 농양 여성들에게는 워낙 친절해서 부탁을 하면 거절하기 곤란한지 자기 옆에 있는 여성 동료에게 물어보라고 그 여자를 불러다준다. 그런데 옆에 여성 동료가 없어서 그랬는지, 아니면 관대해서 그랬는지 모르지만 왕실지기에게는 먹혔다. 와우! 사진 촬영 안 된다던 사람이 "한 장만" 하며 치켜든 내 손가락이 예뻤는지 푸근하게 웃으며 고개를 끄덕였다. 이 벨렌이 설치된 장소 옆에는 왕실의 크리스마스 트리가 멋들어지게 서 있었는데 거기까지 사진 촬영을 허락해줬다. 물론 예의 그 푸근한 미소로 말이다.

스페인 사람들은 잘난 사람 못난 사람 없이 모두가 잘나 보인다. 이 왕실지기 아저씨는 외모나 인상이 왕 수준이었다. 그런데 스페인 왕가만큼 서민적인 사람들도 없다. 이 오리엔떼 궁에는 왕가 식구들이 살지 않는다. 마드리드를 빠져나가는 지점 빠르도에 있는 사르수엘라 궁정에서 생활한다. 둘째 공주는 핸드볼 선수와 결혼했고 왕위를 계승해야 될 펠리뻬 왕세자는 이혼 전력이 있는 텔레비전 앵커와 결혼해서 지금 두 딸을 낳고 행복하게 살고 있다.

이들의 국민 사랑은 남다르다. 국민들의 아픔을 보듬어주려고 같이 부둥커안고 눈물을 흘리는 왕가의 모습을 보면 진정으로 국민을 사랑하는 사람만이 군림할 수 있음을 절절하게 느끼게 한다. 영국 왕실은 고인이 된 다이애나 비 때문에 국민들과 다소 가까워졌다지만 스페인 왕가에 비하면 나뭇가지에 앉은 도도한 새라는 인상을 여러 번 받았다.

이 왕실지기 덕분에 나름대로 보람찬 하루를 보내고 왕실 앞 광장 한참 건너 카페까지 기분 좋게 걸어오니 어느새 그림자가 많이 길어졌다. 창가에 앉아 느긋하게 커피를 마시는데 문득 바르셀로나에 있는 인형 가게가 떠올랐다. 민망하지만 가게 이름이 그러하니 용서를 구하며 현장감 나게 그대로 옮긴다. '똥 누는 사람들'이다. 벨렌에서 보았던 그러한 인형을 만들어 파는 가게인데, 이곳 인형들은 모두가 엉덩이를 내놓고 주저앉아 볼일을 보고 있다. 그 결과물은 엉덩이 밑에 제대로 모양을 잡고 오도카니 앉아 있다. 현 까를로스 국왕의 엉덩이는 유난히 환한 조명 아래 더 잘 보이게 진열되어 있고, 전 수상들인 펠리뻬 곤살레스와 사빠떼로도 벌겋게 궁둥이를 내놓은 채 볼일을 보고 있다. 그 옆에 왕세자도 볼일 보느라 쭈그리고 앉아 계신다. 밑에 돌돌 똬리를 튼 그 응가를 놓고 말이다. 신분의 고하나 직업의 귀천에 관계없이 인간은 누구나 평등함을 보여주려는 익살맞은 이러한 연출은 스페인이기에 가능하고 이 때문에 사람들은 마냥 즐겁다.

느림의 미학

스페인 사람들과 함께 살 때는 '빨리'라는 스페인어를 몰라도 된다. 어쩌다 이 말을 하면 나를 이상한 듯 쳐다본다. 오후 2시부터 시작되는 점심시간 때의 한산한 거리를 보면 온 도시가 깊은 낮잠에 빠진 듯 적막하다. 이 적막함은 오후 5시가 되어야 깨진다. 노천 까페에서 보내는 아침과 오후의 휴식과 수다가 햇살 덕분에 더 여유로워 보인다. 세계 와인 시장에서 스페인이 프랑스와 이탈리아에 밀리는 이유는 기득권과 마케팅이 약한 것도 있지만, 스페인에서는 와인까지도 오래 숙성시켜 마시기 때문인 것 같다. 이런 느림의 철학은 스페인 사람들의 모든 면에서 발견된다. 일에서조차 그러한 철학을 너무나 잘 실천하기 때문에 나처럼 성질 급한 사람은 몇 번 죽어야 산다.

스페인에 가면 절대 서두를 이유가 없다. 내가 급해서 서둘러 일을 끝내놓아도 그들은 자기 리듬대로 간다. 이런 식의 삶의 패턴은 주변에서 쉽게 볼 수 있는데, 그중 누구나 볼 수 있는 것이 길을 걷다보면 만나게 되는 공사 현장이다. 유럽지원금을 활용하기 위해 벌인 공사도 있고, 2016년 하계 올림픽을 준비하기 위한 공사도 있는데, 토목이나 건축 관련 지식을 갖지 않은 사람도 보도블록 공사 하나만 우리 방식과 비교해보더라도 스페인 사람들의 느림을 분명하게 느낄 수 있다.

한번은 스페인에 막 도착한 한국 친구와 길에서 하고 있는 보도블록 공사를 두고 내기를 한 적이 있다. "저 보도블록 공사가 언제 끝날지 맞히기로 하자." "좋아, 난 3~4일"이란 친구의 말에 나는 "아마 2~3주는 족히 걸릴걸" 하고 아주 잘난 척을 했다.

인부들은 보통 아침 9시까지 공사장으로 출근한다. 이 사람들의 복장은 헐렁한 파란색 상·희의로 한결같다. 내가 공사 현장에 관심을 가진 시점이 이전의 블록을 모두 제거한 뒤여서 블록을 까는 모습부터 관찰할 수 있었다. 이름 모를 그 인부는 땅에 무릎을 꿇고 블록을 깔았는데, 그 꿇은 모습이 꼭 성모 앞에 경배를 하는 듯했다면 웃을 사람이 있을지도 모르겠다. 그런데 사실이다. 흠집이 나지나 않을까 싶어 보물 다루듯 블록을 매만진다. 바닥 부분에 있는 모래 한 알까지 다 닦아내고 블록 하나에 시멘트를 바르고 바닥에 붙인다. 두세 개 붙인 듯 했나? 일어서서는 실처럼 가는 끈으로 가로세로 규격을 맞춘다. 방금 깐 블록의 간격을 맞추고 접착한 시멘트를 다시 다독이면서 정리한 뒤 블록 위에 묻은 흙먼지를 솔로 싹싹 털어낸다. 그러더니 또다시 가로세로로 눈금을 맞추듯 눈을 가름하게 뜨고 재본다. 그러고 나서 시계를 보더니 사용하던 도구를 주섬주섬 정리해놓고선 어디론가 획 가버린다. 11시였다. 나 역시 볼일이 없어졌으니 내 갈 길을 갈 수밖에. 몇 분을 걸었을까. 아까 그 인부를 발견했다. 그 사람은 나를 알지 못하지만 나는 그가 아주 반가웠다. 그는 바에서 커피를 마시며 종업원과 수다를 떠느라 정신이 없었다. 저렇게 수다 떨다 다시 작업장으로 돌아가 또 그렇게 일하겠지.

오후에 집으로 돌아가려면 나는 예외 없이 그 길로 가야 했다. 인부는 벌써 집으로 돌아갔는지 보이지 않았고 그가 일하던 자리는 말끔하게 정리되어 있었다. 새 블록들은 선물 포장하듯 비닐에 싸여 보행에 방해되지 않도록 한쪽에 쌓여 있었고, 공사를 해야 할 곳에는 붉은색의 굵은 끈이 쳐 있었다. 그다음 날도 그랬고 또 그다음 날도 그랬다. 나는 내기를 했기 때문에 그냥 지나치지 못하고 깔린 블록 수를 세면서 다녔다. 공사는 내 짐작대로 거의 보름이 넘게 걸렸다. 하지만 일의 결과를 보고는 적잖이 놀랐다. 보도에는 장미꽃 줄기를 닮은 문양이 새겨 있었는데, 블록 어느 하나도 높이나 간격이 다른 게 없었고 사이사이에 박힌 시멘트의 높이도 일정했다. 큰 그림으로 된 하나의 대리석 같았다.

스페인의 이 느림의 미학은 어디서든 일어나지만 절절하게 경험했던 사건이 또 있다. 마드리드에는 '4개의 길'이란 뜻의 꽈뜨로 까미노스가 있다. 지금은 그곳 교차로 위를 가로지르던 고가차도가 없어져서 시야가 확 트인 길로 변했지만, 예전에는 도시의 흉물인 그 고가도로 때문에 마드리드 자체가 시커멓고 어둡게 내려앉은 것처럼 보였다. 그 차도는 현 스페인 왕세자가 결혼하던 해에 노천 웨딩마치를 위해 겸사겸사 사라졌는데, 철거 방법이 참으로 이해 불가 수준이다. 예전에 서울에 있었던 삼일고가도로보다 규모가 작아서 포클레인으로 몇 번 찍으면 간단하게 부서져 내릴 것 같았는데 스페인 사람들은 망치로 쪼아 깨고 있었다. 다혈질인 스페인 사람들이 말 한마디, 인상 한 번 찡그리지 않고 이런 일을 하는 것을 보면서 다들 그렇게 하니 당연한 것으로 받아들이고 있나보다 했다. 그런데 그게 아니었다.

스페인을 잘 모르는 사람들은 스페인 사람들이 일을 싫어하고 게을러서 그렇다고 말한다. 물론 스페인 사람들은 잠잘 것을 안 자거나 먹을 것을 안 먹거나 놀 것 놀지 않으면서 일을 하지는 않는다. 민족성으로나 기후 및 여건상 그렇다. 쉴 건 쉬되, 공사에서든 행정 정책에서든 시민이 받을 수 있는 충격을 최소화하기 위해 천천히, 그러나 완벽하게 마무리하기 위해 그 추이를 관찰하고 모든 경우의 수를 살피며 일을 진행시킨다. 내가 경험한 지하철 공사와 교육개혁안 실행도 그러하다.

스페인은 지하철을 두더지 공법으로 시공하는데, 통행이 뜸한 어느 골목에 자그마한 움막이 하나 생긴 후 몇 년이 지나면 몇 호 선이 개통됐다는 뉴스가 난다. 오래는 걸리지만 1900년대 초에 만들어진 지하철이 아직도 운행되고 있고, 에스컬레이터로 지하 6층 깊이까지 내려가도 틈새 하나 발견되지 않으니 성공한 공사라 할 수 있을 것이다. 1991년에 스페인 교육개혁안이 새로이 만들어졌다. 이 법안이 완성된 해가 2001년이다. 다시 말해 신중히 검토한 후 고칠 필요가 있을 경우 개정하되 10년이란 세월 동안 단계적으로 적용해나가면서 발생될 수 있는 문제들을 보완하고 수혜자의 충격을 최소화하자는 의도에서였다. 이후 이 개정된 교육법은 지금까지 정권이 세 번 바뀌었는데도 잡음 없이 잘 시행되고 있다.

당신이 잠든 사이, 시에스따 문화

얼마 전 스페인 국립대학 법학과 교수가 스페인 대학의 개혁안에 관하여 특강을 했다. 53세의 그 교수는 스페인 국립대학교의 학생 교류에서부터 학위 공동 인정 및 교과목, 학제 개편 등에서 바뀔 내용들을 전해주면서 스페인이 유럽연합에 들어간 이후 유럽과 발을 맞추기 위해 여러 면에서 개혁을 하고 있는데 대학도 그중의 하나라고 했다. 그런데 그런 개혁과 변화를 위해 체제를 바꾸고 있다는 그분의 설명이 왠지 내게는 서글프게 다가왔다. 특강이 끝난 후 회식 자리에서 개인적으로 물었다. "스페인은 유럽과 여러 면에서 다르다. 특히 기후와 민족성이 달라 유럽의 다른 국가들과 경쟁하는 게 힘들지 않느냐? 독일은 점심시간이 30분인데 그 기준에 적응할 수 있을까?" 그분의 대답은 이러했다. "요구하는 바에 따라 바뀌어야 하지만 스페인 방식으로 바뀔 것이라 그리 걱정하지 않는다." 이 '스페인식'이라는 표현이 마음에 쏙 들어 싱긋 웃자 그분도 따라 웃었다. 마치 염화시중의 미소 같은 것을 주고받을 수 있게 한 그 '스페인식' 이라는 게 무엇인가.

1985년 스페인은 유럽공동체에 가입했고 2002년부터는 유럽 통화 통일로 유로화를 사용하고 있다. 2007년까지 유럽 지원금을 받았지만 2008년부터는 새로 가입한 국가들을 지원해주고 있다. 여행을 많이 하는 사람들이 조언하는 게 있다. 그 나라를 알려면 시장과 의회에 가보라는 것이다. 최근 스페인 백화점 매장을 둘러보고 길거리 가게들을 살펴보니 물가가 엄청 올랐다. 한번은 백화점 점원에게 유럽 통화의 단일화 이후 삶이 어떠한지 물어보았다. "예전에는 커피를 100뻬세따에 마셨는데 지금은 1유로니까 힘들죠. 봉급은 예전 그대로예요." 물가가 올라가서 불만이 많은 듯했다. 참고로 유로화 사용 이전의 스페인 화폐 단위가 뻬세따이고 우리나라 돈으로 환산하면 100뻬세따는 700원 정도이다. 그런데 지금은 1유로가 1500원이다(2012년 기준). 스페인 물가지수 기준이 커피 값인데 이 정도면 그들 삶이 얼마나 빠듯해졌는지 이해가 갈 것이다. 그래서 또 물었다. "그럼 스페인이 유럽공동체에 속해 있는 게 싫어요?" 스페인 인들은 자기 동료가 누군가와 나누는 말이 길어지면 꼭 끼어들곤 한다. 그리고 그들은 다들 솔직하다. "아니요. 다만 우리 것은 그대로 있었으면 좋겠어요."

택시를 타고 돌아오는 길에 기사에게 물었다. "유럽 바이어들이 스페인에 오면 일을 통 볼 수가 없다고 하더군요. 그래서 2005년 12월 27일 사빠떼로 정부가 시에 스따낮잠 시간를 없앤다고 공식적으로 발표한 신문 기사를 읽었는데 어떻게 생각하세요?" "어떻게 그게 없어져요? 괜히 정부가 엄살 떠는 거예요. 국민들 열심히 일하라고 계몽하려는 거죠. 독일 사람들도 더운 여름에 스페인에 오면 시에스따

자야 할걸요? 자연의 섭리에 따른 자연친화적 생활 방식이고 우리의 성자 이시도로가 창조한 것인데요? 피카소가 노년까지 정열적인 작품 활동과 여인들과 함께할 수 있었던 비결이 시에스따예요. 우리는 새벽까지 노는데 낮잠을 안 자면 졸려서 어떻게 일해요? 우리의 웰빙 생활 양식인데… 우리야 농축산물 풍부하고 햇살 좋은데 아쉬울 게 있나요?"

프랑스에서는 2007년 84억 원이나 들여 '잠 잘 자기' 캠페인을 벌이며 보건부 장관이 15분 낮잠을 권유하고 나서자 스페인도 2008년 1월 12일 〈라 보스 신문〉에 낮잠은 기억력을 향상시키고 머리를 능률적으로 활용하는 데 도움을 준다는 것이 과학적으로 입증되었다는 기사를 내보냈다. 프랑스에서 기사가 나가기 전까지 스페인 사람들은 정부의 방침에 대해 '복종하되 행하지는 않는다' 라는 그들의 기질을 그대로 내보이더니 다른 나라에서 낮잠의 유용성에 대한 기사를 내보내자 기다렸다는 듯이 발동했던 것이다.

하지만 스페인 인들의 여유가 예전만 못하다는 건 확실하다. 일단 공무원들에게는 시에스따 금지령이 내려졌고, 일반인들도 오후 2시부터 시작되는 점심을 먹기 위해 집으로 돌아가던 수많은 차량 때문에 대낮이 러시아워였던 때와는 달리 지금은 회사 근처 식당가로 차가 몰린다. 밤 문화를 즐기려는 사람들로 새벽 2~3시까지 노천카페가 음악과 함께 시끌벅적했는데 지금은 새벽 1시면 자리가 비기 시작한다. 공무원들이 일에 임하는 자세도 예전보다 날이 많이 섰다. 돈에 대한 사람들의 관심도 상당히 높아져 옛날과는 달리 가끔 정나미가 떨어지는 짓도 한다. 유럽연합의 회원이 된 이후 스페인은 어쩔 수 없이 본연의 모습을 잃어가고 있지만, 이렇게 바뀌어가는 것을 유감으로 생각하는 사람들이 아직은 많은 게 스페인 고유의 모습을 좋아하는 내게는 다행이다 싶다. 어떻게든 스페인적인 것을 놓지 않으려는 사람들은 샌드위치를 스페인산 생 햄으로 만들어 먹기 좋아하고, 점심 식사는 반드시 와인과 함께 2시간 동안 한다. 바에 가면 오전 11시인데도 여전히 직장인들로 북적대지만 외국 바이어들과 함께하고 있다. 이처럼 어떤 식으로든 자기의 것과 함께하려는 모습을 보고 외국인들은 "스페인은 여전히 제 방식을 고집하고 있다. 다른 나라들처럼 되려면 오랜 시간이 지나야 할 것이다"라고 이구동성 내뱉는다.

역사로 먹고사는 가게들

스페인에 있는 바나 식당에 가면 우리나라에서는 보기 힘든 광경이 있다. 식당 주인의 몇 대 위 조상인지는 모르겠으나 여하튼 조상들을 위시해 그곳을 방문했던 지체 높은 어르신네의 사진들이 벽에 다닥다닥 붙어서 우리를 반긴다. 벽을 모두 가족사진으로 도배한 곳도 있다. 식당에 들어온 게 아니라 어느 유적지를 방문했다는 착각이 들 정도로 빛바랜 사진과 액자에서 역사가 느껴지는 곳도 있다. 어느 식당은 옛날에 동굴이었음직한 돌로 된 미로이다. 아주 옛날에 지어진 집이라 이층 계단으로 올라가려면 유서 깊은 역사지에 들어온 듯 숙연한 자세로 돌 천장에 부딪히지 않도록 머리를 숙여야 한다. 운 좋은 날에는 하얀 냅킨을 팔에 걸치고 손님을 반기는 배불뚝이 주인아저씨의 안내도 받을 수 있다. 화려한 샹들리에나 꽃 문양 장식의 도자기 그릇들 대신 나무 테이블과 하얀 테이블보 위에 정갈하게 놓인 소품이 내부 벽돌 벽과 조화를 이룬다. 이러한 식당은 대체로 그 집만이 자랑하는 음식이 있다. 우리네 가정식 백반과 같은, 가정에서나 맛볼 수 있는 다양한 음식을 준비하고 있지만 세고비아의 수도교 옆 애저요리 집처럼 전문 요리 음식점도 있다.

이런 식당은 늘 사람들로 붐빈다. 그리고 오래전부터 알아왔던 것처럼 테이블을 사이에 두고 나누는 말도 많다. 스페인 시골 전통 요리는 겉으로는 그렇게 맛있어 보이지 않는다. 예쁘게 꽃단장하고 새색시처럼 감질나게 나오는, 텔레비전에서 보는 프랑스 요리(그런데 사실 프랑스 일반 식당에 가면 아무런 장식 없이 그냥 푸짐하다)와 비교해보면 장식이 없고 색깔도 시커멓고 양도 많다. 투박한 용기에 담겨 나오는 수프나 전골은 보는 것만으로도 배가 부르다.

스페인에 가면 내가 주로 찾는 바가 있는데, 옆쪽으로 조그맣게 걸린 간판에 '마놀로'라고 적혀 있다. 처음 그곳을 방문했을 때는 나만 이방인이었다. 외모를 두고 하는 말이 아니다. 바 입구에 걸린 간판에서 '3대째'라는 글을 읽은 순간부터 그들의 조상 때부터 이어져온 단골과 나의 차이를 말하는 것이다. 식당 종업원들도 한 다리 건너 다 친척이다. 주인의 가족이나 손님들은 시간을 무시하고 헤쳐 모이는 먼 친척들인 셈이다. 늘 사람들로 북적대는 걸 보니 사업 수완이 좋은 것 같아 내게 더 먹겠느냐고 음식을 권하던 멋쟁이 총각 종업원에게 물어보았다. "이 식당 외에 다른 곳에 개업한 분점이나 지점은 없나요?" "아니요. 이곳 하나예요." "돈을 이렇게 많이 벌고 손님이 많은데 왜 다른 곳에 가게를 열지 않나요?" "이 집은 역사가 있는 집이에요. 다른 곳에 개업하면 그 전통이 없어지잖아요." 한 가계가 대대로 모두 그 식당에 매달려 있다. 아들이 다섯이면 사장이 다섯 명인 집도 있지만 수완이 좋은 한 자식에게 운영을 맡기기도 하고 맏이가 가업을 잇기도 한다.

이렇게 가게에 조상의 사진을 붙여놓고 물건을 팔기보다 집안 자랑을 먼저 하는 가게가 스페인에는 많다. 마드리드 살라망까 지역에 있는 가죽옷 점포에 들어갔더니 옷 팔 생각은 하지 않고 1846년 고조부의 가죽 무두질 이야기부터 늘어놓는다. 바르셀로나 빵가게에 갔더니 1840년에 개업한 것을 증명하는 가족사진을 입구 기둥에 붙여놓고 이분이 증조부, 이분이 고조부라고 설명해준다. 이런 가게에 들어가면 빵이 빵 같지 않고 옷이 옷 같지 않다. 모두가 역사를 잉태하고 살아남은 유물 같다.

이렇게 스페인 사람들이 오래된 것을 귀하게 여기는 생활관은 신부의 치장에서도 볼 수 있다. 스페인 여성들은 참 아름다운데 아름다운 신부를 본 적은 별로 없는 것 같다. 스페인 여성은 열여덟 살 전후로 가장 아름답고, 20대 후반이나 30대에 들어서면 얼굴이나 몸이 많이 변한다. 그런데 외형이 아니라 내용을 보면 신부의 의미가 참으로 곱다. 신부가 결혼식 예복에 갖추어야 할 세 가지 물건 때문이다.

우선 남에서 빌려온 물건을 소지해야 한다. 그리고 무엇이 되었든 푸른 색깔의 물건을 치장에 사용해야 하고, 가장 중요한 것인데 오래된 물건을 몸에 걸쳐야 한다. 물건을 빌려오는 것은 그 물건을 가졌던 사람의 좋은 기를 전수받고자 하는 뜻이고, 푸른색은 행복과 배우자에 대한 믿음을 상징하기 때문이다. 그리고 오래된 물건은 최고의 행운을 가져다주기 때문이란다. 이 '최고의 행운' 때문에 신부들은 할머니 웨딩드레스를 엄마 세대를 거쳐 물려 입기도 하고, 증조할머니의 면사포를 쓰기도 하며 유행 지난 구두를 신기도 한다.

기적의 베이비시터, 마리아 밀라그로사

내 아들은 스페인에서 태어났다. 지금까지도 우리 아이가 스페인 신생아 역사에 세운 기록은 깨지지 않았을 것이라 장담한다. 태어날 때부터 머리카락은 무성한 숲을 이루었고 황새 둥지 모양을 본떠 만든 아기 침대는 내 아들에게 너무 좁았다. 엎어놓으면 머리를 벌떡벌떡 들어 올렸던, 다 자라서 태어난 이 신기한 동양 아이를 보기 위해 병원의 이 간호사 저 간호사가 돌아가며 많이도 구경 왔었다. 구경만 하자니 미안한지 아예 안고 나가 나를 대신해 우유를 먹여주고 산책도 시켜줬다. 박사 학위 논문을 작성하고 있던 때에 나를 만났고, 나의 운동 부족으로 내 뱃속은 아들에게 너무나 좁았다. 난 잠을 이루지 못할 정도로 허리가 아팠고 거대한 산을 앞에 달고 다니는 게 보통 일이 아니었지만 아이 역시 얼마나 불편했을까 생각하니 아직도 미안한 마음이 가시지 않는다.

사실 여자들이 외국에서 공부를 계속한다는 일은 쉽지 않다. 공부에 대한 열정이 누구보다 강해서 사회제도와 관습의 희생물이 된 여성들이 내 주위에 많다. 이유인즉슨 공부 때문에 결혼 적령기를 넘기게 되었는데 노처녀 딱지가 붙어 소위 괜찮다는 남자들은 전부 젊은 처자들만 찾는단다. 결혼을 한 여성은 중간에 아이가 생기면 학문을 포기하는 경우가 빈번하다. 이렇게 보면 나는 내 아들과 마리아 밀라그로사에게 감사해야 한다.

내가 만난 마리아는 가톨릭교의 그 성모마리아가 아니고 우리 아이를 돌봐준 스무 살짜리 대학 재수생 스페인 처녀였다. 당시 스페인에는 2년 동안의 고등 과정을 끝내면 대학 진학을 위한 1년짜리 C.O.U(꼬우) 과정이 있었다. 지금은 이 과정이 고등 과정에 합쳐졌지만 그 당시에는 이 과정을 마치면 우리나라 수능과 같은 국가 시험을 봐서 대학에 진학했다. 스페인에서 수능은 말 그대로 대학에서 수학할 수 있는 능력을 평가하는 시험일 뿐, 이 시험만 통과하면 누구나 대학에 갈 수 있다. 국립대학교의 경우 학생 수가 보통 15만 명에 이르는데, 아침, 점심, 야간, 이렇게 삼부제 수업으로 진행된다. 등록금이 과목당 5만 원 정도로 저렴하기 때문에 직업을 갖고 있어도 돈이 없어도 뜻만 있으면 대학에서 공부를 할 수 있다. 하지만 어쩌다, 정말 운이 나쁘게 자기가 하고 싶은 전공에 학생이 많이 몰리면, 그런데 그 전공을 꼭 해야겠다고 작정하면 드물게 재수를 하기도 한다.

마리아는 신문학을 공부하고 싶었다고 했다. 하지만 그해 그 전공으로 학생이 유난히 많이 몰리는 바람에 기회가 주어지지 않아 재도전을 하기로 했단다. 재수 기간 동안 우리처럼 입시에 매달리지 않아도 되니 용돈을 벌기 위해 낮에 할 아르바이트를 생각하고 있었단다. 나는 운명론자는 아니지만 내 아이를 돌봐줄 사람을 찾아야 할 그때에 마리아가 내 절친한 스페인 친구의 친척이었다는 인연은 우연만은 아니었던 것 같다.

마리아는 6남매 중의 맏이였다. 내가 유학하던 1980년대까지 스페인에서 가톨릭 세력은 막강했다. 종교적인 이유로 유산을 불허했던 까닭에 한 부모당 보통 예닐곱 명의 자식이 있었고 조부모, 삼촌, 이모 등과 함께 살면서 가족 간의 유대감을 무엇보다 자랑했었다. 지금은 예전만 못해도 여전히 가족 간의 연대감은 어느 다른 나라들보다 강하다. 나는 아이를 키워본 경험이 없는데다 옆에서 도와줄 사람도 없고 해서 700페이지짜리의 『육아』라는 스페인 책으로 공부하면서 아이를 길렀는데, 마리아는 다섯 명의 동생을 돌본 경험이 있어 육아에서는 내 스승이었다.

마리아는 아침 9시에 우리 집으로 와서 아이랑 같이 놀다가 2시쯤 내가 준비해둔 점심을 아이에게 먹이고 낮잠을 재우고 산책시키는 일을 오후 4시까지 했다. 참으로 조용한 아이였다. 아이가 잠을 자는 시간이면 내가 못한 집 청소도 해줬다. 책이라도 들고 와 짬이 나면 공부를 할 수 있었는데도 그러지 않았다. "애가 잘 때 책을 봐도 돼요"라는 내 말에 "그러다 중간에 깨면 어떡해요. 걱정 마세요"라는 말이 내가 그 아이에게서 들었던 말의 전부인 것 같다. 스페인 애들은 우리나라 애들보다 학업이나 취업에 대한 스트레스를 덜 받아서 그런지, 아니면 축제 문화가 활성화되어서 그런지 밝고 맑았다.

마리아의 풀 네임은 마리아 밀라그로사이다. 스페인에는 성 이외에 이름이 두 개인 경우도 있는데, 이 이름 뒤로 아버지 성과 어머니 성이 온다. 스페인의 20세기 저명한 사상가인 호세 오르테가 이 가세트의 경우 이름은 호세이고 오르테가는 아버지 성이며, 가세트는 어머니 성이다. 내 박사학위 논문 지도 교수는 후안 마리아 발레라 이글레시아스였다. 이분은 남자인데 이름이 후안 마리아이다. 스페인에는 여자 이름과 남자 이름이 분명하게 구분된다. 남녀 이름이 동시에 있을 경우 앞에 오는 이름이 남자 이름이면 뒤에 오는 이름이 여자 이름일지라도 그는 남자이다. 여자인 경우는 당연히 그 반대이다.

스페인의 성에 대해서 조금 더 말하자면 화가 파블로 피카소는 어머니의 성인 피카소만을 고집했고, 시인 페데리코 가르시아 로르카 역시 아버지의 성인 가르시아보다 어머니 성인 로르카로 불러주기를 원했다. 마초 기질의 스페인 남성들이 이처럼 어머니 성에 집착하는 이유는 어머니에 대한 유별난 감정 때문인 것 같다. 어머니에 대한 감정이 성모마리아의 이미지와 연결되어 있어서 스페인 남자에게 가할 수 있는 가장 큰 치욕은 그의 어머니를 모욕하는 일이라고 한다. 물론 어머니에게는 자신의 자녀를 욕하는 일일 것이다. 그래서 그런지 스페인어에서 점잖지 못한 표현에 어머니와 자식을 언급한 것이 많다. 다시 베이비시터 마리아의 이야기로 돌아가면 마리아란 이름 뒤에 갖고 있는 성인 밀라그로사는 '기적의'로 해석된다. 그러니까 굳이 그 애의 이름을 해석하면 '기적의 마리아'이다.

이름이 사람을 결정한다는 이론이 맞는지 그 애는 내게 기적 같은 존재였다. 공부방 창문 밖으로 보이는 마리아와 아들의 산책하는 모습은 다정한 오누이 같았다. 앞서 가는 마리아를 따라 아장아장 걷다 진열창이 나오면 둘은 멈춰 서서 코를 박고 안을 들여다보았다. 자기가 무엇을 보는지도 모르고 마리아만 따라 했던 우리 애는 지금 직장인이다. 다시 한번 유학 시절 애 키우며 공부했던 시간들이 잔잔한 그리움으로 되살아나면서 마리아 생각에 가슴이 따뜻해진다. 어린 나이지만 진심으로 남을 배려할 줄 알았던 마리아는 지금 분명 훌륭한 언론인이 되어 있을 것이다. 마리아 덕분에 논문 발표를 무사히 끝내던 날, 고마운 마음에 내가 보너스로 내민 돈을 극구사양하고 한국 식당에서 싸가지고 온 음식에 감격하며 동생들한테 준다며 집으로 뛰어가던 그 애의 뒷모습을 떠올리면 지금도 가슴이 먹먹해진다.

제5부

스페인의 그림자

스페인 손톱깎이는 손톱을 못 잘라요

나는 가위가 필요했다. 스페인의 대표적인 백화점 엘 꼬르떼 잉글레스 매장에는 모양은 같은데 색깔과 가격이 천차만별인 많은 종류의 가위가 걸려 있었다. 나는 외국에 나가면 무조건 아끼기 때문에 제일 싼 것을 구입해서 숙소로 돌아왔다. 그 옆에 걸려 있는 독일산은 무려 3배나 비쌌던 까닭에, 이게 웬 떡이냐 하는 마음으로 샀다. 아주 흐뭇해하면서 포장을 뜯고 떨어진 단추를 달기 위해 바늘에 실을 꿰어 넣고 가위로 자르려는데 도저히 잘리지 않았다. 가위의 이빨이 어긋나서 아무리 도전을 해봐도 말을 듣지 않았다. 다시 매장으로 가서 거금을 주고 독일산을 살 수밖에 없었다. 이번에는 손톱깎이를 샀다. 이 역시 이빨이 서로 어긋나 힘을 못 썼다. 할 수 없어 가위로 잘랐다.

유학 시절, 그 당시 우리나라에서 워크맨은 누구나 한 대쯤 갖고 있는 뮤직 플레이어였다. 내 것이 어쩌다 침대 모서리에 부딪히면서 먹통이 되어버렸다. 전화번호부를 뒤져 수리점 연락처를 찾아 가게로 가서 수리를 맡겼다. 기계치라 잘은 모르지만 겉은 멀쩡했기 때문에 간단하게 고칠 수 있을 거라 생각했다. 한 달이 지났을까? 수리점에서 찾아가라고 연락이 왔다. 나는 다시 음악을 들을 수 있다는 생각에 수화기를 내려놓자마자 한걸음에 달려갔다. 가게주인이 내 것이라고 내민 워커맨은 수리를 부탁했을 때와 모양이 달라져 있었다. 어디서 뺐는지, 그리고 어디에 다시 넣어야 할지 모르는 나사 하나가 기계 몸통 위에 떡하니 붙어 있는 게 아닌가. 수리 불능 상태로 말이다.

사실 내가 좀 더 똑똑했더라면 스페인의 이런 모습을 진작부터 이해하고 기대도 하지 않았을 것이다. 유학 첫 달 동안 집을 구하러 다닐 때부터 가구를 모두 갖춘 집이라고 해서 내부를 둘러보면 우리나라에서는 버릴 만큼 낡은 냉장고와 세탁기뿐이었다. 냉동실은 음식을 얼리는 게 아니라 자체 얼음으로 빙하를 이루고 있었고 세탁기는 돌아가는 게 아니고 굼벵이처럼, 그것도 요란스럽게 기어가고 있었다. 이 두 가지와 침대보 한두 세트, 수저와 그릇 몇 개 그리고 가스레인지와 전등이 달려 있으면 전등조차 없는 텅 빈 집보다 임대료가 훨씬 비쌌다. 그건 그 고물 세탁기와 냉장고 때문이었다.

몇 해 전 겨울, 스페인으로 가기 위해 인천공항에서 출국 검색을 받고 있었다. 직원이 나보고 잠깐 기다리라고 했다. 그러더니 내 화장품 케이스를 가지고 오더니 검사 좀 해보겠으니 열라고 했다. 지겨운 기내에서 시간을 보내는 데 안성맞춤이었던 손톱 정리용 줄을 9·11테러 이후 두 번씩이나 파리 공항에서 압수당했던 나는 무척 신경 써서 짐을 꾸렸다. 그래서 직원의 태도에 기분이 언짢아지려 했지만 순순히 가방을 열어줄 수밖에 없는 게 우리 아닌가. 한참을 뒤지던 직원이 뭔가를 꺼내는데, 아뿔싸! 어리바리 남편이 아파트 문을 잠그고 나오면서 열쇠를 내 화장품 케이스에 넣었는데 그 열쇠 꾸러미에 스위스산 미니 만능 칼이 매달려 있던 것이다. 다시 데스크로 가서 그 칼을 우편으로 보내든지 아니면 공항에 공짜로 선물하는 양자택일만이 남았다. 직원에게 한국 집으로 부쳐줄 수 있는지를 물었더니 직원이 교대 근무라서 불가능하단다. 스위스 여행 때 산 남편의 추억물인데 그냥 버릴 수도 없고, 짐을 들고 다시 나가 부치자니 번거롭기도 해서 고민하고 있는데 옆쪽이 시끄러웠다. 젊은 두 외국 남자가 공항 직원에게 온갖 표정과 손짓을 동원해서 떠들어대는데 귀에 익은 스페인어였다. 스페인어를 몰라 난감해하는 직원에게 무작정 해대는 두 명의 스페인 젊은이들의 손에는 못을 빼거나 철사를 자를 때 사용하는 연장이 들려 있었다. 듣지 않아도 알 일로, 세관 직원은 그런 도구를 기내로 가져가면 안 된다는 것이고 스페인 젊은이들은 그 안 되는 이유를 따지는 중이었다. 그 이유를 설명해줘도 조용해질 것 같지는 않았지만, 그렇다고 그냥 뒀다가는 고집 센 스페인 사람들에게 우리 직원이 된통 당할 거 같아 나서서 그 이유를 설명해줬다. 물론 압수당하지 않고 목적지로 부칠 수 있는 방법도 알려줬다. 하지만 두 젊은이는 꼭 보물이라도 되는 듯이 그 연장을 손에서 놓지 않으려 했다. 한국에서 구입했는데 너무 좋다는 것이다. 그러니 그 연장을 절대 사수하겠다는 그들의 분연한 의지가 고집까지 더해져 확고해 보였다.

이러한 일을 겪으면 스페인은 참으로 이상한 나라라는 생각을 또다시 하게 된다. 유럽 버스의 반 이상이 스페인에서 만든 '뻬가소' 란 이름으로 유럽과 중남미 고속도로를 달리고 있다. 스페인 항공사인 이베리아는 유럽은 물론이요 중남미 하늘을 장악하다시피 하고 있다. 스페인의 전기 · 전신회사가 중남미 시장을 석권했다. 이뿐이랴. 모든 국민에게 하늘의 별을 볼 수 있는 권리를 준다고 스페인 까나리아스 천문대에 설치된 세계 최고의 망원경은 메이드 인 스페인이다. 우리나라가 스페인에서 군사무기를 구입했다는 뉴스도 들었다. 많은 사람은 스페인이 못사는 나라로 알고 있다. 하지만 스페인은 캐나다보다 한 단계 위의 경제 강국이다. 그런데 일상용품이나 연장에서는 그렇지 못하다니 참으로 수수께끼다. 훌륭한 가구를 만들어내는 스페인에서 만나는 연필은 순 독일산이다. 스페인 연필깎이의 날은 너무 둔해서 연필 나무가 통째로 잘려나가고 심이 쉽게 부서져 독일산을 살 수밖에 없다.

결국 나는 두 젊은 스페인 남자들에게 공항직원의 손에 들려 있는 내 미니 칼을 보여줬다. 이런 작은 것도 압수당했는데 네 것은 더 크고 위협적이지 않느냐고 묻는 증거품으로 말이다. 그런데 거기서 난 다시 한번 스페인 사람들의 기질을 확인했다. 그렇게 중히 여기던 것을 짐으로 부치는 것이 번거로웠는지 한순간의 망설임도 없이 그냥 버리란다. 공항 직원에게 "버려, 버려요." 하고 아무 미련도 없이 휙 돌아서 가버렸다. 스페인 사람의 기질을 알 길 없는 공항직원은 나만 멀뚱히 바라보고 있었다.

이러한 수수께끼는 스페인 역사를 보면 풀린다. 스페인은 제조업에 아주 약하다. 스페인은 엄청난 식민지를 갖고 있었고 스페인 왕실과 귀족들은 공장은 식민지에만 있으면 된다고 생각했다. 성가시게 국내에 공장을 세워 노동을 하며 명예를 더럽힐 필요가 없으니 그런 일은 외국인들에게 맡기라는 식이었다. 물론 이들은 식민지 국가들 간에 있을 수 있는 경쟁을 막기 위해 관대하게도 자국의 공업을 억제하는 일도 잊지 않았다. 필요한 일상용품들은 중남미에서 가져 온 금, 은, 구리를 넘겨주고 외국에서 들여오면 되었다. 더군다나 까를로스 1세 때는 제조업자 길드들이 왕의 정치가 못마땅해서 반란을 일으켰다. 하지만 반란은 실패했고 그 결과 반란의 주체였던 이들은 물론, 이들이 하던 산업까지 치명적인 타격을 입었다. 결국 스페인에 남은 산업이라고는 왕족이나 귀족을 위한 사치품들인 글라스나, 태피스트리와 도자기, 종이, 비단 양말이거나 와인 코르크 마개와 똘레도 칼과 라만차의 낫 정도밖에 없었으니 제조산업이 없는 거나 마찬가지였다 해도 과언은 아니다. 그래서 지금까지도 제조업이 취약해서 여전히 수입에 의존해서 살고 있다. 이제는 당연히 그게 더 경제적이겠지만 공장이 없으니 일할 자리가 많지 않은 건 역시 당연한 일일 것이다.

실업자의 대표주자 예비 변호사, 빠꼬

내 친구 빠꼬는 스페인 마드리드 국립대학교 법대를 졸업했다. 직업은 예비 변호사이다. 예비란 말은 현재 일이 없다는 뜻이다. 스페인 거리를 걷다보면 커다란 건물 입구에 '변호사 아무개' 라는 조그마한 표시판을 흔히 만날 수 있다. 스페인 전화부에는 모든 직종, 모든 곳의 주소와 이름이 나와 있어서 거리 이름만 알면 건물 입구 벽에 들키면 부끄러운 듯 박혀 있는 간판으로 장소를 확인할 수 있다. 이 간판 중 변호사 사무실이 가장 많은 것 같다.

스페인은 전통적으로 법대생이 무척 많다. 그 이유를 스페인 법대 교수에게 물어보았더니 스페인에서 가장 기본적인 학문이라서 그렇단다. 그래서 그런지 스페인 사람들 중 내로라하는 이들은 거의가 법학을 전공했다. 스페인의 문인들 역시 상당수가 문학과 법학을 동시에 공부했다. 이를 증명하듯 마드리드 국립대학교의 법학대 건물은 약 80m 정원을 사이에 두고 문과대 건물과 마주 보고 서 있다. 지금도 이러한 전통은 사라지지 않아 고학력 실업자가 많이 양산되자 스페인 정부는 법대생 수를 줄이고 IT 기술자를 육성하는 일을 교육 · 경제 정책의 일순위에 올려놓고 있다.

빠꼬는 부모님이 물려주신 삐소 한 채를 세를 놓고 살았다. 변호사가 워낙 많으니 경쟁에서 살아남을 만한 능력은 안 되어 보이고 그렇다고 가진 기술도 없다보니 방 3개, 욕실 2개의 아파트인 '삐소'를 아침마다 방문하고 돌보는 일로 소일했다. 한번은 실업자가 많은 스페인에서 이들의 일상은 어떠한지 궁금하기도 하고 마침 그의 초대도 있고 해서 반나절을 그와 보낸 적이 있다.

각자 아침을 먹고 9시에 전철역 입구에서 만났다. 전철을 두 번 갈아타고 마드리드의 고야 거리로 나갔다. 주변에 이름 있는 브랜드를 파는 상가들이 밀집되어 있는 고급 동네이다. 그의 삐소 주소는 고야거리 XX번지 6층의 D였다. 스페인 거리는 한쪽은 짝수, 다른 한쪽은 홀수 번호가 차례로 매겨 있다. 일층은 아래층이라는 뜻의 '빨란따 바호'라 하고 2층부터 우리나라의 1층으로 헤아린다. 한 층에 집이 여럿 있으면 A, B, C, D, E, F, G로 주소가 매겨지고 두 개만 있으면 오른쪽(데레차, D), 왼쪽(이스끼에르다, I)으로 표시한다. 오래된 건물에 있는 엘리베이터는 한쪽 벽면에 박혀 있지 않고 주위로 빙 둘러 계단을 안고 중앙에 있다. 문은 양쪽으로 당겨서 여는 수동식이고 계단에 서면 굵은 밧줄로 승강기가 오르내리는 게 보인다. 어떤 승강기는 사면이 멋들어진 쇠창살로 장식되어 무척 낭만적이다.

나는 그의 안내를 받으며 그의 집 현관 앞에 섰다. 초인종을 누르자 세입자로 생각되는 여자가 문을 열어주었다. 방문한 사람을 이런 식으로는 반기지 않는다고 생각할 아주 묘한 분위기가 그녀의 얼굴에 흘렀고 순간 나의 얼굴은 붉어졌다. 그녀는 나를 보자마자 그녀는 바로 전에 보였던 얼굴을 감추었다. 엄마 다리에 덩굴 감듯 온몸을 비비꼬고 있던 꼬마가 양손을 자기 두 눈가에 가져가 나를 보고 "아끼 야끼"하며 치켜올렸다. 동양인을 보면 놀리는 애들 장난인데, 당연히 엄마의 꿀밤 세례감이다. 여자는 이미 빠꼬의 방문에 익숙해졌는지, '올라'라는 인사말을 남기고는 부엌으로 들어가 버렸다. 빠꼬는 우리 뒤로 졸졸 따라붙는 꼬마를 전혀 개의치 않고 집 보러 온 사람에게 소개 하듯 집 내부를 내게 샅샅이 안내했다. 그런데 가만히 보니 나를 위한 안내보다 혹시 그 집에 파손된 것이 있는지 살피는 모양새였다.

내가 잘못한 것도 없는데, 난 세입자에게 미안하다는, 불편을 끼쳐 죄송하다는 말만 되풀이하며 그 집을 나왔다. 빠꼬가 그다음에 어디로 가고 무엇을 할지 궁금했다. 집을 나서며 집 안방은 어떻게 사용했고 화장실은 어떻게 망가뜨렸는지 등의 이야기를 하느라 빠꼬 입은 닫히지가 않았다. 시계를 보더니 11시라며 바에 들어가서 커피 한 잔 하잔다.

　바는 그 시간인데도 모두 서 있는 사람들로 북적거렸다. 먹고 마시면서 떠드느라 정신이 없다. 스페인 바는 테이블에 앉아서 마시면 서서 마시는 것보다 더 비싸다. 테이블까지 나르는 서비스 요금이 포함되기 때문이란다. 나는 앉고 싶은데 그는 서서 마시자고 했다. 살펴보니 테이블에 앉아 있는 사람들은 나이가 많은 어르신네 한둘밖에 없다. 스페인 사람들은 다리뿐만 아니라 정말 체력이 대단한 것 같다. 포크 부딪는 소리, 접시 소리, 한쪽 높은 선반 위에 올려놓은 텔레비전에서 떠들어대는 소리 등 도통 시끄러워 말을 알아들을 수가 없는데도 빠꼬는 소음의 빈 공간을 비집고 자기 소리를 내게 전달하기 위해 엄청난 에너지를 소모했다. 처음에는 자기 신변에 대한 이야기로 시작했는데 스페인에 대한 이야기로 넘어갔다. '이놈의 나라'에서는 아무것도 할 수가 없단다.

　이 '이놈의 나라'라는 말을 쓰는 사람들을 보면 두 가지 유형이 있다. 하나는 본인의 무능함이나 불행을 나라 탓으로 돌리는 사람으로, 사회가 정의로우면 좀 해소될 문제지만 성품을 못 갖추면 해결할 길이 없다. 다른 하나는 외국을 보고 익히니 자기 나라의 것이 부족하여 안타까운 마음에서 그러는 사람이다. 특히 우리나라의 경우 산업화와 민주화가 숨가쁘게 이루어졌다. 그 짧은 시간에 이 정도로 잘살 수 있게 됐다는 게 신기하고 감사할 따름이지만 그 덕에 엿가락에 구멍 나듯 허한 데가 군데군데 있다. 겉은 멀쩡한 것 같지만 구멍 때문에 진정한 의미의 선진국이 못 되는 이유를 알고 있는 사람들은 '이놈의 나라'라는 말로 안타까움을 대신하기도 한다.

　빠꼬의 경우는 전자에 해당된다. 스페인의 19세기 낭만주의 수필가이자 신문기자였던 마리아노 호세 데 라라가 쓴 『스페인의 관습 수필집』에 보면 빠꼬와 똑같은 인물이 묘사되어 있다. 그때나 지금이나 이런 사람들은 늘 있는 법인가 본데, 스페인 청년 실업자들의 표본으로 많이 언급되고 있는 이 실업자들이 옛날에는 땅을 임대하고 놀며 먹고살았는데 이제는 아파트를 임대하고 산다는 게 차이라면 차이랄까. 이런 사람들에게 "그럼 어디서 살고 싶은데?"라고 물으면 우습게도 모두 스페인에서 그냥 살겠단다. 다른 나라로 이주했던 스페인 사람들도 돈을 벌면 거의가 다시 스페인으로 돌아올 정도니 무슨 말이 필요할까나. 능력이 탁월하지만 외국 스포츠 팀에서 뛰는 선수들이 역시 별로 없을 정도로 스페인 사람들은 자신의 땅에 대한 애착이 강하다. 스페인을 떠나면 스페인 사람이 되지 않을까봐 엄청 두려워하는 사람들 같다.

빠꼬는 스페인이 한국처럼 다이내믹하지 않아 인생의 계획을 세울 수 없다고 했다. 한국에 대한 그의 지식은 나를 통한 것이 전부였고 스페인 밖으로 나간 적이 없다. 자기가 사무실을 개업하려 장소를 물색했는데 마음에 드는 게 없다고도 했다. 마드리드는 온통 17~18세기 건물들만 줄줄이 있어 낡고 어두워 들어가 앉아 일보기가 싫단다. 이런저런 그의 불평을 인내하고 듣다보니 2시간이 후딱 지났다. 우리는 밖으로 나왔다.

걷다 빵가게 안을 물끄러미 쳐다보더니 또 입을 열었다. "우리는 먹기만 하는 돼지 같아요. 그래서 모두 배가 놀이동산 만하잖아요." 스페인 사람들은 먹는 것을 즐기고 많이 먹는다. 그런데 빠꼬의 배도 만만치 않았다. 빵과 과자가 재미나게 진열되어 보기만 해도 기분이 좋아져 행인들의 발걸음을 멈추게 하는 가게 앞에서 하필 저런 소리를 할까. 그리고 난 스페인에는 먹을 것이 다양하고 풍부해서 늘 부러운데 말이다.

빠꼬는 스페인 사람들의 식탐에 대한 글을 얼마 전에 신문사에 투고했는데 실리지 않았단다. "스페인 사람들은 자기 분수를 모르고 자기 만족에 사는 사람들이죠. 좋은 소리만 듣고 나쁜 소리는 다들 싫어해요. 잡담이나 하면서 시간을 펑펑 쓰고 글하고는 담을 쌓고 살죠. 모두가 수다쟁이에요." 이 말을 들으며 나는 웃었다. 빠꼬가 그런 스페인 사람들의 대명사 같아 보였으니까.

스페인 작가 페르난도 디아스 프라하는 스페인 사람들의 특징을 명쾌하게 짚어내는 글들을 썼는데 이런 내용도 있다. "말하는 것을 들어보면 그 사람이 어느 나라 사람인지 알 수 있답니다. 여러분에게 영국을 찬양하는 사람이 있다면 그 사람은 분명 영국인입니다. 독일에 대해 나쁘게 말하면 그 사람은 분명 프랑스 사람입니다. 스페인에 대해 좋지 않은 말을 하는 사람이 있다면 그 사람은 스페인 사람입니다." 심각하고 깊게 생각하기 싫어하는 스페인 사람들이 제일 사랑하면서도 만만하게 여기는 게 자기 나라인 것 같다. 자신들의 무능력에서 오는 불만까지 나라에 터트리는 걸 보면 말이다.

정만 많은 판사, 호세

내게 호세를 소개해준 사람은 스페인 주재 한국 대사관 직원으로 내 대학 후배이다. 후배는 스페인에서 박사학위를 받은 후 특별 채용으로 외무부에 취직했다. 외무고시로 외교관 생활을 시작한 친구가 아니라서 스페인 사정에 누구보다도 밝았고 스페인 친구도 많았다. 호세는 내가 스페인에 가면 주로 머무는 숙소를 집으로 삼고 거기서 법원으로 출퇴근을 하던 판사이다. 어느 날 숙소 홀에서 신문을 뒤적이고 있는데 후배가 왔고 그 후배는 호세가 내려오기를 기다리고 있는 참이었다.

스페인 사람들 중에 공직에 있는 사람들치고 다정다감한 사람은 별로 없다. 그런데 누구의 소개든 아니면 어떠한 계기로든 친구가 되면 믿기지 않을 정도로 달콤한 사람으로 바뀐다. 원래 그러려고 작정한 사람처럼, 이전의 공적인 모습은 자기가 아니었다는 것을 강하게 부인이나 하듯이, "이제부터는 친구다"라고 말하는 순간부터는 옛날부터 알고 지내왔던 사람처럼 정말 허물없이 친해진다. 아마도 상대방에게 관심은 있고 말도 걸고 싶지만 먼저 그랬다가는 쓸데없는 자존심을 다칠까봐 아예 모른 척하는 사람이 많아서인 것 같다. 호세 역시 나를 소개받기 전에는 꼭 영국 사람같이 굴었다. 숙소에서 오가며 보면서 지냈지만 '올라(안녕)'라는 인사조차 입에 올린 적이 없는, '나는 너를 모르쇠'로 일관했던 사람이다. 그런데 내 후배의 소개가 있은 다음부터는 숙소에 있는 식당 저 먼 자리에 앉아 있다가도 내게 다가와 하루의 안부를 물었고, 어떤 때는 자기의 식판까지 들고 와서 내 앞에 앉아 옆에 앉아 있는 스페인 친구까지 소개해주는 사람으로 변했다. 저녁 식사가 끝나면 같이 텔레비전을 보며 사회적으로 이슈가 된 문제들에 대해 대화를 나누었고 매년 스페인을 찾을 때면 예외 없이 그 숙소에서 나를 반기는 붙박이 친구가 되었을 정도이다.

그의 외모는 결혼 적령기를 넘긴 스페인의 전형적인 배불뚝이지만 생각이 깊고 보통의 스페인 젊은이들과 달리 말수는 적지만 조리가 있어 믿음이 갔다. 그래서 한번은 그 당시 내가 준비하고 있던 스페인에 대한 책 집필 자료로 사용하고자 몇 가지 질문을 담은 설문지를 줄 테니 직장 동료들에게 돌린 뒤 수합해서 내가 스페인을 떠나기 전까지 줄 수 있느냐고 물었다.

설문지에는 스페인 사람들은 EU 가입에 대해 어떻게 생각하는지, 유로화 통합 정책을 어떻게 받아들이는지 등등 내가 책에서 얻을 수 없는 네 가지 문항이 담겨 있었다. 그는 흔쾌히 그러겠노라고 했지만, 난 이전에 스페인 사람들 말만 믿고 잔뜩 기대했다가 낭패 본 일이 여러 번 있어서 혹시 부담되면 하지 않아도 된다고 분명하게 말했다. 하지만 그는 나의 설문지를 빼앗듯이 가져가며 걱정 말라며 나를 안심시켰다. 그리고 며칠 뒤 숙소에서 나를 보자마자 달려와 친절하게도 진행 상황을 보고라도 하듯 알려줬다. 설문지를 동료들에게 줬고 일주일 뒤에 돌려주겠노라고 했다. 나는 아직 여유가 있으니 그렇게 급히 서두를 것 없다며 미안함과 고마움을 동시에 표했다. 그리고 우리는 늘 하던 대로 식당에서의 만남과 텔레비전실에서의 토론을 하면서 시간을 같이 보냈다. 그렇게 일주일이 지난 것 같은데, 호세는 지금 몇 장을 수합했는데 아직 다 못했으니 다음 주 까지는 주겠노라고 하며 내게 걱정 말라고 했고 나 역시 괜찮다며 다시 고맙다고 했다.

그런데 언제부터인지 호세가 눈에 보이지 않았다. 마지막으로 본 뒤로 한 주가 흘렀을까. 나는 내 방으로 가는 복도에서 커다란 가방을 두 개 낑낑대며 끌고 가는 그를 만났다. 나는 설문지는 까맣게 잊고 그저 그를 만난 것이 반가웠다. "어디 가? 아니면 어디서 돌아오는 거야?" "나 집에 가. 발령을 그곳으로 받았어." 내가 뭘 잘 못했나? 하면서 있지도 않은 나의 실수를 찾게 할 정도로 그의 반응은 생뚱맞았다. 그런 그에게 내가 무슨 말을 더 할 수 있었으랴. 그 살갑던 호세는 어디로 가버린 것이지? 아니야, 분명 무슨 기분 나쁜 일이 있었을 거야, 하면서 그의 반응을 이해하려 했다. 그 순간 "내 연락처 수위실에 남겨놓을게"라는 말을 던지듯 내뱉고는 가방을 덜컹덜컹 잡아끌면서 아래로 내려가버렸다. 얼떨떨해진 나는, "응, 그래, 잘 가!"라고 말하는 둥 마는 둥 계단을 올라 내 방으로 들어왔다. 침대에 누워 나의 묘해진 기분을 한참 동안 정리하고 있는데 순간 그 설문지 생각이 났다. 침대에서 일어나 그가 말했던 숙소 입구에 있는 건물 수위실로 뛰어갔다. 호세의 모습은 당연히 보이지 않았고 수위아저씨에게 그의 주소를 물었다. "아니요, 아무것도 남긴 게 없는데요."

"처음부터 아예 못한다고나 하지. 미안해서 지키지도 못할 약속을 하고 저런 식으로 가버리면 나는 어떡하나." 나는 이렇게 중얼거리다가 "스페인에서 이런 일은 비일비재한데, 이번에도 또 당했네 뭐."라고 위로하며 터벅터벅 내 방으로 다시 올라왔다. 스페인 사람들은 기분파라서 행동보다 늘 말이 앞서 지키지도 못할 약속을 잘한다는 것을 지내다보면 많이 경험하게 될 것이다.

관료주의의 상징, 공항 세관 경찰

스페인 사람들은 지역에 따라 특성이 많이 다르다. 까딸루냐 인들은 근면하고 경제관념이 강하고, 바스크 인들은 일을 좋아하고 모든 일에 합리적이며 약속도 잘 지킨다. 그리고 실제 스페인 사람들을 만나보면 이달고의 근성을 보이는 사람들은 주로 공직에 근무하는 사람들이 대부분이다. 물질적으로나 권력 면에서 아주 적은 것이지만 그래도 가진 게 좀 있다고 생각하는 사람들은 상당히 빡빡하게 군다. 이 빡빡함이 순리에 따라 실현되면 이해가 되지만 사람에 따라 다르거나 경우에 띠리 다르다는 게 문제이다. 이를 두고 스페인 관료제의 병폐니 스페인 사람들의 일에 대한 경시로 이해하는 듯싶은데, 사실 행정 기구가 복잡하고 모든 일에 문서가 필요하면 관리들이 중간에서 비정상적인 영향력을 행사할 수 있는 기회는 무수하게 많은 법이다. 여기에 고집 세기로 유명한 게 또 스페인 사람들이다보니 이

것이 바로 스페인 행정의 비효율을 낳고 스페인 사람들에 대한 부정적인 이미지를 만드는 데 일조하지 않나 싶다.

내가 특히 이런 부류의 사람들을 만나는 기회는 공항에서 얻는다. 생뚱맞게 웬 공항에서? 라고 반문하겠지만, 스페인을 떠나 귀국할 때 스페인에서 구입한 물건에 대한 부가가치세 반환 서류에 도장을 받아 서류를 우체통에 넣으면 내 통장에 그 세금이 입금된다. 많은 돈은 아니지만 몇 푼이라도 돌려받는다는 게 어디냐 싶은 마음에 난 늘 세관 관리 창구를 찾는다. 한 가지 동일한 사안에 그것도 도장만 꾹 찍으면 되는 일인데도 그곳에 근무하는 경찰들 정말 제멋대로다. 어떤 경찰은 내 얼굴 한 번 쓱 쳐다보고 말 한마디 없이 도장을 꾹꾹 눌러준다. 그러고선 '잘 가라' 라고 처음 입을 연다. 이런 경우는 다섯 번 중에 한 번이다. 나머지는 인상 몇 번 구기고 분통 몇 번 삭이고 나서야 해결된다. 그들의 이유 없는 억지는 중간 경유지에 가서 도장을 받으라는 것이다.

2007년 6월에 우리나라와 스페인 간 직항로가 열렸다. 하지만 그 이전까지 스페인을 오가려면 늘 프랑스 파리나 독일 프랑크푸르트 또는 네덜란드의 암스테르담을 경유해야 했다. 스페인에서 구입한 물건을 왜? 자기네들과 관계없는 나라에 가서 도장을 받으라는 건지 도대체 이해가 되지 않았고 특히 우리나라로 돌아가는 비행기는 마드리드에서 밤에 출발하기 때문에 경유지에 도착하면 세관 창구는 이미 그날 업무를 마쳤거나 경우에 따라서는 세관 사무소를 못 찾을 가능성도 크다. 결론적으로 그들 말을 들었을 때 도장을 받은 적이 없다. 이런 내용을 스페인 세관 직원에게 이야기하면 '나는 모르쇠' 로 일관하거나 자기 상관을 만나라고 한다. 공무원들에게서 주로 발견하게 되는 그 뻣뻣함과 오만함과 무례함은 스페인에 체류하면서 가졌던 행복을 모두 날려버리고도 남을 수준이다. 이 경우 그런 사람에게 귀한 에너지를 낭비할 필요가 없다. 이런 사람들은 워낙 고집이 세서 자기가 뱉은 말이 옳건 그르건 상관없다. 무조건 우긴다.

내 담요 돌려줘, 스페인 집시

리스트의 '헝가리광시곡'이나 스페인 작곡가 사라사테의 '지고이네르바이젠'의 집시풍 악상은 말 그대로 화려하면서도 분방하고 자유로우면서도 어딘지 모르게 애절하고 신비롭다. 동부 유럽을 여행할 때 거리로 넘쳐흐르던 선율을 따라 얼마나 나는 많이 발걸음을 옮겼던가. 애간장을 녹이려는 양 끊어질 듯 이어지고, 처량하듯 격정적인 집시 바이올린 연주자의 연주를 듣느라고 어떤 때는 식사를 잊은 적도 있다. 언제든 모든 것을 버리고 홀홀 새처럼 떠나다니는 민족인 집시들에 대한 이야기를 알고 난 후부터 그들은 이 음악과 함께 나에게 절절한 낭만이었다. 스페인 안달루시아 대지의 예술인 로르카가 왜 집시를 외롭지만 귀족적이고 명예로 살고 죽는 민족으로, 죽음의 달을 무두질하는 대장장이로, 용맹한 산적으로 그렸는지 이해했다. 프랑스에서 스페인의 집시가 불 같은 삶을 살고 간 정열의 대명사 카르멘으로 묘사된 이유에도 절절히 공감했다.

이뿐이랴. 집시들이 사는 법을 알게 되면 감탄이 절로 나온다. 남들이 버린 물건들도 이들 손에 들어가면 못 쓸 물건이 하나도 없다. 그리고 언제든 이 모든 것을 버리고 미련 없이 떠날 수 있는 자세를 보면 모두가 인생의 도사인 것 같다. 굵직한 눈썹 밑에 있는 검은 눈과 갈색 피부 그리고 품위 있는 표정 등 한눈에도 알수 있는 이 유랑 민족들은 자기의 민족에 대한 남다른 자존심과 그들만의 의식, 명예관도 갖고 있다.

그런데 사실 집시들의 실제 역사는 비참하다. 민족도 아닌 민족, 반쪽짜리 민족으로 불리면서 발 붙일 땅 한 자락 없이 자기들만의 종교도 기념물도 없이 떠돌며 살아왔다. 이전 동부 공산주의 국가들이 존재했을 때는 나치가 원했던 바와 같이 이들은 멸종의 대상이었다. 유랑민에 대한 정착민들의 반감과 문명의 발달은 이들의 삶의 수단까지 앗아가버렸다.

하지만 스페인에서는 집시들에 대한 대우가 달랐다. 인도를 떠나 이집트를 거쳐 체코로 들어온 집시 부족들이 유럽 각지로 다시 흩어지면서 그들 중 한 부류가 스페인에 들어와 정착한 것이 1447년으로 기록되고 있다. 이때는 스페인이 이슬람 교도들과 싸우고 있었는데, 집시들은 말을 다루는 데 놀라운 솜씨를 보여주며 떠돌이 생활을 했기 때문에 군마를 조달하고 적진을 정찰하면서 스페인의 '가톨릭 왕들'에게 환심을 산 일은 당연했을 성싶다. 그래서 1492년 무어인의 최후의 거점인 그라나다를 함락한 후 '가톨릭 왕들'의 이사벨 여왕은 집시의 공로를 표창하여 안달루시아의 사끄라몬떼에 그들의 거주를 인정하고 세습적인 면세 특권을 주었다. 현대에 들어서는 정부에서 그들이 살 아파트를 지어주면 이들은 자유를 찾아 그 아파트를 팔고 떠났다.

지금까지 한 이야기만 가지고 스페인 집시를 평가한다면 큰코다칠지 모른다. 사실 스페인에서 내가 만난 집시들 이야기를 들으면 책이나 음악을 통하여 가졌던 감상은 순식간에 사라지고 만다. 이들 중에는 나름대로 자신들의 천부적인 재능을 살려 플라멩코 춤꾼이나 음악가로 사는 사람도 있지만 대부분의 집시들은 우리가 이들에게 가졌던 연민마저 앗아가는 일들을 저지르곤 한다.

유학 시절 햇빛이 좋은 어느 겨울 토요일이었다. 평소에 하지 않던 깔끔을 왜 그때 떨었는지 지금 생각해도 모를 일이다. 별로 춥지 않아 난방이 시원찮은 마드리드의 겨울을 나는 데 한국 유학생들에게는 필수품인 밍크 담요를 욕조에 넣어 밟아 빨기 시작했다. 물 먹은 담요만큼 무거운 것은 이 세상에 없을 거라는 확고한 생각을 갖게 했던 그 빨래 이후 지금껏 나는 아예 담요를 사용하지 않는다. 1층 뒤뜰에 있던 빨랫줄에 혼신의 힘을 다해 담요를 널고 나니 낮잠이 절로 쏟아졌다. 한 시간을 잤나 싶었다. 아직도 해가 중천에 떠 있어서 여유롭게 TV를 시청하다 뜰로 나가 보니 나의 뼛속 추위를 달래주었던 그 예쁜 담요가 온데간데없이 사라지고 없었다. 혹시 잘못 보지는 않았는지, 아니면 내가 딴 곳에 넌 것은 아닌지 눈을 비비고 찾아봐도 담요가 보이지 않았다. 그 당시에는 스페인 대도심에도 조랑말을 끌고 다니면서 집 현관 앞에 버려진 재활용품들을 거두어 가거나 빨랫줄에 걸린 옷가지들을 슬쩍해가는 집시가 많았다. 그들은 자물쇠를 따고 집 안으로 들어가 물건을 가져가는 것이 아니면 도둑질이 아니라고 생각하는 아주 묘한 사고를 갖고 있다.

한번은 스페인을 방문한 친구와 함께 마드리드 중심가를 걷고 있었다. 열심히 이야기를 나누면서 걷고 있는데 그 친구와 나 사이로 뭔가 시커먼 물체가 왔다 갔다 했다. 뒤로 고개를 돌려 보니 검은 옷가지로 가린 손이 친구 팔에 걸린 열린 가방 안으로 들어가려던 참이었다. 순간 나는 친구의 등을 앞으로 힘껏 밀쳐 그 소매치기와의 거리를 멀어지게 했다. 그런 나를 위협적으로 노려보면서 왼쪽으로 난 샛길로 유유히 사라져간 그 집시 여인 때문에 그날 온종일 내 다리는 덜덜 떨렸다.

마드리드 버스 정류장에서 버스를 기다리고 있는데 어디서 나타났는지 집시 여인들이 우르르 내 주위로 몰려왔다. 손에 지도를 널찍하게 펼쳐 들고 내 몸을 덮치다시피 한 여자와 떼거리로 같이 온 아이들은 그 지도 밑으로 내 허리춤에 있던 가방을 헤집기 시작했다. 하루는 햄버거 집으로 아기를 들쳐 업은 집시여인들이 네댓 명 들어왔다. 그 여자들은 내 빈 옆 자리에 등에 지고 온 아이를 내려놓았는데 대여섯 살은 족히 되어 보였다. 그 나이의 아이들은 피부색이나 생김새에 관계없이 다들 귀엽다. 온갖 재롱을 떨면서 내 정신을 쏙 빼놓았는데 그들이 가고 난 뒤 내 쇼핑백도 사라져버리고 없었다.

집시들이 가진 재주는 현대 과학과 기술의 발달로 더 이상 생계 수단이 되지 못하고 있다. 그러니 갈수록 가난해져 이러한 범죄들을 저지르고 들켜도 아무 일 없었다는 듯 뻔뻔스럽게 휙 가버린다. 이들에게 이렇게 몇 번 당하다보면 책에서 읽었던 명예로운 집시에 대한 이야기나 멋진 집시 바이올린의 선율도 한갓 동화 속의 이야기로만 들린다.

차 안으로 덮친 루마니아 청년

세계대전은 늘 시끄러운 중동이나 은둔과 신비의 곳이라는 아시아에서도 아니고, 비문명화 지대라고 흉보던 아프리카나 거대 자본의 아메리카에서도 아니고, 나 홀로 외로운 오스트레일리아에서도 아닌, 가장 문명화된 곳이라고 거들먹거리던 유럽에서 일어났다. 그래서 그 대전에 가담했던 유럽의 몇 국가들이 늦게나마 철이 들었는지 국가 간의 대립을 전쟁과 같은 비인간적인 방법으로 해결하지 말자고, 동시에 유럽 대륙의 힘을 키우고 국가 간 동등하고 자유로운 사회를 건설하자고 만든 게 유럽연합(EU)이다. 1957년 로마협정을 출발점으로 하여 6개국으로 시작한 것이 2007년 불가리아와 루마니아를 받아들임으로써 현 5억 인구에 27개국이 유럽연합으로 뭉치게 되었다.

유럽연합은 국제무대에서는 27개 회원국이 공유하는 자체 외교 정책으로, 27개국의 역할을 수행하는 대표 정치 기관이면서 각 회원국의 발전을 지원하는 경제조직이자, 회원국이 자발적으로 공유하는 노력에 의지하여 달리는 공동체이다. 나는 유럽연합법이 안고 있는 내용을 보면 실현 가능성을 떠나 아이디어 자체만으로도 참 부럽다. 너나없이 다 같이 함께 행복하자는 그 취지가 존경스럽기까지 하다. 그런데 문제는 식구처럼 지내자고, 아무런 제약 없이 안방 문까지 열어줬더니 이 나라 저 나라 다니면서 범죄를 저지르는 사람들이 늘어나고 있다는 것이다.

2008년 7월 10일, 스페인 마드리드 오수나 호텔 출구에서 당했던 일은 한참 동안 내 기억 속에 있을 것 같다. 앞서 출판된 나의 스페인 관련 책에 하절기에 3개월 무비자 입국으로 들어온 중남미인들과 스페인 내 집시들이 저지르는 범죄에 대해 이야기하며 "조심하라고", "어떻게 하면 피해를 입지 않는지" 그 방법까지도 일러놓았다. 그런데 움직이고 있는 승용차 문을 열고 안까지 들어와 덮칠 줄은 꿈에도 몰랐다.

나는 마드리드에 도착한 다음 날부터 스페인 전역을 돌아다녀야 하는 일정이 잡혀 있었기 때문에 마드리드 국제공항 바라하스에서 가까운 호텔에 숙소를 잡았다. 실외 수영장과 방갈로까지 갖춘 휴양지 같은 이 호텔은 마드리드 근교의 전원 주택지 안에 들어앉아 있어서 마드리드 시민들이 휴가를 보내기 좋은 장소 같았다.

오후 7시에 짐을 풀고 저녁 식사를 수영장 옆 멋진 테라스에서 마쳤다. 그리고 렌털한 차를 찾으러 공항으로 다시 가기 위해 나를 픽업해준 친구 부부의 차가 주차된 호텔 내 주차장으로 걸어갔다. 친구 차는 호텔 출구에서 보일 정도의 짧은 거리에 주차해놓았는데, 나는 뒷좌석 오른쪽에 앉았다. 출구까지 2분도 안 되는 거리로 차는 천천히 움직이기 시작했다. 그때 우리가 주차장으로 걸어갈 때부터 호텔 출구에 서서 누군가를 기다리고 있는 것처럼 보이는 젊은이가 우리 차 쪽으로 멈칫거리며 다가왔다. 이 잘생긴 백인 청년이 내 쪽으로 오는 것을 물끄러미 바라보고 있던 나는 차에 관심이 있는 젊은이인 줄로만 알았다. 그런데 일순간 내 좌석 쪽 문을 열고는 어깨에 걸려 있던 내 가방을 두 손으로 움켜쥐고 잡아당기기 시작했다. 가방 안에는 신용카드 석 장과 현금, 그리고 여권이 들어 있었다. 나를 얕봤던지, 다른 한 손으로는 내 왼쪽에 있던 캠코더와 카메라가 든 가방을 움켜쥐었다. 앞좌석에 앉아 있는 두 사람은 너무나 순식간에 일어난 일이라 상황 파악이 안 되었던지, 아니면 안전벨트에 몸이 묶여 옴짝달싹할 수 없었던지 한동안 나 혼자 기를 쓰며 짐을 지켜낼 수밖에 없었다. 마침 그때 차 옆을 지나던, 호텔에서 저녁 식사를 마치고 나오던 그 호텔 주인과 친구 분이 나의 고함 소리를 듣고 그 젊은이를 발로 차기 시작했다. 그 사이 앞좌석의 두 남녀가 내려 그 젊은이의 옷을 붙잡았지만 젊은이는 옷을 벗어 던지고 어디서 언제부터 기다리고 있었는지 모를 차가 달려오자 그 차의 창문 안으로 몸을 날렸다.

아무리 짧은 거리를, 그것도 차로 간다 해도 꼭 필요한 물건만 챙기고 호텔을 나서야 한다는 것을 순간 잊은 탓에 마드리드 도착 첫날 겪어야 했던 악몽이었다. 호텔 주인은 나를 호텔 로비로 데려가 진정시키려 따끈한 차를 가져다주었고 내 놀란 가슴이 가라앉을 때까지 여직원을 붙여줬다. 30분이 지났던 것 같다. 호텔 데스크 직원이 경찰에 전화를 걸었는지, 내게 그 젊은이의 인상착의를 물었다. 나는 외모로 보아 스페인 인이라고 했다. 그러나 직원은 스페인 사람들은 그런 짓 안 한다며 중남미인일 것이라고 했다. 얼굴이 하얗다고 하니 그럼 루마니아 사람이란다. 나의 의아해하는 얼굴을 보았는지, 방학 동안 호텔에서 아르바이트를 한다는 마드리드 자치대학 경제학도인 그 여직원이 상황을 정리해줬다. 그때는 마드리드 시장이 시내 치안에 엄청 신경을 쓰고 있어서 대도시 관광객들이 몰리는 곳은 범죄무풍 지대가 된 반면 이런 외진 호텔 고객들이 범죄 대상이 되었다는 것이다. 그리고 집시나 중남미인들은 스페인 사람들의 물건은 훔치지 않는데 루마니아 인들은 연령도 어린데 대상을 안 가리고 이런 짓을 한다고, 유럽연합 국가 수를 늘리다보니 이런 부정적인 일도 일어난다고 했다. 여전히 내 가슴은 콩콩 뛰었지만 이 대목에서는 입이 근질근질해졌다. 외국인들만을 대상으로 범죄를 저지른다고 해서 손놓고 있더니 막상 당하는 기분이 어떤지 묻고 싶어서 말이다.

나는 새벽 3시가 되어서야 진정된 가슴으로 잠자리에 들었지만 부러진 손톱 때문에 손가락은 욱신거렸고 허벅지 안쪽에는 시퍼런 멍이 들어 있었다. 그런데 이 모든 것을 떠나서 내 양심의 소리가 내 머릿속에서 울려 퍼지면서 날이 밝도록 잠을 이룰 수가 없었다. 만일 내게로 다가온 그 젊은이가 백인이 아니라 집시이거나 중남미 사람 또는 흑인이었더라도 내가 차 문을 잠글 생각을 하지 않았을까. 내게로 다가오는 것을 보면서 아무런 의심도 없이 "차 구경하러 오나보다" 하면서 멀거니 처다보고만 있었을까. 곰곰이 생각해보니 나 역시 겉으로는 다인종, 다문화 세계에 대한 이해니 관용이니 하며 우아하게 떠들고 있지만 아직 어떤 이유에서든 인종에 따른 편견을 갖고 있음을 부인할 수 없는 못난 인간이었다.

과거의 낙인

1525년 알바로 데 몬탈반이 종교재판에 회부됐다. 5월 19일에는 그의 전 재산이 몰수되고 그는 감옥에 갇혔다. 6월 7일에는 종교재판관들 앞에서 첫 심문을 받았고 그 즉시 그의 부모의 무덤이 파헤쳐지고 사체가 다시 화형에 처해졌다. 이때 그의 나이는 일흔 살이었는데, 종교재판관들은 54년 전 그가 열여섯 살 때에 유대인 친구들과 식사를 하고 장난삼아 그들의 구역에 들어간 것을 죄로 삼았다. 그 당시 같이 식사를 하고 돌아오는 길에 그가 "저 세상에는 무엇이 있는지 모르겠다"라고 한 말을 들은 친구들은 그 시대 요구에 따라 그를 종교재판소에 고발하지 않으면 안 될 것 같은 양심의 부담을 느꼈다고 했다. 소송은 1525년 5월부터 11월까지, 7개월이 걸렸고 그는 결국 이단자로 판결을 받았으며 종신형에 처해졌다. 물론 이단자로서 심문을 받은 자임을 알리는 치욕스런 웃옷을 입고 지내야 했다.

이 사건은 개종한 유대인들이 그 당시 사회에서 받았던 대우를 알기 위해서나 종교재판소가 처음 소송이 있었던 1483년부터 문을 닫은 1822년까지 얼마나 두려운 존재였는지를 보여주는 하나의 예일 뿐이다. 1789년에서 1801년까지 스페인 종교재판소에서 총서기 일을 보았던 후안 안또니오 요렌떼가 발표한 '종교재판 비난사'에 보면 총 34만 1,021명이 종교재판에 회부되었고 그 중 10%가 화형이나 참수형에 처해졌다. 도스또예프스키는 '까라마조프의 형제들'에서 만일 예수가 종교 재판이 벌어지고 있는 스페인 땅에 다시 돌아온다면 어떤 일이 벌어질지 궁금해했다.

스페인이 유럽 최고의 문명국으로서의 영광을 누렸던 시기는 유대인과 무어인, 그리고 기독교인들이 지적, 문화적 교류를 이루고 평화롭게 공존하던 때였고, 이들의 조합으로 스페인 역사의 기본적인 틀이 이루어졌다. 그럼에도 불구하고 스페인은 통일된 근대 국가를 만들기 위하여 사상까지 통일하고자 가톨릭 이외의 의심되는 사상은 '종교재판소'를 설치하여 철저하게 감시하고 배척했다. 1478년 교황 식스투스 4세로부터 종교재판소 설치를 허가받아 1822년까지 국민들이 순수한 기독교인인지 또는 개종한 유대인과 무어인들이 진정으로 기독교도가 되었는지를 감시하고 판단하는 기구로 이용했던 것이다. 그러다 보니 16세기 동안 순수 기독교인이란 무식한 자와 같은 의미가 되었고, 어떠한 종류의 활동이던 지적인 것은 유대인이 아니면 기독교로 개종한 유대인이나 이교도의 행위로 추적의 표적이 되었다. 이로 인해 현대에 이르기까지 스페인은 종교 이외는 모든 것이 다른 유럽국가들에 한참 뒤처지고 만 결과를 낳았다.

똑똑하면 유대인으로 간주되던 16세기에는 살아남기 위해 모두가 선택할 수 밖에 없었던 삶의 방편이 무식이었는데, 18세기가 지나고 나니 이 무식함이 생물학적인 결정요인이 되고 말았다. 똑똑한 것에 반대하는 모든 활동이 16세기에는 하나의 의식적인 계획으로 인한 것이었다면 이후에는 그 계획이 반복되어 한계가 되고 대물림되는 유산이 되어버린 것이다. 순수 기독교로 고집하던 과거의 순수혈통주의가 이제는 스페인 민족의 인종적인 특징으로 낙인이 되어 버렸던 것이다.

그 결과는 무엇보다 현 스페인 기업구조에서 여실히 드러나고 있다. 서비스업이 48.8%로 가장 높은데, 상당 부분 관광업과 관련된 일들이다. 그리고 건설업이 유럽 선진국의 3배가 넘는 11.9%에 달한다. 예로 2004년에 스페인에 지어진 주택이 프랑스, 독일, 이탈리아 세 나라에서 지어진 수보다 많다. 과거 식민지중남미에서 가지고 온 금은보화를 돌로 바꿔 거대한 성당을 지은 전통을 갖고 있는 나라답다. 반면 상업이 30.1%이고 공업이 9.2%인데 거의 모두 소규모로 이루어지고 있다.

스페인이 유럽연합에 들어가기 전에 유학 생활을 시작했던 나에게는 천국이 있다면 스페인일 거라고 생각했던 적이 많았다. 욕심없는 사람들이 자연이 베풀어 준 것에 만족하고 늘 현실에 감사하면서 정을 나누는 모습들이 나마저 따뜻한 사람으로 만드는 것 같았다. 그런데 유럽연합에 들어 간 후 다른 나라와 경쟁관계에 놓이면서 유산으로 형성된 인종적인 특징이 조금씩 드러나기 시작했다. 유럽 지원금을 받아 산업의 기초를 다지기는 했지만 경쟁으로 내몰린 서민들의 삶은 그로 인해 많이 힘들어졌다. 700원으로 먹던 커피 값이 1500원까지 올랐다. 생전 월세 한 채 만으로도 감사할 줄 알았던 사람들에게 은행이 저리 장기 대출로 돈을 퍼주면서 집을 공짜로 줄 듯이 굴더니, 이자와 원금을 제때 못 갚는다고 하루아침에 그들을 거리로 내모는 바람에 거지 신세가 되었다. 손님이 찾지도 않을 것 같은 가게를 열고는 이웃사람들과 수다를 떨며 시간을 보냈었는데, 이제는 골목 상권이 중국인들의 손에 거의 다 넘어가다시피 하고 있다. 스페인을 대표했던 〈엘 솔〉 신문사는 프랑스 거대그룹 아체떼에게 팔렸고, 민영 TV가 생긴 1990년 이후 스페인 대표 주자였던 '까날 플러스'는 1835년에 설립된 다국적 통신 매체회사인 독일 베텔스만사와 멕시코 통신매체를 거의 장악하고 있는 거부 까를로스 슬림에게 팔릴 운명이 되었다. 민간 TV부분에서 외국 자본을 100%까지 허락하는 법이 공표되자 이탈리아의 베를루스코니가 '텔레 싱코'의 주식을 52%나 사버렸다. '안테나 트레스' 텔레비전 채널의 주식을 소유하고 있는 베텔스만은 스페인을 대표하는 세 종류의 잡지사 주인이기도 하며, '까날 플러스' 주식은 프랑스와 영국이 갖고 있다.

'루멘' 잡지사는 베텔스만과 베를루스코니가 나눠서 갖고 있다. 스페인을 대표하는 신문, 잡지, 서적 출판사인 '우네디사' 뒤에는 이탈리아 피아트사가 스페인의 문화 사업을 조정하고 있다. 이것은 단지 몇 가지 예일 뿐이다. 세계화 시대에 거대 사업체가 다른 나라 사업체의 지분을 장악해나간다는 것이 자연스러운 일일 수도 있겠지만, 스페인이 갈수록 약육강식의 희생자가 되어가고 있는 모습은 우려할 정도로 보인다. 신문이나 잡지, 특히 텔레비전과 같은 방송매체는 소유주의 목소리를 대변하는 도구이기 때문에 소비자가 받아들이는 메시지는 늘 그들의 숨겨진 이익에 따르기 마련이다. 이렇게 스페인을 대표하는 문화 사업이 외국인들의 수중에 휘둘리고 있지만 이것을 해결할 능력이 없다는 게 큰 문제이다.

이탈리아의 스캔들 메이커이자 거부인 베를루스코니가 몇 번에 걸쳐 수상이 되었고, 숱한 부도덕한 일을 저지르고도 다시 선거에 나오겠다는 데는 다 이유가 있는 것이다. 스페인, 프랑스 방송사의 주식은 물론이고 이탈리아의 '텔레밀라노'를 설립한 자로서 콩쿠르와 오락프로그램으로 이탈리아 공영 TV의 종말을 고하게 할 정도의 인기를 누리는 채널을 5개나 보유하고 있으며, 거기에 최대 광고회사와 프로그램을 제작 판매하는 회사 및 이탈리아 출판계의 3분의 1을 차지하는 그룹 몬다도리의 주인이라는 것이 바로 그 영향력을 보여주기 때문이다. 더군다나 AC밀란 구단주라는 점은 축구에 열광하는 유럽인들에게 좋은 인상으로 비춰질 수 있는 요인임에 틀림없다.

Casticismo, http://culturitalia.ac.at/hispanotecawww

Cervantes y los casticismos españoles y otros estudios cervantinos 2 vols, 2002, Trotta, S.A.,
  Madrid.

España, 2007, Aguilar, Madrid.

Guía del Camino de Santiago a pie, José Manuel Somavilla, 2008, Tutor, Madrid.

Historia social de la literatura española 3 vol., Carlos Blanco Aginaga, Julio Rodriguez Puertolas,
  Iris M. Zavala, 1984, Castalis, Madrid.

La realidad histórica de España, Américo Castro, 1996, México D.F Porrua, S.A.

La Zarzuela, Manuel Garcia Franco, Ramon Regidor Arribas, 1997, Acento, Madrid.

Los genios de la pintura española 8 vol. Sarpe, 1988, Madrid.

Mi vino, http://www.euroseleccio.com.

Spanish nationalism: Ethnic or civic, http://etn.sagepub.com.

Surrealismo, Cathrin klingsohr-Leroy(ed.), 2004, Taschen, Madrid.

고야 4 vol., 홋타 요시에 지음, 김석희 옮김, 1994, 한길사, 서울.

미로, 2001, 시공사, 서울.

벨라스케스, 자닌 바티클 지음, 김희균 옮김, 2005, 시공디스커버리, 서울.

살바도르 달리, 질 네레 지음, 정진이 옮김, 2005, 마로니에북스, 서울.

스페인 문화의 이해, 안영옥, 2005, 고려대학교 출판부, 서울.

올라 에스파냐, 스페인의 자연과 사람들, 안영옥, 2008, 고려대학교 출판부, 서울

예술의 비인간화, 오르떼가 이 가세트, 안영옥 옮김, 2004, 고려대학교 출판부, 서울

쟌 모리스의 50년간의 유럽 여행, 쟌모리스 지음, 박유안 옮김, 2004, 바람구두, 서울.

히스패닉 세계, 존 H 엘리엇, 2003, 새물결출판사, 서울.

타산지석 시리즈

"여행보다 더 재미있고 더 리얼하다."
"여행은 보이지 않는 지도에서 시작된다."

세계 여러 나라의 사람들과 문화를 이해하기 위한 보이지 않는 세계 지도.
단순한 체험기가 아니라 그 문화를 진정으로 체험한 사람의 경험을 통해 나오는
날카로운 철학과 통찰.

※타산지석 시리즈는 계속 발간됩니다.

S

타산지석 에스 시리즈

※타산지석 에스 시리즈는 계속 발간됩니다.

왜 스페인은 끌리는가

1판 1쇄 발행 2013년 2월 28일
1판 3쇄 발행 2018년 7월 20일

지은이   안영옥
펴낸이   김현정
펴낸곳   도서출판리수

기획·홍보   김현주
교정·교열   최귀열

등록   제4-389호(2000년 1월 13일)
주소   서울시 성동구 행당로 76 110호
전화   2299-3703
팩스   2282-3152
홈페이지 www.risu.co.kr
이메일   risubook@hanmail.net

ISBN 978-89-90449-89-4 04810

※책값은 뒤표지에 있습니다.
※잘못 제본된 책은 바꾸어 드립니다.